DIE DUNKLEN STRASSEN VON KÖLN

Myriane Angelowski wurde 1963 in Köln geboren und ist überwiegend im Bergischen Land aufgewachsen. Nach einem Auslandsjahr in Israel studierte sie Sozialarbeit, arbeitete als Referentin für Gewaltfragen bei der Kölner Stadtverwaltung und war einige Jahre Lehrbeauftragte an der Fachhochschule. Neben ihrer Arbeit als Autorin ist sie im Bereich Skript-Coaching tätig, leitet Krimi-Seminare und Schreibworkshops. »Die dunklen Straßen von Köln« ist der fünfte Fall der Kölner Kommissarinnen Maline Brass und Lou Vanheyden.

MYRIANE ANGELOWSKI

DIE DUNKLEN STRASSEN VON KÖLN

Kriminalroman

emons:

Bibliografische Information der Deutschen Nationalbibliothek
Die Deutsche Nationalbibliothek verzeichnet diese Publikation in der Deutschen Nationalbibliografie; detaillierte bibliografische Daten sind im Internet über http://dnb.d-nb.de abrufbar.

MIX
Papier aus verantwortungsvollen Quellen
FSC® C083411
FSC
www.fsc.org

Umschlagmotiv: mauritius images/imageBROKER/Konrad Kleiner
Umschlaggestaltung: Franziska Emons-Hausen, nach einem Konzept von Leonardo Magrelli und Nina Schäfer
Umsetzung: Tobias Doetsch
Gestaltung Innenteil: César Satz & Grafik GmbH, Köln
Lektorat: Hilla Czinczoll
Druck und Bindung: CPI – Clausen & Bosse, Leck
Printed in Germany 2018
ISBN 978-3-7408-0279-0
Originalausgabe

Für Guido

Prolog

Als ich zehn Jahre alt war, mussten wir für die Schule den Lauf der Sonne in unserem persönlichen Umfeld verfolgen. Durch dieses Projekt bemerkte ich, dass sie im Winter nur für die Dauer von zwei Stunden in die Fenster unserer Wohnung schien. Von Dezember bis Februar stand sie so niedrig, dass die Strahlen den Weg nicht über die Agneskirche schafften und wir ein regelrechtes Schattendasein führten. Dieses Phänomen lässt sich auch in Bergregionen beobachten, sagte meine Lehrerin. Im Wallis beispielsweise, wo etliche Dörfer den gesamten Winter ohne Sonne auskommen. Und sie fügte hinzu, dass manche Menschen ohne Sonnenlicht zur Schwermut neigen. Egal, ob in der Stadt oder auf dem Land.

Damit lieferte sie mir, ganz nebenbei, eine mögliche Erklärung für die Depressionen meiner Mutter, die kaum noch aus dem Bett fand. Bis dahin hatte ich keinen Zusammenhang zwischen ihrer Gemütsverfassung und der fehlenden Sonne gesehen. Mir kam sie lediglich verändert vor, nachdem unser Vater mit einer Arbeitskollegin durchgebrannt war. Aber anscheinend lag ich mit meiner kindlichen Wahrnehmung daneben.

Von diesem Zeitpunkt an sehnte ich in jedem Frühjahr ungeduldig die Blaumeisen herbei, die im Nistkasten brüteten, den jemand an einem Baum unmittelbar neben der Kirche angebracht hatte. Mit der Ankunft der Vögel blühte meine Mutter nämlich tatsächlich auf und dudelte in einer Tour »Morning has broken« auf dem alten Plattenspieler. Diese eine verkratzte Single von Cat Stevens machte mir und meinem Bruder bewusst, dass es ein Leben vor unseren Geburten gegeben haben musste. Mit dem Song auf den Lippen trug sie dem Frühling all ihre Wünsche an. Sie erträumte sich einen treueren Ehemann, uns eine bessere Wohnung und einen Lottogewinn, obwohl wir nie tippten. In besonders übermütigen Gefühlsmomenten bat sie um Heilung oder wenigstens um das Abklingen ihrer Schmerzen. Träumen und Wünschen. Das zelebrierte meine Mutter, wenn der Lenz grüßen ließ, fand aus dem Bett, kochte und saß neben uns Geschwistern, wenn wir Hausaufgaben machten.

Der Zustand hielt nur wenige Wochen an. Ehe wir uns versahen, packte sie die Niedergeschlagenheit unbarmherzig am Schlafittchen und katapultierte sie zurück in die Finsternis. Die tiefere Ursache für ihre Qualen blieb mir ein Mysterium. Offenbar auch den Ärzten und Spezialisten, zu denen sie jahrelang rannte, bis meine Mutter aufgab und das Familiengeschehen nur noch vom Bett aus dirigierte.

Ich schämte mich für den Zustand der Wohnung, diese Unordnung. Den abgewetzten PVC-Bodenbelag, Schimmelflecken an den Wänden, die rostigen Herdplatten und den alten Bollerofen, den wir noch mit Briketts befeuerten. Klassenkameraden hielt ich durch Lügen auf Abstand. Mal erfand ich Renovierungsarbeiten, schob einen Stromausfall oder Wasserrohrbrüche vor. Mit den Jahren ließ das Interesse meiner Altersgenossen an gemeinsamen Aktivitäten nach. Bis zum Ende der Schulzeit hatte ich keine Freundschaft geschlossen, die meine Kindheit überdauerte.

Uns lähmten Mutters Schreie. Die verschriebene Medizin half nicht. Sie flehte mich an, in die Apotheke zu gehen und um andere Mittel zu bitten. Ich sollte nach Morphium fragen. Stattdessen brachte ich mich in Sicherheit, verschanzte mich hinter den dicken Kirchenmauern von St. Agnes und entzündete Teelichter. Wenn ich zehn Pfennige entbehren konnte, warf ich sie großzügig in den Opferkasten. Anderenfalls betete ich umso inbrünstiger.

Es fiel mir leicht, die Nachbarskinder zu boxen, die über meine Familie lachten. Ich log, dass sich die Balken bogen. Aber den Apotheker um Hilfe zu bitten lag außerhalb meiner Möglichkeiten.

Eines Tages zitierte Mutter mich ins Schlafzimmer und schilderte mir in epischer Breite ihre Symptome.

»Töte mich«, forderte sie mich am Ende ihrer Litanei auf.

Ich glaubte, mich verhört zu haben.

»Drück mir ein Kissen aufs Gesicht«, bettelte sie.

Ich rannte aus dem Zimmer.

Von da an wiederholte sie ihren Wunsch wie in der Endlosschleife einer Hotline, sobald ich in ihre Nähe trat. Ich lernte, ihr Flehen zu ignorieren, bis ich es nicht mehr wahrnahm, so wie die Geräusche der Fahrzeuge auf der nahe gelegenen Inneren Kanalstraße. Mit siebzehn begann ich eine Ausbildung, zog aus und schneite nur herein, um einzukaufen und nach dem Rechten zu sehen.

Bis ein Novembertag alles veränderte.

Meine Mutter war allein zu Hause, lag im schummrigen Licht und atmete flach. Sie schien kleiner, als ich sie in Erinnerung hatte. Ihr Gesicht war von dünnen Linien durchzogen und erinnerte mich an eine vertrocknete Rosine. Ich beugte mich über sie und küsste ihre Stirn. In dem Moment öffnete sie die Augen, griff nach meinem Handgelenk und deutete auf das Kissen, das zu ihren Füßen lag. Die Kraft, mit der sie meinen Arm umklammerte, überraschte mich völlig. Ich weiß nicht, warum, aber ich nahm das Kissen und presste es ihr entschlossen auf Mund und Nase. In meinem Handeln lag eine gewisse Zwangsläufigkeit, ein Automatismus. Als fügte ich das allerletzte Puzzleteil endlich in ein Bild, das Ewigkeiten unvollendet auf dem Tisch gelegen hatte.

Ich drückte zu, bis meine Oberarme schmerzten. Anschließend saß ich neben ihrem Bett, bis der Arzt erschien, um den Totenschein auszustellen. Mein Nacken krampfte, und ich traute mich nicht, ihm in die Augen zu sehen. Aus Sorge, dass er mir die Tat ansehen könnte. Aber die natürliche Todesursache wurde nie in Zweifel gezogen. Noch am selben Tag entzündete ich Kerzen in St. Agnes und warf beinahe mein gesamtes Lehrgeld in den Opferstock. Bei Mutters Trauerfeier spielte der Organist »Morning has broken« auf der Orgel.

Mein jüngerer Bruder stellte keine Fragen. Aber ich bin davon überzeugt, dass er wusste, woher der Wind wehte. Er ist nach seiner Hochzeit in die Nähe von Tübingen geflohen, so habe ich es empfunden. Wir hatten kaum Kontakt. Und als er vor einigen Jahren an Krebs starb, hat mich diese Nachricht ehrlich gesagt erleichtert. Er war der einzige Mensch, der wusste, wozu ich fähig bin.

Vielleicht hätte er mich konfrontieren sollen.

Ich habe meine Mutter umgebracht und bin lächerlich leicht davongekommen. Ein wirklich epochales Erlebnis. Als ich den ersten Schock überwunden hatte, damals, habe ich eine eigenartige Gelassenheit gespürt. Zu wissen, dass ich in der Lage bin zu töten, wenn es die Umstände erfordern, ist bis heute ein seltsam beruhigendes Gefühl.

Köln-Höhenberg

Sie bevorzugt das Gebiet diesseits und jenseits der Gleise. Schon bevor die Sonne aufgeht, steuert sie dicklich süßen Honigtau an, den Ameisen oder Schildläuse auf Fichtenzweigen ausgeschieden haben. Nektar und Pollen sind eine willkommene Abwechslung zu verdorbenen organischen Stoffen, die normalerweise ganz oben auf ihrem Speiseplan stehen. Sie lässt sich von ihrem Geruchssinn leiten und legt durchschnittlich acht Kilometer in der Stunde zurück. Fortwährend reinigt sie ihren Leckrüssel, den sie in die klebrige Köstlichkeit tunkt, und reibt ihre Beinpaare zur Säuberung aneinander. Diese Prozedur nimmt Zeit in Anspruch. Entgegen weitläufigen Annahmen nimmt sie es mit der Körperpflege nämlich sehr genau.

Andere Spezies brummen umher. Die Luft ist noch kühl. Vorbeirasende Züge und der morgendliche Berufsverkehr nehmen mit rasanter Geschwindigkeit zu. Lärm ist allgegenwärtig.

Mit rotbraunen Facettenaugen sondiert sie die Umgebung. Ihr Radar hält kontinuierlich Ausschau nach Leckerbissen. Obendrein muss sie auf der Hut sein und drohende Gefahren einschätzen, Rangeleien finden ständig statt. Und Fressfeinde lauern überall. Aber sie hat kaum Mühe, ihr Revier zu verteidigen. Sie ist größer als die meisten ihrer Gattung, kann ihre Flügel imposant spreizen und damit bis zu dreihundertmal in der Sekunde schlagen. Dieses Gebaren schreckt potenzielle Gegner durchaus ab.

Gegen Mittag wechselt sie den Standort, landet auf einem Komposthaufen unweit des Bahndamms und krabbelt an frischen Kartoffelschalen vorbei zu gärenden Kohlresten, die heiß begehrt und belagert sind. Ein wuchtiger Brummer ist nicht gewillt, sie zu dulden, attackiert sie und lässt sich nicht abschütteln. Als sie zudem die Fäden einer hellgrauen Kreuzspinne bemerkt, die quer über verschimmelten Äpfeln gewebt sind, verlässt sie den Biomüllberg. Sie steuert eine Ladung warmen Hundekot an, der auf einem schmalen Grünstreifen neben dem Bürgersteig liegt. Mit ihrer Ankunft vertreibt sie einige Artgenossen, die sich erst nach einer Weile wieder herantrauen. Vorsichtshalber lassen sie sich einige Zentimeter entfernt nieder. Unbeirrt benetzt sie die Exkremente mit ihrem Speichel, damit sie noch breiiger werden. Diese Anstrengung nimmt ihr ganzes Wesen ein und wird nur von vorbeifahrenden Autos unterbrochen oder von Menschen, die in einem gewissen Turnus an ihr vorübereilen. Zwangsläufig setzt sie dann für einen Augenblick ihren Fressvorgang aus, ohne sich nachhaltig stören zu lassen.

Lästig ist dagegen ein hartnäckiges Männchen, das ihre Rückenplatte mit seinen starken Vorderbeinen umklammert und sie zu begatten versucht, während die Sensoren seiner Hinterläufe ihren Körper ertasten. Sein aufdringliches Verhalten zwingt sie mehrfach, die Nahrungsaufnahme zu unterbrechen, wovon sich der paarungsbereite Zweiflügler kaum beeindrucken lässt. Ebenso wenig interessiert ihn die Tatsache, dass ihr Rumpf bereits mit Eiern angefüllt ist. Es ist nur ihrem kräftigen Flügelschlag zu verdanken, dass sich das Männchen endlich veranlasst sieht, sein Vorhaben aufzugeben.

Später klebt sie im Licht der Nachmittagssonne am rauen Putz einer Hauswand und säubert die Geruchshaare ihrer Beine und die schwarzen Borsten, die ihren Körper überziehen. Auch diese aufwendige Prozedur bewältigt sie mit äußerster Geduld. Als sie erneut losfliegt, ist ihr Körper von der Sonne gewärmt. Es fällt ihr jetzt schwerer, den Leib, der vom Gelege dick ist, in Balance zu halten. Instinktiv nimmt sie die Suche nach einem Ort auf, an dem es möglich ist, annähernd einhundertfünfzig Eier so abzulegen, dass die Larven optimale Entwicklungschancen haben. Sie fliegt kreuz und quer, landet auf der Faust eines Säuglings, der in einem Buggy schlummert. Sie krabbelt über den Anorakärmel bis zu den Speckringen am Hals, läuft über sein Kinn zu den Nasenlöchern. Die feinen Härchen ihrer Beine kitzeln die rosige Haut des Babys. Es dreht seinen Kopf im

Schlaf. Gleichzeitig wird sie von der Mutter des Kindes entdeckt, die sofort nach ihr schlägt. Dank ihres Dreihundertsechzig-Grad-Rundumblicks und der Fähigkeit, zwischen Hunderten Lichtimpulsen in der Sekunde zu unterscheiden, hat sie die Gefahr kommen sehen und innerhalb einer Zehntelsekunde reagiert.

Auch wenn Müdigkeit und Leibesfülle ihre Bewegungen insgesamt plumper machen – von verlockenden Düften fühlt sie sich dennoch angezogen. Dem halb verwesten Kadaver einer Ratte kann sie sich nicht entziehen. Er erscheint ihr auf den ersten Blick sogar zur Ablage ihrer Brut geeignet. Ärgerlicherweise flattert eine Elster heran, keckert lautstark, pickt in die Gedärme und bohrt ihre Krallen demonstrativ in die Fellreste des Aases. Notgedrungen muss sie diesen Zwischenstopp wieder beenden. Mittlerweile beginnt es zu dämmern, und die Temperatur sinkt beachtlich. Vielleicht schärft dieser Umstand noch einmal ihre Sinne. Ihre Antennen wittern eine unwiderstehliche, proteinreiche Substanz.

Sie steigt in größere Höhen auf und gelangt durch ein gekipptes Oberlicht an einen wärmeren Ort. Zusätzlich zu dem magischen Geruch, der durch den bakteriellen Abbau von Eiweiß entstanden ist, zieht das Aroma gärender Lebensmittel sie nun an. Mit weit gespreizten Flügeln bewegt sie sich zielsicher auf einen matschigen Salat zu, der im unteren Bereich von einer Plastiktüte umgeben ist. Die Landung ist etwas holperig. Ungeachtet dessen krabbelt sie zum Strunk. Der schwimmt in einer trüben Lache, die sie in sich hineinsaugt. Prompt drängen fertige Maden aus ihrem trapezförmigen Hinterteil und versinken im Sud.

Ein Windstoß weht durch das Fenster, bewegt sanft die Filzschmetterlinge eines Mobiles, das an einer Perlonschnur von der Decke über einem Wickeltisch hängt. So entsteht ein Lichtreflex, der sie aufschreckt. Fliegend verliert sie noch zwei Maden. Taumelnd wie ein Segelflieger im nachlassenden Wind schwirrt sie auf einer Geruchsbahn, deren Dunst sie schon bei ihrer Ankunft wahrgenommen hat. Müde und schwer segelt sie über Kisten mit Kinderspielzeug, Abfall, Wochenblattstapel, die ungelesen vermodern, und Kleidersäcke, bis sie sich schließlich auf einem Körper niederlässt, dessen Ausdünstung alles überlagert. Betört vom Zersetzungsgeruch des menschlichen Körpers inspiziert sie den Ort, zwängt sich in die schmalzige Enge eines Gehörgangs und wieder hinaus. Dabei bleiben einige ihrer kopflosen Maden an den Flimmerhärchen der Ohrmuschel hängen. Intuitiv stuft sie das gesamte Gebiet als sicher ein. Dabei spielt die Regungslosigkeit des Leibes eine wesentliche Rolle.

An diesem Punkt unterscheidet sie sich deutlich von nahen Verwandten. Erst am Vormittag hat sie sich in der Nähe einer Krötenfliege aufgehalten, die für ihre Eier lebende Wirte bevorzugt und sie unter der Rückenhaut einer Amphibie ablegt. Diese Larven werden das Tier wie selbstverständlich als Futterquelle erachten und von innen heraus bei lebendigem Leib fressen. Sie dagegen bevorzugt Kadaver, macht keinen Unterschied zwischen Mensch und Tier.

In diesem Fall deponiert sie die erheblichere Menge des Nachwuchses an einem feuchtweichen Ort. Hier empfindet sie die käsige Geruchskonzentrierung als besonders unwiderstehlich und weiß instinktiv, dass sich die Maden bestens entwickeln werden. Erschöpft bringt sie sich in Rückenlage und pumpt ihre rötlich gelben Backen auf. Das Gelege quillt aus ihrem metallisch blauen Rumpf. Einige Nachkommen sind weit entwickelt, wimmeln sogleich in den geöffneten Augen des Wirts und purzeln die Nasenflügel hinunter zum Mund. Der überwiegende Teil befindet sich hingegen im Larvenzustand und wird zur Verpuppung Zeit benötigen.

Es ist die vierte Brut des Muttertiers.

Die unablässige Nahrungssuche und das mehrfache Gebären des Weibchens haben Spuren hinterlassen. Entkräftet sucht sie dennoch den Weg zurück zum Oberlicht, verliert die Orientierung und knallt mit Wucht gegen die untere Einfachverglasung. Benommen rappelt sie sich auf, startet nächste Versuche und scheitert. Es dauert, bis sie schließlich in Rückenlage fällt, die Gliedmaßen in die Luft streckt, und es nicht mehr schafft, sich zu drehen. Unter Zuhilfenahme der Flügel versucht sie dennoch, ihre Position zu ändern. Erfolglos bäumt sie sich ein letztes Mal auf. Sie stirbt auf der Fensterbank neben einem Christstern, der schon vor Wochen in einem Plastiktopf vertrocknet ist. Bis zu ihrem Tod hat diese Blaue Schmeißfliege neunundzwanzig Tage gelebt und insgesamt sechshundertvierundachtzig Eier abgelegt.

Brühl bei Köln

»Aufmachen! Polizei!«

Maline Brass hämmert mit der Faust gegen die Tür und drückt unentwegt den Klingelknopf.

»Öffnen Sie bitte!«

Sie sind zu viert. Zwei Teams. Angehörige des Kommissariats 11. Mord, Totschlag und Selbsttötung sind fester Bestandteil ihres beruflichen Alltags. Dazu gehören neben der Ermittlungsarbeit auch die Festnahme von Tatverdächtigen und die Vollstreckung von Durchsuchungsbeschlüssen, so wie sie jetzt gerade ansteht.

Maline lauscht an der Tür. In der Wohnung ist es still. Die Kommissarin überlegt. Sie trägt die Verantwortung und gibt nun Franka ein Zeichen. Die Kollegin tritt vor, zieht einen Türfallengleiter aus der Tasche und setzt das dünne Blech in Höhe des Fallenkopfs zwischen Rahmen und Tür an. Dabei drückt sie gleichzeitig mit der Schulter gegen den Zugang und öffnet ihn. Volle Konzentration. Malines Muskeln sind angespannt. Der Verdächtige könnte bewaffnet sein. Sie bedeutet Franka, sich aus der Schusslinie zu bringen. Die Kollegin tritt hinter Ben und Kevin zurück.

»Herr Weber! Hier ist die Polizei! Wir kommen jetzt rein!«

Keine Reaktion.

Maline stößt die Tür mit dem Fuß auf. Die Diele ist leer. Eine geschlossene Tür befindet sich auf zwölf Uhr, eine näher liegende auf der linken Seite ist geöffnet. Drei Schritte, größer ist die Entfernung nicht. Ben ist jetzt direkt neben Maline und sichert sie mit gezogener Waffe. Gemeinsam bewegen sie sich bis zum ersten Türrahmen. Vor Betreten des Raums erfasst Maline die Gegebenheiten dieses Durchgangszimmers in Sekundenschnelle. Das Rattanregal vor dem Fenster, Schreibtisch, Computer. Rechts ein Zugang zum nächsten Zimmer.

Maline bedeutet Kevin, sich an der Eingangstür zu positionieren, um auszuschließen, dass die Ermittler von jemandem überrascht werden. Franka ist aufgerückt, bleibt im Durchgangszimmer stehen und gibt Rückendeckung, während Ben und Maline den nächsten Raum checken. Das Schlafzimmer ist spärlich möbliert. Einzelbett, Schrank, Sessel. Maline sieht auch hinter die Tür. Der Gesuchte befindet sich weder dort noch im Schrank. Unverzüglich kehren die Beamten in die Diele zurück.

Maline reißt die geschlossene Tür am Ende des Flurs auf und macht jetzt Tempo. Die Küche ist ebenfalls ein Durchgangszimmer. Ben sichert. Franka gerät in seine Schusslinie, als sie den einzigen Unterschrank öffnet.

»Mensch, pass doch auf!«, schimpft Ben leise und senkt sofort die Pistole.

Maline prescht vor ins Wohnzimmer und erfasst das Szenario. Zwei Personen. Mann und Frau. Sie sitzt auf einem Sessel, er auf der weißen Ledercouch. Ein massiger Typ, breiter Schädel, Oberlippenbart. Es handelt sich eindeutig um den Gesuchten. Vor ihm steht ein Couchtisch, der mit Gegenständen überfrachtet ist.

»Herr Weber?«, ruft Maline, während sie im Türrahmen stehen bleibt. »Handflächen nach unten auf dem Tisch ablegen!«

Weber macht keine Anstalten, dem Befehl nachzukommen.

»Was wollen Sie hier?«, schreit die Frau los. Sie trägt bunt gemusterte Leggings. »Mein Mann hat nichts getan!«

Franka ist sofort bei ihr und nimmt ihr die Sicht auf ihren Ehemann.

»Scheiß-Bullen!«, kreischt Frau Weber. »Das ist meine Wohnung! Ihr könnt hier doch nicht einfach –«

»Verhalten Sie sich ruhig!«, herrscht Franka sie an. »Ansonsten werde ich Sie hinausbegleiten.«

»Los jetzt, Hände auf den Tisch«, ruft Maline Weber zu, und diesmal kommt er der Aufforderung nach.

Sie behält ihn im Blick, ohne ihre Position zu verlassen, und scannt gleichzeitig den Raum. Ein Wohnzimmerschrank ist von der Wand abgerückt, daneben sind Umzugskisten gestapelt.

»Sauber«, ruft Ben, nachdem er in und auch hinter den Schrank geschaut hat.

Maline schaut durch die Küche in die Diele zurück. Kevin steht auf dem Posten.

Ben nähert sich Weber und hält die Waffe direkt auf ihn gerichtet. Der Tisch vor der Couch wirkt wie eine Barriere zum Vorteil für den mutmaßlichen Täter.

»Stehen Sie jetzt auf, kommen Sie langsam hinter dem Tisch hervor und begeben Sie sich in die Raummitte!«, befiehlt Ben, während er weiter auf ihn zielt.

Weber zögert schon wieder.

»Wenn Sie dem nicht nachkommen, setzen wir Pfefferspray ein«, ruft Maline.

Das wirkt. Weber setzt sich in Bewegung.

Gleichzeitig beginnt seine Frau erneut zu krakeelen. »Scheiß-Bullen. Blödes Pack!«

Franka hält sie in Schach.

Ben dirigiert ihren Mann auf den Boden. Maline legt ihm Handfesseln an, während Ben den Bund seiner Jeans gründlich nach gefährlichen Gegenständen durchsucht. Anschließend tastet er Webers Körper ab und befördert ein Klappmesser aus dem rechten Strumpf.

»Wir helfen Ihnen jetzt beim Aufstehen und bringen Sie zur Dienststelle«, sagt Maline laut.

»Ende!«, ruft Edwin.

Maline braucht einen Moment, um von ihrem Stresspegel herunterzukommen.

Die Simulation ist im Rahmen des jährlichen Einsatztrainings erfolgt. Weber ist Polizeikommissar, genau wie seine »Frau«.

Sie sind Beamte aus einem anderen Kommissariat. Die Kölner Behörde ist groß, und Edwin, der Leiter des Einsatztrainings, hat es für die Konfrontation extra so inszeniert, dass Maline und ihr Team die Gegenspieler nur flüchtig kennen. Trainingseinlagen wie diese wirken dadurch noch wirklichkeitsnaher.

Um Einsätze im häuslichen Umfeld so realistisch wie möglich zu üben, nutzt die Kölner Polizei ihr Trainingshaus in Brühl, in dem verschiedene Wohnungen für ihre Zwecke hergerichtet sind, beispielsweise um bei Durchsuchungen jemanden zu finden, der sich in einem Zimmer versteckt hält. Unvorhersehbare Eskalationen inklusive. Zwei Tage Eingriffstechniken und taktische Grundlagen in diesem Trainingshaus liegen hinter Maline und den anderen. Den krönenden Abschluss bildete die heutige Festnahme eines »Täters«. Seine »Ehefrau« hatte die Aufgabe, die angespannte Atmosphäre in der Übungswohnung zu steigern. Echte Verhaftungen können schnell aus dem Ruder laufen. Eine falsche Entscheidung, eine Unachtsamkeit, und schon eskaliert die Lage.

Maline hat einige brenzlige Situationen erlebt. Menschen, die sich in die Ecke gedrängt fühlen, sind unberechenbar. Wie vor Jahren dieser Familienvater, der seine Frau mit einem Messer schwer verletzt hatte. Beim Eintreffen der Polizei gab er sich kooperativ, ruhig und einsichtig. Maline sprach mit ihm im Arbeitszimmer. Seine Kinder schrien in der Küche. Als er abgeführt wurde, ging Maline vor ihm die Treppe hinunter. Diese Unvorsichtigkeit nutzte er sofort aus und trat ihr mit voller Wucht in den Rücken. Maline fiel unglücklich, zog sich schwere Prellungen und einen Nasenbeinbruch zu. Ein anderes Mal verpasste ihr ein Junkie einen Tritt in den Bauch. Auch aus diesem Grund schwört Maline auf das jährliche Einsatztraining.

Edwin sammelt die Rotwaffen ein, die innerhalb der Fortbildung anstelle der P99 eingesetzt werden. Die Trainingspistolen sind leuchtend rot und ohne Munition. Auch das Pfefferspray geben ihm die Beamten wieder zurück.

»Du warst richtig gut«, lobt Maline ihre Kollegin. »Frau

Weber« hat ihre Leggings wieder gegen Jeans getauscht. Die Gruppe steht zur Nachbesprechung zusammen.

Edwin kommt noch mal auf die Wichtigkeit des Quick Peaks zu sprechen. »Schneller Blick«, sagt er stakkatomäßig. »Zack. Das Zimmer checken. Zack. Durchsuchen und ab in den nächsten Raum. Ihr müsst alles schnell erfassen und auf die Deckung achten.« Edwin sieht zu Franka, und Ben nickt.

Es klopft an der Tür. Maline hofft, dass die Abschlussrunde hiermit beendet ist. Heute wird sie Jette zum Japaner entführen. Und egal, ob sie sich für Sushi, Kiji-Don oder Shake-Teriyaki entscheiden, danach werden sie auf eine Elektro-Swing-Party ins Gloria gehen. Gedanklich schwingt Maline schon das Tanzbein und braucht deshalb einen Moment, um zu begreifen, dass der Kollege ihretwegen die Runde stört. Eine Leiche wurde aufgefunden, und dieser Umstand vernichtet mit einem Schlag die Abendpläne der Oberkommissarin. Sie hat Rufbereitschaft.

Eigentlich ist es Lou Vanheydens Dienst, den Maline kurzfristig übernommen hat. Eine Gefälligkeit unter Kolleginnen, die auch Freundinnen sind. Lous Tochter hat ihren Work-and-Travel-Aufenthalt in Kanada nach nur fünf Monaten überraschend abgebrochen, geplant war ein volles Jahr. Zu den Gründen hat Frieda geschwiegen und ihren Eltern via Skype vor ein paar Tagen nur die Ankunftszeit am Flughafen mitgeteilt. Seitdem befindet sich vor allem ihr Vater Henry im emotionalen Ausnahmezustand und spekuliert in alle Richtungen. Heimweh? Liebeskummer? Lou bleibt gelassen. Frieda wirkte im Skypegespräch unversehrt, und das ist für sie die Hauptsache.

Maline hat die Bereitschaft übernommen, damit Lou dabei sein kann, wenn ihre Tochter ankommt, obwohl sie längst Karten für die Swing-Party gekauft und einen Tisch beim Japaner reserviert hatte. Selbstverständlich in der Hoffnung, dass es zu keinem Einsatz kommen wird. Zähneknirschend fährt sie nun in Richtung Innenstadt, ruft ihre Freundin über die Freisprechanlage an und sagt ihre Verabredung ab.

Jette möchte keinesfalls allein losziehen. »Es gibt Schlimmeres und noch viele Partys«, sagt sie.

Maline hat nichts anderes erwartet. Am Anfang einer Beziehung ist das Entgegenkommen oft groß. Jede ihrer Partnerinnen hatte in den ersten Monaten Verständnis für die Unregelmäßigkeiten ihres Jobs.

»Kommst du später zu mir, oder fährst du ins Bergische?«, will Jette nur wissen.

Maline ist kürzlich nach Marialinden gezogen, hält sich dort aber kaum auf. Jette wohnt im Belgischen Viertel, in der Nähe vom Brüsseler Platz zwischen Altbauten mit Gründerzeitfassade, und Maline schlendert gern durch das Viertel, in dem sich hippe Cafés, Szenekneipen, kleine Boutiquen und Galerien befinden. Außerdem machen ihr die vielen Sondereinsätze oft einen Strich durch die Rechnung. Um Zeit zu sparen, begibt sich Maline dann erst gar nicht auf die Autobahn, um im Bergischen Land zu übernachten, sondern bleibt gleich in Köln. Die Anforderungen der Behörde wachsen ständig.

Zur Bewältigung der Aufgaben, die aufgrund der Flüchtlingswelle und den Silvesterübergriffen 2015/16 zusätzlich zur alltäglichen Organisation anfallen, muss jedes Kommissariat Personal stellen. Hinzu kommen Aufmärsche der Rechten mit Gegendemonstrationen, andere politische Versammlungen und die ganz normalen Großevents wie Fußballspiele, Karneval, CSD, Kölner Lichter, Weihnachtmärkte und so weiter und so weiter. Maline schiebt neunhundertachtzig Überstunden vor sich her. Sie ist ihrem Beruf mit Leib und Seele verschrieben. Doch die Stimmung kippt, bei ihr genauso wie bei manchen Kollegen.

Wegen der herrschenden inneren Strukturen ist es schwierig, geleistete Stunden abzubauen. Dienstfreisperre. Permanenter Personalmangel. Rufbereitschaften, die nur 8:1 vergütet werden. Obendrein nehmen Anfeindungen der verschiedenen Gesellschaftsgruppen, politischen Lager und mancher Medien bisweilen absurde Ausmaße an. Und über den Inhalt der Verpflegungsbeutel bei Großeinsätzen regt sich Maline schon gar nicht mehr auf.

So oder so – der gemeinsame Abend mit Jette ist gelaufen.

Maline schluckt ihren Frust hinunter, blendet ihn auf dem Weg zum Einsatzort aus. Ein Mensch ist gestorben. Dieser Umstand versetzt sie in den Go-Modus. Für die nächsten Stunden wird Maline Brass dem Toten und dessen Umfeld ihre ungeteilte Aufmerksamkeit widmen.

Honrath-Jexmühle

Der Zugbegleiter nähert sich durch den Mittelgang und prüft die Tickets der Fahrgäste. Romy hat die Kapuze ihres Sweatshirts aufgesetzt und lässt ihren Blick unauffällig durch das Großraumabteil schweifen. Die Regionalbahn ist gut frequentiert. Romy wäre lieber zu einer späteren Uhrzeit gefahren. Aber ein verwaistes Abteil bedeutet nicht automatisch, dass sie weniger auffällt. Außerdem gehört Linus früh ins Bett. Er kränkelt. Abends ist es besonders schlimm.

Romy sieht, wie sich der Bahnbedienstete kontinuierlich nähert, und spürt den Stein in der Magengrube, der sich neuerdings bemerkbar macht, wenn sich brenzlige Situationen anbahnen. Um sich abzulenken, stiert sie demonstrativ aus dem Fenster.

Linus zeichnet mit dem Zeigefinger die Verläufe des Regens nach, der die Scheiben außen hinunterperlt, obwohl sie ihn mehrfach ermahnt hat, es zu unterlassen. Gott weiß, welche Bakterien an den Fenstern kleben. Sie setzt schon an, um ihn erneut zu tadeln, aber der Junge summt ein Regenlied und löchert sie ausnahmsweise nicht mit Fragen. Für diese Atempause nimmt Romy die schmutzigen Hände in Kauf. Sie kuschelt sich an ihren Sohn, der nun den Deckel des Tischmüllbehälters aufklappt. Und zu. Zu und auf. Der Kleine ist blass, hat einen trotzigen Zug um den Mund, durchsichtiger Schleim rinnt ihm aus der Nase. Seine Handgelenke sind zart, die Finger schmal und kurz. *Sind so kleine Hände …*

Die Bahn rumpelt durch die beginnende Dunkelheit und

durchquert das Gebiet von Brunsbach. Birken und Tannen säumen die Gleise. Die Bäume sind nur schattenhafte Umrisse, ebenso wie die Forsythiensträucher und das Meer aus wilden Narzissen. Romy kennt die Wegstrecke im Schlaf und liebt sie besonders im Frühling. In der Schule hat sie an den Lippen ihrer Deutschlehrerin gehangen. »Nun jauchzet alles weit und breit, da stimmen froh wir ein: Der Frühling ist die schönste Zeit! Was kann wohl schöner sein?« Nun ja, da fällt Romy einiges ein. Ihre Wunschliste ist länger als das gesamte Netz der Deutschen Bahn.

Der Schaffner hat die Distanz zwischen ihnen verringert. Bis zur Haltestelle, an der sie und Linus aussteigen müssen, sind es noch knapp vier Minuten. Äußerlich entspannt wägt Romy Fluchtmöglichkeiten ab. Die Toilette ist keine Option. Defekt und zugesperrt. Gewohnheitsmäßig hat Romy beim Einsteigen die Lage gecheckt. Sie könnte aufstehen, Linus an die Hand nehmen und ganz langsam in die entgegengesetzte Richtung schlendern. Oder mit erhobenem Kopf am Bahnbediensteten vorbeimarschieren, den nächsten Ausgang ansteuern, Blickkontakt zu ihm halten und freundlich lächeln. Ihr Lachen ist ein Türöffner. *Damit wickelt Romy jeden um den Finger.* Die Behauptung ihres Stiefvaters hat stets diffamierend geklungen.

Der Marsch des Schaffners wird durch eine Frau gebremst, die offenbar über eine Seniorenkarte verfügt, ihren Ausweis allerdings nicht mitführt. Zwischen den beiden entbrennt eine Diskussion, weil die Dame nachlösen soll und sich weigert. Der Kontrolleur bleibt hart, obwohl es sehr wohl Handlungsspielräume gibt, wie die Frau mehrfach betont. Ein Erbsenzähler, denkt Romy und beginnt zu schwitzen.

Sie könnte gelassen bleiben. Ausnahmsweise besitzt sie einen Fahrschein und hat ihn ordnungsgemäß am Automaten entwertet. Linus ist der Grund für ihre Nervosität. Er ist im Februar sechs geworden, wird im Sommer eingeschult und lehnt es neuerdings ab zu lügen, wenn ihn jemand nach seinem Alter fragt. Dabei geht er von der Statur locker als Fünfjähriger durch. Kinder unter sechs können kostenlos mitgenommen werden – wie sehr Romy auf dieses Sonderrecht angewiesen ist, ahnt Linus natürlich nicht. Und prinzipiell möchte sie ihn zu einem ehrlichen Menschen erziehen. Notlügen toleriert Romy nur gelegentlich, auch wenn es schwer ist, diesen Grundsatz im Alltag durchzuhalten. Dabei sehnt sie sich nur nach Normalität. Diesem Wunsch ordnet sie alles unter. Für Linus. Ihn schirmt sie weitestgehend von der Realität ab, lässt ihn im Glauben, dass vieles, was sie unternehmen, ein Spiel ist. »Das Leben ist schön.« Romy hat den Film siebzehnmal gesehen. Früher. In einem anderen Leben.

Der Bahnangestellte diskutiert weiter mit der alten Dame. Romy kann sein Aftershave riechen. Er steht breitbeinig und dreht ihr den Rücken zu. Romys Blick geht hinauf zu seinem ausrasierten Nacken. Die Dienstmütze sitzt eng und drückt sich in eine rötliche Fettwulst, seine Ohren stehen ab.

Die Regionalbahn verlangsamt die Geschwindigkeit. Romy hilft Linus in die Jacke, die ihm zu klein geworden ist. Der Reißverschluss lässt sich nicht mehr schließen. Romy behilft sich mit zwei Sicherheitsnadeln und ermahnt Linus, vorsichtig aufzustehen. Er hangelt sich von Sitzlehne zu Sitzlehne bis zum nächsten Ausstieg und hält sich an einer Haltestange fest. Wenn es drauf ankommt, ist er gehorsam. Der Zugbegleiter baut sich vor der renitenten Frau auf. Erst als Romy sich an ihm vorbeidrängelt, dreht er sich um und spricht sie direkt an.

»Fahrausweis, bitte!«

Die Bahn kommt quietschend zum Stehen.

Romy knipst ihr Lächeln an und zückt das Ticket, ohne Linus aus den Augen zu lassen, der durch den Bremsvorgang einen Moment die Balance verliert, die Situation aber ohne Probleme meistert. Als er ins Freie hüpft, hat der Schaffner schon das Interesse an Romy verloren. Dem Kind hat er keine Aufmerksamkeit geschenkt. Linus springt in die erstbeste Pfütze und wiehert wie ein Fohlen, das nach einem langen Winter im Stall endlich auf die Weide darf.

Zahlreiche Menschen haben den Zug verlassen und stürmen zu ihren Autos. Romy holt Linus ein, schlingt ihre Arme von hinten um seinen schmächtigen Körper, hebt ihn hoch und wirbelt ihn im Kreis. Engelchen flieg. Er quietscht vor Begeisterung.

Romy trödelt, inspiziert unnötigerweise den Zugfahrplan und schnürt sich seelenruhig die Turnschuhe. Aus den Augenwinkeln beobachtet sie, wie ein Auto nach dem anderen die Park-and-Ride-Anlage verlässt, die einer beachtlichen Anzahl Pkw Platz bietet. Trotzdem kommt es in Stoßzeiten regelmäßig zu Engpässen.

Als wieder Ruhe eingekehrt ist, nimmt Romy Linus an die Hand und biegt mit ihm an der Kurve nach Jexmühle ab. Erfreulicherweise ist die Straße jetzt wie leer gefegt. Sie überqueren den Bahnübergang, und es hört endlich auf zu regnen. Romy zieht Linus zur Seite und zaubert eine schwarze Sturmhaube aus ihrer Umhängetasche. Als Jugendliche hat sie das Baumwollding unter dem Motorradhelm getragen, wenn sie sich bei Eiseskälte an Robin festklammerte. Diese Zeit scheint Lichtjahre her. Zwischen Gegenwart und Vergangenheit liegen Welten.

Romy stülpt Linus die Sturmmaske über den Kopf. Die Augenöffnung ist zu groß. Das Gesicht des Kindes ist komplett zu sehen, aber seine langen blonden Haare sind verdeckt. Linus' Augen strahlen vor Begeisterung. Es bedarf nur weniger Accessoires, um seine Phantasie anzuregen.

Romy kramt eine große Sicherheitsnadel hervor, strafft den Stoff an Linus' Nacken, befestigt die Nadel und lächelt. Die Kopfbedeckung sitzt perfekt. »Wir sind Ninjas«, flüstert sie. »Niemand darf uns sehen, und deshalb gehen wir nicht über die Straße, sondern schleichen am Bahndamm entlang.«

»Wo sind unsere Schwerter?«, fragt Linus, zieht die Nase hoch und zappelt von einem auf das andere Bein.

»Wir haben die Aufgabe, unsere Mission mit bloßen Händen zu erledigen.«

Romy nimmt ein dunkles Tuch, bindet es um ihre Stirn und knotet es hinter dem Kopf zusammen. Linus hebt den Daumen und grinst.

Ein Auto nähert sich. Scheinwerfer blenden auf.

»Komm!« Romy zieht ihren Sohn von der Straße hinter einen Busch. Gemeinsam beobachten sie, wie der Pkw an ihnen vorbeirollt. Als er nicht mehr zu sehen ist, dirigiert Romy das Kind auf einen Pfad und bedeutet ihm, still zu sein, indem sie ihren Zeigefinger auf seine Lippen legt.

Sie laufen parallel zu den Gleisen in Richtung Hoffnungsthal.

Linus ist ganz in seinem Element, macht sich klein und rennt gebückt am Saum der Böschung entlang. Im Eifer des Gefechtes verliert er zwischendurch die Orientierung und stolpert über den losen Schotter, in dem die Bahnschwellen eingebettet liegen. Romy schwitzt Blut und Wasser. Wiederholt zerrt sie ihren Sohn von der Trasse und lenkt ihn auf Kurs.

Begleitet von einem mulmigen Gefühl behält sie vor allem die Strecke hinter sich im Auge, auch wenn die nächste RB25 erst in neun Minuten den Bahnhof in Honrath erreichen wird. Romy hat die Taktung der Regionalbahnen auswendig gelernt. Aber vielleicht gibt es auf diesen Schienen auch Güterverkehr. Gefährlich ist die Aktion in jedem Fall.

Die Straße muss Romy unbedingt meiden. Leider ist sie in der Gegend bekannt, und diese Tatsache zwingt sie zu der kleinen Abenteuereinlage. Und auch wegen Linus ist es klug, ihre Absichten zu verschleiern. Er plappert drauflos, wenn er dazu aufgefordert wird.

Die Leiterin seines Kindergartens interessiert sich außerordentlich für seine Geschichten. »Erzähl mal, Linus, was hat deine Mami mit dir am Wochenende denn so unternommen?« Die Einrichtung, die der Junge besucht, besteht aus zwei Gruppen, solider Erzieherinnenschlüssel mit einer Köchin, die sich richtig ins Zeug legt und alle Kinder beim Namen kennt. In ihrer momentanen Situation wäre Romy eine anonyme Großeinrichtung lieber.

Auf der rechten Seite taucht die Rückfront eines Hauses auf, in dem Romy früher ein und aus ging. Sie lässt ihren Blick schweifen. Überall standen ihr hier einst die Türen offen, es gab Freunde und Gemeinschaft. Schall und Rauch. Romy stellt sich vor, wie einstige Weggefährten heute mit ihren Familien am Abendbrottisch sitzen und die Nase rümpfen, wenn ihr Name fällt.

Linus trottet langsamer vorwärts und bückt sich nicht mehr so mustergültig wie am Anfang. Er hat keine Ahnung, wo sie sich befinden und was sie in dieser Gegend zu suchen haben.

»Es ist nicht mehr weit«, sagt Romy und bemerkt, dass sie ihre Geschwindigkeit ebenfalls gedrosselt hat. Ihr Herz klopft bis zum Hals. Sie erreichen ein markantes Birkenpaar, und Romy scheucht Linus den Abhang hinauf. Ihr gelingt die erwartete Punktlandung. Das Haus liegt umgeben von einem hüfthohen Gartenzaun direkt am Waldrand und ist an der Nordseite in den Hang gebaut. Romy hatte es größer in Erinnerung.

Optisch passt das Gebäude eher in den Schwarzwald. Das Walmdach ist an zwei Seiten tief nach unten gezogen und verschattet im Sommer die Außenwände. An der Südseite sind bodentiefe Fenster eingelassen. Ein großer Holzbalkon erstreckt sich über die obere Etage, und der Keller ist aus Natursteinen gemauert, ebenso die Doppelgarage. Das gesamte Grundstück wirkt verlassen und düster. Nirgends brennt Licht. Der nächste Nachbar lebt einhundert Meter entfernt. Bis auf das Dach wird sein Haus, aus Romys Perspektive, von Sträuchern und Tannen verdeckt.

»Ich hebe dich über den Zaun«, flüstert Romy. »Siehst du die zugedeckten Gartenmöbel?«

»Mhm.«

»Da müssen wir hin.«

Sie hilft Linus über die Umzäunung, bevor sie selbst rüberspringt, und geht vor dem Kleinen in die Hocke.

»Wir überqueren jetzt die Wiese. Dabei werden Lampen angehen und den Garten ausleuchten. Davor brauchst du keine Angst zu haben. Das sind Bewegungsmelder. Sie sollen die Leute im Haus vor Eindringlingen warnen.«

»Rufen die dann die Polizei?«, fragt Linus, zieht die Augenschlitze seiner Sturmhaube nach unten und wischt den Rotz, der ihm aus der Nase läuft, mit dem Ärmel seines Anoraks fort.

»Es ist niemand im Haus. Die Nachbarn werden auch nicht

reagieren, weil diese bekloppten Lichter ständig angehen. Bei jedem Igel, Hasen und allen Katzen, die umherstreunen. Verstanden?«

»Ich muss Pipi.«

»Gleich.«

Sie rennen Hand in Hand den leicht abschüssigen Rasen hinauf und sind kaum zwanzig Meter vorangekommen, als der Garten in hellem Flutlicht erstrahlt. Trotz Ansage stößt Linus einen Schrei aus. Romy legt einen Zahn zu und treibt ihn über das feuchte Nass. Bei den Gartenmöbeln angekommen, überwindet sie die kurze Distanz zur Hauswand. Romy drückt sich mit dem Rücken dagegen. Außer Atem imitiert Linus ihr Verhalten.

Wenige Schritte entfernt führt eine schmale überdachte Kellertreppe ins Untergeschoss des Hauses. Auf ihr Geheiß springt Linus mit ihr die moosbedeckten Steinstufen hinab. Romy nimmt einen Pflasterstein in die Hand, der in einer alten Bananenkiste liegt. Linus verfolgt jede ihrer Bewegungen mit großen Augen.

»Du musst mir jetzt genau zuhören.« Romy fängt den Blick ihres Sohnes ein. »Es ist nicht erlaubt, bei anderen Menschen einzubrechen, und es ist auch nicht in Ordnung, fremdes Eigentum zu zerstören. Du findest meine Verhaltensweise deshalb bestimmt paradox, aber heute machen wir eine Ausnahme, weil ich keine Wahl habe.«

»Was heißt paradox?«

»Pst!«

Romy schiebt Linus zur Seite und lässt den Stein gegen das wasserkistengroße Fenster krachen, das etwa auf ihrer Kopfhöhe in die Kellertür eingelassen ist. Die geriffelte gelbliche Scheibe geht klirrend zu Bruch. Der größte Teil der Scherben landet im Keller. Linus reißt die Augen noch weiter auf.

Romy lauscht wie versteinert, bis das Licht des Bewegungsmelders ausgeht. Alles bleibt ruhig. Mit Hilfe des Steins vergrößert sie das Einschlagloch bis zum Rahmen, nimmt ihre alten Motorradhandschuhe aus dem Rucksack und stülpt sie Linus über die Hände.

»Die sind viel zu groß«, quiekt er lachend.

»Egal, Hauptsache, deine Hände sind geschützt.«

Linus zieht eine Grimasse.

»Ich hebe dich jetzt mit den Füßen zuerst durch das Fenster. Drinnen steckt ein Schlüssel im Schloss. Meinst du, dass du es schaffst, ihn zu drehen und die Tür zu öffnen?«

Der Kleine nickt.

»Eins noch«, sagt Romy, geht vor Linus in die Knie und sieht ihm in die Augen. »Welche geheime Handbewegung machen wir, wenn Gefahr droht und wir nicht miteinander sprechen können?«

»Wir klopfen uns leicht mit der linken Faust auf die Mitte der Brust.«

»Richtig.« Romy lächelt. »Und was machen wir dann?«

»Weglaufen, verstecken …« Linus zieht die Nase hoch und sieht in die Luft.

»Oder wir holen Hilfe«, ergänzt Romy.

»Sind wir denn in Gefahr?«, fragt Linus und schaut sich um.

»Unsinn«, beruhigt ihn Romy. »Ich wollte dich nur testen.« Sie stellt sich hinter ihren Sohn, wuchtet ihn empor und befördert ihn mit Schwung hinauf zur Fensteröffnung.

»Setz deine Füße auf dem Rahmen ab!«

»Da ist Glas!«

»Ja, pass auf, wenn du drüben aufplumpst, dort liegen Scherben auf dem Boden.«

Nach dem zweiten Versuch gelingt die Prozedur, und Linus fällt ins Innere des Hauses.

»Siehst du den Schlüssel, der auf der Tür steckt?«

Glas knirscht.

»Linus? Hast du dir wehgetan?«

»Ich hab Pipi in die Hose gemacht.«

»Das ist nicht schlimm, Spätzchen. Öffne jetzt die Tür!«

»Hier ist es dunkel.«

»Der Lichtschalter ist auf der rechten Seite direkt über deinem Kopf.«

Sekunden später schließt Romy ihren Sohn wieder in die

Arme und küsst seine Wangen. Er lächelt gequält. Seine Jeans hat einen feuchten Kranz im Schritt.

»Ich habe Hunger.«

»Gleich.«

»Nein, jetzt.«

Romy angelt eine Taschenlampe aus ihrem Rucksack, schaltet sie ein, löscht das große Licht, durchquert den Kellerraum und führt Linus die steile Treppe hinauf. Sie vermeidet es, ihren Empfindungen nachzuspüren, und instruiert sich, ihren Plan konsequent in die Tat umzusetzen.

Die beiden gelangen in einen Flur. Links befindet sich die Garderobe, an der eine Strickjacke neben dem großen Regenschirm hängt, unter den locker drei Leute passen. Es riecht nach Raumerfrischungsspray der Duftsorte exotischer Früchte. Romy verzieht das Gesicht. Manche Dinge ändern sich anscheinend nie.

»Hier stinkt's«, bemerkt Linus.

»Musst du noch auf die Toilette?«, fragt Romy und deutet auf das Gäste-WC.

Linus schüttelt den Kopf.

Sie öffnet die Tür zur Küche und knipst das integrierte Licht in der Dunstabzugshaube an. Linus folgt ihr zögernd.

Die Inneneinrichtung ist luxuriös, eine Überraschung, die niemand hinter der unspektakulären Außenfassade vermutet. Romys Magenstein meldet sich und wiegt jetzt einen Zentner. Allein der Anblick der Küche löst bei ihr Beklemmungen aus. Auch die bodentiefen Sprossenfenster mit Blick in den Garten. Der frei stehende Küchenblock mit Quarzsteinarbeitsplatte, das Induktionskochfeld und die runde Granitspüle. Unaufdringlich protzende Markenware. Natürlich fehlt weder eine Hightech-Kaffeemaschine noch der in Augenhöhe angebrachte Backautomat mit TFT-Touchdisplay, Klimagaren-Vorrichtung und integriertem Speisenthermometer. Erwartungsgemäß kann Romy kein Staubkörnchen entdecken. Die Einrichtung wirkt wie der Verkaufsraum einer Möbelhauskette.

Linus lässt sich auf den Boden fallen. Er schafft es, die Sicherheitsnadeln zu lösen, zieht die Jacke aus, befördert ein Matchboxauto aus den Untiefen seiner Hosentasche und schiebt es über die sandfarbenen Bodenfliesen, die auch als Spritzschutz hinter der Spüle verbaut sind. Wegen ihrer empfindlichen Oberfläche wird die Küche allerdings kaum benutzt. Romy kaut auf ihrer Unterlippe. In diesem Haushalt schwört man auf Mikrowelle oder geht auswärts essen, vorzugsweise beim Italiener.

»Kann ich Pommes haben?«, fragt Linus.

Romy legt ihr Handy auf den Tisch und öffnet den Multi-Airflow-Umluftkühlschrank. Blaues LED-Licht und bis auf ein Senfglas gähnende Leere. Dafür lagert in den Gefrierfächern eine ansehnliche Auswahl Mikrowellenmenüs.

»Darf ich mich etwas umsehen?«, fragt Linus.

»Klar, aber bitte nichts anfassen.«

Romy sieht den Jungen die Treppe hinauflaufen. »Hier ist ein riesiges Badezimmer mit Planschbecken«, hört sie ihn begeistert rufen. Er meint wahrscheinlich die Whirlpool-Badewanne.

»Darf ich mich reinsetzen?«

»Nein!«, schreit Romy. »Komm wieder runter!«

»Gleich.«

Fritten findet Romy nicht und entscheidet sich für schwedische Fleischklöße mit Nudeln.

Linus ist begeistert, als sie wenige Minuten später vor der dampfenden Mahlzeit sitzen. Romy löst die Sicherheitsnadel in seinem Nacken und zieht ihm die Haube vom Kopf.

»Hier ist es cool«, sagt er. »Oben ist ein Raum mit Computern und einem tollen Tischkicker.«

Romy lächelt.

»Wohnen wir jetzt hier?«, will Linus wissen und zieht schon wieder die Nase hoch.

»Nein.«

»Wem gehört das Haus?«

»Kennst du nicht.«

»Meine Hose ist nass.«

»Ich weiß.«

»Bist du böse mit mir?«

»Nein.«

»Haben die Leute, die hier wohnen, nichts dagegen, dass wir ihre Sachen essen?«

Romy hebt die Schultern.

»Du hast gesagt, dass man fremde Dinge nicht anfassen darf.«

»Ja, genau.«

»Kaputt machen darf man auch nix.«

»Stimmt.«

»Die Scheibe im Keller hast du aber zertrümmert.« Linus fasst die Situation zusammen. »Peng. Knall. Schepper!«

»Du sollst nicht in dieser Comicsprache reden«, sagt Romy schärfer als beabsichtigt.

Linus isst schweigend ein paar Happen.

»Mein Hals tut weh«, sagt er dann.

Romy legt ihm die flache Hand auf die Stirn. Fieber hat er nicht, aber der Junge brütet definitiv etwas aus. Sein Immunsystem ist anfällig.

Romy stellt ihren Teller ins Spülbecken, öffnet den Backofen, zieht einen gusseisernen Topf hervor und hebt den Deckel hoch. Sie nimmt den Autoschlüssel heraus, schiebt ihn in ihre Hosentasche und stellt den Topf zurück. Linus bohrt in der Nase und schmollt. Er ist sensibel und mag es nicht, wenn man ihn tadelt oder zurechtweist. Natürlich nicht. Sie wuschelt ihm durch die schulterlangen Haare und drückt ihm einen Kuss auf den Hinterkopf.

»Zieh deine Hose und den Slip aus.«

Er starrt sie entgeistert an.

»Keine Sorge, ich werfe beides nur schnell in den Trockner.«

»Was ist –«

»Eine Maschine, die feuchte Sachen trocken macht.«

»Cool!«

Linus öffnet den Bundknopf, und seine Jeans fällt zu Boden. Den Schlüpfer streift er schnell ab. Romy wickelt ihm zwei Geschirrhandtücher um die Hüften.

»Ich muss in die Garage«, sagt sie. »Du bleibst sitzen und isst den Teller leer.«

Bevor sie die Tür hinter sich zuzieht, wirft sie einen letzten Blick auf Linus. Er hat die Kapuze seines Sweaters aufgesetzt, baumelt mit seinen nackten Beinen und spricht mit dem Fleischklößchen, das er mit der Gabel aufgespießt hat.

Das Licht der Taschenlampe leuchtet Romy den Weg, die Treppe hinunter in die Waschküche. Prompt begegnen ihr alte Geister. Romy beißt die Zähne zusammen. Sie weiß, dass sie verloren hat, wenn sie sich den Dämonen stellt, und klatscht in die Hände. Krach mögen Geister nicht.

Romy wirft Linus' Sachen in den Wäschetrockner, schaltet ihn ein und geht im Lichtstrahl der Taschenlampe den schmalen Flur entlang, der an einer weiß lackierten Eisentür endet. Der Schlüssel steckt. Sie öffnet und betätigt den Lichtschalter. Wie zu erwarten ist der Alfa Romeo verschwunden, aber der dunkelgrüne Fiat Qubo steht auf seinem angestammten Stellplatz. Bei seinem Anblick ringt Romy um Fassung, fängt sich aber sofort wieder. Sentimentalitäten will sie sich jetzt nicht erlauben.

Romy geht um den Minibus herum. Der Wagen ist erstaunlich gut in Schuss und hat noch zwei Jahre TÜV. Das Heckfenster und die Scheiben der seitlichen Schiebetüren sind dunkel getönt. Romy öffnet den Kofferraum. Er ist mit Allzweckvlies ausgelegt. Im Fond befinden sich eine Kiste Mineralwasser, eine Taschenlampe und zwei Decken. Das Auto riecht neu, obwohl es acht Jahre auf dem Buckel hat. Die Felgen glänzen.

Von der Garagendecke hängt ein Kanu. Es ist an Karabinern und Bandschlingen befestigt und baumelt waagerecht über dem Qubo. An den Wänden der geräumigen Doppelgarage sind Regale angebracht. Auf den meisten Einlegeböden herrscht Unordnung. Konserven, Einmachgläser, Blumendünger und Werkzeuge. Alles liegt kunterbunt durcheinander. Romy schnappt sich eine leere Plastikkiste und füllt sie mit Milchtüten, verschiedenen Marmeladengläsern, abgepacktem Brot, Margarine, Dosenwürstchen und mehreren Packungen Kekse.

»Was machst du hier?«

Romy zuckt zusammen und dreht sich um. Linus steht im

Rahmen. Das Geschirrhandtuch verdeckt seine nackten Oberschenkel. Die Kniestrümpfe sind ihm bis zu den Knöcheln hinuntergerutscht. Er hat die Kapuze seines Sweatshirts immer noch auf, die Hände in die Bauchtasche geschoben und schaut sich interessiert um.

»Ich packe Sachen.«

»Warum?«

»Wir nehmen den Wagen mit«, sagt Romy, steckt diverse Dosensuppen, Nudeln und eine Palette Orangensaft in Jutebeutel und verstaut alles im Kofferraum.

Linus bohrt in der Nase. »Aber der gehört doch bestimmt den Leuten, die hier wohnen, oder?«

»Ja.«

»Klauen wir?«

»Es ist ein Geschenk.«

»Soll ich denen ein Dankeschön-Bild malen?«, fragt Linus und niest.

»Wem?«

»Na, den Leuten.«

»Dafür haben wir keine Zeit.«

»Warum sind sie nicht da?«

»Der Besitzer mag das Auto sehr und gibt es nur ungern ab, deshalb will er nicht dabei sein, wenn wir damit wegfahren.«

»Muss der sonst weinen?«

»Ja.«

»Darf ich da drinnen sitzen?«

»Moment«, sagt Romy und nimmt die Sitzerhöhung, die neben Fahrradhelmen liegt, aus dem Regal. Der Stoffbezug ist löchrig, und an manchen Stellen schimmert die Plastikhartschale durch. Ein ramponiertes Modell, aber es wird seinen Zweck erfüllen.

Der Junge klettert auf die Rückbank.

»Ich laufe hoch, räume kurz auf und hole deine Klamotten aus dem Trockner.«

Romy springt die Steintreppe hinauf, beseitigt rasch alle Spuren in der Küche und hebt Linus' Jacke vom Boden auf.

Bevor sie in den Keller zurückgeht, gleitet ihr Blick das Holzgeländer hinauf in den ersten Stock. Für den Bruchteil einer Sekunde wehen Stimmen herab. Jemand ruft sie beim Namen. Romys Nackenhaare stellen sich auf.

Mit einem Ruck öffnet sie die schwere Kellertür, lässt sie zuschlagen, geht in die Waschküche, leert die Maschine und läuft in die Garage. Romy schnallt Linus fest, setzt sich hinters Steuer und atmet tief durch.

Während ihr Sohn über die noch klamme Jeans mault, versucht sie, die Technik des Autos zu erfassen. Ihre letzte Autofahrt liegt Jahre zurück, und es kostet sie Überwindung, den Motor zu starten. Das Cockpit ist übersichtlich angeordnet. Zu ihrer Erleichterung ist vollgetankt. Fensterheber, Außenspiegel, Sitzhöhe. Alles funktioniert auf Knopfdruck. Der Kilometerstand steht bei zwölftausend. In Relation zum Alter des Qubos ist das ein Witz.

Nach kurzer Orientierung ist Romy fahrbereit und hat die Hand schon an der Gangschaltung, als ihr Blick auf die alte Campingkiste fällt. Sie schaltet in den Leerlauf, zieht vorsichtshalber die Handbremse, steigt aus dem Fahrzeug und wuchtet die große Plastikbox zu Boden.

Sie inspiziert Gaskocher, Kartuschen, Campinggeschirr, eine Rolle Müllbeutel, Besteck und mehrere Päckchen Zündhölzer. Außerdem entdeckt sie drei faltbare Wasserkanister, eine große Trinkflasche, ein funkelnagelneues Luftbett und eine Solar-Shower, deren Beutel zwanzig Liter fasst. Sie macht sich nicht die Mühe, Dinge auszusortieren, sondern stellt die Kiste neben Linus auf die Rückbank. Zwei Schlafsäcke und altmodische Klappcampingstühle mit vergilbten Stoffbezügen wandern in letzter Minute vorn vor den Beifahrersitz. Ebenso eine Flasche Allzweckreiniger und eine Tüte Schwämme.

Romy findet den automatischen Toröffner im Handschuhfach, öffnet und setzt rückwärts aus der Garage. Sie fährt ein Stück die Einfahrt hinab. Augenblicklich erklingt ein Signalton, und eine Lampe leuchtet im Armaturenbrett.

»Was ist los?«, fragt Linus.

»Ich bin nicht angeschnallt«, antwortet Romy, zieht erneut die Handbremse, schließt die Garage und steigt aus. Sie läuft zum Haus zurück und befördert den Funk-Handsender in den Außenbriefkasten. Nichts wie weg. Wenig später biegt sie bei Rösrath auf die A 4.

Der Wagen lässt sich gut lenken. Romy ist erleichtert und findet schnell Gefallen an der Fahrt. Sie stellt sogar das Radio an. WDR 2 spielt »Castle on the Hill«. Romy mag Ed Sheeran, und für eine Minute fühlt sie sich wie eine ganz normale Mutter, die mit ihrem Sohn nach einem kurzen Besuch bei Freunden nach Hause unterwegs ist.

Linus ist wie aufgedreht und stellt unzählige Fragen. Er will wissen, wie viele Zimmer das Haus hatte. Ob da Kinder wohnen und wann sie die Leute noch einmal besuchen, um sich zu bedanken.

Romy antwortet zerstreut.

»Kaufen wir einen Aufkleber?«, fragt Linus und zieht die Nase hoch. »So einen mit meinem Namen drauf. Felix' Mama hat so einen auf der Heckscheibe.«

»Du bist doch kein Baby mehr«, sagt Romy und sucht Blickkontakt im Rückspiegel.

»Manno. Nie machst du, was ich sage!«

Er schmollt nur kurz, fragt, ob Matchboxautos frieren können, und gibt sich mit Romys Antwort zufrieden.

Drei Kilometer später fällt Romy ihr Handy ein. So ein Mist. Sie hat es auf dem Tisch im Esszimmer liegen lassen. Reflexartig tritt sie auf die Bremse. Der Fahrer hinter ihr gestikuliert wild und hupt wie verrückt.

»Was ist los?«, will Linus wieder wissen.

»Wir müssen zurück, ich habe mein Handy vergessen.«

Linus lacht, zaubert das Mobiltelefon aus der Kängurutasche seines Sweatshirts hervor und hält es in die Höhe. »Ich habe es gefunden!«

Romy purzeln tausend Steine vom Herzen. »Das hast du sehr gut gemacht, Spätzchen!«

Linus macht Faxen und freut sich über das Lob seiner Mutter.

Romy ist in Gedanken bei dem Besitzer des Hauses in Jexmühle und stellt sich sein Gesicht vor, wenn er sieht, dass der Wagen verschwunden ist. Das eingeschlagene Fenster im Keller und die fehlenden Lebensmittel wird er verkraften. Der gestohlene Qubo ist ein völlig anderes Kaliber.

Romy schämt sich keine Sekunde für ihr Verhalten. Sie hat sich geholt, was ihr zusteht, so sieht die Sache aus, und sie ist überzeugt, das Richtige getan zu haben. Für Linus.

Vor der Polizei fürchtet sie sich nicht. Niemand wird Anzeige erstatten. Immerhin hat sie die Fernbedienung für das Garagentor in den Briefkasten geworfen und damit ein klares Statement abgegeben: Hey, keine Sorge. Die Aktion bleibt eine einmalige Angelegenheit!

Romy liegt falsch. Einzig Linus' Matchboxauto federt die Wut des Bestohlenen ab. Er findet es im Gemüsefach des Kühlschranks. Es ist allein das Spielzeug, das ihn veranlasst, von einer Anzeige abzusehen und den Vorfall diskret zu behandeln. Romy hat einen schlafenden Hund geweckt. Aber vielleicht war genau das ihre Absicht.

Köln-Kalk

Vor dem Haus steht ein Funkstreifenwagen mit eingeschaltetem Blaulicht. Es regnet Bindfäden. Maline parkt ihren Smart, greift nach der Tüte auf dem Beifahrersitz, gibt sich einen Ruck und verlässt das Fahrzeug. Sie schlägt den Kragen ihres Mantels hoch, tritt unbeabsichtigt in eine Pfütze und flucht leise. Stoffturnschuhe sind bei dieser Witterung eine schlechte Wahl.

Bei dem Gebäude handelt es sich um ein unauffälliges Mehrfamilienhaus. Die Beschriftungen der Klebeetiketten sind teilweise unleserlich. Manche Namensschilder wurden einfach auf den Plastikclip geklebt. Maline genügt ein kurzer Blick auf das Durcheinander, um die Wohnung des Toten auszumachen.

Sie klingelt, vernimmt den Summer und betritt den grau gekachelten Eingangsbereich. Auf den Blechbriefkästen setzt sich das Beschriftungschaos fort. Einige Boxen haben keine Schlösser und stehen offen. Das hölzerne Stiegenhaus ist eng, die Stufen zeugen von den vielen Benutzern, und es ist schummrig, obwohl das Flurlicht eingeschaltet ist. Putz bröckelt großflächig von den Wänden. Auf dem Treppenabsatz des zweiten Stocks steht ein junger Polizist. Maline zeigt ihren Dienstausweis.

»Die Notfallärztin und ein Kollege von der K-Wache sind oben«, sagt er kaugummikauend, die rechte Hand ruht auf dem Holster seiner Dienstwaffe.

Maline zieht den feuchten Mantel aus und legt ihn über das Treppengeländer. Mit der kleinen Digitalkamera ausgestattet, stößt sie die angelehnte Tür zur Wohnung auf, die nur aus einem Raum besteht, den sie auf achtzehn Quadratmeter schätzt.

»Gut, dass du da bist«, sagt Tillmann, den Maline schon von diversen Großeinsätzen kennt. Er eilt ihr entgegen und begrüßt sie mit Handschlag.

In der Wohnung riecht es säuerlich und muffig. Oktay Demirkan liegt in Embryohaltung auf dem Boden in unmittelbarer Nähe eines einfachen Holztisches. Er trägt ein weißes Oberhemd, das am Kragen vergilbt ist, braune Anzughosen, altmodische Hosenträger und abgelaufene Lederschuhe. Der Kopf ruht auf dem angewinkelten Arm, dem Mund haftet ein rötlich brauner Brei an.

»Der Tote hat sich mehrmals erbrochen«, sagt die diensthabende Notärztin, deren Haare auffällig hoch toupiert sind. »In die Spüle, auf den Boden. Ihm dürfte ziemlich schlecht gewesen sein.«

»Ist er erstickt?«

»Das kann ich nicht ausschließen.« Sie räuspert sich und setzt mit Schwung ihre Unterschrift unter die Todesbescheinigung, auf der sie den ungeklärten Tod angekreuzt hat. »Meine Enkelin feiert heute ihren Achtzehnten. Wenn Sie mich dann entschuldigen …« Sie drückt Maline Formulare in die Hand und schnappt sich ihre Tasche.

»Moment«, sagt Maline. »Was sind das für Medikamente auf dem Tisch?«

»Clopidogrel wirkt im Prinzip wie Acetylsalicylsäure. Anders ausgedrückt: Es verhindert das Zusammenklumpen der Blutplättchen und beugt somit Störungen bei der Durchblutung vor. Es wird in der Regel zur Vermeidung von Arterienverschlüssen nach Herzinfarkten und Schlaganfällen verschrieben. Eignet sich aber auch für Patienten mit einer sogenannten peripheren Verengung der Blutgefäße, also einer einfachen Durchblutungsstörung.«

»Führt eine Überdosierung zum Tod?«, fragt Maline.

Die Ärztin deutet auf die Likörflasche. »Grundsätzlich ja, vor allem wenn es zu Wechselwirkungen mit unterschiedlichen Arzneimitteln oder Alkohol kommt.«

»Gibt es denn Anzeichen von Fremdeinwirkung?«

»Nicht, soweit ich das beurteilen kann.«

»Was ist mit dem Todeszeitpunkt?«

»Ich habe die Körpertemperatur bei meiner Ankunft gemessen. Sie betrug einunddreißig Grad. Da die Werte um ungefähr null Komma acht Grad pro Stunde auf Raumniveau sinken, gehe ich davon aus, dass der Tod vor maximal acht Stunden eingetreten ist. Zudem ist die Leichenstarre noch immer vollständig ausgebildet.« Mit diesen Worten verlässt sie endgültig die Wohnung.

»Die Identifizierung ist immerhin eindeutig«, sagt Tillmann und reicht Maline den Ausweis des Toten.

Sie vergleicht das Foto mit dem Verstorbenen. »Hat die Ärztin den Leichnam überhaupt abgetastet?«

Tillmann schüttelt den Kopf.

Bevor Maline beginnt, die erste Leichenschau vorzunehmen, hält sie die Zimmertemperatur, Fenster- und Türbeschaffenheit schriftlich fest. Im Anschluss streift sie Einweghandschuhe über und fotografiert die Auffindesituation des Toten. Akribisch hält sie die Lage der Leiche fest und verfährt genauso mit der unmittelbaren Umgebung.

Der Tisch ist für eine Person gedeckt. Kaffeegeschirr mit blassblauen Blümchen. Auf dem Teller befindet sich ein Stück

Käsekuchen, das nicht angerührt wurde. Maline beugt sich vor. Der Puderzucker ist eingetrocknet. Edelkirschlikör steht neben der unbenutzten Tasse, die Flasche ist fast leer. Ein Glas liegt umgekippt daneben, und unter dem Tisch entdeckt Maline ein Blatt Papier.

»Schon als wir eintrafen, lag der Zettel genau an der Stelle«, sagt Tillmann.

Maline geht in die Hocke und fotografiert das Beweisstück.

Die Großbuchstaben sind ungleichmäßig, schief, wie gemalt und überdimensional. »Es tut mir leid.« Das Schriftbild passt eher zu einem Kind. Maline sichert das Beweismittel in einer Papiertüte.

Vor dem Fenster steht eine alte Nähmaschine, ein versenkbares Modell der Firma Pfaff ohne Holzabdeckung. Der Lederriemen des Fußantriebsrads ist porös. Maline betätigt das Pedal, und sofort surrt das Getriebe. In die Nadel ist weißes Garn eingefädelt. Ein Stück hellblauer Stoff wurde unter dem Fuß eingeklemmt. Auf dem Boden liegen Fadenreste jedweder Couleur. Der Platz sieht so aus, als habe Oktay Demirkan seine Tätigkeit nur kurz unterbrochen.

Auf dem unteren Boden eines Regals, das sich unmittelbar neben der Maschine befindet, liegen Stoffballen in allen Farben. Darüber entdeckt Maline weitere Nähutensilien. Scheren, verschiedene Garne, Gummibänder und eine erhebliche Menge Tüten mit weißer Watte. Die beiden oberen Regalbretter sind mit Engeln in kissenähnlicher Form gefüllt, die teilweise übereinanderliegen. Sämtliche Exemplare bestehen aus einem dreieckigen Rumpf, Kopf und Flügeln. Augen, Nase und Mund fehlen. Farben und Größen variieren.

»Vielleicht ein Hobby«, sagt Tillmann. Er deutet auf eine unscheinbare Tür. »Dort befindet sich übrigens die Toilette.«

Der Raum ist so klein, dass es nicht mal Platz für eine Dusche gibt. Dem Waschbecken haften breiige Reste an.

»Wahrscheinlich Erbrochenes«, sagt Tillmann.

Unter dem Becken stehen Reinigungsmittel. Ein kleiner Kanister erregt Malines Aufmerksamkeit. Er ist unbeschriftet und bis zu einem Viertel mit einer durchsichtigen Flüssigkeit gefüllt. Maline löst den Schraubverschluss, nimmt einen leicht alkoholisch-fischigen Geruch wahr und verschließt den Behälter wieder.

»Es könnte sich um ein Desinfektionsmittel handeln«, meint Tillmann und folgt Maline zur Küchenzeile.

Neben der Spüle brummt ein Kühlschrank, der keiner Energieeffizienzklasse entspricht. Im Inneren findet Maline Eier und eine angefangene Dose Schafskäse. An der Kühlschranktür klebt ein Foto, auf dem ein Baby zu sehen ist. Maline hebt das Bild an und schaut auf die Rückseite. Keine Beschriftung. Sie nimmt eine Postkarte von der Wand, die mit einer Stecknadel über der Spiegelkachelleiste befestigt wurde. Darauf ist eine Ausgrabungsstätte zu sehen.

»Das ist Göbekli Tepe«, sagt Tillmann. »Archäologen graben da seit 1994. Angeblich sollen dort schon im siebten Jahrtausend vor Christus Menschen gesiedelt haben. Ich bin vor ein paar Jahren mit meiner Frau in Şanlıurfa gewesen, das ist da ganz in der Nähe. Die Gegend ist unheimlich schön. Wir waren immer richtige Türkei-Fans.«

Auf der Rückseite stehen Demirkans Anschrift und einige Sätze: »Sevgili Amca, yazý için teþekkürler. Ben iyiyim. Anne ve baba da. Sana günes gönderiyom. Selamlar Ĥatice.«

»Türkisch kann ich nicht«, sagt Tillmann schulterzuckend.

Jetzt beginnen sie mit der ersten Leichenschau.

Maline tastet den Schädel des Verstorbenen nach Wunden ab, schaut ihm in die Ohren. Im Mundraum finden sich Reste des Erbrochenen. Gemeinsam drehen die Ermittler den Toten auf den Rücken. Sie gehen die Beschaffenheit der Kleidung durch, schauen, ob die Reißverschlüsse geschlossen oder beschädigt, ob Knöpfe abgerissen sind und sie offensichtliche Anhaftungen an seinen Schuhen ausmachen können. Maline leert den Tascheninhalt der Hose. Darin befinden sich zwei Papiertaschentücher, fünf Cent und eine Rolle Nähgarn.

»Was hast du bisher über ihn in Erfahrung gebracht?«, fragt sie, während Tillmann Demirkan das Oberhemd auszieht.

»Er ist siebenundsiebzig und in dieser Wohnung gemeldet.«

Maline öffnet den Reißverschluss seiner Hose und streift sie ihm vorsichtig hinunter. Kotgeruch schlägt durch. Offenbar hat der Verstorbene durch die Erschlaffung des Schließmuskels Exkremente ausgeschieden. Die blau-rötlichen Totenflecken sind ausgeprägt, fehlen an den Auflagestellen und entsprechen damit dem typischen Erscheinungsbild.

»Ist er verheiratet?«

»Laut Einwohnermeldeamt verwitwet.«

»Kinder?«

»Bisher keine Erkenntnisse.« Tillmann zeigt mit dem Kinn zum Festnetztelefon, das auf der Fensterbank steht. »Unter dem Apparat klebt ein Zettel, darauf sind die Erreichbarkeiten verschiedener Ärzte, diverse Notruf- und zwei Handynummern notiert, die ich gewählt habe, allerdings ohne Erfolg.«

»Hast du irgendwo ein Mobiltelefon gesehen?«

»Nein.«

Maline dreht den Körper auf die Seite, um einen Blick auf den Rücken zu werfen. Auch hier sind Totenflecken deutlich sichtbar. Offene Wunden, Hämatome, physische Abnormitäten oder Tattoos kann Maline dagegen nicht ausmachen. Der Fäkaliengeruch ist extrem.

Tillmann deutet auf eine Narbe, die sich quer über den rechten Oberschenkel zieht. Wulstig, erhaben und hellrot.

»Eine typische OP-Narbe«, bemerkt Maline. »Wer hat die Leiche gefunden?«

»Genau genommen eine Katze.«

»Wie bitte?«

»Die Wohnungstür stand offen«, sagt Tillmann. »Die Nachbarskatze ist hereingehuscht und ihre Besitzerin hinterher. Die alte Frau ist fix und fertig.«

»Er soll sich bei geöffneter Tür das Leben genommen haben?«

»Ja, kaum zu glauben, oder?«

Maline betrachtet Demirkans Arme. Am rechten Handgelenk fallen ihr leicht gerötete Stellen auf.

»Dabei könnte es sich einfach um eine Hautirritation handeln«, sagt Tillmann, und gleichzeitig klingelt sein Smartphone.

»Es ist Demirkans Tochter.« Er überreicht Maline das Handy.

»Hier ist Sibel Demirkan. Sie haben versucht, mich anzurufen?«

Maline zögert. Das Übermitteln einer Todesnachricht sollte nicht übers Telefon erfolgen. »Frau Demirkan, sind Sie zu Hause? Ich möchte einen Streifenwagen vorbeischicken.«

»Warum? Ist was mit meinem Vater? Wenn ja, können Sie sich den Weg zu mir sparen. Hatte er einen Herzinfarkt, oder hat er sich am Ende totgesoffen?«

»Dazu kann ich Ihnen zum gegenwärtigen Zeitpunkt nichts sagen. Die Staatsanwaltschaft wird eine Obduktion anordnen, damit die Todesursache zweifelsfrei geklärt werden kann.«

»Spielt das eine Rolle? Tot ist tot, meinen Sie nicht?«

»Für gewöhnlich möchten die Hinterbliebenen wissen, wie ihre Angehörigen gestorben sind.«

»Mich interessiert es nicht, und mir ist es völlig egal, was Sie von mir denken.«

»Es ist mein Job, herauszufinden, ob Fremdverschulden vorliegt, und dazu gehört eine umfassende Ermittlungsarbeit.«

»Dann wird er wohl kaum innerhalb von vierundzwanzig Stunden unter die Erde kommen«, stöhnt Sibel Demirkan.

»Soweit ich weiß, ist das in Deutschland gar nicht möglich. Unser Bestattungsgesetz erlaubt die Beisetzung erst nach frühestens achtundvierzig Stunden. Und davon mal abgesehen, ist zum jetzigen Zeitpunkt noch völlig unklar, wann die Staatsanwaltschaft den Leichnam Ihres Vaters freigeben wird.«

»Könnten Sie denn dafür sorgen, dass er in einem Tuch beerdigt wird, wie es bei uns … also den Moslems Brauch ist?«

»Darum müssen sich die Angehörigen selbst kümmern. Ich weiß nur, dass es in Köln möglich ist, nach muslimischer Sitte beerdigt zu werden.«

Sibel Demirkan holt Luft.

»Wann haben Sie Ihren Vater zum letzten Mal gesehen?«, fragt Maline.

»Vor vier Jahren auf der Beerdigung einer Tante. Er und ich, wir hatten … unser Verhältnis war angespannt.«

»Warum?«

»Ich glaube nicht, dass ich dazu etwas sagen muss.«

Maline überhört den schnippischen Unterton. »Gibt es andere Verwandte, zu denen Ihr Vater eventuell Kontakt hatte?«

»Gelegentlich rief ihn eine Cousine an, die mit ihrer Familie in Şanlıurfa lebt. Sie und ich telefonieren manchmal, und dann textet sie mich zu, appelliert an meine Tochterpflichten und hält mich auf dem Laufenden. Daher weiß ich auch von der Herz-OP meines Vaters.«

»Hat er Ihnen gegenüber suizidale Absichten geäußert?«

»Nein.«

»War er irgendwie eingebunden? Besuchte er zum Beispiel eine Moschee?«

»Auch dafür bin ich die falsche Ansprechpartnerin. Aber soweit ich weiß, war er nicht religiös, und nur weil er Moslem ist … war, muss er doch nicht zwingend zum Freitagsgebet rennen, oder?«

»Nein, das muss er nicht, aber es wäre auch nicht ungewöhnlich.«

»Früher hat er jedenfalls nie gebetet. Der Glaube an Allah ist ihm abhandengekommen, als meine Mutter 1981 starb und mein Bruder ihr ein Jahr später folgte. Von diesen Schicksalsschlägen hat er sich nie erholt.«

»Am Kühlschrank Ihres Vaters hängt ein Foto. Darauf ist ein Kind zu sehen.«

»Das wird mein Bruder sein.«

»Wie alt sind Sie gewesen, als er starb?«

»Vier. Damals lebten unsere Verwandten noch in Köln. Meine Kindheit habe ich im Prinzip bei ihnen verbracht. Mein Vater war nach dem Tod meines Bruders komplett überfordert.«

»Das war bestimmt nicht leicht.«

»Wie lange dauert so eine Obduktion normalerweise? In ein paar Tagen fliege ich in den Urlaub, und vorher möchte ich die ganze Angelegenheit geregelt haben. Ehrlich gesagt, kommt mir der Tod meines Vaters äußerst ungelegen. Aber das ist irgendwie auch wieder typisch für ihn. Ich bin froh, dass sich dieses Kapitel nun für immer schließt.«

Maline schaut auf die verwaisten Pantoffeln unter Demirkans Bett. Vermutlich werden sie im Müll landen, wie die selbst genähten Engel und seine restliche Habe. »Was hat Ihr Vater beruflich gemacht?«, fragt sie mit Blick zur Nähmaschine.

»Er war Rentner, wieso?«

»Früher, meine ich.«

»Er arbeitete für die Kölner Abfallwirtschaftsbetriebe und hat die Straßen gefegt. Worauf wollen Sie hinaus?«

»Hier steht eine Nähmaschine, die er unübersehbar benutzte.«

»Das passt gar nicht zu ihm.«

»Sie haben eben angedeutet, dass Ihr Vater getrunken hat.«

»Das war kein Geheimnis.«

»Sie meinen, dass er Alkoholiker gewesen ist?«

»Davon gehe ich aus.«

Maline lässt ihren Blick durch das Zimmer schweifen. Sie sieht keinen Anhaltspunkt für erhöhten Alkoholkonsum. Keine billigen Schnapsflaschen, kein Leergut.

»Wir haben eine Abschiedszeile gefunden«, sagt Maline und teilt der Tochter des Toten den Inhalt mit. »Glauben Sie, dass sich diese Botschaft an Sie richtet?«

Sibel Demirkan antwortet nicht.

»Fällt Ihnen jemand anderes ein, für den diese Nachricht bestimmt sein könnte?«

Weiter Stille am Ende der Leitung.

»Frau Demirkan?«

»Er kann die Worte unmöglich geschrieben haben.«

»Warum nicht?«

»Weil mein Vater weder lesen noch schreiben konnte.«

Köln-Rodenkirchen

»Du musst jetzt wirklich schlafen«, sagt Romy und klappt das Buch zu. »Morgen gehst du in den Kindergarten.«

»Aber ich bin krank«, quengelt Linus, hustet zum Beweis hingebungsvoll und streckt die Arme nach ihr aus. »Kannst du mir die Geschichte noch einmal vorlesen? Danach mache ich auch die Augen zu, bitte, bitte.«

Linus hat recht. Eigentlich müsste Romy ihn ein paar Tage zu Hause behalten, aber es gibt Dinge, die sie erledigen muss. Wichtigen Kram, bei dem er nur stört. »Weißt du noch, was wir heute besprochen haben?«, fragt sie.

Ihr Sohn schweigt. Sie küsst ihn auf die Stupsnase. Romy hat ihm wiederholt eingeschärft, dass es Dinge gibt, über die er nicht sprechen darf. Zu den Tabuthemen gehören jetzt auch der Ninja-Ausflug und die Tatsache, dass sie ein Auto besitzen.

»Kein Wort zu deinen Freunden, alles klar?«

»Welche Freunde?«

»Felix zum Beispiel.«

»Daumen runter«, sagt Linus und dreht den Daumen seiner rechten Hand Richtung Boden.

»Habt ihr euch gestritten?«

»Nö.«

»Gut, ich spreche von allen Kindern in deiner Gruppe. Und jetzt lese ich dir die letzten vier Seiten vor. Danach ist Schicht im Schacht.«

Linus kuschelt sich unter die Decke und betrachtet die Illustration, während Romy die Zeilen wiederholt. Vater Langohr zeigt seinem Sohn die glänzenden Sterne und den Mond, dabei schläft der Kleine auf dem Arm des Papas ein.

Linus liebt das Bilderbuch, auch wenn er eigentlich für diese Art von Gutenachtgeschichten zu groß ist. Regen prasselt unaufhörlich und klopft an die Scheiben. Das Licht einer defekten Ampelanlage blinkt pulsierend.

Romy hebt Linus' Schlafteddy vom Boden auf, schiebt ihn unter seine Bettdecke und löscht das Licht. Ihr Sohn lehnt seinen Kopf an das Kuscheltier und betrachtet die Leuchtsterne, die sie vor einer Stunde gemeinsam an der Decke über seinem Kopf angebracht haben. Romy ist froh, dass sie die selbstklebenden Pads aus dem Ein-Euro-Laden mitgenommen hat.

»Der Malte verhaut mich«, fängt der Kleine unvermittelt an. »Er hat mir an den Haaren gezogen und gesagt, dass ich stinke.«

»Welcher Malte?«

»Der ist fast sieben und in der anderen Kindergartengruppe. Im Sommer kommt er auch in die Schule.«

»Hast du das der Erzieherin gemeldet?«

»Der tritt mir in die Eier, wenn ich ihn verpetze, hat er gesagt. Malte verprügelt alle. Er ist stark und benutzt schlimme Worte.«

»Zum Beispiel?«

»Er nennt mich Asi-Arsch«, sagt Linus.

»Dann beachte Malte einfach nicht.«

»Ich bin ein Asi, weil ich keine richtige Tasche habe. Er sagt, meine Plastiktüte ist asiatisch.«

Romy muss gegen ihren Willen lächeln. »Dieser Malte hat ja gar keine Ahnung. Und asiatisch zu sein ist etwas Wunderbares und überhaupt nicht schlimm.«

Linus zieht die Nase hoch.

»Weißt du noch, der Riemen deines alten Rucksacks ist gerissen«, sagt Romy so gelassen wie möglich. »Die Tüte ist nur für den Übergang gedacht, das habe ich dir doch erklärt.«

Ein neuer Rucksack steht ganz oben auf Romys Liste. Es beschämt sie, dass sie bisher kein Geld dafür abzwacken konnte. Natürlich hat sie ihrem Sohn ihre rosa Umhängetasche mit Herzchenaufdruck angeboten, aber verständlicherweise will er damit nicht durch die Gegend laufen.

»Und jetzt wird geschlafen!«

Linus gähnt und schließt tatsächlich die Augen.

Romy atmet durch und legt ihrem Sohn frische Unterwäsche für den nächsten Morgen raus. Anschließend zieht sie die Brotdose zum Lüften aus dem Beutel des Jungen und nimmt sich fest vor, ihm sobald wie möglich einen neuen Rucksack zu besorgen. Schließlich kostet er ja kein Vermögen. Eine neue Jacke benötigt er eigentlich noch dringender.

Romy könnte sich ohrfeigen. Sie hätte neben dem Auto auch Geld aus Jexmühle mitnehmen sollen, wenigstens einen Notgroschen. Irgendwo im Haus wäre sie mit Sicherheit fündig geworden. Im Nachhinein kommt ihr die ganze Operation unkoordiniert vor. Wäre sie mit noch mehr Köpfchen vorgegangen, hätte sie bedeutend mehr für sich und Linus rausholen können. Und überhaupt. Sie ist eine miese Mutter, Lügnerin und Kriminelle, die ihren Sohn tiefer und tiefer in die Misere reitet.

In dieser Nacht macht sie kaum ein Auge zu. Regen fällt auf das Dach, und jeden einzelnen Tropfen interpretiert sie als Peitschenhieb. Hin und wieder rauscht eine S-Bahn vorbei, und der Fahrzeuglärm nimmt im Laufe der Nacht nur unwesentlich ab. Autotüren werden in unmittelbarer Nachbarschaft zugeschlagen. Menschen grölen. Romy ist fortwährend in Alarmbereitschaft. Jede Zelle ihres Körpers ist angespannt, wenn sie versucht herauszufinden, ob sich Stimmen nähern oder entfernen. Unzählige Male schaut sie nach Linus. Er strampelt sich mehrfach ab, sie deckt ihn zu und streichelt ihm über die Wangen. Ohne den Jungen wäre sie längst von einer der Rheinbrücken gesprungen. Linus ist ein Lebensretter, ohne davon die geringste Ahnung zu haben.

Der Kleine schlummert friedlich im Kegel der Straßenlaterne und murmelt Worte im Schlaf, die Romy nicht versteht. Sie kramt ihr altes Nokia-Handy hervor und bemerkt sofort, dass Linus wieder daran herumgespielt hat. In letzter Zeit ist er gern Geheimagent. Er belauscht Fremde oder seine Mutter. Romy kann sich nicht erklären, wie er auf diesen Trichter gekommen ist.

Drei Sprachaufnahmen hat Linus gemacht. Romy spielt die erste kurze Tonsequenz ab und hört den Dialog, den sie mit ihrem Sohn führte, als er sie in der Garage aufspürte. Der nächste Mitschnitt ist nur ein Rauschen, und bei dem letzten sprechen einige Leute durcheinander, die Romy nicht kennt. Die Tonqualität aller Aufnahmen ist überraschend gut. Obwohl das Handy in der Känguru-Tasche von Linus' Sweatshirt steckt, wenn er es an sich nimmt. Auch die Stoppuhr hat er benutzt. Sie steht auf siebenundfünfzig Sekunden. Linus übt Luftanhalten und misst die Zeit. Hundert Mal hat Romy ihm verboten, ihr Handy anzufassen, doch die Versuchung ist zu groß. Heute hat er sich zum Glück nicht an ihre Regel gehalten. Romy wäre äußerst ungern noch mal nach Jexmühle zurückgekehrt. Trotzdem nimmt sie sich vor, Linus die Leviten zu lesen. Bei solchen Dingen geht es einfach ums Prinzip. Sie gähnt und checkt ihr Guthaben. Es beläuft sich auf vier Euro.

Neue Anrufe werden angezeigt. Jemand hat dreizehn Mitteilungen auf ihrer Mailbox hinterlassen. Romy kennt die Nummer und die Person, die es fertigbringt, diese Penetranz an den Tag zu legen. Klar, jetzt, wo sie das Auto mitgenommen hat, wird er aktiv. Sein Verhalten ist so vorhersehbar. Sie löscht die Nachrichten, ohne das Band abzuhören, und deaktiviert die Mailboxfunktion.

Romy sinkt auf ihr Kissen, betrachtet Linus' unschuldiges Gesicht und findet, dass sie seine bedingungslose Liebe nicht verdient.

Belgisches Viertel, Köln

Der Treppenaufgang des Wohnhauses besteht aus Marmor, die Wände zieren Art-déco-Fliesen mit blauem Blumendekor. Maline schleppt sich die Stufen ins Dachgeschoss hinauf. Gedanklich steht sie unter dem Eindruck der Obduktion.

Bei den chemisch-toxikologischen Untersuchungen wurden in Demirkans Urin erhebliche Spuren von Methanol nachgewiesen. Das Zeug verbindet Maline mit Lösungsmitteln oder Frostschutz. Und natürlich kennt sie es im Zusammenhang mit selbst gebrannten Schnäpsen, bei denen die Getränke ganz bewusst mit dieser Alkoholart gestreckt werden. Es kommt immer wieder zu Todesfällen, wenn die Destillation falsch läuft und sich anstelle von Ethanol Methanol ansammelt.

Maline schließt die Tür zu Jettes Wohnung im Dachgeschoss so leise wie möglich auf. Zwei Zimmer. Klein, eng und gemütlich. Die Terrasse ist kaum der Rede wert, aber von dort kann man auf den Colonius schauen, den siebthöchsten Fernmeldeturm Deutschlands. Maline gelangt in die Küche, ohne Licht einzuschalten. Der Parkettboden knarzt. Jette verwahrt überwiegend Süßigkeiten in ihrem Kühlschrank. Keksen und Schokolade kann sie nicht widerstehen. Glücklicherweise findet Maline den Rest einer Fleischwurst hinter einer angefangenen Packung Butterplätzchen. Sie wäscht sich ausgiebig die Hände, schneidet ein großes Stück Wurst ab und schlingt es hinunter.

Gedanklich rekonstruiert Maline Heinrich Mellers Ausführungen. Demnach reichen schon kleinste Mengen Methanol, um neurologische Schäden zu verursachen. Erste Vergiftungserscheinungen treten meist nach einer Stunde in Form von Kopfschmerzen, Übelkeit und Erbrechen auf, hat der Rechtsmediziner gesagt. In einem späteren Stadium kommen Sehstörungen und Bewusstlosigkeit dazu. Dabei ist das Methanol an sich gar nicht gefährlich, sondern dessen Abbauprodukte Formaldehyd und Ameisensäure, die durch den Stoffwechsel in der Leber entstehen.

Maline fröstelt und isst ein weiteres Stück Wurst.

Formaldehyd und Ameisensäure schädigen das Gehirn, Sehnerven, Leber und Nieren, daran hat Heinrich keinen Zweifel gelassen. Darüber hinaus entwickelt sich eine Übersäuerung im Blut. Der Prozess, bei dem es zu irreparablen Organschädigungen kommt, kann sich über achtundvierzig bis zweiundsiebzig Stunden hinziehen. Der Tod tritt in der Regel in Form von Herz- oder Atemstillstand ein.

In Demirkans Fall scheinen diese Abläufe sehr schnell vorangeschritten zu sein. Heinrich Meller geht davon aus, dass er erhebliche Mengen Methanol zu sich genommen haben muss. Unter Umständen gegen seinen Willen. Vielleicht hat jemand nachgeholfen. Denn es handelt sich wahrscheinlich um Mord.

Zu dieser Ansicht ist der Rechtsmediziner nicht durch das nachgewiesene Methanol gelangt. Die Hautrötungen am Arm des Toten haben sich als Griffspuren erwiesen. Nach Abtrennung der Haut hat Heinrich deutliche Unterblutungen freigelegt. Daher ist nicht auszuschließen, dass Demirkan die Abschiedszeile nicht ganz freiwillig geschrieben und jemand ihm die Hand geführt hat. Das würde zur Aussage von Sibel Demirkan passen, ihr Vater habe weder lesen noch schreiben können.

Hämatome fanden sich auch am Kinn. Dort ließen sich mit etwas Glück vielleicht sogar die Formen dreier Fingerkuppen und eines Daumens rekonstruieren. Allem Anschein nach hat der mutmaßliche Täter seinem Opfer den Unterkiefer auseinandergedrückt. Möglicherweise, um Demirkan das Methanol einzuflößen. Schon zehn Milliliter reichen aus, um eine Erblindung herbeizuführen, hat Heinrich gesagt. Je nach Allgemeinzustand und Körpergewicht sind dreißig bis einhundert tödlich. Der Rechtsmediziner geht davon aus, dass in Demirkans Organproben eine außergewöhnlich hohe Konzentration nachgewiesen wird. Im Obduktionsbericht wird es genau nachzulesen sein.

Jette kommt in die Küche geschlurft. Die langen rotblonden Haare sind zerzaust, das Shirt mit der Aufschrift »Effzeh« ist verwaschen. Ihre Füße stecken in grauen Plüschpantoffeln mit Mausohren.

»Es ist fast drei Uhr morgens«, gähnt sie und schmiegt sich an Malines Rücken, die Wurst kaut, sich umdreht und ihre Hände um Jettes Taille legt.

»Die Arbeit in der Rechtsmedizin hat ewig gedauert.«

»Ich konnte nicht schlafen«, sagt Jette und blinzelt. »Du hast mir gefehlt.«

Maline ist überrascht, als Toffee in die Küche getrabt kommt. »Ich dachte, Gerhardt ist aus dem Krankenhaus raus«, sagt sie und krault den Kopf des Rauhaar-Galgos.

»Es geht ihm wieder schlechter.«

»Mist.«

Toffees Herrchen hat einen Schlaganfall erlitten. Jette ist in der Akutsituation eingesprungen. Gerhardt wohnt im Nachbarhaus und vertraut das edle Tier keinem Menschen an. Jette ist die große Ausnahme. Sie liebt Toffee. Adoptieren kann sie den Vierbeiner nicht. Ihr Vermieter macht Theater und hat Jette bereits abgemahnt. Hausbewohner haben sich über den Hund beschwert. Dabei ist Toffee ruhig und außerordentlich folgsam.

»Geh wieder ins Bett, hier ist es kalt«, flüstert Maline. »Ich verschwinde kurz im Bad und komme gleich nach.«

Jette nuschelt Unverständliches, zieht die Schultern hoch und trottet davon. Toffee gähnt ausgiebig, dehnt die Hinterläufe und folgte Jette.

Maline springt unter die Dusche. Heißes Wasser prasselt auf ihre Haut, und sie schließt die Augen.

»Was hältst du davon, wenn ich einfach aus dieser Wohnung ausziehe?«, fragt Jette, zieht den Duschvorhang ein wenig zur Seite und kauert sich auf den Toilettendeckel. Toffee lässt sich auf der Frotteematte vor der Duschkabine nieder.

»Du wolltest doch ins Bett gehen.« Maline stellt das Wasser ab und nimmt ein Handtuch aus dem Regal.

»Mein Vermieter wird mir kündigen, wenn ich Toffee behalte. Außerdem ist eine kleine Dachwohnung sowieso kein adäquates Zuhause für so einen großen Hund.«

»Toffee ist ein Haustier auf Zeit. Gerhardt wird sie zurückwollen, sobald er in der Lage ist«, sagt Maline schwach. Sie weiß, dass er nicht wieder gänzlich auf die Beine kommen und zukünftig mit dem Windhund überfordert sein wird.

»Bist du im Mieterschutzbund?«

»Nein.«

Maline trocknet sich ab, umarmt Jette und hält sie fest. »Denk noch mal in Ruhe nach. Ich finde es toll, dass du Toffee in dein Herz geschlossen hast, aber halbwegs bezahlbare Wohnungen sind in Köln Mangelware. Ein Hund macht die Sache sicher nicht leichter. Und aus dem Viertel kannst du eigentlich auch nicht weg, immerhin arbeitest du hier.«

Jette hat zurzeit drei verschiedene Jobs. Sie ist Werbetexterin für Onlinefirmen mit bisher mäßigen Aufträgen. Deshalb arbeitet sie zusätzlich als Fitnesstrainerin in einem Studio gleich um die Ecke und verdient sich außerdem etwas als Hundesitterin dazu. Mit vier Tieren dreht sie regelmäßig ihre Runde um den Aachener Weiher. Maline begleitet sie manchmal und liebt den Anblick, wenn Jette, mit Zwillingsleinen ausgestattet, die Hunde in den Park steuert oder vielmehr die Vierbeiner probieren, die Richtung zu bestimmen. Jette geht in dieser Verantwortung auf und pflegt den Kontakt zu den Besitzern, die allesamt in der Nähe wohnen. Mit diesem Job wird sie nicht reich, aber sie kompensiert ihren Hundetraum.

Jette reicht ihr die Bodylotion.

Maline cremt sich ein und streift ein Schlafshirt über. »Rede doch mal mit deinem Vermieter. Ich meine, so Face to Face.«

»Ich kann es versuchen, er ist ein umgänglicher Typ und wirkt ganz sympathisch. Ungeachtet dessen laufen sämtliche Mietangelegenheiten neuerdings über eine Immobilienfirma.«

»Ein Grund mehr, den persönlichen Kontakt zu suchen.«

»Soviel ich weiß, arbeitet er auch bei der Polizei.«

»Ach echt? Wie heißt er denn?«

»Austin. Henry Austin.«

Maline ist sofort wieder hellwach. »Mensch, das ist Lous Ex-Mann. Wieso hast du mir nie erzählt, dass er dein Vermieter ist?«

»Sei nicht albern, ich sehe ihn höchstens einmal im Jahr. Vorzugsweise dann, wenn es um Reparaturen geht, wie neulich bei der Aktion mit dem Wasserboiler.«

Maline schüttelt den Kopf. »Das passt eigentlich gar nicht zu Henry, ich meine, dass er dir den Hund nicht gestattet. Soweit mir bekannt ist, wollten Lou und er vor Jahren selbst mal einen aus dem Tierheim zu sich nehmen.«

»Offensichtlich ist die Wohnung eine Kapitalanlage. Vielleicht weht daher der Wind.« Jette krault Toffee hinter den Ohren und lächelt Maline aufmunternd an. »Falls alle Stricke reißen, ziehen wir drei einfach zusammen, was meinst du?«

Maline ist perplex.

Sie ist immer noch dabei, sich in Marialinden einzurichten. Mit ihrer Vermieterin, Lous Mutter, versteht sie sich großartig. Hin und wieder essen sie gemeinsam zu Abend oder werkeln im Garten. Maline genießt das Landleben, wenn sie denn die Zeit dazu hat, und ist nicht gewillt, schon wieder den Wohnort zu wechseln.

Jette ist ihr Zögern nicht entgangen. »Keine Sorge, war nur ein Scherz«, sagt sie, schiebt die Schultern vor und verlässt das Bad. Toffee erhebt sich und bedenkt Maline mit einem Blick, der Tadel und Unverständnis ausdrücken könnte.

Jettes Vorschlag mochte belanglos und nicht ganz ernst gemeint gewesen sein. Aber bei derartigen Vorstößen handelt es sich im Allgemeinen um hochemotionale Fragen innerhalb einer Partnerschaft. Ausweichende Reaktionen werden einem stets übel genommen. Diese Erfahrung hat Maline wiederholt gemacht, und sie glaubt keine Sekunde, dass sich das Thema für Jette erledigt hat.

Als Maline unter die Bettdecke kriecht, schläft ihre Freundin. Jedenfalls atmet sie gleichmäßig und dreht ihr den Rücken zu. Toffee liegt auf einer flauschigen Decke am Boden.

In früheren Beziehungen hat Maline manche nächtliche Diskussion führen müssen und von solchen Auseinandersetzungen die Nase gestrichen voll. Gott sei Dank hält Jette nichts von Streitgesprächen zu später Stunde. Sie hat überhaupt viele Eigenschaften und Interessen, die Maline schätzt. Die Hundeliebe oder ihre Begeisterung für Kleinkunst. In den Kölner Hinterhofbühnen ist sie Stammgast und unterstützt diese Häuser lieber als die etablierten. Zudem ist Jette häuslich, sie probiert aufwendige Rezepte aus, backt, kocht, lädt Freunde in ihre Wohnung ein und spürt dennoch genau, wann Zweisamkeit angesagt ist. Wenn Maline mit Jette zusammen ist, hat sie nie das Gefühl, etwas zu verpassen.

Aber zusammenziehen? Maline kennt Jette noch kein Jahr. Andererseits, warum warten? Es gibt Menschen in ihrem Umfeld, die erst nach vielen Beziehungsjahren zusammengezogen sind, und trotzdem funktioniert das gemeinsame Leben dann nicht. In solchen Dingen gibt es keine Sicherheiten. Maline mag Jette. Sehr sogar. Von Liebe spricht sie nicht.

Jette hat sie auf einer Vernissage kennengelernt, die Maline mit ihrer damaligen Freundin Amy besuchte. Dr. Amy Schott wurde für Maline eine wichtige Bezugsperson, als ihr Vater starb und sie gleichzeitig im Fall der Familie Fischblut ermittelte. Diese Ereignisse sind definitiv miteinander verbunden, mit Alfreds Tod begann ihre Beziehung. Mit ihr wäre Maline sofort auf Wohnungssuche gegangen, doch Amys ausgeprägte Nähe-Distanz-Problematik verhinderte diesen Schritt und führte, bei genauer Betrachtung, zur Trennung. Vergessen kann Maline Amy trotz alledem nicht.

Jette bewegt sich im Schlaf. Maline verbietet sich, weiter an ihre Ex-Freundin zu denken, und stellt sich stattdessen die letzten Stunden in Oktay Demirkans Leben vor. Ein alter Mann, der bescheiden, ja schon fast in ärmlichen Verhältnissen lebt, wird Opfer eines Verbrechens. Seine Wohnung ist versiegelt, und mit etwas Glück finden sich darin Anhaltspunkte, die Aufschluss über ein Motiv geben können.

Maline zieht sich die Decke über den Kopf und sieht das Gesicht ihres Vaters vor sich, als er seinen letzten Atemzug tat. Sie hat neben ihm am Krankenbett gewacht, ihm vorgelesen und seine Lieblingskirchenlieder vom Band abgespielt. Als der Tod ihn holte, hielt sie seine Hand. Oktay Demirkan ist allem Anschein nach allein gestorben. Möglicherweise in Anwesenheit seines Mörders.

Bilder des Tatorts klicken durch Malines Kopf. Sie berührt die Ordnung des alten Mannes, die akribische Sorgfalt, mit der er die Dinge hinterlassen hat, wenn man von dem Erbrochenen absieht. Die Stoffengel, die er nähte, scheinen ihm besonders wichtig gewesen zu sein.

Mein Vater konnte weder schreiben noch lesen. Maline grübelt über die Ursache des zerrütteten Vater-Tochter-Verhältnisses nach und sinkt dabei langsam in einen unruhigen Schlaf. In ihren Träumen stolpert sie mit Amy an der Hand und Toffee an der Leine durch die Tempelanlagen von Göbekli Tepe.

Köln-Vingst

»Sie sind in Fühlingen angefordert und sollen hinter der Käsetheke aushelfen«, sagt die weibliche Stimme am anderen Ende der Leitung und klingt übertrieben akzentuiert.

Valeska drückt das Handy ans Ohr, weil der Sauerstoffkonzentrator brummt. Im Halbdunkeln kann sie den Körper ihres Mannes schemenhaft erkennen. Hubi schläft mit Nasensonde. Ein Schlauch verbindet ihn mit dem Gerät. Seine kontinuierliche Atmung hat einerseits einen beruhigenden Effekt. Andererseits raubt Valeska das ständige dumpfe Buffbuff des Kompressors den Schlaf.

Die Probleme ihres Mannes sind durch eine Lungenembolie entstanden. Im Schlaflabor wurde eine ungenügende Sauerstoffsättigung festgestellt. Anfangs hat Hubi nur einige Stunden am Tag zusätzlichen Sauerstoff benötigt. Mittlerweile hängt er fast durchgängig an dem Ding. Wenn er die Wohnung verlässt, benutzt er ein mobiles Gerät.

Valeska verdreht die Augen, als ihr die Arbeitsvermittlerin überflüssigerweise die Anschrift des Supermarktes und den Namen des Filialleiters herunterleiert, bei dem sie sich melden muss. Dann ist die Leitung tot.

Ausgerechnet Fühlingen. Valeska legt das Handy auf den Nachttisch und gönnt sich noch eine Minute unter der warmen Bettdecke. Sie ist im Pool einer Zeitarbeitsfirma registriert und wird eingesetzt, wo es brennt. Flexibel und verfügbar. Als Urlaubsaushilfe oder Krankheitsvertretung und Lückenbüßerin. Sie hüpft nach Bedarf auf vorgeschriebene Felder. Heute hier. Morgen dort.

Du bist eine dieser modernen Sklavinnen, pflegt Hubi zu sagen, lacht und meint es todernst. Rhythmisch lässt er seine Handflächen auf die Tischplatte krachen. Bum-bum. Bumbum. Aus ihm spricht die pure Verzweiflung. Er sieht sie beide langsam vor die Hunde gehen.

Valeska stiehlt sich aus dem Schlafzimmer und schlurft gähnend in die Küche. Am Balkongeländer leuchten Solarlichter.

Lila, gelbe und rote Lampions. Zwei Korbstühle stehen überdacht neben einem Campingtisch. Die Eheleute halten Ordnung auf ihrem Balkon. Manchem Nachbarn dienen die zwei Quadratmeter als Rumpelkammer und Abstellfläche für alles, was in der Wohnung überflüssig ist. Valeska und Hubi sitzen bis in den späten Herbst auf ihrer kleinen Loggia, wie Valeska den Austritt scherzhaft nett, und schauen über die Grünfläche bis zum Vingster Ring. Domblick inklusive. Jedenfalls, wenn sie sich ganz weit über das Geländer lehnen.

Prospekte verschiedener Supermarktketten hat sich Hubi schon auf dem Tisch bereitgelegt. Es ist seine Aufgabe, die Sonderangebote miteinander zu vergleichen. Oft gibt es gravierende Unterschiede bei den Rabatten. Hubi fuchst sich durch die Angebotspalette und bewegt sich mit Sauerstoffflasche und Transport-Caddy, wenn es sein muss, von einem Discounter zum nächsten, um ein paar Cent einzusparen. Die Mahlzeiten des Rentnerpaares spiegeln das Ergebnis ihrer Schnäppchenjagd wider.

Valeska setzt Kaffee auf und schiebt tiefgefrorene Brötchen in den Backofen. Draußen leuchten nur vereinzelte Lichter hinter den Fenstern der Wohnblocks. Wie große Laternen. Frühschicht. Wer in diesem Stadtteil Arbeit hat, kann sich glücklich schätzen. Valeska und Hubi kennen den Ruf, der ihrem Viertel anhaftet. Wer hier strandet, bleibt gewöhnlich für immer. Abgestempelt, obwohl viele kämpfen und versuchen, Schritt zu halten.

Valeska macht sich auf einen unerfreulichen Arbeitstag in der Filiale in Köln-Fühlingen gefasst. Ein Großteil der dortigen Stammbelegschaft schätzt den Einsatz von Tageskräften nicht. Diese ablehnende Haltung ist Valeska ein Rätsel, denn immerhin springt sie für eine erkrankte Kollegin ein. Dazu kommen einem manchmal noch die Kunden blöd und sind der Meinung, dass sie sich schämen soll, weil sie jungen Leuten den Job klaut. Schlecht fürs Geschäft, so hat es ein Filialleiter mal auf den Punkt gebracht.

Die Kundschaft fühlt sich unwohl, wenn ihnen Rentnerinnen, die sich deutlich erkennbar etwas dazuverdienen müssen, Wurst und Käse verkaufen. Über ihre Klamotten hat auch mal einer gemeckert und sie darauf hingewiesen, dass er einen Pullover mit Katzenmotiv und aufgeribbelten Armen für ein unangebrachtes Outfit hält. Valeskas Einwand, dass sie einen Kittel trägt, hat er mit den Worten abgebügelt, dass es ihm um ihr gesamtes Erscheinungsbild geht. Sie lächelt solche Unverschämtheiten tapfer weg, weil sie keine Wahlmöglichkeit hat. Die Fühlinger Belegschaft wird sie piesacken. Einen, vier, schlimmstenfalls sechs Tage. Die Leiharbeitsfirma diktiert die Gegebenheiten. So steht es in ihrem Arbeitsvertrag. Alles rechtens, alles legal.

Valeska verdient acht Euro und zwanzig Cent die Stunde. Dafür kann man Engagement erwarten, meint ihre Vermittlerin. Und natürlich bekommt Valeska den Lohn nur für geleistete Arbeitszeiten. Wenn sie nicht gebucht wird, geht sie leer aus. Diese Schwankungen machen Valeska und Hubi das Leben schwer. Es gibt Monate, in denen sie nur neun Tage eingesetzt wird. Dann wieder klingelt das Telefon permanent, und sie lehnt Aufträge ab, damit sie die vierhundertfünfzig Euro im Monat nicht überschreitet. Über erlaubte Verdienstmöglichkeiten im Ruhestand hat sich Valeska zwar informiert, aber so richtig durchgestiegen ist sie bei den Regeln und Gesetzen nicht. Vorsichtshalber bleibt sie beim Grundfreibetrag. Große Sprünge sind eh nicht drin. Davon abgesehen verbraucht Valeska ihre Sprungkraft bei der Arbeit.

Zu Hause kriecht sie am Boden.

Hubi ist ihr Lichtblick. Er gibt ihr Kraft und nimmt sie mit an Bord des Traumschiffs. San Francisco, Bangkok, Mauritius und so weiter. Früher haben sie ihre Lieblingsserie auf DVD angeschaut. Die Folge über Tahiti kennt Valeska im Schlaf. Seit der Rekorder den »Geist aufgegeben« hat, sind sie auf das TV-Programm angewiesen. Noch empfangen sie alle Kanäle. Bald werden die privaten Sender für sie abgeschaltet. Ohne Receiver wäre es jetzt schon zappenduster, und Gott sei Dank ist ihre Glotze DVB-T2-tauglich. Einer von Hubis Freunden hat ihnen den Receiver besorgt. Sie stottern ihn ab. Demnächst gehört eine Reihe von Sendern für Hubi und Valeska der Vergangenheit an. Das sind düstere Aussichten. Aber neunundsechzig

Euro Jahresgebühren sind nicht drin. Valeska hofft immer noch, dass die Programme irgendwie weiterlaufen. Womöglich ist die Panikmache Teil der Verkaufsstrategie.

Mit der ersten Rate für den Receiver sind sie jedenfalls schon im Verzug. Mehrmals hat Hubis Kumpel deshalb an ihrer Wohnungstür geklingelt. Sie haben ihm nicht geöffnet. Weil sie befürchten, dass er das Gerät zurückverlangt. Eine schreckliche Vorstellung. Fernsehen ist Hubis Fenster in die Welt.

Valeska schreibt einen Zettel, teilt ihrem Mann den heutigen Einsatzort mit und schmiert Salamibrote für die Arbeit. Sie steckt eine Wasserflasche ein und legt die Flasche Holunderschnaps, den ihre Tochter neulich vorbeigebracht hat, in den Kühlschrank. Hubi und Valeska gönnen sich abends manchmal ein Gläschen.

Unter der Dusche überlegt sie, wie sie die Fahrt nach Fühlingen kohlemäßig bewerkstelligen soll. Knapp sechs Euro benötigt sie für die Hin- und Rückfahrt. Als sie sich angezogen hat, findet sie fünfzehn Euro in Hubis Portemonnaie, steckt sechs ein und verstaut einige leere Getränkedosen mit DPG-Logo aus dem Müllsack, in dem Hubi Leergut verwahrt, in ihrem Rucksack. Vor der Lungengeschichte hat er zweimal in der Woche seine Runden gedreht. Aus dieser Zeit stammt ihr finanzielles Polster, das sich langsam dem Ende zuneigt. Valeska wird die Dosen an ihrem Arbeitsplatz in den Automaten schieben, damit sie wenigstens ein bisschen Kleingeld in der Tasche hat.

Als sie um sechs Uhr fünfundzwanzig die Wohnung verlässt, trägt sie eine praktische Stretchhose und einen schwarzen Pulli mit Stern-Applikationen. Beide Kleidungsstücke sind relativ neu. Sie hofft, dass der Filialleiter nichts zu beanstanden hat.

Der Stadtteil Fühlingen im Norden Kölns ist bekannt durch einen riesigen See, der im Sommer Ruderer, Badegäste und Festivalbesucher gleichermaßen anlockt. Das Summer-Jam-Spektakel ist legendär. Valeska kennt das Naherholungsgebiet nur aus dem Lokalfernsehen.

Köln-Nippes

Das Handy vibriert. Lou drückt auf »Beenden« und dreht sich noch einmal um. Sie ist nicht in der Lage, aufzustehen. Gefühlt liegt sie höchstens fünf Minuten im Bett. Sekunden später lärmt das Mobiltelefon von vorn los und klingt noch penetranter. Lou setzt sich ruckartig auf und stellt es ganz aus. Kaffee wäre jetzt toll.

Sie betrachtet die linke Bettseite. Das Laken ist zerknittert und die Steppdecke zurückgeschlagen. Gähnend schaut sie auf die Uhr. Kurz nach sechs.

Jemand klopft zaghaft. Henry erscheint in der Tür, in Slip und T-Shirt. Seine Brille sitzt schief. Ihr Ex-Mann hält ihr einen Kaffeebecher entgegen.

Lou fühlt sich in alte Zeiten versetzt. Henry, der Frühaufsteher und Brötchenholer. Henry, der Papa, der Klein Frieda ins Bad scheucht, Pausenbrote schmiert und die haushaltsrelevanten Belange im Blick behält. Lous Bilder stammen aus einer Lebensphase, in der sie und Henry Problemen ins Gesicht lachten.

Sie trinkt einen Schluck Kaffee. Henry lässt sich auf der anderen Bettseite nieder, sein Blick schweift durchs Zimmer. Die Intimität der Situation boxt Lou in die Magengrube.

»Weißt du noch, wie Frieda früher an den Wochenenden in unser Bett hüpfte, sich zwischen uns drängelte und uns mit Millionen Fragen löcherte?«, sagt er.

»Können Hummeln weinen?«, sagt Lou.

Henry sieht ihr in die Augen, sie lächeln beide.

»Manchmal trauere ich diesen Stunden nach«, gesteht Henry und gähnt. »Alles schien so leicht, und es war die beste Zeit, die wir drei miteinander verlebt haben. Es sind vor allem die vielen kleinen Momente, die ich vermisse.«

»Ich denke, du idealisierst die Vergangenheit«, antwortet Lou. »Wir haben uns oft gestritten, und unsere Ehe … da war längst nicht alles rosig.«

Henry hält Lous Blick stand. Die Zornesfalte zwischen seinen Augenbrauen bildet sich mit den Jahren stärker aus. Seine Brauen sind mittlerweile grau wie die Wimpern, und auch die vielen Sommersprossen sind blasser geworden. Lous Ex-Mann ist durchtrainiert und hat kein Gramm Fett zu viel. Rein optisch gefällt er ihr heute besser als damals. Der kahl rasierte Schädel unterstreicht seine markanten Gesichtszüge.

»Ich mache mir Sorgen um Frieda«, gesteht Henry und massiert das unrasierte Kinn mit einem Daumen.

»Ich fand es großartig, wie du gestern reagiert hast«, sagt Lou. »Du wirktest so gefasst, so zugewandt. Ehrlich gesagt hätte ich dir diese Souveränität nicht zugetraut. Sonst flippst du immer sofort aus, wenn es um unsere Tochter geht.«

Der Flug aus Toronto war mit erheblicher Verspätung in Frankfurt gelandet. Lou und Henry hatten auf Barhockern einer kleinen Kaffeebar gesessen und die Zeit totgeschlagen. Als Frieda endlich durch das Gate kam, reichte ihren Eltern ein Blick, um die Ursache für den Abbruch des Auslandsjahres zu begreifen. Frieda schob demonstrativ einen gewölbten Bauch vor sich her. Henry klammerte sich regelrecht an Lous Arm und bohrte seine Fingernägel in ihr Fleisch. Die wenigen Schritte bis zur Begrüßung rang er merklich um Fassung. Lou wusste, was in ihm vorging. Von Friedas Zukunft hatte ihr Ex-Mann genaue Visionen. Ein Baby spielte darin keine Rolle.

»Nachdem wir die Ereignisse eine Nacht sacken lassen konnten, sieht die Welt heute schon ein bisschen besser aus.« Betont fröhlich erhebt sich Lou und reißt die Vorhänge auf.

»Also ich weiß nicht, woher du deinen Optimismus nimmst«, zischt Henry leise und eindringlich. »Meine Welt ist noch genauso düster wie gestern. Und ehrlich gesagt entspricht die Situation so ziemlich meiner persönlichen Vorstellung von einem Alptraum.«

»Jetzt bleib aber mal auf dem Teppich«, sagt Lou und lässt sich am Fußende ihres Bettes nieder. »Es gibt aus meiner Sicht weitaus erschreckendere Szenarien.«

»Das ist doch gar nicht entscheidend«, schnaubt Henry. »Und wenn du wirklich gedacht hast, dass meine gestrige Wortlosigkeit Zustimmung bedeutet, kennst du mich noch schlechter, als ich dachte.«

»Mensch, Henry, unsere Tochter ist einundzwanzig –«

»Und ohne Ausbildung!«, fällt Henry seiner Ex-Frau ins Wort und bemüht sich, leise weiterzureden, weil die Wände in diesem Haus sehr dünn sind. »Der Vater ihres Babys ist irgendein Volontär, mit dem Frieda ein paar Wochen einen Zaun um das Weideland einer x-beliebigen Farm in Saskatscha gebaut hat und –«

»Der Ort heißt Saskatchewan, und der Name des jungen Mannes lautet Stuart.«

»Das ist komplett unerheblich. Der Punkt ist, dass er nach wie vor heiter seines Weges zieht, ohne Verantwortung übernehmen zu müssen.«

»Genau, wie immer, mein Lieber. Die Frau hat das Nachsehen. Aber Frieda ist alt genug, es ist ihre Entscheidung, und Vorwürfe sind hier restlos fehl am Platz. Unsere Aufgabe ist es, sie zu unterstützen.«

»Ich bin weit davon entfernt, Frieda Vorhaltungen zu machen, weil ich es ungerecht finde, sie zusätzlich mit Schuldgefühlen zu belasten, von denen der Vater des Kindes völlig verschont bleibt.«

Lou rutscht nah an Henry heran und legt einen Arm um seine Schultern. Sie ist froh, dass sie ihm letzte Nacht gestattet hat, im Haus zu übernachten. Ihr Ex ist mit den Nerven völlig am Ende. »Wäre es dir lieber gewesen, wenn sie den Kindsvater angeschleppt hätte?«, fragt sie.

»Auf gar keinen Fall.«

Es klingelt an der Haustür. Lou sieht Henry fragend an.

»Das wird Helene sein«, sagt er und schwingt seine langen Beine vom Bett. »Ich dachte, Frieda freut sich, wenn wir zusammen frühstücken.«

»Du hast meine Mutter angerufen und herbestellt?«, fragt Lou entgeistert. »Es ist erst halb sieben.«

Ihr Ex-Mann ist schon auf dem Weg ins Erdgeschoss, und Helenes Stimme schallt durchs Treppenhaus. Lou verschwindet im Badezimmer und spürt, dass die Anwesenheit ihrer Mutter sie entlastet. Helene wird sich um Henry kümmern. Er braucht ihren Beistand. Nötiger als Frieda.

Zwanzig Minuten später huscht Lou an der geschlossenen Küchentür vorbei, hinter der Henry leise mit seiner ehemaligen Schwiegermutter spricht.

»Mama?« Frieda steht in dicken Socken und Nachthemd auf der oberen Treppenstufe. »Kann ich kurz mit dir reden?«

»Süße, was ist los?«

»Ist Papa sehr enttäuscht?«

»Er kriegt sich wieder ein.«

Lou eilt die Stufen hinauf, ihrer Tochter entgegen, und drückt ihr einen Kuss auf die Stirn. »Wir werden dir helfen, falls du unsere Unterstützung brauchst. Okay?«

»Ich weiß, und darüber bin ich echt froh.« Frieda sieht Lou in die Augen. »Aber da gibt es noch etwas. Es betrifft Stuart … Ich habe mich gestern nicht mehr getraut, es zu erzählen, weil Papa …«

Die Küchentür fliegt auf. Henry und Helene betreten den Flur. Frieda schaut flehend zu ihrer Mutter, geht dann aber die Stufen ganz hinunter und sinkt in die Arme ihrer Oma.

Henry wirkt enttäuscht, als sich Lou endlich zur Arbeit aufmacht, obwohl sie auf der Dienststelle angerufen und mitgeteilt hat, dass sie sich verspätet und es nicht zur Frühbesprechung schafft. Wenn es um die Familie geht, leistet Lou Vanheyden, aus Henrys Sicht, immer zu wenig. An dem Punkt sind er und Helene sich einig.

Minuten später fährt Lou über die Zoobrücke Richtung Präsidium. Sie braucht Abstand. Anders als Henry, der bereitwillig Überstunden abbaut, um für seine Tochter da zu sein. Er wird Frieda in den nächsten Tagen intensiv umsorgen und Lou später Vorhaltungen machen.

Wie früher. In den rosigen Jahren.

Verteilerkreis West

Romy benötigt einen Moment, um sich zu orientieren. Linus schläft tief und fest. Die Sonne scheint. Ihre Strahlen schimmern durch Sträucher und Äste zur Windschutzscheibe hinein, von der Kondenswasser perlt. In aller Herrgottsfrühe hat Romy den Wagen vom Park-and-Ride-Parkplatz am Heinrich-Lübke-Ufer zu einer freien Tankstelle am Bonner Verteiler gefahren. Und ihn in der hintersten Ecke neben einem gigantischen Sattelschlepper geparkt. Die große Aral-Tankstelle, die direkt an der Auffahrt Richtung Bonn nur einen Steinwurf entfernt liegt, meidet Romy, weil dort die Parkplätze kostenpflichtig sind und sie Kontrollen befürchtet.

Die Schlafsäcke sind klamm. Sie hat gefroren, trotz Jogginganzug und Fleecepullover. Von ihren Gefühlsschwankungen ganz zu schweigen. Der Qubo schirmt sie nur begrenzt von der Außenwelt ab und ist allein deshalb keine Alternative zu einer Wohnung. Als beklemmend empfindet Romy außerdem die Vibrationen innerhalb des Autos. Irgendwie scheint die Verkleidung einen Spirit auszudünsten, der ihr Herz zusammenzieht. Sie hat gedacht, dass sie sich im Inneren des Autos geborgen fühlt, aber davon spürt Romy bisher herzlich wenig.

Sie rekelt sich, gähnt und hält sich unwillkürlich die Hand vor den Mund. *Damit kein Dämon in dich einfährt.* Ihre Mutter kannte sich mit Aberglauben und Bräuchen aus, die dem Mittelalter entstammen. Ein Steckenpferd, mehr nicht, und doch präsent in vielen Alltagssituationen. Romy schüttelt sich.

Der Sattelschlepper ist verschwunden. An der Fahrerseite parkt jetzt ein dunkelblauer Kleinbus mit getönten Fenstern und verdeckt die Sicht auf die Tankstelle. Romy klettert aus dem Schlafsack, drückt ihr Gesicht nah an die Heckscheibe und versucht vergeblich, einen Blick auf das kleine Tankstellengebäude zu werfen. Aber der Mercedes Sprinter versperrt die ganze Aussicht.

Sie hebt ihre Beine über den Steuerknüppel und setzt sich auf den Beifahrersitz. Ohne Kaffee kommt sie morgens nicht in die Gänge. Aus diesem Grund durchsucht sie ihre Hosen nach Geld. Am Ende kratzt sie zwölf Euro und achtzig Cent zusammen. Das Münzgeld, das überwiegend aus Fünfzig-Cent-Stücken besteht, zaubert Romy ein Lächeln auf die Lippen. Der Milchkaffee ist gesichert. Klar, eigentlich braucht sie die Kohle für wichtigere Dinge, und der Tankstellen-Kaffee ist auch nicht gerade billig, aber dieses Bedürfnis muss sofort befriedigt werden.

Enthusiasmus überkommt Romy und verleiht ihr eine gehörige Portion Energie. Sie hat die halbe Nacht wach gelegen und Pläne geschmiedet. Diejenigen, die sie abgeschrieben haben, werden sich wundern. Sobald Linus im Kindergarten ist, wird sie loslegen, denn Aufgeben ist keine Option mehr. Mit Mut, Disziplin und Willensstärke lässt sich jedes Ziel erreichen. Daran möchte Romy glauben, auch wenn die letzten positiven Erfahrungen Ewigkeiten zurückliegen.

Ja, sie ist schwach, manchmal verzweifelt, und gelegentlich lässt sie sich gehen. Aber es gibt noch eine andere Romy. Eine, die Chancen nutzt, die sie nicht hat. Selbstvertrauen durchströmt ihren Körper und umgibt Romy wie eine Aura. Heute wird sie die Weichen für die Zukunft stellen, Behördengänge angehen und Linus einen Rucksack, vielleicht sogar eine neue Jacke besorgen. Aber zuerst braucht sie den Kaffee.

Sie schlüpft in ihre Boots, zieht ein weiteres Sweatshirt über ihren Pulli, setzt ein NY-Basecap auf und steigt aus dem Fahrzeug. Bevor sie es verriegelt, überzeugt sie sich davon, dass ihr Sohn auf der umgeklappten Ladefläche schläft.

Es ist kühl, und der Fahrzeuglärm allgegenwärtig. Am Verteilerkreis herrscht Hochkonjunktur. Romy geht um ihr Fahrzeug herum, vergewissert sich, dass Linus durch die verdunkelten Scheiben von außen nicht zu sehen ist, und betätigt erneut die Zentralverriegelung.

Bis zum Gebäude sind es nur ein paar Meter. Romy läuft, begleitet von einer Dunstwolke aus Abgasen, bis zur Tankstelle. Bei jedem Schritt klimpern die Centmünzen in ihrer Jogginghose. Ein Jugendlicher in Blaumann hält ihr die Tür zum Verkaufsraum auf. Romy wirft einen letzten Blick zurück, aber der Kleinbus, der direkt neben ihrem Auto parkt, verdeckt den Qubo völlig.

Sie betritt den Laden, der geräumiger ist, als sie vermutet hat, und sofort hüllt sie Wärme ein. Aus kleinen Lautsprechern ertönt die aktuelle Staumeldung. Kaffeeduft liegt in der Luft. Kunden zahlen ihre Tankfüllung und lassen sich belegte Brötchen einpacken. Romy steuert die beiden Kaffeeautomaten an. Der linke ist defekt. Vor dem anderen steht ein Mann in Lederjacke. Seine Haare sind schulterlang und glänzen fettig. Er zieht einen Pappbecher aus der Halterung und stellt ihn unter den Spender. Die Maschine ächzt und dampft.

Romy schiebt eine Hand in die Hosentasche, ertastet die Münzen und sieht aus dem Frontfenster. Autos fädeln sich am Verteilerkreis ein, biegen auf die A 555 oder die verschiedenen Einfallstraßen Richtung City ein. Der Kunde am Automaten flucht und ruft wiederholt nach Personal. Der Milchbehälter ist leer und muss aufgefüllt werden.

Es dauert eine Weile, bis ein Angestellter aufkreuzt. Obwohl kein Platzmangel besteht, schiebt sich der Kerl dicht an Romy vorbei. »Dennis« steht auf dem Plastikschild, das er mit einem Clip an der Brusttasche seines Hemdes befestigt hat. Kaugummi kauend drückt er gewichtig ein paar Knöpfe an dem Vollautomaten und hantiert an der Maschine herum. Sein Deckhaar ist blond, die Seiten sind kurz geschoren. Er hat ein breites Kreuz und definierte Oberarme. Mehrmals dreht sich Dennis zu Romy um und blinzelt ihr zu. Sein Gesichtstattoo findet sie gewagt, aber geil. Romy fühlt sich durch seine Blicke ein bisschen geschmeichelt und für einen Moment in die Schulzeit zurückversetzt. Früher sind ihr die Jungs scharenweise hinterhergelaufen, dabei hatte sie immer nur Robin gewollt.

Es dauert eine gefühlte Ewigkeit, bis der Automat erneut im Startmodus blinkt, Dennis wieder hinter dem Tresen abkassiert und Mister Lederjacke das Feld räumt.

Als Romy endlich ihren Kaffee in den Händen hält, rempelt sie beim Verlassen der Tankstelle aus Versehen eine Frau an.

Romy entschuldigt sich überschwänglich, zieht ihr Basecap tief ins Gesicht und eilt dem Qubo entgegen.

Dass Dennis ihr nachschaut und beobachtet, wohin sie verschwindet, obwohl der Andrang vor der Kasse groß ist, bekommt Romy nicht mit. Sie ist nur erleichtert, dass der Qubo im Morgentau metallicgrün glitzert und Linus gähnend im Schlafsack liegt, als sie die Seitentür aufschiebt. Er hält ihr Mobiltelefon in der Hand und lächelt verlegen. Romy weiß, dass sie konsequent sein muss, krabbelt ins Auto und wäscht ihrem Sohn gehörig den Kopf.

Köln-Kalk

Oktay Demirkans Appartement füllt sich.

Malines Kollegen setzen Spurentafeln und sichern Fasern sowie mögliche DNA-Spuren mit Scotch-3M-Folie. Besonderes Augenmerk richten sie auf die leere Likörflasche und den Kanister im Badezimmer.

»Methanol kann sich Demirkan jederzeit online bestellt oder im Baumarkt besorgt haben«, sagt Ben, Malines Kollege bei der Mordkommission.

»Siehst du hier einen Computer?«, fragt Maline.

»Das geht auch telefonisch.«

»Das erinnert mich daran, dass ich die Verbindungsdaten seiner Festnetznummer sichern muss.«

»Vielleicht hat er Alkohol gepanscht«, meint Ben.

»Er hatte ja nicht mal ein Bier im Kühlschrank, und ich sehe nirgends Leergut.«

»Methanol gibt es in jedem Baumarkt«, schaltet sich Pete von der Spurensicherung ein und berichtet von einem Fall, bei dem drei Menschen an einer Vergiftung starben. Die Brüder hatten Alkoholika mit Methanol gestreckt.

Maline googelt die Substanz.

»Hier steht, dass das Zeug überwiegend zur Desinfektion

von Geräten, zum Abbeizen in der Metallindustrie, als Frostschutz- oder Kälteübertragungsmittel verwendet wird. Es befindet sich in Brennstoffzellen, Biodiesel, in Verdünnungsmitteln und wird in der Textilveredlung eingesetzt. Methanol ist leicht entzündlich, farblos und gehört zur Gruppe der Alkohole. Wegen des Gefährdungspotenzials gelten strenge Arbeitsschutzbedingungen. Es ist explosiv, kann starke Augenschädigungen verursachen und die Schleimhäute nachhaltig schädigen. Die Beschwerden, die Methanol auslöst, sind als Berufskrankheit anerkannt. Schon kleinste Mengen können lebensbedrohliche Konsequenzen nach sich ziehen.«

»Ich wusste nicht, dass Methanol so gefährlich ist«, sagt Ben. »In meiner Garage steht auch eine Dose. Ich benutze es als Lösungsmittel.«

»Du findest es in allen hochprozentigen Spirituosen.« Pete wendet sich an Maline. »Dieser Kanister im Bad ist ein stinknormaler Plastikbehälter ohne Aufkleber. Das wundert mich, weil auf originalen Behältnissen die Giftigkeit und leichte Entflammbarkeit ausgewiesen sein müssen. Und soweit ich weiß, gibt es reines Methanol kaum in kleinen Mengen zu kaufen. Firmen liefern es in riesigen Kanistern zu zwanzig oder dreißig Litern, vor allem natürlich für die Industrie.«

»In Demirkans Behälter steht nur ein kleiner Rest«, sagt Ben. »Denkbar wäre, dass das Methanol dahinein umgefüllt wurde.«

»Er kann sich irgendwo etwas abgezwackt haben«, bestätigt auch Maline.

»Aber für den ›normalen Hausgebrauch‹ reicht doch eigentlich die Büchse aus dem Baumarkt«, entgegnet Pete.

»Mich beschäftigt eine andere Sache.« Ben hat Schweißtropfen auf der Stirn und öffnet den Reißverschluss seines Einwegoveralls ein Stück. »Nehmen wir an, dass Demirkan das Methanol nicht freiwillig getrunken hat, und danach sieht es ja aus. Jemand kommt also vorbei, streckt Likör mit dem Zeug und flößt es ihm ein. Warum stellt die Person dann den halb leeren Kanister ins Bad?«

»Damit es so aussieht, als habe Demirkan das Methanol wie

selbstverständlich im Haus gehabt«, sagt Maline. »Ein vergleichsweise mittelloser Mann mischt sich regelmäßig seinen Fusel zusammen. Die Story wäre ohne den Behälter im Bad um einiges unglaubwürdiger. Es soll nach Selbstmord aussehen, und im ersten Moment deutete ja auch alles darauf hin.«

»Aber es ist doch klar, dass wir die Leiche obduzieren lassen und die Druckspuren am Kopf finden«, sagt Ben.

»Ich denke, dass die Sache aus dem Ruder lief, Demirkan nicht mitgespielt hat und der Täter deshalb mit Zwang nachhelfen musste.«

»Mit etwas Glück bringen euch die Fingerabdrücke auf dem Kanister weiter«, sagt Pete. »Im Übrigen möchte ich noch einmal darauf aufmerksam machen, dass Methanol wirklich hochexplosiv ist. Ben, an deiner Stelle würde ich den Vorrat aus der Garage entfernen.«

»Du hast recht, meine Zwillinge sind unberechenbar und stecken überall ihre Nase rein.« Ben wendet sich an Maline. »Wurden eigentlich Abwehrspuren an Demirkans Händen festgestellt?«

»Nein.«

»Fremd-DNA?«

»Die Untersuchungen des LKA sind noch nicht abgeschlossen.«

»Was ist mit Demirkans Familie?«

»Soweit ich informiert bin, lebte er zurückgezogen.« Maline schildert Ben ihr Telefonat mit Sibel Demirkan. »Aber ich spreche gleich mit der Nachbarin, die den Toten gefunden hat. Vielleicht kann sie etwas Licht ins Dunkel bringen.«

»Ich hatte noch nie mit der Polizei zu tun«, sagt Frau Wedekind leise. Sie sinkt auf einen Sessel und bietet Maline einen Platz auf dem Sofa an, auf dem Unmengen von Kissen liegen. Auf einem niedrigen Tisch stehen zwei Tassen und eine Thermoskanne mit Kaffee, den Demirkans Nachbarin extra frisch aufgebrüht hat. Maline hat sich höflichkeitshalber etwas von dem schwarzen Gebräu eingießen lassen und betrachtet ihr Gegenüber.

Der Zeugin fehlt ein Schneidezahn. Ihre Haut ist bleich, unter den Augen zeichnen sich Ränder ab. Sie trägt eine abgewetzte Strickjacke, aus der sie rausgewachsen scheint, die Nähte der dünnen Baumwollhose sind auf Höhe der Hüften lose. Frau Wedekind knibbelt mit ihren Fingern am Saum. Sie sitzt auf der vorderen Kante des Stuhls und starrt auf die weiße Katze, die zu ihren Füßen hockt.

»Ein wunderschönes Tier haben Sie«, sagt Maline, um ein wenig Small Talk zu betreiben. »Ich habe noch nie eine Katze mit solchen grasgrünen Augen gesehen.«

Frau Wedekind strahlt und sieht zum Fenster. Vogelschutz-Piktogramme zieren die Scheiben.

»Meine Tochter hat die Aufkleber angebracht«, sagt sie. »Im Frühling sind vermehrt Amseln gegen die Scheiben geflogen. Das war eine seltsame Häufung.«

Frau Wedekinds Wohnung liegt im Anbau des Hauses. Alle Fenster gehen zum Hinterhof, im Gegensatz zu Demirkans, der die Germaniastraße überblicken konnte.

»Wie haben Sie geschlafen?«, fragt Maline.

»Kein Auge habe ich zugetan, immer habe ich Oktay vor mir gesehen, wie er dalag, zusammengerollt wie ein Kleinkind. Er war ja auch nur eine halbe Portion. Schrecklich, und dann dieser Gesichtsausdruck.«

»Wie kam es dazu, dass Sie Herrn Demirkan gefunden haben?«, beginnt Maline.

»Flöckchen ist in seine Wohnung gelaufen.« Frau Wedekind streichelt den Kopf ihrer Katze. »Das ist sonst gar nicht ihre Art, aber in dem Fall war es ja nicht verkehrt.«

»Ist es häufiger vorgekommen, dass seine Wohnungstür offen stand?«

»In unserem Mietshaus wehen sie bei jedem Luftzug auf. Es sei denn, sie sind richtig abgeschlossen. Ich habe jedenfalls das gleiche Problem und die Verwaltung deswegen schon hundert Mal angerufen. Nur leider rührt sich niemand. Oktay, also Herr Demirkan, schließt genau wie ich von innen ab, wenn er zu Hause ist … war.«

»Haben Sie ihn gut gekannt?«

»Das würde ich nicht behaupten. Er lebte zurückgezogen. Vor ein paar Jahren wurden bei uns manchmal Hausfeste veranstaltet, da haben wir alle im Hinterhof gegrillt. Damals lebten Studenten in der Wohnung unter dem Dach, die versucht haben, die Menschen zusammenzubringen. Wenn man schon die Kölner Gastlichkeit und Offenheit beschwört, dann muss man sie ja auch mal leben, haben die jungen Leute gesagt. Und da ist ja was dran, nicht wahr?«

Frau Wedekind trinkt von ihrem Kaffee.

»Die Studierten haben nicht lange im Haus gelebt«, nimmt sie den Faden wieder auf. »Ein Jammer, wenn Sie mich fragen. Jedenfalls ist Oktay zu dieser Zeit eingezogen, aber der gesellige Typ war er nicht. Als besonders freundlich würde ich ihn auch nicht bezeichnen, eher als einen Menschen, der andere auf Abstand hielt. Mit mir hat er auch nur das Nötigste gesprochen.«

Frau Wedekinds Katze miaut, läuft davon und springt elegant auf die Fensterbank.

»Vor zwei Jahren musste er ins Krankenhaus. Ihm sind Stents gesetzt worden, und ich bin hingefahren, weil ich dachte, dass der arme Kerl frische Wäsche braucht oder so. Er hat ja keine Seele, die sich um ihn kümmert. Blumen und Kuchen habe ich ihm mitgebracht, aber wenn Sie glauben, dass er sich gefreut hat, liegen Sie falsch. Kaum ein Wort hat er mit mir gewechselt, und den Käsekuchen sollte ich wieder mitnehmen. Mir wird davon übel, hat er behauptet, das müssen Sie sich mal vorstellen.«

Frau Wedekind leert die Kaffeetasse.

»Und jetzt hat er das Zeitliche gesegnet. Fein gekleidet. Wissen Sie, manche Leute spüren, wenn der Tod kommt, davon bin ich überzeugt. Mein Großvater hat sich an einem normalen Freitag seinen guten Sonntagsanzug angezogen und sich zum Sterben aufs Bett gelegt. Das ist doch verrückt, meinen Sie nicht? Vielleicht war es bei Oktay ähnlich.«

Frau Wedekind verengt die Augen zu Schlitzen. »Allerdings kommt ein Herzinfarkt doch eher plötzlich, also ich meine, da bleibt einem keine Zeit, sich großartig umzuziehen.« Sie schweigt einen Augenblick und scheint über das Gesagte nachzudenken. »Oder hat er sich am Ende selbst …? Ja, deshalb forschen Sie auch nach, stimmt's?«

Maline geht zur nächsten Frage über. »Wann haben Sie Herrn Demirkan zum letzten Mal gesehen?«

»Gestern Morgen hat er die Tonnen vor die Tür gestellt. Die Aufgabe hat er bei seinem Einzug übernommen und dafür weniger Miete gezahlt. In dieser Sache war er auch sehr gewissenhaft, das muss ich sagen, trotz seiner Herz-OP ließ er sich davon nicht abhalten. Ich denke, er war auf die Mietersparnis angewiesen.«

»Erinnern Sie sich an die Uhrzeit?«

»Es war acht«, sagt Frau Wedekind wie aus der Pistole geschossen.

Maline sieht sie fragend an.

»Die Leute behaupten ja, dass man das Geläute und Schlagen der Kirchenglocken nach einiger Zeit nicht mehr hört. Aber dem kann ich nur widersprechen. Die Turmuhr nervt mich jeden Tag, und automatisch zähle ich die Schläge mit. Das ist eine fixe Angewohnheit, sagt meine Tochter.«

»Haben Sie mit ihm gesprochen?«

»Nur wenige Worte.« Frau Wedekind atmet tief ein. »Mein Gott, ich darf nicht darüber nachdenken, dass ich wohl der letzte Mensch gewesen bin, der ihn lebend gesehen hat.«

»Wirkte er anders als sonst? Aufgeregt oder noch in sich gekehrter?«

»Er klagte über Kopfschmerzen. Aber ich habe mir nichts gedacht.«

»Hat er in letzter Zeit irgendetwas getan oder gesagt, was Ihnen im Nachhinein komisch erscheint? Hatte er Streit mit jemandem? Besuch, der Ihnen eigenartig vorkam?«

»Morgens saß er am Fenster, fütterte die Vögel und schaute dem Zeiger zu, wie er seine Runden dreht. Die Nachmittage verbrachte er meist vor seiner Nähmaschine. Das Rattern des Motors ging manchmal bis in die Puppen. Hin und wieder habe ich gegen die Wand geklopft, wenn es mir zu bunt wurde, und dann hat er auch sofort aufgehört mit der Näherei. So gesehen empfand ich ihn als angenehmen Zeitgenossen.« Frau Wedekind kratzt mit den Fingernägeln über den Hosensaum in Höhe ihrer Oberschenkel.

»In unserem Haus wohnen mittlerweile ja auch ganz andere Kaliber. Ehepaare, die sich ständig in die Haare kriegen. Jugendliche, die ihren Müll in die Beete vor dem Haus werfen, also manchmal traue ich mich gar nicht vor die Tür. Und dann dieses fortwährende Kommen und Gehen. Umzüge am laufenden Band. Von den meisten Mietern kenne ich nicht einmal den Namen. Da sind Ausländer dabei, die kein Wort Deutsch sprechen. Die verstehen nicht mal die simpelsten Sachen. Mittagsruhe und Treppenreinigung sind für diese Leute Fremdwörter. Obwohl, bis vor Kurzem wohnte ein Afrikaner in der Wohnung über mir. Der hat immer die Treppe geputzt und freundlich gegrüßt. Das war ein ganz netter Kerl, glaube ich. Nur die Gerüche, die aus seiner Wohnung kamen, waren, ich sage mal, gewöhnungsbedürftig. Solche Menschen kochen ja ganz anders als wir.«

»Hat er die Engel nur zum Spaß genäht?«, fragt Maline.

»Wer?«

»Herr Demirkan hat, soweit wir das bisher gesehen haben, fast ausschließlich Stoff-Engel hergestellt. Wissen Sie, warum?«

»Nein, ich weiß es nicht. Aber er ist damit ins Altersheim um die Ecke gegangen, wenn dort ein offenes Café veranstaltet wurde, und hat sie an die Bewohner verschenkt. Angeblich rissen sie ihm die Dinger aus den Händen.« Frau Wedekind lehnt sich vor und spricht etwas leiser. »Aber da hat es Ärger gegeben. Oktay ist mit der Leiterin der Einrichtung aneinandergeraten.«

»Wann?«

»Vor wenigen Tagen.« Frau Wedekind legt den Kopf schräg. »Vielleicht hat er sich ja deshalb etwas angetan.«

»Wissen Sie, worum es ging?«

»Nein.«

»Wie haben Sie von dem Streit erfahren?«

»Die Verwandte einer Bekannten ist da untergebracht. Wir

singen zusammen im Chor, und bei der letzten Probe hat sie davon erzählt. Mir hat Oktay auch mal so einen Engel geschenkt, ich sollte ihn meiner Enkeltochter geben. Das fand ich nett. Nähen konnte er ja, das muss man ihm lassen.«

»Hat er Ihnen gegenüber suizidale Absichten geäußert?«

»Es ging ihm nach der Herz-OP manchmal miserabel. Es gab Tage, an denen er kaum die Treppe raufkam. Dann hat er geschnauft und vor sich hin gemurmelt, dass Allah ein Einsehen haben soll und solche Sachen.«

»Hatten Sie den Eindruck, dass gestern so ein Tag war, an dem es ihm besonders schlecht ging?«

»Tja, eigentlich nicht.«

»Erwartete er jemanden? Hat er etwas in diese Richtung gesagt?«

»Nein, und ehrlich gesagt, würde mich das auch wundern. Besuch habe ich bei ihm nämlich so gut wie nie gesehen.«

»Ist Ihnen aufgefallen, dass Herr Demirkan Probleme mit dem Lesen oder Schreiben hatte?«

»Ich musste ihm manchmal die Aushänge unten im Treppenhaus vorlesen, Sie wissen schon, diese Zettel, auf denen Firmen ihre Arbeiten ankündigen, wie zum Beispiel der Gasmann. Vor einigen Monaten wurde uns das Wasser für zwei Tage abgestellt. Da habe ich bei ihm geklopft und ihn informiert. Ich dachte, dass er eben Schwierigkeiten mit der deutschen Schrift hat. Es ist ja nicht seine Muttersprache, obwohl ich ihn gut verstehen konnte, wenn er mal sprach.« Frau Wedekind sieht Maline direkt in die Augen. »Ach, Sie meinen also, dass er gar nicht lesen konnte?«

Maline lehnt sich zurück. »Ihre Wohnung liegt direkt neben seiner. Haben Sie ihn manchmal gehört?«

»Beim Nähen mit der Maschine, wie gesagt. Und wenn sein Fernseher lief, konnte ich meinen Ton ausstellen.« Sie lacht und wird sofort wieder ernst.

»Haben Sie nach der Begegnung gestern im Innenhof noch etwas von Herrn Demirkan mitbekommen?«

»Ich bin früh zum Friseur, dann mit einer Bekannten zum

Mittagessen und später ins Krankenhaus, eine meiner Freundinnen ist Oma geworden, und ich habe mir das Neugeborene angesehen.«

»Wann sind Sie zurückgekommen?«

»Ach, das war weit nach vier.« Frau Wedekind schweigt einen Augenblick.

»Morgens war meine Tochter hier. Ramona hat während meiner Abwesenheit auf den DHL-Zusteller gewartet, vielleicht hat sie etwas gesehen oder gehört.«

»Sie kann mich gern jederzeit anrufen«, sagt Maline und legt eine Visitenkarte auf den Tisch. »Und als Sie nach Hause kamen, stand Herr Demirkans Wohnungstür da offen?«

»Ich bin mir nicht sicher.«

»Kennen Sie Herrn Demirkans Tochter?«

»Nein, im Grunde weiß ich weder etwas über seine Familie noch über Oktays Vergangenheit.«

»Wie sah es mit Alkohol aus?«

»Ich habe ihn nie trinken sehen. Nicht einmal beim Straßenfest. Meine Tochter und ich wollten ihn auf ein Kölsch vom Fass einladen, aber er hat dankend abgelehnt.«

»Können Sie sich vorstellen, dass er selbst Schnaps oder Likör hergestellt hat?«

Frau Wedekind bekommt große Augen. »Nein.«

»Erinnern Sie sich, welche Kleidung Herr Demirkan trug, als Sie ihn im Hinterhof trafen?«

»Seinen Jogginganzug. Darin lief er normalerweise herum.«

»Sind Sie sicher?«

»Natürlich, er trug selten andere Sachen. Deswegen war ich ja so erstaunt über das Hemd und seine gute Hose.«

»Und die Schuhe?«

»Am Morgen trug er Sandalen und weiße Strümpfe. Das weiß ich ziemlich genau. Beide Socken hatten Löcher. So etwas fällt mir auf. Man sieht immer gleich, wenn ein Mann ohne Frau zurechtkommen muss.«

»Haben Sie in seiner Wohnung etwas angefasst?«, fragt Maline unvermittelt.

»Als ich ihn fand, meinen Sie?«

»Ja.«

»Ich wusste gleich, dass etwas nicht stimmt. Deshalb habe ich sofort die Polizei gerufen.« Frau Wedekinds Augen verengen sich wieder zu Schlitzen.

»Haben Sie etwas angerührt?«, wiederholt Maline ihre Frage.

»Um Himmels willen, nein.« Frau Wedekind beugt den Oberkörper leicht vor, zögert und lehnt sich dann doch wieder zurück. »Eine Sache kam mir allerdings merkwürdig vor. Ich meine, Sie kennen doch diese Reportagen aus den Knästen in den USA, von den armen Teufeln, die im Todestrakt sitzen.«

»Ja?«

»Die bekommen doch eine letzte Mahlzeit und dürfen sich dann wünschen, was sie essen wollen. Manche bestellen Hühnchen mit Mais oder Schokoladentorte –«

»Ich kenne das Prozedere«, erwidert Maline.

Frau Wedekind stockt und fährt dann fort. »Auf Oktays Tisch stand ein Stück Käsekuchen. Komischerweise ausgerechnet die Sorte, die er nicht mochte.«

Maline dreht an ihrem Augenbrauenpiercing. »Vielleicht hat er Sie damals im Krankenhaus einfach angelogen.«

»Mag sein«, sagt Frau Wedekind. »Aber wenn nicht, warum sollte sich Oktay ausgerechnet Käsekuchen als Henkersmahlzeit besorgen? Ich meine nur, falls er sich selbst …«

Köln-Rodenkirchen

Der Waschraum ist weiß gekachelt, hat keine Heizung und riecht nach Urinstein. Auf dem Fußboden liegen feuchte Klopapierstreifen und vereinzelte dunkle Haare. Die Toilettenbrille ist mit unappetitlichen Spritzern übersät, und die Reinigung des Waschbeckens scheint etwas her zu sein. Der Hygieneeimer quillt über, daneben liegen ein zerrissenes Kondom und ein aufgeweichtes Streichholzmäppchen.

Romy streift Gummihandschuhe über und setzt Linus eine Duschhaube auf die langen blonden Haare.

»Das ist unser erstes Objekt«, sagt Romy und zieht ein Klemmbrett samt Stift aus ihrem Rucksack. »Für die nächsten Wochen sind wir Prüfer des geheimen städtischen Sauberkeitsamtes und müssen genau aufschreiben, in welchem Zustand sich öffentliche WCs befinden.«

»Warum?«

»Weil Köln die sauberste Stadt der Welt werden will.«

»Wieso?«

»Das ist gut für den weltweiten Ruf.«

Linus saugt an seiner Unterlippe.

»Auf dieser Checkliste stehen Kriterien, die uns helfen werden.« Romy tippt gewichtig auf den Fragebogen zur steuerlichen Erfassung, den sie in ihren Unterlagen entdeckt und auf ihre Schreibunterlage geklemmt hat. »Ich lese jetzt einzelne Punkte vor. Du checkst die Lage und sagst deine Meinung. Alles paletti?«

»Ja!«, ruft Linus und klingt engagiert.

»Ist eine Klobürste vorhanden?«

Der Junge reckt den Hals. »Ja!«

»Gibt es Fenster?«

»Nur eins mit Gitter!«

»Hat das Klo eine Brille mit Deckel?«

»Nö.«

»Riecht das WC gut?«

Linus nimmt die Frage wörtlich, nähert sich der Toilette, schnuppert und hält sich dann die Nase zu. »Es stinkt!«

»Sind Spiegel vorhanden?«

»Einer.«

»Ist der Fußboden sauber?«

»Nö!«

»Ist das Klo frei zugänglich, oder mussten Sie einen Schlüssel holen?«

»Schlüssel holen!«

Romy lässt sich weitere Punkte einfallen und schreibt sie

gleichzeitig auf, damit sie die Liste reproduzieren kann. Als Linus das Interesse zu verlieren scheint, packt sie das Klemmbrett weg, nimmt den Allzweckreiniger aus dem Rucksack, streift Gummihandschuhe über und säubert das Waschbecken mit einem Schwamm. Sie beseitigt den gröbsten Schmutz, damit sich ihr Sohn in einem sauberen Becken waschen kann.

»Nun folgt der Praxistest«, sagt sie. »Mach bitte deinen Oberkörper frei.«

»Meinst du nackig?«

»Ja, nur obenrum.«

Linus gehorcht.

Sie betrachtet die blasse Brust ihres Sohnes. Die schmalen Schultern und die Narbe unter dem nach außen gewölbten Bauchnabel. Als Linus wenige Monate alt war, schwoll diese Stelle eines Tages auf die Größe einer Tomate an. Die Diagnose lautete: Nabelbruch. Zuerst rieten die Ärzte von einer OP ab. So etwas könne sich verwachsen. Doch im Alter von drei Jahren verfärbte sich der Bauchsack bläulich, und Linus litt Qualen. Vermutlich wurden das Bauchfell und der darunterliegende Darm eingeklemmt. Seit der Operation ist Linus beschwerdefrei und die kleine Narbe so gut wie verblasst.

Romy dreht den Wasserhahn auf, hält einen Waschlappen unter den Strahl, wringt ihn aus, gibt etwas Lotion darauf und wäscht Linus unter den Armen. Er zuckt zusammen. Heißes Wasser gibt es nicht.

»Zu kalt?«

»Ja!«

Romy rubbelt den Jungen mit dem mitgebrachten Frotteetuch trocken und hilft ihm in den Sweater. Als Nächstes gibt sie Paste auf seine Minions-Bürste und achtet darauf, dass er sich ordentlich die Zähne putzt. Denn obwohl Romy eine Tube ohne Menthol gekauft hat, behauptet er, dass sie im Mund brennt. Er pfuscht bei der Pflege, wenn sie nicht achtgibt.

Am Ende nimmt sie seine Duschhaube ab, scheitelt ihm die Haare und schmiert sein Gesicht mit einer Handcreme ein. Bis seine Haut wie eine Speckschwarte glänzt. Unter seinem kritischen Blick wäscht sich Romy nun ebenso gründlich, reinigt die Zähne und knotet mit Hilfe eines Gummibandes ihre hellbraunen Haare zu einem Pferdeschwanz.

»Ich will auch einen Zopf.«

Romy zieht ein zweites Gummi aus ihrer Jeans und kämmt Linus' Haare zu einem Strang.

»Und, was meinst du? Wie schneidet der Waschraum ab? Wir können maximal fünf Punkte vergeben, wenn er uns sehr gut gefallen hat.«

Linus rümpft die Nase. »Ich finde ihn blöd. Hier ist es dreckig und kalt.«

»Zwei Punkte?«

»Nö, eins!«

»Einen«, berichtigt ihn Romy.

Gemeinsam bringen sie den Schlüssel zurück. Linus stiert auf die Lutscher im Kassenbereich. Romy ertappt sich dabei, dass sie nach dem Kerl Ausschau hält, der am Morgen den Kaffeeautomaten in Gang gesetzt hat. Stattdessen nimmt der leicht schielende Typ mit den unsauberen Fingernägeln, der ihr den Schlüssel ausgehändigt hat, ihn auch wieder entgegen.

Fünfzehn Minuten später hält Romy vor Linus' Kindergarten. Der Qubo ermöglicht ihr, sich unauffällig in die Schlange der Mütter einzureihen, die ihre Kinder absetzen. Das ist die Art Normalität, die sich Romy wünscht.

Sie reicht Linus die Plastiktüte mit seinen Sachen und erinnert ihn an die Toastbrote mit Nusscreme, die sie ihm in die Box gepackt hat. Sie löst seinen Sicherheitsgurt, schließt seine Jacke mit den Sicherheitsnadeln und bemerkt deutliche Schmutzspuren an den Ärmeln. Mist, der Wäscheberg wächst schnell an. Zwei Ladungen hat sie bestimmt schon zusammen. Romy zieht Linus zu sich heran, gibt ihm einen Kuss und versichert ihm, dass er bald einen richtig schönen Rucksack bekommen wird.

»Und denk dran«, schärft sie ihm ein. »Wir sagen keinem Menschen, dass wir den Qubo geschenkt bekommen haben, weil andere Leute sonst neidisch werden.«

»Darf ich Felix erzählen, dass wir im Auto geschlafen haben?« Linus strahlt seine Mutter hoffnungsvoll an.

»Besser nicht. Er findet es bestimmt cool und will dann bei uns übernachten. Dafür ist nun wirklich kein Platz.«

»Och menno!«

»Es tut mir leid, Spätzchen. Und bitte, erwähne die Arbeit für das Sauberkeitsamt nicht. Geheim heißt, dass kein Wort zu diesem Thema über unsere Lippen kommt. Verstanden?«

»Hm.«

Hinter ihnen bricht ein Hupkonzert los. Die Fahrerin eines Mercedes blinkt auf. Linus steigt aus und schlurft mit hängenden Schultern dem Haupteingang entgegen. Sein Zopf wippt bei jedem Schritt. Die Huperei wird aggressiver. Romy lässt sich nicht drängeln und sieht ihrem Sohn nach, bis er im Flachbau verschwunden ist.

Polizeipräsidium Köln

Durch das gekippte Fenster weht der Autolärm des Berufsverkehrs von der Hauptstraße herüber. Nur einen Steinwurf entfernt leuchtet der Schriftzug der »Köln Arcaden«. Dessen gläserne Boutiquen und Fressmeilen haben sich längst zum Treffpunkt für Jugendliche, Familien und zur Mittagspausenadresse im Veedel gemausert. Bald öffnet die Shoppingwelt ihre Pforten.

Im Kommissariat herrscht geschäftiges Treiben. Telefone klingeln. Kollegen eilen über den Korridor. Maline schließt die Tür.

Als der Tatortbericht fast fertig ist, überlegt sie, ob sie sich gleich eine Mittagspause gönnen soll. Döner oder Pizza. Sie gähnt, widmet sich den Tatortfotos, nimmt akribisch jede Kleinigkeit auf und zoomt Ausschnitte der Bilder heran.

Ein Gedanke schiebt sich in ihr Bewusstsein.

Maline steht auf und sichtet die Asservate. In einer Tüte

befindet sich der Zettel mit Demirkans Abschiedsworten, die eindeutig mit einem Kugelschreiber geschrieben wurden. In einer anderen liegen zwei Bleistifte, mit denen Demirkan höchstwahrscheinlich seine unleserlichen Einträge in ein Haushaltsbuch vornahm. Einen Kuli kann Maline nicht entdecken. Sie ruft Tillmann auf der K-Wache an. Er bestätigt, dass er keinen Kugelschreiber am Fundort der Leiche wahrgenommen, geschweige denn gesichert oder versehentlich eingesteckt hat. Nein, so etwas würde er hundertprozentig angeben. Bei einem Gespräch mit ihrem Kollegen Ben erzielt Maline das gleiche Resultat.

Sie ruft Demirkans Hausarzt an, die Nummer befand sich bei der Sammlung unter dem Festnetzapparat des Toten. Die Sprechstundenhilfe stellt zu ihrem Chef durch. Er bestätigt die Herzschwäche seines Patienten und dass ihm das Clopidogrel verschrieben wurde. Darüber hinaus war sein Gesundheitszustand zurzeit nicht besorgniserregend. Maline bedankt sich.

Sie steht auf und füllt erneut Wasser in den Espressoautomaten, den sie sich zusammen mit Lou für das gemeinsame Büro gegönnt hat. Bei den Kapseln entscheidet sie sich für die vollmundige Caffè-Crema-Geschmacksrichtung und nimmt sich pfeifend eine Tasse aus dem Regal. *Mädchen, die pfeifen, und Hähnen, die krähen, soll man beizeiten die Hälse umdrehen.* Ihre Oma hatte Malines Vater mit solchen Sprüchen auf die Palme gebracht.

Lou kommt ins Büro gerauscht.

»Du bist aber spät dran«, sagt Maline.

»Ich hatte doch angerufen und gesagt, dass ich es nicht früher schaffe.« Lou lässt sich auf ihren Schreibtischstuhl fallen, während Maline den nächsten Espresso aufsetzt und kurz die Ereignisse aus der Germaniastraße in Kalk zusammenfasst.

»Es tut mir echt leid, dass dein Abend mit Jette geplatzt ist«, sagt Lou.

»Schwamm drüber.«

Lou berichtet von ihrer familiären Situation.

»Willst du dir nicht lieber ein paar Tage freinehmen?«, fragt Maline.

»Kommt gar nicht in Frage. Ich werde wahnsinnig, wenn ich Henry vierundzwanzig Stunden um die Ohren habe. Außerdem ist meine Mutter mit den Hühnern aufgestanden und angereist. Du kennst ja Helene, sie hat alles im Griff.«

»Studium und Kind unter einen Hut zu bekommen wird mit Sicherheit kein Pappenstiel für Frieda.«

»Natürlich nicht, aber ich gehe davon aus, dass sie haargenau weiß, was sie sich zumuten kann, und heilfroh ist, dass sie nach Deutschland zurückgeflogen ist.«

»Jette will mit mir zusammenziehen«, sagt Maline.

»Deine Wohnung reicht locker für zwei Personen. Meine Mutter hat früher immer an Pärchen vermietet.«

»Mit Hund?« Maline erzählt von Toffee. »Ich fürchte, Jette wird das Tier nicht wieder hergeben, wenn Gerhardt es nicht mehr versorgen kann. Toffee ist einer dieser traumatisierten Windhunde und stammt aus dem Hinterland Spaniens. Eine dortige Organisation hat ihn zusammen mit anderen Galgos, halb verhungert und schwer verletzt, aus einem verlassenen Gebäude befreit, in dem mehrere Tiere tot von einem Dachbalken baumelten.«

»Das ist so barbarisch«, sagt Lou. »Ich habe mal gelesen, dass zum Ende der Jagdsaison jedes Jahr unzählige Windhunde, die für ihre Besitzer wertlos geworden sind, erhängt oder ertränkt werden.«

»Das stimmt. Tiere, die ›Glück‹ haben, werden ausgesetzt, nachdem man ihnen den implantierten Mikrochip mit einem Messer aus dem Hals geschnitten hat. Dieses Schicksal musste Toffee erleiden. Aber sie wurde von Tierschützern gerettet, die sie nach Deutschland ausflogen und an Gerhardt vermittelten.«

»Und ihr Vermieter setzt Jette tatsächlich auf die Straße, falls sie den Hund behält? Was ist das denn für ein Spinner?«

»Die Wohnung gehört Henry«, sagt Maline.

»Wem?«

»Deinem Ex-Mann.«

»Quatsch.«

»Im Grunde möchte Jette nicht ausziehen, aber sie wird den

Schritt gehen, wenn es notwendig ist. So gut kenne ich sie mittlerweile.«

Lous Blick ist immer noch wie versteinert. »Ich finde es interessant, dass mein Ex Immobilien besitzt, von denen ich nichts weiß.«

»Jette stellt sich das zu einfach vor.«

»Warum verheimlicht er so etwas vor mir? Ich meine, klar, wir sind nicht mehr verheiratet und er ist mir keine Rechenschaft schuldig. Aber ich dachte, dass wir ein gutes, freundschaftliches Verhältnis haben.«

»Der Kölner Wohnungsmarkt ist dermaßen angespannt, und Toffee ist nun mal kein Schoßhund.«

»Irgendwie enttäuscht mich Henrys Heimlichtuerei.«

Kevin erscheint im Türrahmen. »Hey, Lou, die Leitstelle meldet eine Leiche in Merheim. Tom hat gesagt, dass ich mit dir rausfahren soll.«

»Ein Toter kommt mir wie gerufen!« Lou schnappt sich ihre Jacke und verschwindet, bevor der Espresso durchgelaufen ist.

Köln-Höhenberg

»Oben randaliert ein Jugendlicher«, sagt der Polizist, der sich im Hauseingang des Hochhauses postiert hat. »Es handelt sich um den Sohn der Toten, er hat sie gefunden. Die Kolleginnen versuchen, ihn zu beruhigen.«

»Ist der Notarzt noch da?«

»Der ist schon zur nächsten Leiche unterwegs.«

Das Treppenhaus riecht nach Zigarettenrauch. Im ersten Stock jault ein Hund herzerweichend hinter einer der Wohnungstüren. Im zweiten Stock haben die Mieter eine Waschmaschine in den Flur gestellt. Lou und Kevin quetschen sich an dem sperrigen Hindernis vorbei und nehmen die Stufen zum nächsten Stockwerk mit großen Schritten.

Der Teenager ist schlaksig, größer als Lou und hat feine Gesichtszüge. »Sie haben kein Recht, mich festzuhalten!«, schreit er und stampft mit dem Fuß auf wie ein Zweijähriger.

Karla spricht ruhig auf ihn ein. Lou kennt die Schutzpolizistin seit der Grundausbildung und nickt ihr kurz zu, während sie den Jugendlichen nach seinem Alter fragt. Er drückt die Lippen aufeinander.

»Gianluca ist siebzehn«, antwortet Karla an seiner Stelle. »Er ist in einer Pflegefamilie untergebracht.«

»Trotzdem besitzt du einen Schlüssel zu dieser Wohnung?«, forscht Kevin nach.

»Sie ist meine Mutter!«, braust Gianluca auf und fügt bebend hinzu: »Wenn ich früher hergefahren wäre, würde sie vielleicht noch leben. Aber wir haben uns gestritten, und ich … sie hat mich angerufen, aber ich hatte keinen Bock, mit ihr zu reden.«

»Wann hat sie versucht, dich telefonisch zu erreichen?«, fragt Lou.

»Ist Tage her.«

»Kann ich einen kurzen Blick auf deine Anrufliste werfen?«

»Mein Smartphone liegt zu Hause an der Dockingstation, ich habe heute Morgen verschlafen und es vergessen.«

»Warum wolltest du nicht mit deiner Mutter reden?«

»Weil ich eine Stinkwut hatte, aber wenn ich geahnt hätte …«

»Worum ging es bei dem Streit?«, will Kevin wissen.

Gianluca zuckt mit den Schultern. »Sie hat sich wieder mit diesem Loser getroffen. Er ist ein Penner und hat sie runtergezogen!«

»Wie heißt er?«

Gianluca schaut die Ermittler der Reihe nach an. »Ich habe ihn unten am Eingang gesehen.«

»Wen?«

»Den Blödmann.«

»Er meint Heiko Kornblum«, schaltet sich Karla ein. »Den früheren Lebensgefährten seiner Mutter.«

»Wann hast du ihn gesehen?«, fragt Kevin.

»Weiß nicht mehr so genau.«

»Wir unterhalten uns später«, sagt Lou zu Gianluca. »Jetzt müssen wir in die Wohnung und unsere Arbeit erledigen.«

»Er hat sie bestimmt umgebracht!«, schreit der Junge los. »Was soll denn jetzt aus mir und dem Baby werden?«

»Ist hier ein Kind in der Wohnung?« Lou wendet sich verblüfft an Karla.

»Er meint seine kleine Schwester, sie leben zusammen in der Pflegefamilie.«

Gianluca rauft sich die krausen Locken. »Mama wollte Anträge stellen und uns so bald wie möglich nach Hause holen!«

Er sinkt auf die obere Stufe und weint mit offenem Mund. Speichel tropft auf den Treppenhausboden. Sein Körper zittert. Kevin reicht ihm ein Taschentuch. Lou legt vorsichtig eine Hand auf Gianlucas Schulter.

»Wir gehen jetzt hinein, und die Polizistinnen bringen dich zu deinen Eltern.«

»Pflegeeltern«, korrigiert Gianluca scharf.

Zu Lous Überraschung lässt er sich von Karlas uniformierten Kolleginnen die Treppe hinunterführen.

»Furchtbar, dass ausgerechnet er seine Mutter gefunden hat«, sagt Karla, während Lou und Kevin die Schutzkleidung überstreifen. »Dieses Bild wird er nur schwer aus dem Kopf bekommen.«

»Gibt es Anzeichen, die auf die Todesursache hindeuten?«, fragt Lou.

»Aus meiner Sicht nicht«, antwortet Karla.

Drei Türen gehen von der kleinen Diele ab. An jeder freien Wand liegen prall gefüllte Aktenordner übereinander, bis zur Bauchhöhe gestapelt. Lou überschlägt an die dreißig Ordner allein zwischen Badezimmer und Küche.

»Du lieber Himmel, was hat denn die Frau in den ganzen Akten gesammelt?«

Fliegen schwirren umher. Lou ist froh über den Mundschutz.

»Wir werden sehen«, sagt Karla. »Bei Antonella Beradi herrschte auf jeden Fall Regalmangel.«

Die Ermittler betreten das Wohnzimmer. Sofort klebt Lous

Overall an ihren nackten Armen, und Schweiß rinnt ihr den Rücken hinab.

»Alle Heizungen sind voll aufgedreht«, sagt Karla. »In der Wohnung ist nur ein einziges Oberlicht gekippt.«

Lou und Kevin folgen ihr auf einem ungefähr dreißig Zentimeter breiten Pfad in den ersten Raum, der schätzungsweise zwölf Quadratmeter groß ist. Es riecht muffig. Über das gesamte Sofa, die Sessel und den Couchtisch liegen Klamotten verteilt, auf denen Fliegen krabbeln. Die Schubladen der beiden Kleiderschränke quellen über und lassen sich nicht schließen. Entlang der Wände ist jeder Zentimeter mit Kisten und Gegenständen vollgestellt. Kevin stolpert über einen Müllsack, der mit Frotteebettwäsche vollgestopft ist. An der Wand neben dem Sessel steht ein Einkaufswagen, dem ein Rad fehlt. In dem Korbgeflecht aus Metall liegen Babysachen. Sauber und übersichtlich gefaltete Strampler sowie Hemdchen. *Frieda bekommt ein Kind.*

Karla geht ins nächste Zimmer vor. Es ist kleiner, und obwohl hier das Oberlicht gekippt ist, nimmt Lou einen säuerlichen Geruch wahr, der die Zersetzungsausdünstung überlagert.

»Antonella Beradi hat sich offenkundig mehrmals erbrochen«, sagt Karla und deutet auf eine leere Schnapsflasche, die neben der Matratze liegt. »Sie hatte wohl eine Menge Alkohol intus.«

Antonella Beradi liegt bekleidet auf einem Futon. Rote Bettwäsche. Schwarzes Laken. Der Leichnam wirkt aufgebläht. Karla reicht Lou den Personalausweis der Verstorbenen. Das Foto zeigt eine ernste Frau mit rundem Gesicht und kurzer stoppeliger Frisur. Sie schaut skeptisch in die Kamera. An der Oberlippe ist rechts ein ovales Muttermal sichtbar. Antonella Beradi lässt sich eindeutig identifizieren, auch wenn das Gesicht durch die Faulgase aufgedunsen ist.

In den geöffneten Augenlidern und am Mund wimmeln Maden.

»Shit«, murmelt Kevin und wendet sich ab.

»Aus den Mundwinkeln quillt eine weißliche Substanz«, sagt

Karla und schlägt nach einer Fliege. »Dabei könnte es sich um Erbrochenes handeln.«

Frau Beradis Pullover ist an der rechten Bauchseite hochgerutscht. Lou deutet auf die dort sichtbare Haut, die dunkelgrün schimmert.

»Wow«, sagt Kevin, »das nenne ich mal ein heftiges Hämatom.«

»Die Färbung weist eher auf ein Abbauprodukt des roten Blutfarbstoffs hin, das durch die Einwirkung von Schwefelwasserstoff entsteht«, sagt Lou. »Der Dickdarm liegt an dieser Stelle dicht an der Oberfläche. Darmbakterien breiten sich hier rasch aus.«

Sie zieht den Pullover der Verstorbenen vorsichtig über die Brust. »Hier siehst du, dass sich die Grünfärbung flächendeckend über den Körper ausgebreitet hat. Die marmorierten dunklen Verästelungen sind die Venen. Und diese Hautfetzen sind geplatzte Fäulnisblasen, die teilweise zu einer Schwarte vertrocknet sind.«

Lou beugt sich tiefer über die Tote.

»Hast du was entdeckt?«, fragt Karla.

»Nein, bei dem Grad der Hautverfärbung lässt sich mit bloßem Auge gar nichts mehr feststellen.«

»Was meint ihr, wie lange liegt sie hier?«, fragt Kevin.

Karla zeigt auf einen Stapel Kuverts. »Es hat sich einiges an Post angesammelt. Sieben Umschläge und einen Wochenspiegel vom letzten Mittwoch habe ich aus dem Briefkasten gefischt.«

»Und ich gehe aufgrund der hohen Umgebungstemperatur davon aus, dass der Fäulnisprozess rasch eingesetzt hat«, sagt Lou.

»Das Fenster ist gekippt«, meint Kevin, »wir müssen also von wechselnden Umgebungstemperaturen ausgehen. Das erschwert die Einschätzung der Liegezeit.«

»Stimmt«, sagt Lou. »Die Grünfärbung beginnt im Allgemeinen nach zwei Tagen. Das Durchschlagen des Venennetzes, also das, was wir hier als fast schwarze Verästelungen unter der Haut sehen, könnte darauf hindeuten, dass Frau Beradi ungefähr vor einer Woche verstorben ist. So lange dauert es im Schnitt, bis der in den Blutgefäßen ablaufende Prozess dieses Stadium erreicht.«

»Dazu kommt noch der Madenbefall«, ergänzt Karla. »Wir haben Larven, Tönnchenpuppen und geschlüpfte Tiere. Diese Verwandlung vollzieht sich in drei bis acht Tagen.«

»Wir können hier keine Leichenschau durchführen«, sagt Lou. »Es ist viel zu eng, und die Verwesung ist auch zu weit fortgeschritten. Am besten tüten wir lediglich die Hände der Toten ein und lassen sie direkt in die Rechtsmedizin abtransportieren.«

Karla fordert über die Leitstelle ein Bestattungsunternehmen an. Lou lässt den Blick schweifen. Die Fensterbank ist mit kleinen Figuren vollgestellt, dazwischen befinden sich tote Fliegen und die abgefallenen Blätter eines vertrockneten Christsterns. Auf einer Spüle eine geöffnete Packung Insulinpatronen und die dazugehörigen Spritzen. Daneben liegen eine Keksschachtel und andere Lebensmittel, die von Fliegen befallen sind. Lou spürt, wie ihr der Schweiß zwischen den Schulterblättern hinunterläuft.

Ihr Blick bleibt an einem Mobile hängen. Schmetterlinge drehen sich im Kreis über einer Wickelkommode. Die Schaumstoffauflage steckt in einem Frotteebezug, der mit blauen Dinosauriern bedruckt ist. An der Wand unmittelbar über dem Wickelplatz hängt eine Wärmelampe. Dieser Ort ist der ordentlichste Platz in der gesamten Wohnung.

»Ganz schön trostlos«, meint Kevin.

Für Lou ist diese Wohnung kein typischer Messiehaushalt. Natürlich, es herrscht Unordnung. Überall stehen Gegenstände. Kisten und Plastiksäcke stapeln sich. Aber sie glaubt, dass dieses Durcheinander dem begrenzten Inventar geschuldet ist. Alltäglichen Müll und verkommene Lebensmittel kann sie jedenfalls kaum entdecken.

»Gibt es einen Abschiedsbrief oder Ähnliches?«

»Wir haben nichts gefunden«, sagt Karla.

»Wie sieht es mit einem Handy aus?«, fragt Lou.

Kevin nimmt ein Mobiltelefon von einem Stapel vergilbter Zeitschriften. Es lässt sich nicht einschalten, auch nicht nach mehreren Versuchen.

»Entweder ist der Akku platt, oder die SD-Karte fehlt.« Kevin schaut sich nach einem Aufladekabel um, wird fündig und schließt das Handy an. Das Display bleibt schwarz. »Ich könnte es mit einem Tool öffnen, aber in dem Durcheinander werden wir wohl kaum Frau Beradis Handy-Zubehör finden.«

»Dann tüten wir es ein und beginnen mit der Durchsuchung«, sagt Lou. »Kevin, du fotografierst den Tatort und schreibst den Bericht.«

Lou nimmt sich die ersten Ordner vor und ist überrascht. Auch wenn äußerlich großes Chaos herrscht, so hat Frau Beradi ihre Akten sorgfältig geführt. GEW-Abrechnungen sowie Kontoauszüge sind nach Datum sortiert. Ein Stammbuch steckt in einer durchsichtigen Folie. Darin liegen Fotos von Antonella Beradi im weißen Hochzeitskleid. Neben ihr der strahlende Bräutigam. Gianlucas Geburtsurkunde ist gesondert abgeheftet, zusammen mit seinen beeindruckenden Zeugnissen. Der Junge ist ein absoluter Einserkandidat. Bis zu einem bestimmen Punkt scheint das Leben der Toten in geordneten bürgerlichen Bahnen verlaufen zu sein.

Den Wendepunkt markiert der Unfall ihres Ehemanns, der bei einer Wanderung in den Alpen abrutschte und in die Tiefe stürzte. Frau Beradi hat Zeitungsartikel des Ereignisses gesammelt und sorgfältig eingeklebt, darunter befindet sich auch die Todesanzeige. Sie verliert ihre Anstellung, zieht nach Köln, versucht, sich und ihren Sohn mit Minijobs über Wasser zu halten. Zwei Jahre organisiert sie den Ausnahmezustand und scheitert am Pensum, das sie sich auferlegt. Dann hagelt es Mahnungen.

Lou klappt den Ordner zu und begrüßt die Bestatter, die Frau Beradis Leichnam in das Institut der Kölner Rechtsmedizin überführen wollen.

Den Flyer des Vereins Engelchor e.V. findet Kevin in einem Stapel alter Werbeblättchen, als er das Badezimmer der Verstorbenen in Augenschein nimmt. Lou überfliegt das Hilfeangebot der Organisation, die sich um notleidende Menschen in Köln kümmert. Vorzugsweise um Mütter mit Kindern oder um Ruheständler, die von ihrer Rente nicht leben können. Lou kennt sich im Beratungsnetz der Stadt aus. Von dem Verein Engelchor hat sie nie gehört.

Köln-Bayenthal

Erzieherinnen scheuchen die quirlige Schar durch den Haupteingang auf das Gelände der Kindertagesstätte. Kletterstangen, Sandkasten und Schaukeln werden im Handumdrehen geentert. Nachzügler binden die Leiterin noch für einen Moment im Gebäude. Ein Kind sucht seinen zweiten Schuh, ein anderes die Jacke. Zwei müssen dringend auf die Toilette. Als sich die Tür endlich hinter der Nachhut schließt, legt Angelina die Gummihandschuhe beiseite und tritt auf den überschaubaren betonierten Innenhof, der ausschließlich von der Küche aus zugänglich ist.

Das Außengelände der städtischen Einrichtung umschließt den gesamten L-förmigen Bau. Angelinas kleiner Pausenhof ist von einem Bretterzaun umgeben. Dahinter stehen Tannen und Ginsterhecken. Mehrere Beete, die von den Kindern angelegt wurden, rahmen die große Grünfläche ein, auf der moderne Klettergerüste einbetoniert sind. Angelina kann die spielenden Kinder nur sehen, wenn sie sich auf die Zehenspitzen stellt. Den Lärm der Knirpse vernimmt sie gedämpft.

Sie zieht ihren Tabak hervor und dreht sich eine Zigarette. Rauchen ist auf dem Gelände der Tagesstätte logischerweise strengstens verboten, aber davon lässt sich Angelina nicht beeindrucken. Sie steht direkt am Zaun und behält die Tür zur Küche im Blick. Bei Gefahr schnippt sie die Kippe über die Einzäunung in die Hecken, diese Methode hat sich bewährt. Regelmäßig sammelt sie die Überreste auf, wenn sie den Müll wegbringt.

Angelina inhaliert und lauscht dem Zwitschern der Vögel. Vier Stunden hilft sie täglich in der Kindertagesstätte aus. Sie fährt mit dem Fahrrad von Deutz über die Brücke, den Rhein entlang in den Kölner Süden. Die alte Rostlaube hat keine Gangschaltung, dafür stiehlt sie niemand, selbst wenn das Rad irgendwo unabgeschlossen herumsteht.

Angelina ist der hauptamtlichen Köchin unterstellt und im Wesentlichen für Reinigungsarbeiten zuständig. Sie schält außerdem Rohkost, kocht Tee, trägt das Mittagessen auf und kauft ein. Nur wenn sich die Köchin wie heute krankmeldet, schmeißt sie den Laden. Finanziell lohnt sich der Aufwand kaum. Einen Teil ihrer Einnahmen zieht das Amt von Hartz IV ab. Aber Angelina verfolgt ehrgeizige Pläne. Ihre Festanstellung ist beschlossen, die Vertragsunterzeichnung reine Formsache. In ein paar Tagen steht das Gespräch mit der Leiterin der Einrichtung an, und Gülcan hat mehrfach gesagt, dass sie Angelinas Arbeit schätzt. So gesehen läuft alles gut. Ihr Freund intensiviert schon mal die Wohnungssuche. Seit es mit ihnen etwas Ernstes ist, hausen sie auf neun Quadratmetern in der Wohnung seines Vaters.

Dennis ist ein richtiger Knaller. Gut, bei Gesichtstattoos hört ja der Spaß für viele auf. Angelina gefällt die Spiralzeichnung aber unheimlich gut, die sich von Dennis' linker Schläfe bis zum Nasenflügel zieht. Mutig findet sie diesen Schritt. Sie hat sich bisher ausschließlich die Arme mit floralen Mustern tätowieren lassen, die genau an den Handgelenken enden, sodass sie sie problemlos mit Kleidung bedecken kann.

Tätowierungen im Gesicht schrecken ab. Angelinas Freundinnen halten Dennis nur deshalb für einen Proleten. Schublade auf, Mensch rein. Dabei wird Dennis höchstens handgreiflich, wenn ihm einer blöd kommt. Oder um seiner Meinung mehr Gewicht zu verleihen, und da reichen manchmal Kleinigkeiten. Okay, ehrlich gesagt schlägt Dennis schnell zu. Aber unter der harten Schale steckt eine sensible Seele, und Angelina hat sich geschworen, sie an die Oberfläche zu befördern. Mit Geduld und ganz viel Liebe.

Dennis ist ihr Traumtyp. Hochgewachsen, mit verträumten tiefbraunen Augen. Das helle Deckhaar kämmt er nach hinten, die Seiten sind immer perfekt ausrasiert. Und sein Sixpack ist der Hammer. Mädchen drehen sich nach ihm um. Dennis könnte an jedem Finger eine Freundin haben, dessen ist sich Angelina bewusst und auch deshalb bereit, mit ihm zusammenzuziehen, obwohl sie noch kein Jahr ein Paar sind.

Eine Reihe von Besichtigungsterminen haben sie schon absolviert. Die anfängliche Euphorie ist der Ernüchterung gewichen. Vermieter winken reihenweise ab, obwohl sich ihre Deutzer Adresse sehen lassen kann. Ihr haftet kein negatives Image an. Außerdem sind die meisten Wohnungen in der Preislage des Paares echt das Hinterletzte. Schimmel, undichte Fenster, keine Heizung oder Kellerappartements mit vergitterten Fenstern. Vierhundert Euro sollte das Rattenloch neulich kosten, und sie waren tatsächlich bereit, den Wucher zu zahlen. Den Zuschlag haben sie trotzdem nicht erhalten.

Dennis ist das Problem. Da macht sich Angelina nichts vor. Ihr Freund kann die Klappe nicht halten und bedient die Vorurteile des Gegenübers, indem er sich mit jedem anlegt. Vor allem, wenn er von oben herab behandelt wird. Logisch, bei Besichtigungsterminen spielen sich Eigentümer auf, und gewiss tummeln sich da Abzocker, die den Macker raushängen lassen. An dem Punkt ist Angelina mit ihrem Freund auf einer Linie, aber im Gegensatz zu ihm macht sie die Faust in der Tasche und gibt sich diplomatisch. Dennis wird verbalaggressiv, zückt sein Handy, fotografiert die Missstände und droht, die Bilder bei Facebook einzustellen.

Angeblich soll er seinem Vater mal die Nase gebrochen haben, das hat Dennis' kleiner Bruder Angelina gesteckt. Demnach hatte sich Heiko mit einer Frau eingelassen und verkündet, dass er eine neue Familie gründen wird.

Dennis' Eltern haben sich vor noch gar nicht so langer Zeit getrennt. Offiziell ist Heiko immer noch bei seiner Ex-Frau gemeldet, auch dieser Umstand führt zu Spannungen. Dennis' Mutter hat schon x-mal deswegen angerufen und Heiko am Telefon rundgemacht. Jedes Mal verspricht er, sich umzumelden, und vergisst es anscheinend, sobald seine Ex-Frau auflegt.

Dennis' Mutter lebt in Bayenthal, ganz in der Nähe der Kindertagesstätte. Ihre Wohnung kennt Angelina noch nicht. Genau genommen hat sie ihre zukünftige Schwiegermutter erst zweimal gesehen. Bei einer Trauerfeier und zur Taufe ihres zweiten Enkelkindes. Beide Male wirkte sie unnahbar.

Dennis ist jedenfalls auf seinen Vater losgegangen, hat ihn getreten und auch nicht von ihm abgelassen, als er am Boden lag. Heiko hat die Nachbarschaft herbeigebrüllt, die dann Polizei und Rettungswagen verständigte. Dennis wurde zur Ausnüchterung abtransportiert. Wie ein Schwerverbrecher, sagt sein Bruder. Von einer Anzeige hat Heiko abgesehen und macht seither einen auf Gönner. Klar, wenn das stimmt, ist Dennis eindeutig zu weit gegangen, und grundsätzlich lehnt Angelina jede Form von Gewalt ab. Aber sie hasst Heikos anzügliche Witze und die Art, wie er sie beobachtet, wenn sie morgens aus der Dusche kommt. Nur in ein Handtuch gewickelt, weil sie das Bad schnell frei macht für ihren Freund und seinen kleinen Bruder.

Angelina hat Dennis von Heikos Blicken erzählt und gehofft, dass er klar Position bezieht. »Was rennst du auch halb nackt durch die Wohnung«, hat er geschimpft und ihr eine gescheuert. Sein Verhalten hat sie ehrlich geschockt. Ihre Eltern haben ihr eingebläut, dass niemand das Recht hat, die Hand gegen sie zu erheben. Eine Sekunde hat Angelina mit dem Gedanken gespielt, Dennis auf der Stelle zu verlassen.

Angelinas Eltern leben beengt, aber sie räumen das Sofa frei und nehmen sie grundsätzlich auf. Jederzeit. Das ist ein ungeschriebenes Gesetz innerhalb der Familie. Das Problem ist, dass die beiden Dennis keine Chance geben. Für sie war Niko der perfekte Schwiegersohn. Lieb, mit Festanstellung, sportlich. Ein Poloshirt-Träger mit ordentlichen Jeans, wie ihr Vater betonte. Aber Nikos liebenswerte Präsenz langweilte Angelina. Dennis ist charakterlich und optisch das genaue Gegenteil. Für ihre Eltern ist Angelinas Wahl schwer nachvollziehbar. Auch aus diesem Grund hat sie Dennis bisher erst ein einziges Mal mit nach Hause gebracht. Und wenn sie von seinem Ausraster wüssten, wäre er bei ihnen für immer unten durch.

Heiko weiß, dass sie ihn bei Dennis angeschwärzt hat. Seitdem belauert ihr künftiger Schwiegervater sie noch ungenierter und schlägt zurück, sobald er die Gelegenheit erhält. So weigert er sich seit Kurzem, Päckchen, die sie online bestellt, entgegenzunehmen. Am laufenden Band rennt Angelina seinetwegen zur Post, und auch beim Essen lässt Heiko sie auflaufen. Er kauft häufiger nur für sich und seine Söhne ein. Drei Koteletts. Drei Brötchen und drei Kuchenstücke beim Bäcker. Dennis schüttelt in solchen Fällen nur den Kopf, und Angelina versucht, dieses ignorante Verhalten weitestgehend gelassen hinzunehmen. Soll der Blödmann ruhig denken, dass er am längeren Hebel sitzt. Angelina ist geduldig und wartet auf eine Möglichkeit, es ihm heimzuzahlen.

Sie dreht sich eine neue Zigarette, zündet sie an und stößt Rauchkringel aus. Die Köchin ist in letzter Zeit häufig krank. Angelina liebt es, das Regiment in der Küche zu übernehmen. Gedanklich geht sie die Arbeitsabläufe durch und landet wieder bei Dennis.

Nachdem er ihr die Ohrfeige verpasst hatte, ist Dennis um sie herumgesprungen und hat sie angeschaut wie ein Welpe. Er kam mit Blumen und Schmuck an. Leider war es nicht die süße Halskette, die sie ihm im Laden gezeigt hatte. Dennis schenkte ihr einen goldenen Herzanhänger und bat sie um Verzeihung. Zum Chinesen hat er sie eingeladen, obwohl er der asiatischen Küche nichts abgewinnen kann, und versprochen, sie nie wieder zu schlagen. Danach hat er sich richtig ins Zeug gelegt und einen Job an einer Tankstelle ergattert. Gleichzeitig fing er an, Wohnungsanzeigen im Internet durchzusehen.

Aber langsam scheint ihm die Luft auszugehen. Er bezweifelt, dass sie auf dem herkömmlichen Weg eigene vier Wände finden, und regt sich über Leute auf, die aus seiner Sicht Wohnraum blockieren. Alte Menschen zum Beispiel. Für sie müsste es Gesetze geben, die regeln, dass sie ihr Heim jungen Paaren überlassen müssen. Dennis meinte, es mache Sinn, Todesanzeigen zu durchforsten oder selbst nachzuhelfen, wenn es nicht anders geht. Er hat gelacht und sich nicht wieder eingekriegt. Angelina hat ihm innerlich einen Vogel gezeigt. Manchmal ist er ein richtiger Spinner.

Angelina hofft, dass er die Arbeit an der Tankstelle behält. Sie liegt einige Kilometer entfernt und ist mit öffentlichen Verkehrsmitteln schlecht zu erreichen. Dennis hat sich notgedrungen ein Rennrad besorgt. Woher, will Angelina lieber nicht wissen. Bus und Bahn findet er öde und uncool. Radfahren ist auch nicht sein Ding. Leider neigt Dennis dazu, das Haar in der Suppe zu finden. Das ist der vierte Job, den er an Land gezogen hat, seit sie ein Paar sind. Erfahrungsgemäß hält er nicht lange durch. Deshalb schwebt Angelina ein Motivationsschub vor.

Sein größter Wunsch ist ein eigenes Auto. In ein paar Wochen wird er zwanzig, und Angelina hat siebenhundert Euro auf der hohen Kante. Die sauer ersparte Kohle ist größtenteils die Ausbeute ihrer Kindheit. Kommunion, Geburtstage, Weihnachten. Nicht wirklich viel, aber Angelina ist es tatsächlich gelungen, einen gebrauchten dunkelblauen Saab zu finden, der nur sechshundertfünfzig Euro kostet und damit genau in ihrem Budget liegt. Er hat zweihundertachtzigtausend auf dem Buckel, und das Beifahrerfenster lässt sich nicht mehr komplett herunterfahren. Ansonsten ist der Wagen erstklassig vom Vorbesitzer gepflegt und muss erst wieder in achtzehn Monaten zum TÜV. Sie hat bereits eine Anzahlung geleistet und kann es kaum erwarten, Dennis den Schlüssel unter die Nase zu halten.

Angelina hat die Zigarette geraucht und vermischt gerade die weggeschnippte Asche mit der Erde der Beete, als es im Ginster direkt hinter dem Zaun raschelt.

»Wer versteckt sich im Gebüsch?«, fragt sie, tritt blitzschnell den Stummel aus und wirft ihn über die Latten.

Anstelle einer Antwort vernimmt sie ein schwaches Schluchzen, tritt näher an den Zaun, linst zwischen den Brettern hindurch und entdeckt Linus. Der Liebling der kränkelnden Köchin hockt hinter einer Tanne mit ausladenden Zweigen, weint und zieht permanent die Nase hoch.

»Was ist denn los?«, fragt Angelina. »Hat dich jemand geärgert?«

Linus nickt schniefend.

»Wer?«

Keine Antwort.

»Sag schon, ich verrate dich nicht.«

»Malte sagt, dass ich stinke.«

»Ach, der ist doof«, sagt Angelina und geht in die Hocke. Die Entfernung zu Linus beträgt keine drei Meter. Wenn der Zaun nicht wäre, würde sie den Kleinen in den Arm nehmen. Sie winkt ihn näher heran, und tatsächlich macht er winzige Schritte auf sie zu.

»Du hast doch bestimmt heute Morgen geduscht«, sagt Angelina leise.

Linus schüttelt den Kopf.

»Oder gestern.«

»Nee.«

»Vorgestern?«

»Mama hat mich an der Tankstelle gewaschen. Da gab es nur kaltes Wasser.«

»Habt ihr kein Badezimmer?«

»Nee, das ist futsch.«

»Weggezaubert, oder was?«, lacht Angelina.

Linus zieht die Nase hoch und lächelt ebenfalls. »Nee, unsere ganze Wohnung ist allein zu Hause.«

»Ach so«, antwortet Angelina, als wäre damit alles klar. Vorschulkinder haben eine blühende Phantasie. Manchmal ergeben ihre Aussagen keinen Sinn.

»Mama hat mir ein Bett im Qubo gemacht.«

»Aha.«

»Der ist grün und hat elektronerische Fenster.«

»Es heißt elektrische oder elektronische«, verbessert Angelina. »Was ist Qubo? Ein Auto?«

»LINUS!«

Eine Erzieherin ruft nach dem Jungen, er schreckt hoch und verschwindet aus Angelinas Sichtfeld, ohne ihre Frage zu beantworten.

Sie begibt sich in die Küche und arbeitet konzentriert. Angelina vergisst die Begegnung mit Linus am Zaun. Spätestens als sie die Schüsseln auf dem Rollwagen platziert und den frischen Gemüseauflauf in die Gruppenräume schiebt, hungrigen wartenden Kindern entgegen.

Köln-Höhenberg

Frau Wissmann führt Maline und ihren Kollegen Ben einen Flur entlang. Die Wände sind sonnengelb gestrichen, und alle paar Meter hängen bekannte Meister in Glasrahmen. Gauguin, Renoir, Klee, dazwischen religiöse Kompositionen von Rubens. Die Leiterin des Seniorenheims geht auf orthopädischen Schuhen und mit großen Schritten an den Türen vorbei. Hinter manchen wird gelacht, dann ist es wieder ruhig. Als sie am Ende des Ganges angekommen sind, ertönt Klaviermusik. Maline erkennt Vivaldis Sommer. Jette übt das Stück seit Monaten auf ihrem E-Piano.

»Eine unserer Besucherinnen spielt ihrer Schwester jeden Tag vor«, sagt Frau Wissmann, bleibt stehen und öffnet die Tür zu einem Raum. »Die alte Dame hat erst im Alter von fünfundsiebzig mit Unterricht begonnen. Jetzt gehorchen ihr die Hände nicht mehr, und sie erfreut sich am Zuhören.«

Das Büro ist bescheiden eingerichtet. Auf der schmalen Fensterbank stehen Orchideen aller Couleur in identischen mausgrauen Töpfen.

»Ehrlich gesagt habe ich mich sehr über Ihren Anruf gewundert.« Frau Wissmann schließt die Tür. Die Klaviermusik klingt nur noch gedämpft durch die Wände.

Maline sinkt in die weichen Kissen der Couch, und augenblicklich überfällt sie eine heftige Müdigkeit. Dazu knurrt ihr Magen so laut, dass Ben herübersieht.

»Sie sagten am Telefon, dass Herr Demirkan verstorben ist?«, fragt Frau Wissmann und schiebt die Ärmel ihrer Bluse mit Paisleymuster bis zu den Ellenbogen hoch.

»Ja, gestern.«

»Und warum ermittelt die Polizei, wenn ich fragen darf?« Ihre Stimme klingt jetzt sanft und zurückhaltend.

»Es gibt Ungereimtheiten«, sagt Maline. »Stimmt es, dass Herr Demirkan in Ihrem Haus sozusagen ein und aus ging?«

Frau Wissmann seufzt und setzt eine Brille auf. Das dunkelrote Horngestell ist überdimensional wuchtig und lässt ihr ohnehin schmales Gesicht noch kleiner erscheinen. »So gesehen sind Sie richtig informiert. Er hat seine Schutzengel an die Bewohner verschenkt.«

»Also hat er quasi mit Ihnen zusammengearbeitet«, sagt Ben.

»Aus seiner Perspektive mag das so gewesen sein.« Frau Wissmanns Stirn glänzt. »Einmal im Monat steht unsere Einrichtung Gästen offen. Es gibt einen Imbiss, Musik, und im Sommer grillen wir im Garten. Wir suchen den Kontakt zu den Anwohnern. Und eines Abends stand Herr Demirkan in der Tür. Damals referierte ein befreundeter Kollege über das Thema Nahtoderscheinungen. Herr Demirkan saß in der letzten Reihe, und ich fürchte, dass er bei dieser Veranstaltung irgendetwas falsch verstanden hat. Von da an hat er uns regelrecht mit seinen genähten Engeln überschüttet.«

»Wie meinen Sie das?«, fragt Maline.

»Er kam immerzu vorbei und wollte sie im Haus verteilen.«

»Und das hat Ihnen nicht gepasst.«

»Unsere Bewohner fühlten sich genötigt, sie anzunehmen, wenn er so dastand mit seinen traurigen schwarzen Augen. Das war wie bei diesen Rosenverkäufern, die von Restaurant zu Restaurant gehen und ihre Blumen an die Frau oder den Mann bringen wollen. Man fühlt sich gezwungen, ihnen etwas abzukaufen.«

»Wollte Herr Demirkan Geld für seine Engel?«

»Nein.«

»Wussten Sie, dass er kaum über die Runden kam?«

»Nein.«

»Haben Sie ihm erklärt, warum er hier nicht erwünscht ist?«

»Einhundert Mal, das können Sie mir glauben«, sagt Frau Wissmann ganz ruhig. »Es hat nichts genutzt, er kam immer wieder.«

»Wissen Sie, wieso er seine Engel hier verteilen wollte?«

»Aus ihm war nichts rauszukriegen. Durch eine ehemalige Bewohnerin haben wir seine Adresse erfahren. Ich habe ihm ein Schreiben aufsetzen lassen, in dem wir ihm vorschlugen, dass er herkommen kann, einfach so, ohne Engel. Auf diesen Brief hat er nie reagiert.«

»Nach unserem bisherigen Kenntnisstand konnte Herr Demirkan vermutlich weder lesen noch schreiben«, sagt Maline und unterdrückt den Impuls zu gähnen.

»Das würde einiges erklären. Einmal ist eine Veranstaltung ausgefallen, und wir haben einen Zettel mit dem Ersatztermin an die Tür gehängt. Alle externen Besucher sind gegangen. Nur Herr Demirkan blieb.«

»Wann haben Sie ihn das letzte Mal gesehen?«, fragt Maline.

»Das ist vier Tage her. Er tauchte wieder auf und hat angefangen, mit seinem Korb durch die Stuhlreihen zu gehen, mitten im Vortrag zum Thema Hochbeete.« Frau Wissmann lächelt gequält. »Wir versuchen stets, unsere Bewohner mit neuen Ideen zu ködern. Wir möchten, dass die, die sich bewegen können, ihre Zeit an der frischen Luft verbringen, und so ein Hochbeet …« Sie hält inne. »Entschuldigung, ich schweife ab. Wo waren wir?«

»Wir haben gehört, dass es Streit gegeben hat bei Herrn Demirkans letztem Besuch in Ihrem Haus.«

»Er hat diese Veranstaltung nachhaltig gestört. Deshalb haben wir ihn vor die Tür gesetzt. Also genau genommen haben wir ihn nach der Pause nicht mehr in den Vortragssaal gelassen, das erschien uns die einfachste Lösung. Wir wollten ja schließlich nicht die Polizei rufen. Leider hat er angefangen zu randalieren.«

»Wie müssen wir uns das vorstellen?«, fragt Ben.

»Er hat gegen die Tür getreten und laut geschrien.«

»War er betrunken?«, fragt Maline.

»Nach Alkohol hat er nicht gerochen.« Frau Wissmann schaut zur Decke. »Nein, das hat er eigentlich nie.«

»Kam Herr Demirkan jemals in Begleitung?«, fragt Ben.

»Nein.«

Maline räuspert sich. »Können Sie uns sagen, was Sie gestern gemacht haben?«

»Sie fragen nach meinem Alibi?«

»Reine Routine.«

Frau Wissmann erhebt sich, zieht einen Ordner hervor, nimmt ein Formular heraus und hält es den Ermittlern unter die Nase. »Ich habe mich auf einer Fortbildung in Paderborn befunden, und zwar zusammen mit Führungskräften anderer Häuser, und bin erst gestern am späten Abend zurückgekehrt. Das können Sie gern überprüfen.« Sie macht eine Kopie der Bescheinigung und reicht sie Maline. »Möchten Sie auch die Handynummer meiner Partnerin?«

»Wir kommen gegebenenfalls darauf zurück.« Maline steht auf und folgt ihrem Kollegen zur Tür. »Wir haben im Übrigen eine Vermutung, warum Oktay Demirkan seine Engel in einer Einrichtung wie der Ihrigen verteilte.«

Frau Wissmann sieht sie fragend an.

»Seine Frau ist gestorben, als sie erst wenige Jahre verheiratet waren. Sein Sohn ist nur ein Jahr alt geworden, und mit seiner Tochter kam er nicht zurecht. Vielleicht hat der Mann einfach etwas gesucht, was seinem Leben Sinn gibt. Oktay Demirkan war alt und einsam, Frau Wissmann. Das ist doch eigentlich genau Ihr Fachgebiet.«

Köln-Vingst

In einiger Entfernung lehnen Jugendliche am Kiosk. Sie rauchen, lärmen und belästigen Passanten. Ein Ghettoblaster beschallt die Straße. Hubi senkt automatisch den Kopf, schlurft den Gehweg entlang und stützt sich auf seinen Transport-Caddy. Im Gepäckfach liegt neben Bananen und Milch eine mobile Druckgasflasche. Sie liefert bis zu zehn Stunden Konstant-Flow. So steht es auf dem Beipackzettel. Hubi hat die Sache überprüft und festgestellt, dass eine Flasche im Durchschnitt vierhundertachtzig Minuten Luft spendet. Vorausgesetzt, er amtet ruhig, strengt sich nicht übermäßig an und regt sich nicht auf.

Vier Flaschen stehen ihm im Monat laut Kasse zu. Zweiunddreißig Stunden Außerhausatmung wurden ihm bewilligt, und das nur, weil er für die Luft gekämpft hat. Wie für den Schwerbehindertenausweis und den Mobilpass, der Hartz-IV-Empfängern zusteht. Für Freikarten aller Art bewirbt sich Hubi auch regelmäßig. Von dem Besuch im Kölner Hänneschen-Theater schwärmt Valeska bis heute.

Hubi rückt die Nasenbrille zurecht. Die Einflussstutzen verrutschen manchmal und sitzen auch jetzt schief vor seinen Nasenlöchern. Da nutzt es auch nichts, dass Valeska ein zusätzliches Gummiband an den Bügeln des flexiblen Kunststoffschlauches befestigt hat, die sich Hubi hinter die Ohren schiebt.

Kinder schwingen auf den Kletterstangen des Spielplatzes hinter dem Maschendraht, während ihre Mütter in Gruppen zusammenstehen. Sie halten deutliche Distanz zu den Halbstarken, die Fußgänger anschnorren und mit Schimpfwörtern titulieren, wenn sie kein Geld abdrücken.

Hubi bleibt stehen. Im Westen braut sich etwas zusammen. Wie dunkelgraue Leinentücher hängen schwere Wolken über den Häuserblöcken, die Hubi als Beton-Trutzburgen bezeichnet. Monotone Bauten. Anonym und reizlos. In dieser Gegend gibt es wenig zu bestaunen. Nicht bei Bilderbuchhimmel und schon gar nicht im Regen. Nicht selten werden fehlende Fensterscheiben vorübergehend durch Pappe ersetzt, und manches Provisorium bleibt Jahre bestehen. Auf den wenigen Grünflächen zwischen den Häuserschluchten vergammelt Unrat. Obwohl es Sperrgutboxen gibt, quadratische, mit Stacheldraht gesicherte Betonkarrees, in denen nach Rücksprache mit der Hausverwaltung Dinge bis zum Abtransport gelagert werden können.

Hubi ist Anhänger der Nulltoleranztheorie und dagegen, dass man vergleichsweise harmlose Delikte schleifen lässt. Graffiti sollten täglich beseitigt und die Machenschaften der Kleinkriminellen im Keim erstickt werden. Ordnungsamt und Polizei in Dauerpräsenz. Das fände Hubi adäquat.

Die Rowdys versperren den Zugang zu dem Pfad, den Hubi gewöhnlich nimmt, um sich den Umweg über die Grünanlage zu sparen. Mit wenig Hoffnung schaut er sich um. Vielleicht ist ausnahmsweise eine Polizeistreife in Sicht. Aber Hubi hat kein Glück, entscheidet sich, die Straßenseite zu wechseln und die längere Strecke in Kauf zu nehmen. Wie ärgerlich. Wegen der pöbelnden Jugendlichen verpasst er seine Lieblingsserie im TV. »Rote Rosen«.

Umständlich bugsiert Hubi den Caddy die hohe Bordsteinkante hinab, überquert die Straße, steuert eine Sitzbank an und lässt sich in Zeitlupentempo nieder. Sein Knie schmerzt höllisch. Einatmen. Ausatmen. Das Wetter wird umschlagen. Er schließt die Augen, hört die lärmenden Jugendlichen nur gedämpft und denkt an Valeska. Seine Frau hat eine SMS geschickt. Sie wünscht sich Bananenpfannkuchen zum Abendessen. Nur deshalb hat sich Hubi zum Supermarkt aufgerafft und die Zutaten besorgt. Valeska verlangt, dass er täglich fünftausend Schritte geht, und dirigiert ihn sogar aus der Ferne.

Ausatmen. Einatmen. Hubi öffnet ein Auge und blinzelt gegen die Sonne, die für ein paar Sekunden die Wolkendecke durchstößt. Ihm fällt ein, dass er die Briefe für die Landtagswahl auf der Kommode im Flur vergessen hat. Valeska und er haben ihre Kreuzchen gemacht. Rechte Strömungen machen ihnen Angst. Hubi ist politisch auf dem Laufenden. Handfeste Nationalsozialisten bezeichnen sich neuerdings als Patrioten. Gegen Patriotismus lässt sich schwerer argumentieren. Dass Menschen Kandidaten wie Trump, Le Pen, Wilders und Gauland hinterherlaufen, kann Hubi schwer nachvollziehen. So wie er das einschätzt, ist noch nie etwas Gutes aus solchen Tendenzen entstanden.

Hubi fühlt sich durchaus von der Gesellschaft abgehängt, und es wäre leicht, den Heilsverkündern hinterherzulaufen. Nur kann er keinen Zusammenhang herstellen. Zwischen seinen individuellen Schwierigkeiten und dem Flüchtlingsstrom zum Beispiel. Diese Menschen dafür verantwortlich zu machen, dass er in einem anonymen Wohnblock festsitzt und große Sprünge einfach nicht drin sind, käme Hubi schäbig vor.

»Hey, Opi, was soll denn die Pipeline in deinem Gesicht?«

Hubi zuckt zusammen. Drei Jugendliche bauen sich vor ihm auf. Vier weitere Typen stehen noch am Kiosk, albern herum und schubsen sich gegenseitig.

»Meditierst du, oder was?«

Der Junge, der Hubi ins Ohr brüllt, ist allerhöchstens sechzehn. Popperschnitt, seine Haare liegen perfekt. Er trägt teure Turnschuhe. Hubi kennt sich aus. Schließlich enthalten die Werbeblätter, die er studiert, nicht nur die Preise für günstige Lebensmittel. Dieser Möchtegerngangster ist auf ein paar Euro nicht angewiesen.

»Wir haben Hunger«, sagt das Früchtchen, nimmt die Bananen aus dem Korb und verteilt sie an seine Freunde.

»Frag den Tattergreis, ob er dir ein bisschen Kohle leiht«, ruft einer der Jugendlichen vom Spielplatz herüber, begleitet vom Lachen der Meute.

»Okay, Senilus.« Der Popper geht vor Hubi in die Hocke und fuchtelt mit einem Schlagring herum. »Wir sind gerade nicht flüssig, also bleib cremig und rück deine Piepen raus.«

Hubi richtet sich auf, so gut es eben geht. »Wie viel Mut gehört dazu, einen Mann auszurauben, der sich kaum auf den Beinen halten kann?«

Die Augen des Jungen funkeln. Er schiebt seine Finger in die Metallschlaufen des Schlagrings, und Hubi erkennt, dass er nicht klein beigeben wird. Wohl oder übel zieht er seine Geldbörse aus der Hüfttasche und hält dem Teenager fünf Euro entgegen.

»Mehr habe ich nicht.«

Der Halbwüchsige reißt ihm die Brieftasche aus der Hand und durchwühlt sämtliche Fächer. »Mensch, Digger, du bist voll der Pleitegeier!«

Er inspiziert Hubis Ausweis. »Ich weiß jetzt, wo du wohnst, und mache Hackfleisch aus dir, wenn du dein Maul zu weit aufmachst! Und jetzt troll dich.« Der Grünschnabel steckt das Portemonnaie samt Ausweis ein.

»Was soll denn das?«, schnaubt Hubi. »Gib mir meine Papiere zurück.«

»Oder was?«, lacht der Junge und tritt gegen Hubis Rollator. Ein anderer schlägt ihm mit voller Wucht auf den Arm.

Die Jungs stürmen grölend davon.

Einatmen. Ausatmen. Hubi klammert sich an die Sitzfläche der Bank. Noch vor ein paar Jahren hätte er den halben Portionen gehörig in den Hintern getreten. Nun ist er froh, dass er sitzt. Ein Baum von einem Mann, hat Valeska ihn immer genannt. Aber davon ist nichts übrig. Er schrumpft. Altersbedingt werden die Bandscheiben dünner, und dadurch verkürzt sich die gesamte Wirbelsäule. Der Prozess schreitet beständig voran, und Hubi hat den Eindruck, dass er besonders schnell altert. Die Spannkraft seiner Haut lässt auch rapide nach, sie wirft Falten, an den Oberarmen und ärgerlicherweise im Gesicht. Er sieht sich als krummes Männlein, das verzweifelt seine dünnen Deckhaare über die fortschreitende Glatze kämmt. Valeska möchte ihm die Haare kurz scheren. Einmal mit dem Rasierapparat drüber und Ende, meint sie. Normalerweise fügt sich Hubi den Wünschen seiner Frau, aber in dieser Sache bleibt er eisern. Nur über meine Leiche, sagt er, wenn sie davon anfängt.

Hubi riskiert einen vorsichtigen Blick Richtung Gruppe, die nun eine junge Frau umzingelt. Sie schreit und schubst die Angreifer. Er blinzelt, ist sich nicht sicher, aber befindet sich Dennis unter den jungen Männern? Die Sonne steht ungünstig. Hubi versucht, ihn einwandfrei zu identifizieren, doch es gelingt ihm nicht. Frisuren und Kleidung der Jungs unterscheiden sich kaum.

Er dreht ihnen den Rücken zu, erhebt sich und setzt den Weg fort. Dennis bleibt in seinem Kopf. Er hält nicht viel von Angelinas Freund. Dabei stößt er sich weder an dem tätowierten Gesicht noch an seinem Machogehabe. In Hubis Augen ist Dennis schlicht und ergreifend ein arbeitsfauler Taugenichts. Das riecht er zehn Meter gegen den Wind, und dieser Sinn ist nach wie vor exzellent. Angelina hält ihn von den wenigen Kröten aus, die sie im Kindergarten verdient, und vermeidet es vielleicht auch deshalb, Dennis mit nach Hause zu bringen. Bei ihrem ersten und bisher einzigen Besuch haben Hubi und Valeska womöglich zu viele Fragen gestellt.

Hubi dreht sich noch mal um. Die Clique hat das Mädchen ziehen lassen und schart sich nun um den Kiosk an der Ecke.

Für den restlichen Heimweg muss Hubi seine letzten Kraftreserven mobilisieren. Das verflixte Bein schmerzt. Einatmen. Ausatmen. Die Bananen sind futsch, und den letzten Notgroschen hat der kleine Blödmann eingesteckt. Hubi weiß, dass er glimpflich davongekommen ist. Krankenhausreif hätten ihn die Typen treten können oder schlimmer noch. Nicht auszudenken, was passieren würde, wenn sie ihm die Atemluft klauen. Ausatmen. Einatmen.

Und was Angelina betrifft, da gibt Hubi die Hoffnung nicht auf, sie wird ihn nicht enttäuschen. Hubi lächelt.

Sein Wohnblock kommt in Sicht. Wie gewöhnlich wandert sein Blick die Fassade in den neunten Stock zur Wohnung hinauf. Sie hat zwei Fenster nach Westen. Sonnenuntergänge inbegriffen. Zum Glück gibt es Dinge, die kein Geld kosten.

Hubis Klingelton ertönt. »Ein Freund, ein guter Freund«. Valeska oder Angelina. Er braucht zu lange, um das Mobiltelefon hervorzuziehen. Als er es endlich in der Hand hält, verstummt die Melodie. Die angezeigte Nummer ist ihm unbekannt. Er steckt das Handy ein, erreicht die Haustür und fährt im Aufzug nach oben.

Erst in der Wohnung spürt er, wie sehr ihm der Stress mit den Jugendlichen zugesetzt hat. Seine Beine sind wie Pudding. Die Atmung ist noch flacher als sonst. Beide Hände zittern.

Zur Beruhigung genehmigt er sich einen Schnaps, begibt sich ins Schlafzimmer und kippt das Fenster. Die Schlägel des Windspiels, das Angelina an der Decke angebracht hat, schlagen leise gegeneinander. Hubi zieht die Vorhänge zu, stülpt den Nasenschlauch des stationären Gerätes über, schließt die Augen und atmet mit Unterstützung des Sauerstoffkonzentrators. Langsam, ganz langsam beruhigt er sich wieder.

Als es an der Wohnungstür klingelt, ist er gerade eingedöst und schreckt benommen hoch. Hubis Blick geht zur Uhr. Für Valeskas Rückkehr ist es noch zu früh. Angelina müsste im Kindergarten sein. Außerdem besitzt sie einen Wohnungsschlüssel. Mit Kristof ist er nicht verabredet. Die Post war längst da. Im schlimmsten Fall steht sein Kumpel vor der Tür. Eines Tages werden sie die Rate für den Receiver hinblättern.

Hubi macht keinen Mucks. Er muss auf die Toilette und traut sich nicht ins Badezimmer. Auch nicht nach einer weiteren halben Stunde. Obwohl es still ist. In der Wohnung. Und im Treppenhaus. Trotz des Harndrangs schläft Hubi wieder ein.

Dass die Wohnungstür leise geöffnet wird, bekommt er nicht mit. Genauso wenig bemerkt er die Person, die sich ins Schlafzimmer stiehlt, einige Minuten neben dem Bett steht und seine Atmung beobachtet. Hubi öffnet erst wieder die Augen, als die Bambusröhren des Windspiels an der Zimmerdecke wie wild klappern, und fragt sich, woher der Durchzug auf einmal kommt. Ihm fallen die »Roten Rosen« ein. Hubi hat die Telenovela verpasst. Das ist noch nie vorgekommen.

Polizeipräsidium Köln

Jette hält die Walnuss-Muffins, die sie in eine Cellophantüte gepackt hat, in Augenhöhe. Toffee zerrt an der Leine, als Maline aus dem Fahrstuhl tritt und auf den Eingang zum Gebäude C des Präsidiums zugeht. Sie dirigiert ihre Freundin samt Hund von der Glastür weg. Fort aus dem Sichtfeld des Pförtners, an dem sich niemand vorbeischleichen kann, um in den Fahrstuhl und damit zu den Kommissariaten zu gelangen.

»Ich hab's versucht«, lacht Jette, als sie auf dem Bürgersteig stehen. »Aber euer Security-Mann ist wachsam wie ein Schießhund und hat dich sofort angerufen.«

»Am liebsten würde ich jetzt mit dir picknicken«, sagt Maline und küsst Jette auf den Mund.

»Kannst du dir freinehmen? Ganz spontan? Du schiebst doch so viele Überstunden vor dir her.« Jette blinzelt gegen das Sonnenlicht. Ihre Brille sitzt oberhalb der Stirn auf den Haaren, die sie zurückgekämmt hat.

Sie trägt ein knielanges Kleid mit buntem Flower-Power-Druck im Stil der siebziger Jahre. Für Jette hat der Sommer begonnen, auch wenn die warmen Temperaturen nur ein Gastspiel geben. Ihre Wintersachen lagern seit den ersten sonnigeren Tagen in Kisten auf dem Speicher ihrer Wohnung.

»Ich bin mit deinem Wagen hier«, flüstert sie Maline ins Ohr. »Wenn du willst, sitzen wir in zwanzig Minuten irgendwo auf einer Wiese im Bergischen Land und läuten den Feierabend ein.«

»Du musst doch die Vierbeiner sitten.«

»Die cancel ich.«

»Alle? Das gibt Stress.«

Jette lacht, und ihre Sommersprossen scheinen zu hüpfen. »Für dich nehme ich jeden Ärger in Kauf.«

»Eine verlockende Vorstellung«, seufzt Maline. »Aber ich muss tausend Dinge erledigen.«

»Geht es um den alten Mann von gestern Nacht?«

»Ja.«

Jette schiebt sich die Sonnenbrille auf die Nase, stellt sich auf die Zehenspitzen und küsst Maline. Toffee sieht zu den beiden Frauen auf.

»Hast du schon mit Henry gesprochen?«, fragt Maline und drängt ihre Freundin sachte auf Abstand.

»Nein.«

»Du wolltest ihn anrufen.«

»Ich kümmere mich darum, keine Sorge.«

»Wann?«

Jette geht einen Schritt zurück. Ihr Lächeln versiegt. »Keine Angst, du musst nicht mit mir zusammenziehen!«

Sie drückt Maline die Muffins in die Hand und stapft zusammen mit Toffee auf Malines Smart zu, der auf einem der wenigen Parkplätze vor dem Präsidium steht. Ihr Kleid schwingt bei jedem Schritt.

»Jetzt sei doch nicht gleich eingeschnappt«, ruft Maline und folgt ihr.

Jette hilft Toffee in den Wagen, startet den Motor und öffnet das Fenster. »Ich habe kapiert, dass du noch nicht bereit bist, dich wirklich auf uns einzulassen, glaub mir, das sehe ich glasklar.«

»Das ist Unsinn.«

»Dann willst du also den nächsten Schritt wagen?«

Maline beugt sich zu ihr hinunter. »Ehrlich gesagt geht mir alles etwas zu schnell. Und nur weil du eventuell Toffee adoptieren willst ... Bisher war eine gemeinsame Wohnung keine Option.«

»Irrtum, wir haben schon vor Wochen darüber gesprochen. Mit deiner Ex wolltest du schließlich auch zusammenziehen.«

»Bei ihr und mir lagen die Dinge ganz anders«, sagt Maline, ohne nachzudenken.

»Ach, wie lagen die Dinge denn?«

»Ich weiß nicht, da stimmte einfach alles und ...«

Toffee schüttelt den Kopf und schließt die Augen.

»Falsche Antwort«, sagt Jette, legt den Rückwärtsgang ein, schießt aus der Parklücke und biegt mit überhöhter Geschwindigkeit auf den Walter-Pauli-Ring.

Maline pfeift durch die Zähne. Sie ärgert sich über den Verlauf des Gesprächs. Wegen ihrer unbedachten Bemerkung ist Jettes nette Besuchsabsicht völlig in den Hintergrund geraten. Einen kurzen Moment erwägt sie, ihren Chef tatsächlich um dienstfrei zu bitten. Aber natürlich verwirft sie die Idee im Fahrstuhl bereits wieder.

Sie erkundigt sich, ob der richterliche Beschluss zu Demirkans Einzelverbindungsnachweisen vorliegt, und erfährt, dass sie sich noch gedulden muss. Anschließend versucht sie, seine Verwandte in der Türkei zu erreichen. Sie hat Glück. Die Cousine geht ans Telefon und ist bereits durch Sibel Demirkan informiert.

»Es ist alles so schrecklich, der arme Oktay.«

»Sie sprechen akzentfrei Deutsch«, stellt Maline fest.

»Ich bin in Köln geboren, aber dann hat mein Mann die kleine Bäckerei seiner Eltern in Şanlıurfa übernommen. Aus diesem Grund sind wir zurückgegangen und wohnen jetzt in Konuklu.«

»Aber Sie haben regelmäßig mit Herrn Demirkan telefoniert?«

»Ich habe ihn ab und zu angerufen.«

»Auf dem Festnetz?«

»Er besaß kein Handy.«

»Wann haben Sie das letzte Mal mit ihm gesprochen?«

»Ungefähr vor drei Wochen.«

»Können Sie mir etwas zum Verhältnis zwischen Vater und Tochter sagen?«

»Es war zerrüttet, wirklich krass.«

»Was führte zu der Auseinandersetzung?«

»Zum einen hat sich Sibel, davon bin ich überzeugt, für ihren Vater geschämt. Er hatte in der Türkei nur die Volksschule besucht und dadurch in Deutschland beruflich kaum Chancen. Es reichte gerade so für Aushilfsjobs. Überwiegend hat er als Straßenkehrer gearbeitet, und Sibel fand das peinlich.«

»Hat sie das gesagt?«

»Nicht direkt, aber sie sprach abfällig über ihren Vater.«

»Und worum ging es zweitens?«

»Oktay verkraftete den Tod seiner Frau einfach nicht, und dann starb auch noch sein Sohn. Schrecklich, manche Menschen müssen wirklich viel ertragen.« Die Cousine entschuldigt sich, spricht leise einige Wörter Türkisch und fährt fort:

»Mit Sibels Erziehung war er schlicht und ergreifend überfordert. Meine Eltern haben sie in unserer Familie aufgenommen. Ich denke, dadurch hat sie einfach nie ein liebevolles Verhältnis zu ihm aufbauen können. Sie fühlte sich abgelehnt, und das ist bis heute so geblieben. Egal, wie er sich ihr gegenüber verhalten hätte.«

»Woran ist Sibels Bruder gestorben?«

»Plötzlicher Kindstod. So etwas ist tragisch, aber es kommt vor, und Oktay traf keine Schuld. Trotzdem hat er sich natürlich Vorwürfe gemacht. Warum fragen Sie nach Sibel und ihrem Bruder? Ich denke, Oktay ist einem Herzinfarkt erlegen?«

»Das steht noch nicht hundertprozentig fest.«

»Wenn Sie glauben, Sibel könnte etwas mit seinem Tod zu tun haben, dann täuschen Sie sich gewaltig.«

»Das habe ich nicht gesagt.«

»Aber Sie fragen mich nach ihr aus.«

»Ich versuche, mir nur ein Bild zu machen«, sagt Maline. »Können Sie sich vorstellen, dass er Selbstmord begangen haben könnte?«

Demirkans Cousine holt tief Luft. »In der Sure vier des Korans steht: ›Tötet euch nicht selbst, doch wer das tut, aus Feindseligkeit oder Frevel, den werden wir im Höllenfeuer brennen lassen.‹ Ich kann mir nicht vorstellen, dass Oktay diesen Weg eingeschlagen hat. Früher, ja, vielleicht. Als seine Wunden noch frisch waren, aber jetzt, nach so vielen Jahren, das macht doch gar keinen Sinn.«

»Sibel hat gesagt, dass ihr Vater nicht gläubig gewesen ist.«

»Woher will sie das wissen?«, schnaubt die Cousine. »In den letzten Jahren ist er ein anderer Mensch geworden, aber seine Tochter hat davon keinen blassen Schimmer. Gut, vielleicht ist er nicht immer zum Freitagsgebet gegangen, aber im Grunde war er frommer Moslem.«

Maline gönnt ihr eine kleine Verschnaufpause, bevor sie die nächste Frage stellt. »Stimmt es, dass Herr Demirkan weder schreiben noch lesen konnte?«

»Hat Sibel das behauptet?« Die Cousine klingt gereizt. »Daran können Sie sehen, wie wenig sie ihren Vater kannte.

Aber es stimmt, früher war er Analphabet. Bis er ins Krankenhaus kam wegen seiner Herzgeschichte, und dort ist ein Sozialarbeiter oder so ein Seelsorger auf ihn aufmerksam geworden, ich glaube, weil er keinen Besuch bekam. Dieser Mann hat Oktay mit einem Verein zusammengebracht, der ihm einen Alphabetisierungskurs bezahlte.«

»Wissen Sie, wie der Verein hieß?«

»Leider nicht«, sagt die Cousine nach einer kurzen Pause. »Oktay hat sich weiterhin mit dem Lesen schwergetan, das Schreiben klappte dagegen ganz gut. Er hat meiner Tochter noch im Frühjahr eine Karte zum Geburtstag geschickt. Viel Text stand nicht drauf, aber immerhin. Unsere Kleine war ganz happy und hat ihm ebenfalls eine Postkarte zugesandt.«

»Sie sagten, dass sich Herr Demirkan verändert hat. Was meinen Sie damit?«

»Kurz nach den Schicksalsschlägen hat Oktay angefangen zu trinken, und in dem Zustand ist er eines Tages auf die Straße gelaufen. Ein Wagen musste ihm ausweichen und ist in ein anderes Fahrzeug geknallt, das vor einer Ampel stand. Oktay wurde am Oberschenkel verletzt, er hätte fast sein Bein verloren.«

»Wann war das?«

»Vor zehn Jahren. Dieses Ereignis hat zum endgültigen Bruch zwischen Tochter und Vater geführt. Sibel wollte, dass er sich bei den Angehörigen der Opfer entschuldigt, aber das hat er abgelehnt.«

»Welche Opfer?«

»In dem wartenden Auto saßen zwei junge Leute. Einer von ihnen ist bei dem Unfall verletzt worden, nicht schwer, aber es wäre anständig gewesen, sich zu entschuldigen.«

»Und Sie glauben, dass er danach mit dem Trinken aufgehört hat?«

»Ehrlich gesagt hat es uns auch überrascht, aber es ist nie wieder zu Ausfällen gekommen. Egal, wann ich ihn angerufen habe, er war immer ruhig und klar.«

Maline denkt an das fehlende Leergut.

»Als einen weiteren Wendepunkt in seinem Leben würde ich seinen Krankenhausaufenthalt im Zusammenhang mit seiner Herz-OP bezeichnen«, fährt die Cousine fort. »Dieser Sozialarbeiter hat sich ganz großartig um Oktay gekümmert. Damit meine ich nicht nur den Kurs, den man ihm bezahlt hat. Er wurde auch ermutigt, wieder zu nähen. Schon als Junge hat er darin Talent bewiesen, genau wie sein Vater. Oktay bekam eine Nähmaschine gesponsert und alles, was er brauchte. Seither war er wie verwandelt. Die Näherei war sein Ding, und es hat mir gezeigt, dass manche Menschen einfach einen kleinen Anschub brauchen, um wieder auf die Beine zu kommen.«

»Wissen Sie den Namen des Sozialarbeiters?«

»Nein.«

»In welchem Krankenhaus hat Herr Demirkan gelegen?«

»In der Kölner Uniklinik.«

»Gut, eine Frage habe ich noch«, sagt Maline. »Hatte Oktay Demirkan Streit mit jemandem?«

»Da kann ich Ihnen nicht weiterhelfen. Gesagt hat er jedenfalls nichts in die Richtung.«

»In Ordnung, falls Ihnen noch etwas einfällt, können Sie –«

»Natürlich, dann melde ich mich.« Die Cousine holt noch einmal tief Luft. »Wir haben beschlossen, Oktay heimzuholen. Denn egal, was Sibel Ihnen erzählt hat, wir kümmern uns um unsere Verwandten. Sein Körper soll in türkischem Boden ruhen. Was glauben Sie, wann wird sein Leichnam freigegeben?«

Maline verspricht, sofort anzurufen, wenn es Neuigkeiten gibt, bestellt einen Dienstwagen und macht sich auf den Weg zur Universitätsklinik. Vielleicht hat sie Glück und trifft Oktay Demirkans Sozialhelfer an.

Auf dem Weg dorthin beißt sie in einen von Jettes Walnuss-Muffins und versucht an jeder roten Ampel, ihre Freundin zu erreichen. »Der Gesprächsteilnehmer ist zurzeit leider nicht erreichbar.« Etwas anderes hätte Maline auch gewundert.

Köln-Rodenkirchen

Romy fährt auf gut Glück zum Bezirksrathaus. Sie hat extra bis zum Nachmittag gewartet in der Hoffnung, dass sie schneller an die Reihe kommt. Aber die Rechnung scheint nicht aufzugehen. Der Wartebereich ist gefüllt. Rasch zieht sie eine Nummer und nimmt Platz, versinkt zwischen älteren Menschen, die geistesabwesend ins Leere starren, und jüngeren Leuten, die die Displays ihrer Smartphones hypnotisieren. In der gegenüberliegenden Sitzreihe quengelt ein etwa Dreijähriger. Seine Mutter spricht flüsternd auf ihn ein und bittet ihn erfolglos, ruhig zu sein.

Gedanklich geht Romy die Einzelheiten der Geschichte durch, die sie der Mitarbeiterin der Stadtverwaltung auftischen will. Demnach lebt sie bei Silvie, die sie und Linus aufgenommen hat. Ihre Freundin kennt sich im Behördendschungel aus und hat Romy gebrieft. Du kannst denen nicht verheimlichen, dass deine Wohnung futsch ist, hat Silvie gesagt. Aber wenn die riechen, dass du auf Platte bist, nehmen sie dir Linus weg, bevor du Piep sagen kannst. Also, ihr wohnt vorübergehend bei mir und Punkt.

Romys Vorstellung von Glück ist bescheiden. Eine kleine Zweizimmerbude mit Balkon. Mehr benötigt sie nicht. Sicher, ein Job wäre toll. Gern mit betagten Leuten. Altenpflegerin schwebt ihr vor, und sie ist überzeugt, dass da etwas möglich sein muss. Immerhin werden händeringend Pflegekräfte gesucht. Romy hat Abitur. Ihr Notendurchschnitt ist nicht berauschend, aber dieser Aspekt spielt vielleicht keine Rolle. Wichtig ist, dass sie das Ruder wieder herumreißt. Diese verflixte Abwärtsspirale muss doch aufzuhalten sein.

Der Zappelphilipp gegenüber macht jetzt richtig Theater. Er schreit und schlägt nach seiner Mutter. Romy versucht, die beiden auszublenden.

Mietschulden und die offenen Beträge diverser Onlineshops soll sie möglichst nicht erwähnen und Fragen nach ihrer Familie resolut beantworten, empfiehlt Silvie. Die Wahrheit spielt dabei eine untergeordnete Rolle: Du kannst immer lügen, wenn sich etwas nicht beweisen lässt. Sag einfach, dass deine Familienverhältnisse zerrüttet sind und der Kontakt zu deinen Eltern vor Jahren abgebrochen ist.

Genau genommen ist das nicht gelogen, trotzdem hält Romy diese Vorgehensweise für blauäugig. Schließlich lassen sich Lebens- und Einkommensverhältnisse ermitteln. Silvie hält dagegen: Das Amt geht in Vorleistung, und wenn du unrechtmäßig Kohle kassiert hast, holen sie sich das Geld von deiner Familie wieder. Kann dir doch egal sein, oder?

Bisher bezieht Romy lediglich Kindergeld für Linus. Das reicht hinten und vorn nicht. Deshalb nimmt sie sich vor, Silvies Tipps zu beherzigen. Allerdings hat sie einen Heidenrespekt vor Institutionen. Letztlich kommt es darauf an, ob du den Mumm hast, deine Unterschrift unter Dokumente und Anträge zu setzen, deren Angaben inhaltlich nicht ganz der Wahrheit entsprechen – »Schwindeln und cool bleiben«, lautet Silvies Devise.

Was ihre ehemalige Nachbarin verharmlosend als Schwindeln bezeichnet, sind für Romy handfeste Lügen. Aber Silvie argumentiert entwaffnend: Solange solche Machenschaften wie der große Abgasskandal als Schummeleien bezeichnet werden, empfinde ich keinerlei Skrupel.

Romys Magenstein macht Randale, und ihr ist speiübel. Die Nummer 045 wird aufgerufen. Bis zur 078 bleibt viel Zeit für Zweifel. Bald muss sie Linus abholen. Romy wollte ihm einen Rucksack und sich einen Trolley besorgen, um Flaschen sammeln zu können. Eine neue Jacke hat sie von ihrer Liste gestrichen. Die Tage werden ja wärmer. Als die Nummer 049 aufleuchtet, ist sie nass geschwitzt. Ihre Gedanken fahren Achterbahn, drehen sich um die Lügen, die sie dem Sachbearbeiter erzählen soll, und mischen sich mit den Sorgen, die sie sich um die Zukunft macht. Als die Nummer 065 aufleuchtet, verlässt sie fluchtartig das Bezirksamt und entgeht ihrem Gefühl nach nur knapp einem Erstickungsanfall.

Romy fährt nach Bayenthal zurück, parkt den Qubo vor

einem Discounter und betritt den Laden. Trolleys kosten hier wenige Euro. Der Rucksack, der Linus gefallen würde, ist dagegen unerschwinglich. Zehn Euro kann Romy dafür unmöglich berappen. Diebstahl wäre eine Option. Doch eigentlich möchte sie diese Grenze nicht überschreiten. Das Risiko, erwischt zu werden, ist hoch. Wegen solcher Kinkerlitzchen kann ihre gesamte Misere auffliegen.

Romy lässt den Rucksack liegen und macht sich auf den Weg zur Kasse. Die einzige Verkäuferin blättert in einem Magazin. Sie hat Stöpsel in den Ohren. Das dünne Kabel führt zu ihrem Handy, das auf dem Warenband liegt. Die Kassiererin ist jünger als Romy, kaut Kaugummi und scheint sich nicht für die Dinge zu interessieren, die um sie herum geschehen. Ihre Ignoranz veranlasst Romy, auf dem Absatz kehrtzumachen.

Sie rollt den Trolley zurück und nimmt das Verpackungsmaterial aus der geräumigen Innentasche. Bevor sie den Rucksack für Linus blitzschnell hineinstopft, vergewissert sie sich, dass die Linse der Videokamera, die Ladendiebe ertappen soll, tatsächlich in eine andere Richtung zeigt. Romy drückt die Füllmasse in den Trolley zurück, atmet tief durch, begibt sich erneut zur Kasse und bezahlt. Die Kassiererin nimmt ihr Geld entgegen und schaut nicht einmal auf.

Ihr Herz klopft bis zum Hals, als sie das Geschäft verlässt. Im Rucksack könnte ein Pieper versteckt sein. Daran hat sie im Laden nicht gedacht. Sie übertritt die Schwelle, zieht den Trolley hinter sich her und hält die Luft an. Alles bleibt ruhig. Romys Pulsschlag galoppiert allerdings wie ein wild gewordenes Rennpferd und schlägt erst wieder gleichmäßig, als sie den Wagen am Südpark abstellt. Sie steigt aus, legt den Rucksack in den Kofferraum und macht sich mit dem Trolley auf den Weg.

Den ersten Müllbehälter steuert Romy entschlossen an. Leider enthält er kein Leergut. Und auch der nächste Mülleimer entpuppt sich als Nullnummer. Romy schaut sich auf Schritt und Tritt um. Sie fühlt sich äußerst unbehaglich. Spaziergänger tauchen unvermittelt auf, als sie mit dem rechten Arm in der dritten Tonne wühlt. Die Leute gehen wortlos an ihr vorbei, aber Romy sieht, dass sie aus den Augenwinkeln gemustert wird. Nach einigen weiteren Behältern ist ihre Ausbeute immer noch mager, und an drei Abfalleimern geht Romy vorbei, weil ihr dort zu viele Menschen umherstehen. Sie hat sich die Sache unproblematischer vorgestellt. Es ist die Scham, die ihre Ausbeute überschaubar hält und ihr einen Strich durch die Rechnung macht.

Köln-Fühlingen

»Darf's ein bisschen mehr sein?«

»Nein.«

Die Kundin hat hundert Gramm verlangt. Valeska liegt minimal über dem gewünschten Maß, nimmt eine neue Rolle des Rocamadour aus der Folie und schneidet den französischen Ziegenkäse an. Fünfundneunzig Gramm. Jetzt drückt die Kundin gnädigerweise ein Auge zu.

»Wie schmeckt denn der Langres?«

Valeska hat keine Ahnung, schielt auf die Beschriftung der zylinderförmigen Verpackung und zitiert. »Er ist mild, leicht und im Geschmack eher wie ein Cheesecake.«

Einhundert Gramm des Weichkäses kosten sechs Euro und siebzig Cent. Mit der Summe zaubert Hubi locker ein Abendessen für zwei Personen. Die Kundin rümpft die Nase. Ihr schwebt wohl etwas Kräftigeres vor, sie entscheidet sich für einen Schimmelkäse. Der Saint Agur ist erfreulicherweise bereits portioniert. Valeska packt die Ware in eine Tüte, tackert das Preisschild fest und reicht das Paket über die Theke.

»Beehren Sie uns bald wieder und einen schönen Tag noch.« Sie leiert die Floskel, die von ihr erwartet wird, nicht herunter, obwohl ihr danach zumute ist, und wendet sich dem nächsten Kunden zu. Freundlichkeit hat Valeska auf Knopfdruck parat.

Ihre Kopfhaut juckt unter der Hygienehaube, und von den Einweghandschuhen schwitzen ihre Hände. Schon den ganzen

Tag bedient sie im Akkord, schneidet Käse, wiegt Portionen aus, säubert zwischendurch die Schneidebretter und hofft, dass sie das zu viel abgeschnittene Stück Rocamadour noch loswird. Eigentlich kann sie sich auf ihr Augenmaß verlassen. Beziehungsweise sind die meisten Kunden nicht ganz so pingelig. Falls niemand den Käse haben möchte, wird sie ihn selbst kaufen, obwohl sie dazu nicht verpflichtet ist. Sie will keinen Ärger und lässt sich lieber die acht Euro vom Lohn abziehen, auch wenn das bedeutet, dass sie eine Stunde umsonst gearbeitet hat.

Es ist Nachmittag, als Valeska endlich in die Pause gehen darf. Im fensterlosen Raum neben dem Kühlhaus ziehen vier Kolleginnen einen Azubi durch den Kakao, der sich am Morgen verspätet hat und extrem nach Schweiß riecht. Ihre Sticheleien sind derb. Valeska bedient sich am Gratis-Wasserspender und nimmt ihre mitgebrachten Butterbrote aus der Plastikbox. Sie schämt sich ein bisschen für die mit Salami belegten Graubrotscheiben.

Die meisten Kolleginnen kaufen ihre Mahlzeiten im Markt, lassen sich beim Back-Personal Brötchen schmieren und trinken dazu eine Dose Cola oder genehmigen sich einen Caffè Latte. Valeska rechnet im Kopf zusammen, was die Damen am Tisch für ihr Mittagessen berappen mussten. Unaufhörlich addiert sie Preise, überschlägt, was sie hätte bezahlen müssen, wenn sie dieses oder jenes gekauft hätte. Sie errechnet Beträge, die sie eingespart hat, multipliziert Summen und kann nicht fassen, wie viel Geld manche Menschen unbedacht verplempern. Die Kolleginnen haben im Durchschnitt sechs Euro und fünfzig Cent für ihre Snacks ausgegeben. Valeska nimmt zwanzig Arbeitstage mal sechs und kommt auf einhundertdreißig Euro. Da sind die Süßigkeiten und Donuts noch nicht eingerechnet, die einige nebenbei bis zum Feierabend verdrücken.

Nachdem Valeska die Brote verzehrt hat, schluckt sie zwei Schmerztabletten und erreicht Hubi nicht. Vermutlich schläft er oder hat den Fernseher zu laut gestellt.

Valeska schließt die Augen und versucht, das Getratsche auszublenden. Am liebsten würde sie ihre Beine hochlegen und sich Eisakkus an die Schläfen drücken. Stattdessen gibt sie sich einen Ruck und richtet sich auf. Sie darf keine Schwäche zeigen.

Der Marktleiter hat sie auf dem Kieker, findet sie alt, unmotiviert und langsam. Valeska würde es nicht zugeben, aber jeder dieser Punkte trifft zu. Ihre Beine sind schwer, sie ist ständig müde und setzt alles daran, nicht aufzufliegen. Deswegen hetzt sie durch die Filiale und meldet sich für alle möglichen zusätzlichen Arbeiten. Und auch wenn niemand am Tisch sie zu beachten scheint, macht sie sich keine Illusionen. Es gibt Kolleginnen, die jede Schwachstelle bemerken und blitzschnell auf dem Schoß der Marktleitung sitzen, um sich wichtigzumachen oder eigene Vorteile herauszuholen. Im Laufe ihrer Berufsjahre hat Valeska gelernt, dass Loyalität nicht existiert.

Die Tischgemeinschaft hat sich aufgelöst, ohne ein Wort an sie zu richten. Die restliche Arbeitszeit hilft sie einer Kollegin dabei, Regale aufzufüllen. Die junge Frau hat grüne Strähnen im schwarzen Haar, gehört zur Stammbelegschaft und macht unmissverständlich klar, dass sie die oberen Reihen überprüft und bestückt. Valeska ist für die unteren Ebenen zuständig und verbringt die noch verbleibende Arbeitszeit in gebückter Haltung.

Köln-Bayenthal

Im Müll zu wühlen ist erniedrigend. Das Leergut liegt eben nicht fein säuberlich obenauf, sondern verbirgt sich unter weggeworfenen Pommes mit Mayo, Zigarettenkippen und anderen ekligen Dingen. Romy hat in einen Müllbehälter gefasst, in den sich jemand übergeben hat, und gleich gespürt, dass sich ein Herpes auf ihrer Oberlippe bildet.

Trotzdem gibt sie nicht auf und zieht den Trolley zum nächsten Papierkorb. Dabei scannt sie die Umgebung. In einiger Entfernung laufen Jogger, und eine Frau schiebt einen Kinderwagen in die entgegengesetzte Richtung. Keiner scheint sie zu beachten. Die Luft ist rein. Romy geht dicht an den Mülleimer heran und linst hinein. Auf dem Boden des Behälters liegen zwei leere Wasserflaschen. Widerwillig greift sie mit dem rechten Arm tief in die Tonne, zieht beide Flaschen hervor und verstaut sie schnell in ihrem Einkaufstrolley, in dem insgesamt neun Pfandflaschen liegen.

»Was machst du da?«

Der Mann ist wie aus dem Nichts erschienen und baut sich vor ihr auf. Mit einer Hand hält er ein rostiges Damenfahrrad, an dem ein Anhänger mit dem Gepäckständer verbunden ist. Auf dem Hänger befinden sich mehrere große Tüten, die mit Flaschen vollgestopft sind. Ein Profisammler.

»Das ist mein Revier«, schreit der Mann, den Romy auf mindestens siebzig schätzt.

Er trägt Sneakers, Jeans, Regenjacke und sieht nicht aus wie ein bedürftiger Mensch. Das muss einer dieser Rentner sein, der sich durchs Sammeln die Bezüge aufbessert. Silvie hat sie vor solchen Typen gewarnt: Die kennen kein Pardon. Angeblich haben sich solche Sammler die Parks und Müllbehälter untereinander aufgeteilt.

»Gib mein Leergut heraus und verschwinde!«

Romy geht ein paar Schritte zurück. Sie ist dem Mann körperlich überlegen. Trotzdem zieht sie es vor, nicht mit ihm zu diskutieren. Die elende Plackerei führt sowieso zu nichts. Sie muss sich etwas anderes überlegen oder ihre Vorgehensweise ändern. Die sauer verdienten Flaschen will sie aber nicht hergeben, hebt den Trolley an und gibt Fersengeld.

Der Rivale versucht nicht, ihr zu folgen. »Lass dich bloß nicht mehr blicken«, brüllt er ihr hinterher. »Wenn du mir noch einmal meine Flaschen klaust, kannst du was erleben!«

Romy rettet sich ins Auto, sammelt Linus im Kindergarten ein und präsentiert ihm den Rucksack.

»Wow, da ist Spiderman drauf!«

Der Kleine ist ganz aus dem Häuschen und fällt seiner Mutter um den Hals. Linus' Freude entschädigt Romy für die Erniedrigungen des Tages und das Risiko, das sie auf sich genommen hat.

Als sie anschließend zum Spielplatz am Vorgebirgspark fahren, vergisst Romy alle Strapazen. Die Sonne scheint, und es ist herrlich mild. Linus läuft ohne Jacke und ist ein Kind unter vielen. Er rutscht, klettert, lacht und freundet sich mit einem kleinen Lockenkopf an, dessen Mutter Capri-Sonne dabeihat. Linus bekommt ein Päckchen geschenkt.

Später sucht Romy mit ihm die öffentliche Toilette im Deutzer Bahnhof auf. Duschen gibt es keine, und sie muss einen Euro Eintritt bezahlen. Der Fünfzig-Cent-Coupon, den sie Retour erhält, ist für Romy wertlos. Sie kann ihn nur bei einem Bahnhofsbistro einlösen, wenn sie etwas im Wert über zwei fünfzig bestellt. Das rechnet sich nicht. Aber der Sanitärbereich ist sauber und hell.

An der Wand hängt ein Qualitätsbewerter. Fünf verschiedene Smileys stehen zur Wahl. Der Kunde kann sie antippen und seine Meinung kundtun. Linus drückt darauf herum, ist albern und macht Faxen vor dem großen Spiegel. Romy bekommt ihn kaum für ihre Checkliste motiviert, und vom geheimen Sauberkeitsamt will der Junge nichts hören. Er quengelt und lässt sich nicht auf Romys Spielchen ein.

»Wann fahren wir endlich wieder nach Hause?«, fragt er und tritt gegen den bereitgestellten Trinkwasserspender.

Romy hat Mühe, ihn zur Räson zu bringen. Passanten und WC-Benutzer werden aufmerksam, als er sich lautstark weigert, sein Sweatshirt auszuziehen, um sich waschen zu lassen. Kein Wunder. Privatsphäre ist hier nicht geboten. Es gelingt ihr nur, Linus zu beruhigen, weil sie verspricht, dass sie am Abend ein kleines Lagerfeuer machen und grillen werden.

Für die Nacht fährt Romy den Qubo wieder auf den Park-and-Ride-Parkplatz am Heinrich-Lübke-Ufer. Hier sind viele Fahrzeuge abgestellt. Die »Alte Liebe« liegt vis-à-vis – von der Terrasse des Bootshauses hat man einen wunderbaren Blick auf die vorbeifahrenden Schiffe und das Stadtpanorama. Zwei Typen parken direkt neben ihnen. Sie bleiben im Auto sitzen und beobachten, wie Romy den Grill auspackt. Ihr wird mulmig zumute. Bei den beiden könnte es sich um das Ordnungsamt handeln oder um Polizei in Zivil.

Kurzerhand räumt sie alle Sachen wieder ein. Begleitet vom lautstarken Protest ihres Sohnes, fährt sie die Militärringstraße bis zur Ecke Gleueler Straße und lenkt den Qubo auf den Parkplatz an der Kreuzung. Er liegt, kaum einsehbar, umgeben von Bäumen und nur wenige Gehminuten vom Decksteiner Weiher entfernt, im Äußeren Grüngürtel. Als sie ankommen, stehen dort nur wenige Autos. Romy hält gebührenden Abstand zu einem Lkw.

»Das ist eine Sattelzugmaschine mit Kipplader«, jubelt Linus. »Bestimmt hat er Sand geladen oder Steine.«

Der Kleine hat die Fotos seines Lkw-Quartetts haarklein inspiziert. Romy musste ihm die Maße der einzelnen Modelle vorlesen, bis er sie auswendig kannte.

Linus möchte um den Brummi herumgehen. Vom Fahrer ist nichts zu sehen. Hinter der Windschutzscheibenseite klemmt ein Aluminiumschild.

»Warum steht da Wolfgang drauf?«, fragt Linus, nachdem er das Wort entziffert hat. »Heißt der Mann so, der den Wagen fährt?«

»Könnte sein«, sagt Romy.

Das Wetter spielt weiter mit.

Romy holt erneut die Campingstühle aus dem Kofferraum, befeuert den Grill, legt Toastscheiben auf den Rost und gibt ordentlich Käse darauf. Linus ist begeistert. Er liebt Käsetoast, kaut und spult sein Wissen über Sattelzüge, Zwillingsbereifungen, Ladeflächen und Überwurfplanen ab.

Auf dem nahe gelegenen Militärring rasen Autos im Sekundentakt vorbei. Zwischenzeitlich ist der Lärm der Fahrzeuge so heftig, dass Romy kein Wort von dem versteht, was Linus plappert. Notgedrungen hängt sie ihren Gedanken nach und gibt sich selbstkritisch. Das Gespräch mit der Behörde hätte sie in jedem Fall durchziehen müssen. Jetzt landet der Ämtergang erneut auf ihrer To-do-Liste. Dieser Konflikt ist nur aufgeschoben.

Romy richtet Linus' Schlaflager her, bevor es zu dämmern beginnt. Ihr Sohn kickt auf der Wiese in Sichtweite Fußball gegen sich selbst. Müde und verschwitzt springt er später ganz freiwillig ins Bett und verliert kein Wort mehr über sein früheres Zimmer.

Romy klettert auf den Vordersitz und starrt aus der Windschutzscheibe auf die Rückfront des Lkw. Der Fahrer hat sich nicht einmal blicken lassen.

Es herrscht Feierabendverkehr. Auf dem Militärring zeichnet sich keine Beruhigung ab. Er führt von Süd nach Nord und umgibt den Kölner Grüngürtel wie eine Schleife. Die Gesamtfläche des Naherholungsgebietes beträgt achthundert Hektar, wovon vierhundert aus Wald bestehen. Auf dem ehemaligen Kölner Befestigungsring haben die Stadtväter von jeder privaten Bebauung abgesehen. Stattdessen wurden Kleingartenkolonien, Seen und Spazierwege angelegt. Das Gebiet durchzieht ein dreiundsechzig Kilometer langer Rundweg. Tagesüber tobt hier das Leben. Die Nächte werden mit Sicherheit eine ganz andere Hausnummer sein.

Romy hätte gern an der Tankstelle des Verteilerkreises geparkt. Dort hat sie sich sicherer gefühlt. Aber sie befürchtet, dass der coole Typ Dienst hat und misstrauisch wird, wenn sie wieder dort herumlungert. Es ist gescheiter, die Standorte zu wechseln.

Sie deckt Linus bis zur Nasenspitze zu. Heute hat er zum ersten Mal gegen ihr Vagabundenleben rebelliert und Romy daran erinnert, dass er die Situation, in der sie sich befinden, nicht ewig dulden wird.

Institut für Rechtsmedizin Köln

Kevin biegt vom Melatengürtel auf die Zufahrt zur Rechtsmedizin ab. Auf der gesamten Strecke hat er keinen Ton von sich gegeben. Lou lehnt den Kopf gegen die Nackenstütze und schließt die Augen.

Henry ist bestimmt wütend, er hat mehrmals versucht, sie telefonisch zu erreichen. Wenigstens hat sie die WhatsApp gelesen, die er ihr geschickt hat. »Frieda druckst herum. Es geht um Stuart, aber sie will nicht raus mit der Sprache.« Lou hat ihm geraten, sie in Ruhe zu lassen, und ist offline gegangen. Henry neigt dazu, Probleme in ellenlange Chatverläufe zu packen, und ignoriert, dass Lou das Medium dafür ungeeignet erscheint.

Vor dem geöffneten Rolltor stehen zwei Limousinen an der Einlieferungsrampe. Ein Fahrzeug gehört dem Beerdigungsinstitut, das Frau Beradis sterbliche Überreste in einem Leichensack hertransportiert hat. Von den Bestattern ist nichts zu sehen.

Kevin parkt den Dienstwagen und folgt Lou zum Eingang. Die Kommissarin fragt sich, wie oft sie den schmalen Gang zur Anlieferung schon gegangen ist und wie vielen Todesumständen sie in diesem Gebäude auf den Grund zu gehen versucht hat.

Desinfektionsgeruch liegt in der Luft. Sterile Sauberkeit, wohin das Auge schaut. Zwei Bestatter hieven einen fremden Toten auf einen Rollwagen, der höhenverstellbar ist, damit er den verschiedenen Positionen der Kühlfächer angepasst werden kann. Eine kleine, rundliche Sektionassistentin fixiert den Leicheneinlieferungsschein und die Personenkarte an dem Verstorbenen.

»Wir ziehen uns um und warten dann im Sektionssaal auf Frau Beradi«, sagt Lou.

Die junge Frau nickt zerstreut und wühlt sich weiter durch ihren Papierkram. Die Ermittler gehen zu den Umkleidekabinen.

Lou ist froh, dass sie einen Moment für sich allein ist. Die Tatortarbeit hat sie ganz schön geschlaucht, und ihr fällt auf, dass sie den ganzen Tag kaum etwas gegessen hat. Sie streift die OP-Hose und den Kittel über. Ihre Haare stopft sie unter die Haube, nachdem sie ihr Spiegelbild eine Weile betrachtet und festgestellt hat, dass sie dringend einen Friseurtermin vereinbaren muss. Mit Gummiclogs an den Füßen betritt sie schließlich den Sektionssaal.

Antonella Beradi liegt, noch vollständig bekleidet, auf der

vordersten Edelstahlpritsche. Heinrich Meller begrüßt Lou und nickt Kevin zu. Gemeinsam beginnen sie, Frau Beradi auszuziehen. Vorsichtig und ohne Eile. Zum Schluss streift der Rechtsmediziner behutsam die Plastiktüten von den Händen der Verstorbenen. Lou klebt die Handinnenflächen gewissenhaft ab, um sicherzugehen, dass keine eventuellen Fasern verloren gehen.

Heinrich hat eine Schwenklampe herangezogen, spricht gleichbleibend monoton und sachlich aus, was für die äußere Leichenschau relevant ist. Seine Assistentin reicht ihm die Instrumente, die er benötigt, und füllt zudem Formulare aus. Lou steht direkt neben ihm, verfolgt jeden seiner Schritte und übernimmt einzelne Parts.

Seite an Seite und systematisch arbeiten sie sich vom Kopf zum Hals und über den Rumpf vor. Besondere Aufmerksamkeit widmet Heinrich den rechten Brustwirbeln. Dort ist eine deutliche Schwellung sichtbar.

»Hier liegt ein Bruch vor«, sagt er, vorsichtig tastend. »Das sehen wir uns gleich genauer an.«

Lou betrachtet nun die unteren Gliedmaßen und kehrt danach zum Schädel zurück. Heinrich analysiert die Haare. Er entfernt einige Tönnchenpuppen, während Lou die Schädeldecke nach Deformierungen abtastet.

»Am Hinterkopf befindet sich eine Wulst«, sagt Lou.

Heinrich begutachtet die Stelle. »Offenbar handelt es sich um eine Platzwunde, die mit vier Stichen genäht wurde, und zwar vor nicht so langer Zeit.«

Kevin steht am Fußende der Metallliege vor dem integrierten Waschbecken, in das Fäulnisflüssigkeiten, Blut und Ähnliches ablaufen können. Lou hat den Eindruck, dass ihr junger Kollege absichtlich Distanz hält, und das ist für sie in Ordnung.

Der Rechtsmediziner widmet sich der Beurteilung des Nasengerüsts und geht dann zu den Augen über.

»Dachte ich es mir doch«, sagt er. »Hier haben wir petechiale Stauungsblutungen, also punktförmige Einblutungen ins Gewebe.« Lou beugt sich über Frau Beradis Kopf, während

Heinrich fortfährt. »Des Weiteren finden sich Unterblutungen in der Mundschleimhaut und der Unterlippe.«

»Das heißt, dass die Tote erstickt wurde«, sagt Kevin und räuspert sich.

»Es deutet zumindest darauf hin und passt zur Blausüchtigkeit des Gesichts«, murmelt der Rechtsmediziner und betrachtet nochmals die Nase. »Etwaige Hämatome lassen sich eindeutig feststellen, wenn wir später die Gesichtshaut präparieren.«

Er hält seine Assistentin an, die Ohrmuscheln samt Gehörgängen zu überprüfen. Sie sichert neben Ohrenschmalz ein dunkles Sekret.

»Sieht nach getrocknetem Blut aus«, sagen Lou und Heinrich gleichzeitig und überlassen der Gehilfin ebenfalls die Begutachtung der Zahnbeschaffenheit und die Diagnose der Lippenschleimhaut, wobei sie auch Abstriche aus der Mundhöhle nimmt.

Bei der genaueren Inspektion des Brustkorbs mit der Beurteilung der Thoraxform, der Untersuchung der Brüste und Brustwarzenhöfe wechseln sich Lou und Heinrich wieder ab.

»Diese Schwellung kommt von einem gebrochenen Wirbel«, sagt Heinrich. »Nach der Hautablösung werden mit Sicherheit weitere Hämatome sichtbar.«

Lou schaut in die Vagina, betrachtet die Analregion, und Heinrich entnimmt einen Stuhlrest. Bei den oberen Extremitäten prüft er anschließend Form, Gestaltung und Beweglichkeit. Lou sucht nach Injektionsmalen, Abwehrverletzungen, Verunreinigungen und Anhaftungen. Anschließend untersucht Heinrich Form, Farbe und Beschaffenheit der Finger- und Fußnägel sowie der Nagelbetten. Er sichert Spurenmaterial, das sich möglicherweise unter den Fingernägeln befindet, indem er sie abschneidet. Sie werden später in der Molekularbiologie einem speziellen Verfahren zur DNA-Diagnostik unterzogen.

Bevor die innere Leichenbesichtigung beginnt, verlässt Lou den Sektionssaal, ruft ihre Mutter an und teilt ihr mit, dass es später wird.

Zurück im Sektionssaal, wo inzwischen Proben der verschiedenen Körperflüssigkeiten entnommen werden, registriert Lou zufrieden, dass Kevin seinen Posten am Fußende der Edelstahlliege verlassen hat. Er hält sich dicht neben ihr, während Heinrich Kopf-, Brust- und Bauchhöhle öffnet und die Organe auf Verletzungen sowie krankhafte Veränderungen untersucht. Der Rechtsmediziner wird sie in der Histologie in Scheiben schneiden und analysieren. Besondere Aufmerksamkeit richtet er in diesem Fall auf Antonella Beradis Lunge.

Köln-Fühlingen

Auf dem Heimweg spürt Valeska die Beine kaum noch, und ihr Kopf ist kurz davor zu explodieren. Das sündhaft teure Käsestück ist liegen geblieben. Sie hat es aufschreiben lassen und in die Tasche gesteckt. Wegen der blöden Rocamadour-Kundin hat sie heute tatsächlich eine Stunde umsonst geschuftet.

Die Heimfahrt vergeht immerhin wie im Flug. Valeska bekommt alle Anschlüsse und registriert diesen Umstand mit Erleichterung.

Hubi winkt vom Wohnzimmerfenster. Wie jeden Tag. Die Thermoskanne mit Kaffee steht auf dem Tisch. Wortlos nimmt er ihr die Jacke ab. Bei der Begrüßung legt er die mobile Druckgasflasche in einen Jutebeutel und hängt sich die Tasche um. Passende Bauch- oder Schultergurte, die speziell für das Flüssigsauerstoffgerät entwickelt wurden, kosten um die achtzig Euro. Hubi schwört, dass die Investition überflüssig ist.

Valeska zieht die Schuhe aus, rollt den großen Sauerstoffkonzentrator vom Schlafzimmer ins Wohnzimmer und steckt ihn neben Hubis Fernsehsessel ein. Ihr Mann ist nicht in der Lage, das Gerät tagsüber aus dem Schlafzimmer zu rollen, ihm fehlt dafür oft die Kraft.

Valeska fällt in den Sessel. Hubi schleppt eine Schüssel warmes Wasser heran und badet die Füße seiner Frau. Die wenigen

Schritte absolviert er ohne künstliche Atmung. Wenn Valeska in seiner Nähe ist, fühlt er sich ohnehin leistungsfähiger und sicher.

»Angelina hat heute angerufen«, sagt er. »Sie kommt am Sonntag zum Kaffee.«

»Bringt sie Dennis mit?«

»Hat sie nicht gesagt.«

Um achtzehn Uhr vierzig schaltet Valeska die »Lokalzeit« ein. Nach den langen Arbeitstagen fehlen ihr die Worte, und Hubi soll Luft sparen und ruhig atmen. Später essen sie Kasseler und Kartoffelpüree aus der Tüte. Hubi sagt, dass die Bananen vergriffen waren.

Die Sache mit dem Käse erwähnt Valeska nicht. Ihr Mann wird dann nur sauer und schimpft zwischen Hustenanfällen und Atempausen. Über den Marktleiter, das Stammpersonal und die Volksvertreter. Die regelmäßig ihre Diäten erhöhen und nichts dagegen unternehmen, wenn Menschen, die ihr ganzes Leben gearbeitet haben, bis ins hohe Alter malochen müssen. Weil die Rente hinten und vorn nicht reicht. Schämen sollten sich die hohen Herren und Damen. Vor allem die, die das Wort christlich in ihrem Parteinamen tragen, betont Hubi, wobei er gern zu Rundumschlägen ausholt. Nach links und nach rechts. Über die gegenwärtige politische Situation und die daraus resultierenden Konsequenzen für das eigene Leben kann sich Hubi in schwindeligen Zorn reden.

Auch deshalb schweigt Valeska. Sie möchte ihre Ruhe haben und Helene Fischer sehen, über Gerburg Jahnke in der »Ladies' Night« lachen oder einen seichten Krimi anschauen, der sie ablenkt und nicht zu sehr aufwühlt.

Um zweiundzwanzig Uhr begibt sich das Ehepaar heute zu Bett. Hubi hängt an seinem Gerät, dreht sich unruhig hin und her. Er schnauft, rasselt und stöhnt wie ein alter Wasserboiler. Valeska wälzt sich eine Stunde umher, bis sie endlich einschläft. Gegen Mittnacht wird sie wieder wach und verschwindet im Badezimmer. Auf dem Rückweg macht sie einen Abstecher über die Küche und schlingt, im Licht der offenen Kühlschranktür, den teuren Käse runter, den sie hinter der abgepackten Wurst deponiert hat.

Neben der Spüle liegt Hubis Ersatz-Sauerstoffbrille. Valeska reinigt die Schläuche mit einem antibakteriellen Lösungsmittel, bevor sie sich erneut zu Bett begibt. Auch die Nasenstege wechselt sie regelmäßig oder kocht sie in destilliertem Wasser aus. Die Methode birgt ein kleines Risiko. Bleibt Feuchtigkeit im Schlauch, können Keime gedeihen. Auch aus diesem Grund besorgt Valeska andauernd neue Sauerstoffbrillen. Hubi ist, was das betrifft, einfach zu nachlässig.

Valeska krabbelt unter die Bettdecke zurück und denkt an den Tod. Manchmal empfindet sie diesen Gedanken als Trost. Warum sich abrackern bis zum St. Nimmerleinstag? Wäre es nicht besser, dem eigenen Leben ein Ende zu setzen? Endlich Frieden. Endlich Ruhe. Bum-bum. Bum-bum. Die Trommeln schlagen wieder los, und Valeska wünscht sich, dass sie für immer verstummen.

Marialinden

Die Kälte kriecht durch. Trotz Fleecepullover, Jogginghosen, dicker Schuhe, Wollmütze und zusätzlicher Alpaka-Decken. Malines Beine lagern auf einem zweiten Stuhl. Sie hat den Kopf in den Nacken gelegt und schaut in den Nachthimmel. Ihr Wissen über Planeten, Mondphasen und Sternschnuppen verdankt sie ihrem Vater. Alfred konnte stundenlang zum Firmament starren und war Stammgast in der Sternwarte des Leonardo-da-Vinci-Gymnasiums in Nippes, der Schule, die Lous Tochter bis zum Abitur besuchte. Die Fernrohre sind in den beiden Kuppeln untergebracht. Bei schlechtem Wetter kann das Planetarium im Keller den Sternenhimmel einschließlich Milchstraße und Planeten so zeigen, wie er bei klarer Wetterlage mit den Augen durchs Fernrohr zu sehen ist.

Mit Leichtigkeit erkennt Maline die sieben Sterne des Großen Wagens und verlängert dessen Hinterachse sowie den Kastenstern in die dem Polarstern gegenüberliegende Richtung. Die beiden unsichtbaren Linien kreuzen sich hoch im Süden in einem Trapez, das wiederum den Rumpf des Löwen bildet. Jettes Sternzeichen.

Maline gähnt und sieht auf ihr Smartphone. Funkstille auf allen Kanälen. Jette bestraft sie mit Schweigen. Sie ruft nicht an, schickt weder WhatsApp noch SMS. Maline wickelt sich aus den Decken und verlässt den Balkon.

Im Haus ist es still. Helene bleibt bis auf Weiteres in Köln und kümmert sich um die Familie.

Maline stellt die Reste des Gemüseauflaufs in den Kühlschrank, löscht das Licht in der Küche und sieht aus dem Fenster. Die Nacht ist rabenschwarz. Als sie auf dem Weg ins Badezimmer ist, registriert sie Motorgeräusche. Der Lichtkegel zweier Scheinwerfer streift die Tapete im Flur. Dass Helene nachts aus Köln zurückkommt, ist ziemlich unwahrscheinlich. Eine Autotür wird zugeschlagen.

Jette. Wahnsinn, dass sie mitten in der Nacht losgefahren ist. Nachtragend ist sie anscheinend doch nicht.

Als es klingelt, stürmt Maline bereits die Treppe hinunter, reißt die Tür auf und braucht einige Sekunden, um die Situation zu erfassen.

Vor ihr steht nicht Jette.

Sondern Amy. Ihre Ex.

Köln-Lindenthal

Romy schreckt hoch und reibt sich die Augen. Die Uhr im Armaturenbrett leuchtet. Es ist weit nach Mitternacht, und sie ist auf dem Beifahrersitz eingeschlafen. Ihr Nacken schmerzt, und die linke Hand kribbelt. Die Luft im Innenraum des Autos ist verbraucht. Ihre Zunge ist schwer und pelzig. Sie gähnt ausgiebig, ohne sich die Hand vor den Mund zu halten. Sollen die verdammten Dämonen doch in sie hineinfahren.

Romy setzt die Wasserflasche an. Sie muss dringend auf die Toilette, streift ihre Jacke über, die an der Kopfstütze der Fahrerseite hängt, steigt in die Boots und bindet lose die Schnürriemen. Annähernd geräuschlos öffnet sie die Autotür, lauscht, ist beruhigt, als sie Linus gleichmäßig atmen hört, und schließt die Tür behutsam.

Draußen ist es sternenklar und sehr frisch. Romy kann ihren Atem sehen und schätzt die Temperatur auf knapp über null. Der Kipplader steht nach wie vor auf dem Parkstreifen. Die Fahrerkabine ist dunkel. Ansonsten liegt der Parkplatz einsam und verlassen. Stellenweise erhellen Straßenlaternen den Asphalt. Autoscheinwerfer nähern sich jetzt nur noch im Minutentakt. Rücklichter werden von der Nacht verschluckt.

Romy läuft ins Gebüsch, zieht ihre Jogginghose hinunter und hockt sich hinter einen abgesägten Baumstumpf. Von diesem Platz aus kann sie das Dach des Qubos im Mondlicht glitzern sehen. Sie versucht zu entspannen. Beim Wasserlassen in der freien Natur hat sie Probleme. Schon als Kind konnte sie sich unterwegs schlecht darauf einlassen. Bei Wanderungen durchs Bergische Land oder sonntäglichen Ausflügen in die Wälder war es deswegen häufig zu Auseinandersetzungen gekommen. Während der Stiefvater sie in Schutz nahm, veranstaltete ihre Mutter ein Mordstheater und erwies sich als äußerst ungeduldig, wenn ihre Tochter mal wieder ohne Grund Sperenzchen machte, wie sie sich ausdrückte.

Zu ihrer Erleichterung kann Romy jetzt loslassen. Der dampfende Strahl versickert im Waldboden. Sie putzt sich mit einem Papiertaschentuch trocken. Es raschelt in unmittelbarer Nähe. Romy wirft einen Blick über ihre Schulter, kann aber nichts entdecken. Ein Kaninchen, eventuell ein Vogel, beruhigt sie sich und zieht die Jogginghose hoch.

»Guten Abend.« Die Stimme ist tief.

Romy fährt herum, verliert die Balance, strauchelt, fängt sich aber sofort wieder.

Ein Mann tritt hinter einer Hecke hervor. »Hey, ganz ruhig, ich wollte dich nicht erschrecken!«

Er wirkt athletisch, trägt ebenfalls Sporthosen und einen dunklen Pullover. Gesichtszüge kann Romy nicht erkennen. Stirn, Haare und Augenbrauen verdeckt eine Baseballkappe. Die Entfernung zwischen ihnen schätzt sie auf neun Meter. Augenblicklich beginnt Romy flach und hektisch zu atmen.

»So allein hier draußen?«

Die überflüssige Frage versetzt sie unwiderruflich in äußerste Alarmbereitschaft. Äußerlich steht sie wie festgefroren, aber ihre Augen verfolgen jede Bewegung ihres Gegenübers. Diese Situation ist der Stoff, aus dem ihre Alpträume sind.

Mit Sicherheit gehört ihm der geparkte Lkw. Warum sollte er sich sonst hier herumtreiben? Der Typ ist bestimmt Wolfgang. Das scheint Romy plausibel. Es macht keinen Sinn, auf der Suche nach einem Opfer auf gut Glück in dieser Gegend umherzuschleichen.

»Ich hab dich da hocken sehen und hätte dich von hinten schnappen können«, sagt der Mann, hebt beschwichtigend die Hände, bewegt sich mit zwei kleinen Schritten auf sie zu und verharrt. »Wäre kein Ding gewesen, wenn ich gewollt hätte.«

Romy wägt die Gesamtsituation ab. Tonfall und Wortwahl des Mannes klingen in ihren Ohren provokant. Der Typ ist mit Sicherheit nicht viel älter als sie, trotzdem stößt Romy das Du unangenehm auf. Würde er nichts Böses im Schilde führen, hätte er es unterlassen, Aufmerksamkeit zu erregen, und sich stattdessen diskret zurückgezogen.

Romys Gedanken überschlagen sich. Es ist fast eins. Linus schläft im Wagen. Was ist, wenn er aufwacht und aus dem Auto klettert, um sie zu suchen? Oder schlimmer noch, wenn der Kerl sie packt und vor den Augen ihres Sohnes vergewaltigt? Das nächste Haus ist gar nicht weit entfernt. Dummerweise versperrt der Typ ihr den Weg.

»Was machst du um die Zeit hier draußen?«, fragt »Wolfgang«, verharrt in seiner Position und belauert sie. »Kann ich dir irgendwie helfen?«

Sie lässt sich nicht einwickeln. Körperlich ist sie ihm unterlegen. Auf einen Kampf sollte sie es nicht ankommen lassen oder wenigstens vorbereitet sein. Der Autoschlüssel ist der einzige Gegenstand, den sie als Waffe einsetzen kann. Er befindet sich in der Tasche ihrer Jogginghose. Per Knopfdruck kann sie den Schlüssel aufklappen, ihn zwischen Mittel- und Ringfinger klemmen und wie einen Schlagring benutzen, falls ihr der Kerl zu nahe kommt.

Mit minimalen Bewegungen schiebt Romy die rechte Hand Richtung Hosentasche. Nichts, kein Schlüssel. Panisch fährt sie mit der anderen Hand in die linke Tasche. Ebenfalls Fehlanzeige.

»Was suchst du denn? Reizgas? Oder trägst du etwa ein Messer bei dir? Das macht Sinn, es laufen zu viele Menschen frei herum, denen du nicht trauen kannst.«

Romy gibt sich erneut Mühe, sein Gesicht zu erkennen. Unmöglich. Sie atmet mit offenem Mund. Ihr fällt ein, dass der Schlüssel im Fahrzeug liegt, vorn neben der Gangschaltung. Romy schwitzt unter ihrem Sweater, spürt einen stechenden Schmerz in der Brust, und ihr Magenstein bewegt sich.

»Ich parke auf der anderen Seite des Militärrings«, sagt der Mann und zeigt vage hinter sich. »Wenn du willst, fahre ich dich nach Hause, falls du irgendwie vom Weg abgekommen bist.«

Romys Zunge klebt am Gaumen.

Der Typ macht einen Riesensatz. In ihre Richtung. Diese Vorwärtsbewegung ist für Romy der Startschuss. Sie sprintet los. Intuitiv stadtauswärts, tiefer in den Stadtwald. Bloß weg vom Auto und ihrem Sohn. Sie rennt und dreht sich permanent nach ihrem Verfolger um. Er ist ihr auf den Fersen, setzt ihr also nach. Einer, der nichts im Schilde führt, kommt nicht auf diese Idee.

Sie könnte wesentlich schneller laufen, wenn sie die Schnürriemen fester gebunden hätte. So finden ihre Füße schlecht Halt. Trotzdem gelingt es ihr, die Distanz zwischen sich und ihm zu vergrößern. Das spornt sie an. Romy durchquert das Waldgebiet. Sie stolpert über Baumwurzeln, fällt und rappelt sich auf. Mit ungemindertem Tempo jagt sie über Grünflächen, hält auf eine Gestrüppwand zu und schlägt sich durch dichtes Astwerk. Zu spät erkennt Romy, dass es sich um Brombeerhecken handelt. Dornen durchstoßen ihre Handflächen. Zweige peitschen ihr entgegen, zerkratzen Stirn und Wangen. Die winzigen Stacheln malträtieren ihre Gesichtshaut und kletten sich an ihre Kleidung. Sie halten sie fest wie kleine Widerhaken. Romy windet sich vorwärts, wälzt sich durch die Hecken, läuft parallel zu einem Pfad und riskiert einen Blick zurück. Erstaunlicherweise ist der Abstand zu ihrem Verfolger noch größer geworden.

Heftige Seitenstiche machen sich bemerkbar. Romy wischt sich mit den pochenden Handrücken den Schweiß von der Stirn. Sie mobilisiert ihre Kräfte, beißt die Zähne zusammen, schlägt Haken und zwingt sich, das hohe Tempo beizubehalten, auch als das Stechen oberhalb der Hüfte stärker wird. Sie überquert die Gleueler Straße. Natürlich ist jetzt weit und breit kein Auto in Sicht. Romy spurtet in Richtung »Haus am See«, einem Ausflugslokal, und wagt einen erneuten Schulterblick. Von ihrem Verfolger ist nichts zu sehen. Er ist wie vom Erdboden verschwunden. Romy verschnauft, stützt die Hände auf ihre Knie und sondiert die Umgebung.

Licht zu ihrer rechten Seite. In einiger Entfernung, aber erreichbar. Dort vermutet sie den Stadtteil Lindenthal. Häuser bedeuten Rettung. Romy hastet der Lichtquelle eine gefühlte Ewigkeit entgegen. Bis ein Jägerzaun sie ausbremst. Er ist bauchnabelhoch, kein echtes Hindernis, und umgibt einen gepflegten Garten. Romy klettert darüber hinweg, verschanzt sich hinter einem Geräteschuppen und versucht, ihre Atmung in den Griff zu bekommen. Sie lauscht in gebückter Haltung, lehnt mit dem Rücken am Gartenhaus und drückt eine Hand auf die schmerzende Bauchseite.

Soweit sie es in der Dunkelheit erkennen kann, bewohnen die Besitzer ein dreigeschossiges Haus. Im Spitzdach brennt Licht. Vom Garten führen wenige Stufen zu einer überdachten Terrasse und einem Hintereingang. Der Bereich wird von einer schwachen Glühbirne beleuchtet. Romy überlegt, ob sie zum Gebäude rüberlaufen und sich bemerkbar machen soll, doch sie zögert. Vielleicht ist es ratsamer, keine Aufmerksamkeit zu erregen. Hilfsbereite Menschen setzen Rettungsketten in Gang, und ehe man bis drei zählen kann, übernehmen Wildfremde das Regiment, stellen unbequeme Fragen. Außerdem kann sie nur unzusammenhängendes Zeug von sich geben. Diffus über einen Mann berichten, der ihr im Wald aufgelauert hat und nun von der Bildfläche verschwunden ist. Selbst zu einer Personenbeschreibung wäre sie nicht fähig.

Als das Licht im Obergeschoss des Einfamilienhauses gelöscht wird, verwirft Romy die Idee, um Hilfe zu bitten, endgültig. Sie lauscht angestrengt in die Stille, hält Ausschau nach Bewegungen und Geräuschen, die ihren Verfolger entlarven. Alles bleibt ruhig. Er wird aufgegeben haben.

Romy spürt die Dornen, die ihre Hände und die Gesichtshaut durchstoßen haben. Sie schmerzen wie kleine Nadelstiche. Sie erhebt sich aus der Hocke und lehnt sich gegen die Holzwand. Ein Gedanke schiebt sich in ihr Bewusstsein und leuchtet auf wie Warnblinklichter. Der Mann könnte zurückgelaufen sein und Linus im Wagen entdeckt haben. Er wirkte sportlich und durchtrainiert. Wie ist es möglich, dass sie ihn abhängen konnte? War es seine Absicht, sie zu verjagen, damit er sich seine eigentliche Beute schnappen kann? Linus!

Adrenalin durchströmt sie. Energie schießt in ihren Körper. Ohne den Einfall zu Ende zu denken, sprintet Romy erneut los. Mit einem Sprung überwindet sie den Zaun. Getrieben von Entsetzen und Panik, bahnt sie sich einen Weg an den Brombeerhecken vorbei durch den Wald, rennt, bis sie Motorgeräusche hört und den Militärring erreicht. Ein Wagen schießt an ihr vorbei. Sie spürt die Druckwelle des Pkw. Um ein Haar wäre sie von dem Fahrzeug erfasst worden. Es fehlten nur Zentimeter.

Romys Herz klopft bis zum Hals. Ihre Atmung überschlägt sich. Die Seitenstiche melden sich zurück. Sie läuft bis zum Parkplatz. Der Qubo steht im Mondlicht. Nur wenige Schritte von »Wolfgangs« Lkw entfernt. Romy läuft um ihren Wagen herum und stockt. Die Schiebetür des Qubos steht weit offen.

Köln-Nippes

Lou hat sich von Kevin in der Blücherstraße absetzen lassen und geht den Rest zu Fuß. Vor dem Restaurant Hahnheiser drängeln sich einige junge Männer um einen Bistrotisch, der unter einem Heizstrahler steht. Sie rauchen und lachen. Der Sohn ihrer Nachbarn ist auch darunter. Er ist genauso alt wie Frieda. Wortfetzen wehen herüber. Lous Magen knurrt. Bei Stress oder Problemen vergisst sie zu essen.

Ihr Haus liegt im Dunkeln. Sämtliche Rollläden sind heruntergelassen. Kaum hat sie den Schlüssel ins Türschloss gesteckt, steht Helene vor ihr und nimmt ihre Jacke entgegen.

Lou folgt ihr in die Küche.

»Nikodemus hat dir seine berühmte Tomatensoße zubereitet«, sagt Helene. »Die Nudeln sind fast fertig. Gut, dass du auf dem Heimweg angerufen hast.«

»Ich bin am Verhungern«, sagt Lou, wäscht sich gründlich die Hände und setzt sich auf einen der Barhocker am Küchentresen.

Nikodemus' Soßen sind ein Gedicht. Helene Vanheydens Butler, Haushaltsgehilfe und Vertrauter ist ein begnadeter Koch. Es duftet nach Basilikum und Tomaten.

»Frieda liegt hoffentlich im Bett«, sagt Lou.

»Längst, es ist gleich zwei.«

»Wie ging es ihr heute?«

»Meine Enkelin hat sich eine Serie nach der anderen angeschaut und ist kurz nach Mitternacht auf ihr Zimmer gegangen. Zwischendurch hat sie mit Stuart geskypt. Ich glaube, sie vermisst ihn.«

»Und Henry?«

»Den habe ich schon vor Stunden nach Hause geschickt.«

Lou erwägt, ihrer Mutter von der Immobilie ihres Ex-Mannes zu berichten, und verwirft den Gedanken wieder. Ihre Wut ist gerade ein wenig verraucht, und sie möchte sich nicht wieder hochschaukeln.

Helene gießt die Nudeln ab, brät sie in einer heißen Pfanne an und gibt etwas Gemüsebrühe an die Pasta. Lou läuft das Wasser im Mund zusammen.

»Du kannst Henry übrigens nicht die ganze Angelegenheit mit Frieda und dem Baby überlassen«, sagt Helene. »Kannst du dir nicht ein paar Tage freinehmen? Er macht uns alle verrückt.«

»Ich ermittle in einem Todesfall. An dienstfrei ist im Moment nicht zu denken.«

»Immer die gleiche Leier«, sagt Helene lahm. »Meine Tochter kümmert sich lieber um fremde Schicksale als um die Familie.«

Lou schaltet auf Durchzug.

Ihre Mutter kann ihrem Job nichts abgewinnen und hält eine ihrer Predigten. Nebenbei schiebt sie eine große Portion Spaghetti mit Tomatensoße, Käse und frischen Kräutern über den Tresen. Lou fällt über das Essen her, während ihre Mutter sie mit ihren wachen hellblauen Augen durchbohrt.

In den vergangenen zwei Jahren ist Lous Mutter deutlich gealtert. Ihre Bewegungen haben an Schwung verloren. Das Interesse an Seminaren und Workshops lässt nach. Früher hat sie sich ständig herausgefordert. Trommelkurse, Sprachunterricht, Yoga. Mittlerweile verbringt Helene viel Zeit in ihrem Garten. Der Veränderungsprozess vollzieht sich schleichend, seitdem sie ihre Pilgerreise nach Santiago de Compostela einhundert Kilometer vor dem Ziel hat abbrechen müssen. Eine Lungenentzündung zwang die damals Mitte Siebzigjährige in die Knie.

Rein äußerlich ist sie aber durchaus eine Erscheinung geblieben. Stattlich, distinguiert und immer mit einem leicht braunen Teint, den sie sich im Februar auf den Kanaren holt. Lou ist heilfroh, dass sich Nikodemus um ihre Mutter kümmert und Maline in die Dachgeschosswohnung ihres Hauses gezogen ist. Die beiden verstehen sich ausnehmend gut, eine Tatsache, die Lou ein Rätsel bleibt. Sie empfindet ihre Mutter oft als grenzüberschreitend. Umso erleichterter ist sie darüber, dass Maline einen guten Draht zu Helene hat.

»Es schmeckt vorzüglich.« Lou wickelt Spaghetti um ihre Gabel und schaut ihre Mutter an. »Los, rück schon mit der Sprache heraus. Ich sehe dir doch an, dass du etwas auf dem Herzen hast.«

»Du sollst erst in Ruhe essen.«

»Quatsch, schieß los, solange ich noch halbwegs aufnahmefähig bin. Mein Arbeitstag war, gelinde gesagt, eine Herausforderung.«

»Du kennst doch die Annemie«, fängt Helene sofort an.

»Wen?«

»Annemie Balder. Sie und ihr Mann haben früher in unserer Straße gewohnt. Wilfried war bei der Lufthansa und –«

»Ich weiß nicht, wen du meinst, kenne weder sie noch ihn.«

»Wilfried ist ja auch schon lange tot. Herzinfarkt und Schluss. Das war, warte mal … ist ja auch egal, also Annemie hat mich angerufen und erzählt, dass das Auto ihres Nachbarn gestohlen wurde.«

»Und?«

»Ich habe ihr gesagt, dass sich jemand um die Angelegenheit kümmern wird. Aber Maline bekomme ich im Augenblick kaum zu Gesicht, und deshalb frage ich dich.«

»Solche Dinge erledigt die Schutzpolizei.«

»Annemie sagt, der Nachbar weiß, wer das Auto entwendet hat.«

»Wirklich? Umso besser.«

»Es handelt sich um seine Tochter. Deshalb möchte er von einer Anzeige absehen und die Sache diskret regeln, verstehst du?«

»Und warum hat sie den Wagen gestohlen?«

»Ihr Vater kann sich keinen Reim darauf machen. Annemie sagt, dass Romy schon vor Ewigkeiten quasi von der Bildfläche verschwunden ist.«

»Was soll das denn heißen?«

»Romy ist in einer Nacht-und-Nebel-Aktion ausgezogen.«

»Wie lautet ihre aktuelle Adresse?«, fragt Lou und merkt, wie ihr die Augen zufallen.

»Ihr momentaner Aufenthaltsort ist unbekannt, also ihr genauer Wohnort. Aber sie hält sich angeblich in Köln auf.«

»Lebt sie etwa auf der Straße?«

»Nein, das hätte mir die Annemie erzählt. Allerdings sind

die Familienverhältnisse schon nicht ganz alltäglich. Ich möchte dir Einzelheiten ersparen, es sei denn, du willst …«

»Ich bin müde, und es ist spät. Fürs Erste reichen mir die Fakten. Wie ist Romy in die Garage gelangt, besitzt sie einen Haustürschlüssel?«

»Sie ist eingebrochen.«

»Was macht ihren Vater so sicher, dass *sie* den Wagen gestohlen hat?«

»Die junge Frau hat etwas im Haus zurückgelassen, das eindeutig ihrem Sohn gehört.«

»Romy hat ein Kind?«

»Linus ist sechs.«

»Was hat sie zurückgelassen?«

»Das weiß ich nicht.«

»Und wenn Funkstille zwischen ihr und dem Vater herrscht, woher wusste Romy, wann die Luft rein ist?«

»Das Haus stand leer. Romys Vater befand sich im Urlaub.«

»Ja, aber wenn sie keinen Kontakt –«

»Ich kenne die Details nicht«, schnaubt Helene. »Ich komme mir ja vor wie bei einem Verhör! Kümmerst du dich um die Sache? Oder soll ich Maline fragen?«

Lou kann ihrer Mutter viele Dinge vorwerfen, aber es kommt selten vor, dass Helene Vanheyden um einen polizeilichen Gefallen bittet. »Okay, ich benötige Romys Geburtsdatum sowie das Kennzeichen des gestohlenen Fahrzeugs.«

Helene zieht ihre Handtasche heran, nimmt einen Zettel heraus und schiebt ihn neben Lous leeren Teller.

Auf dem Weg nach oben fällt Lou ein, dass sie ihr Smartphone auf dem Tisch liegen gelassen hat, und geht die Treppe wieder hinunter. Helene macht Ordnung in der Küche.

»Geh doch ins Bett, Mutter«, sagt Lou und drückt ihr einen Kuss auf die Wange.

»Was willst du denn mit dem Handy? Schalte es jetzt aus, du brauchst doch deinen Schlaf.«

»Heinrich Meller ist noch bei der Obduktion und hat mir versprochen, sich zu melden, wenn es etwas Wichtiges gibt.«

»Mitten in der Nacht?«

»Wenn er es für nötig hält.«

Unter der Dusche wandern Lous Gedanken zu Antonella Beradi. Wenn Heinrich mit ihr fertig ist, wird sie in den großen Kühlraum gebracht und verbringt die Nacht hinter einer Edelstahltür. Gebettet auf eine separate Pritsche, vielleicht in Gesellschaft anderer Verstorbener. Tote auf engstem Raum, die sich zu Lebzeiten nicht gekannt haben, die einzig der Todeszeitpunkt und die ungeklärte Todesursache zusammenführen. Frau Beradi und andere Menschen, deren Lebensschicksale keinerlei Gemeinsamkeiten aufweisen. Aber am Ende beträgt die Temperatur für jeden, der dort landet, fünf Komma vier Grad Celsius.

Als Lou endlich in die Federn kriecht, beruhigt sie der Gedanke, dass ihre Mutter im Gästezimmer übernachtet und ihre Tochter nebenan schläft. Friedas alte Wiege steht auf dem Dachboden. Bald wird ihr erstes Enkelkind darin schlummern. Vier Generationen unter einem Dach. Dieser letzte Gedanke versöhnt die Kriminalhauptkommissarin mit dem Tag, bevor sie in einen unruhigen Schlaf gleitet.

Als die Zimmertür geöffnet wird, ist Lou auf der Stelle wieder hellwach. Automatisch geht ihr Blick zum Wecker. Das digitale Ziffernblatt leuchtet rot. Es ist vier Uhr.

»Mama?«

»Frieda?«

»Ich kann nicht schlafen.«

Lou schlägt das Federbett zurück. Ihre Tochter hüpft unter die Decke. Ihr blasses Gesicht liegt nur eine Handbreit von Lous entfernt. Friedas Wangen sind rund, die Augen weit geöffnet.

»Es ist spät geworden«, flüstert Lou und küsst sie auf die Stirn. »Ich wollte dich nicht mehr wecken.«

»Mama, ich muss dir dringend etwas sagen.«

Köln-Deutz

Das Mehrfamilienhaus liegt direkt am viel befahrenen Gotenring. Vom Wohnzimmer schaut man auf die Spitze des A-förmigen Pylons der Severinsbrücke. Genießen lässt sich die Aussicht nur bei geschlossenen Fenstern. Der Fahrzeuglärm und die Feinstaubbelastung dürften extrem sein, jedenfalls behauptet das Dennis' Vater und verbietet sogar das Stoßlüften. Die Straßenbeleuchtung des Brückenzubringers ist in der Ferne zu sehen. Dennis wehrt sich gegen Jalousien. Angeblich bekommt er bei Dunkelheit Beklemmungen. Angelina wird mehrmals in der Nacht wach. Sie kann nur durchschlafen, wenn es richtig dunkel ist. Leider ist Dennis zu keinem Kompromiss bereit. Mein Zuhause, meine Regeln, sagt er.

Angelina sieht auf den Wecker, der neben dem Bett tickt. Es ist drei Uhr morgens, und ihr Freund ist noch nicht da. Dabei beginnt in wenigen Stunden seine Frühschicht an der Tankstelle.

Das Fenster ist gekippt. Vor dem Haus befindet sich eine kleine Grünfläche mit undurchdringlichen Hecken. Dennis' Clique schlägt hier die Zeit tot, begleitet von Techno-Beat und Gelächter. Angelina hört ihn und seine Freunde auf der Straße johlen.

Ohne ein Geräusch zu machen, steht sie auf, stiehlt sich aus dem Zimmer, verschwindet im Bad und schließt sich ganz bewusst ein. Es ist schon vorgekommen, dass Dennis' Vater im Türrahmen stand. Natürlich aus Versehen. Klar, wer's glaubt.

Auf dem Rückweg stoppt Angelina in der Küche, trinkt einen Schluck, huscht in Dennis' Zimmer zurück, schlüpft unter die Decke und versucht einzuschlafen. Aber sie hängt in ihren Gedankenschleifen, die um Dennis, die Wohnungssuche und die Chancen auf Festanstellung im Kindergarten kreisen.

Gülcan hat ihr kurz vor Feierabend eröffnet, dass ihre Übernahme längst nicht in trockenen Tüchern ist. Die blöde Kuh hat die Glimmstängel in den Hecken gefunden, bevor Angelina sie unauffällig aufsammeln konnte. Natürlich hat sie abgestritten, etwas mit den Kippen zu tun zu haben. Es war der Einrichtungsleitung anzusehen, dass sie Angelina kein Wort glaubt. Ihren Rucksack wollte sie durchwühlen. Angelina ist cool geblieben. Am Arbeitsplatz versteckt sie ihren Tabak grundsätzlich in der WC-Erfrischer-Pappbox ganz hinten im Vorratsschrank. Ein perfekter Ort für Heimlichkeiten. Bisher ist ihr niemand auf die Schliche gekommen, und trotzdem ist sie mit einem mulmigen Gefühl in den Feierabend geradelt.

An Schlaf ist jetzt nicht mehr zu denken. Angelina setzt sich im Bett auf und tastet nach ihrem Smartphone. Keine Nachricht von Dennis. Allerdings kann sie an seiner WhatsApp-Einstellung sehen, dass er noch vor wenigen Minuten online gewesen ist. Sofort brandet Eifersucht auf.

Angelina hegt seit einiger Zeit den Verdacht, dass Dennis es mit der Treue nicht genau nimmt. Für ihre Annahme gibt es keinen konkreten Grund. Aber er entzieht sich ständig, was Angelina verunsichert. Ihr Freund führt ein Leben, in dem sie zeitweise außen vor bleibt. Die gemeinsame Wohnung wird alles ändern. Angelina kann sich mit Dennis eine Zukunft vorstellen und ist sich sicher, dass er Verantwortung übernehmen wird. Er spricht von eigenen Kindern, und Angelina möchte Mutter sein. Nicht sofort, aber in absehbarer Zeit. Kids stehen auf Dennis. Er wird ein toller Vater.

Angelinas Akku ist schwach. Sie stöpselt ihr Smartphone ein und beobachtet die Lichtkegel der Scheinwerfer, die von der Brücke Richtung Deutz oder Poll ziehen und für einen Moment das Inventar streifen. Dennis' Zimmer ist zweckmäßig eingerichtet. Außer dem Bett gibt es kaum Möbel. Vor dem Fenster steht ein Wäschegitter. Es gehört zu Angelinas Aufgaben, Dennis' gewaschene Sachen zu falten und wegzuräumen. Heute hat sie lieber »Germany's Next Topmodel« geschaut.

Dem Kleiderschrank in der Ecke fehlt ein Scharnier. Die aufgeklebten Gewebebandstreifen halten die hängende Tür nicht gerade. Auf dem Sperrholzmöbel liegt ein schwarzer Rucksack. Der ist Angelina vorher nie aufgefallen, obwohl sie sich dieses Zimmer seit geraumer Zeit mit Dennis teilt. Neugierig kriecht sie unter der Decke hervor, zieht einen Stuhl heran, steigt hinauf und muss sich auf Zehenspitzen stellen, um an den Rucksack heranzukommen. Sein Gewicht überrascht Angelina.

Sie setzt ihn auf dem Fußboden ab und öffnet den Reißverschluss. In einem der Innenfächer hat Dennis eine beachtliche Summe Bargeld verstaut. Insgesamt sind es vierhundertachtzig Euro in kleinen Scheinen. Angelina ist fassungslos. So viel Bargeld hatte sie noch nie in der Hand. Vierhundertachtzig Euro sind für sie ein wahnsinniges Vermögen.

Unten im Rucksack liegen ein Tablet, Brieftaschen, Ausweise und Führerscheine. Angelina zählt zehn Schlüsselbunde, zwei Navis und mehrere Armbanduhren, Ringe, Kettchen mit Herzen und Kreuzen. So ein verdammter Schweinehund. Bei dem Zeug handelt es sich bestimmt um Diebesgut. Blöd ist Angelina nicht. Sie fragt sich, ob das Goldkettchen, das Dennis ihr geschenkt hat, nachdem er sie geschlagen hatte, ebenfalls aus diesem Fundus stammt.

Die Haustür wird aufgeschlossen.

Dennis macht sich nicht die Mühe, leise zu sein, poltert durch die Wohnung und begibt sich offenbar in die Küche. Flaschen klirren. Blitzschnell rafft Angelina die Sachen zusammen, befördert den Rucksack zurück auf den Schrank, springt ins Bett, löscht das Licht und dreht sich mit dem Gesicht zur Wand. Kurz darauf kommt Dennis ins Bett, schmiegt sich an sie und schiebt zielstrebig eine Hand unter ihr T-Shirt. Sie ist eiskalt, wie sein Körper. Er ist durchgefroren von der Nachtluft. Zärtlich massiert er ihre Brüste, reibt sich an ihr, dreht sie auf den Rücken und wälzt sich auf sie. Er dringt sofort in sie ein und kommt nach wenigen Sekunden. Sie schließt die Augen, lächelt, flüstert Dinge, die er gern hört, und versucht, den Rucksack zu vergessen.

Sie bekommt ihn nicht mehr aus dem Kopf. Angelina liegt wach, als Dennis längst schläft. Am liebsten würde sie aufstehen und die vierhundertachtzig Euro ansehen, das Geld noch einmal zählen. Allein die Erinnerung genügt, um ihren Puls zu beschleunigen.

Angelina sieht, wie der Morgen graut. Bemerkt, dass der

Autolärm zunimmt. Und wie nebenbei nimmt eine Eingebung ihren Geist ein, verstopft ihre Gedanken, bis sich ihr Dasein nur noch um diese eine Idee dreht.

Köln-Lindenthal

Romy hat sämtliche Decken, das Plumeau und die Schlafsäcke auf den Seitenstreifen geworfen. Linus ist und bleibt verschwunden. Er versteckt sich auch nicht vorn im Fußraum. Romy betet seinen Namen wie ein Mantra und versucht erst gar nicht, ihre Tränen zurückzuhalten.

Die kurze Distanz zum Kipplader überwindet sie in Sekunden und steigt auf den oberen Tritt, über den man zum Führerhaus gelangt.

»Mach sofort die Tür auf!«, schreit Romy und schlägt mit der Faust gegen die Fensterscheibe. »Los, du Arsch! Gib mir meinen Jungen zurück!«

Im Fahrerhaus bleibt es still und dunkel.

Romy schreit, hält sich mit einer Hand am Türgriff fest und hämmert immer weiter gegen die Scheibe. Endlich geht im Innenraum Licht an, und ein unrasiertes Gesicht erscheint. Runzelig und alt. Kurze Stoppelhaare. Romy ist so perplex, dass sie die Balance verliert und von der Stufe auf den Asphalt knallt. Das ist auf keinen Fall der Mann, der ihr aufgelauert hat.

»Sind Sie irre?«, brüllt er, als er das Fenster bis zur Hälfte hinuntergekurbelt hat. »Was soll der Krach?«

Romy ist schon wieder auf den Beinen. »Ich suche meinen Sohn und dachte –«

»Verdammt noch mal, es ist mitten in der Nacht! Passen Sie gefälligst besser auf Ihr Kind auf!«

»Kann ich mich trotzdem in Ihrem Fahrzeug umsehen?«, fragt Romy.

»Wieso denn?«

»Um mich zu beruhigen.«

»Glauben Sie ernsthaft, dass ich ein Kind hier oben verstecke?«

»Ich weiß nicht, was ich glauben soll«, schluchzt Romy. »Da war ein Typ, er hat mich verfolgt. Ich bin abgehauen, und jetzt ist Linus weg. Sehen Sie, ich parke hinter Ihnen und habe meinen ganzen Wagen auseinandergenommen. Aber mein Junge ist … er ist verschwunden.«

Der Lkw-Fahrer schaut in den Rückspiegel. »Dann rufen Sie doch die Polizei! Auf die Idee würde ich sofort kommen, wenn mein Kind nicht aufzufinden wäre.«

»Bitte!« Romys Körper wird von einem Weinkrampf geschüttelt. »Ich wollte doch … können Sie mich nicht bitte kurz … nachsehen lassen?«

»Klar, ich schnappe mir einen Jungen und bleibe hier seelenruhig stehen!«, schimpft der Fahrer, schließt das Fenster, und ehe Romy sich's versieht, heult der Motor auf. Der Kipplader setzt sich in Bewegung.

Romy läuft parallel zum Lkw und versucht, auf das Trittbrett zu springen, das zum Bock führt. Erwartungsgemäß hat sie keine Chance und landet wieder auf dem Asphalt. Der Lkw verschwindet aus ihrem Blickfeld. Immerhin hat sie sich »Wolfgangs« Nummernschild gemerkt.

Romy schleppt sich zum Qubo zurück, nimmt ihr Handy aus dem Handschuhfach und sinkt auf den Boden. Das rechte Vorderrad drückt gegen ihren Rücken. Es ist an der Zeit, die Polizei einzuschalten, auch wenn dieser Schritt Konsequenzen nach sich ziehen wird. Mit Sicherheit werden ihre Lebensumstände durchleuchtet, und alles fliegt auf. Die Wohnungslosigkeit und die Sache mit dem entwendeten Auto. Womöglich wird ihr das Sorgerecht entzogen. Wegen Gefährdung des Kindeswohls. Romy kann dem nur zustimmen. Sie hat versagt und die härteste Strafe der Welt verdient. Eltern müssen ihre Kinder beschützen, und Linus hat ein Recht auf ein unbeschwertes Leben, wenn er denn jemals wieder auftaucht. Wenn er überhaupt noch lebt. Romy atmet durch und tippt die 112. Die Rufleitung baut sich auf.

Hinter den Tannen neben dem Holzstapel bewegt sich etwas. Die unteren Äste schaukeln deutlich. Romy wagt kaum zu atmen und unterbricht die Leitung zur Polizei, den Blick immer auf die drei kleinen buschigen Nadelbäume geheftet, die nicht weit entfernt stehen.

»Ist da jemand?« Romy springt auf und erkennt einen blonden Haarschopf.

»Linus!«

Mit dem Aufschrei löst sich ihr Kummer. Sie läuft zu den Bäumen. Ihr Sohn liegt zusammengerollt auf dem Boden. Sein schmächtiger Körper bebt, er schluchzt vor tiefer Verzweiflung und schlägt sich unentwegt mit der Faust auf die Brust.

»Alles ist gut.« Romy schließt ihn in die Arme und küsst seine Tränen fort. »Hast du mich denn nicht rufen hören?«

»Ich hab das Zeichen für Gefahr gemacht, aber ich wusste nicht, wohin ich laufen soll«, weint Linus. Er schreit und tritt nach Romy. »Du bist doof! Ich hasse dich!«

Sie hebt ihn hoch und trägt ihn zum Auto. Linus hat keine Schuhe an, und die Schlafhose ist feucht.

»Ich wollte aufs Klo«, schluchzt er. »Und dann habe ich dich gesucht. Wo bist du gewesen?«

»Ich bin jetzt hier. Alles wird gut. Mama passt auf dich auf.«

Romy legt ihn ins Auto, schließt die Tür, zieht ihm warme Sachen an und deckt ihn mit allen Decken zu, die sie auftreiben kann.

»Ich will wieder nach Hause«, weint Linus. »In unsere Wohnung.«

»In Ordnung.«

»In echt?«

»Großes Ehrenwort.«

Romy kuschelt sich an ihn. Alles hätte passieren können. Sie hat das Leben ihres Sohnes aufs Spiel gesetzt. Es ist an der Zeit, den Stolz zu überwinden und die Familie einzuschalten oder das, was davon übrig ist. Sie muss Hilfe annehmen, sich vielleicht sogar den Ämtern offenbaren.

Romy schließt die Augen und betet. Zum ersten Mal nach

vielen Jahren. Anschließend liegt sie wach und spürt die Stacheln in ihren Fingern. Sie müsste die kleinen Quälgeister mit einer Pinzette entfernen, damit sie sich nicht entzünden. Aber sie möchte Linus unter keinen Umständen aufwecken. Deshalb erträgt sie die Stiche und liegt wie elektrisiert auf dem Luftbett neben ihrem Sohn, völlig aufgekratzt.

Sie sehnt sich nach ihrer Mutter. Deren Abwesenheit schmerzt. Ja, ihre Sprüche nervten, und Romy hatte oft Probleme mit der kategorischen Art, die diese Frau an den Tag legen konnte. Aber in diesem Augenblick erinnert sie sich an viele schöne Momente. Besuche beim Nachbarn, um Pferde zu streicheln, denen sich Romy nur näherte, weil ihre Mutter sie fest an der Hand hielt. Ihr fallen die Pausenbrote ein, auf die ihre Mutter Frischkäse strich und die sie mit Möhrenscheiben verzierte, die in Herzform geschnitten waren. Romy erinnert sich an die Zärtlichkeit, mit der ihre Mutter sie liebkoste, wenn Schlafenszeit war.

Sie schmiegt sich näher an Linus und lauscht seiner Atmung.

Erst als sich der Morgen ankündigt und der Berufsverkehr auf dem Militärring startet, döst Romy ein. Aber kaum hat sie die Augen zugemacht, wird ihr Sohn unruhig. Er muss auf die Toilette und hat Durst.

Romy startet den Wagen und fährt Linus zu einer Dixi-Box, die sie am Tag zuvor an einer nahe gelegenen Kreuzung gesehen hat. Dabei fällt ihr auf, dass die Tankanzeige auf Reserve steht. Sie sollte die Vorsätze der Nacht wirklich in die Tat umsetzen, bevor es zu spät ist, das Telefon in die Hand nehmen und um Hilfe bitten. Romy stoppt vor der transportablen Toilette. Glücklicherweise ist sie unverschlossen und in erstaunlich sauberem Zustand.

Zwanzig Minuten später parken sie am Rheinufer. Romy füllt stilles Wasser in einen der Faltkanister, die aus Jexmühle stammen. Sie hält ihn hoch, während sich Linus wäscht und die Zähne putzt. Anschließend frühstücken sie Toastbrotscheiben bei leichtem Nieselregen. Linus leckt die Marmelade vom Brot. Romy meckert nicht, sondern saugt jedes Wort ihres Jungen auf, küsst ihn, bis er sich aus ihrer Umarmung windet, um Möwen am Flussufer zu jagen.

Romys gute Vorsätze stehlen sich davon. Sie inhaliert die Luft und strukturiert gedanklich den Tag. Der Anblick ihres spielenden Sohnes macht sie glücklich. Sie fühlt sich motiviert und stark – zukünftig wird sie Linus besser beschützen, und sie wird das Ruder herumreißen, allein, ohne Hilfe. Es kommt ihr falsch vor, um Unterstützung zu bitten.

»Alles wird gut«, flüstert Romy, auch um sich selbst zu bestärken, und ignoriert geflissentlich das Zittern ihrer Stimme. Eine Gähn-Attacke sucht sie heim, und diesmal hält sie sich schnell die Hand vor den Mund. Dämonen, die sich ihres Leibes bemächtigen, kann sie jetzt überhaupt nicht gebrauchen.

Marialinden

Es ist kurz vor vier. Maline kann nicht mehr schlafen. Sie setzt Kaffee auf und zieht die Rollläden in der Küche hoch. Noch ist es stockfinster. Laut Hygrometer ist die Temperatur in der Nacht empfindlich zurückgegangen. Der Bewegungsmelder in Helenes Garten geht an, ausgelöst durch eine Nachbarskatze. Maline sieht sie umherschleichen. Der Scheinwerfer beleuchtet einen Teil der Terrasse, auf der die gewaltigen Kübelpflanzen noch immer in Jutesäcke gepackt stehen. Bis zu den Eisheiligen will Helene auf Nummer sicher gehen.

Amy küsst Malines Nacken im Vorbeigehen, öffnet die Balkontür und tritt hinaus. Empfindlich kalte Luft strömt ins Zimmer. Maline füllt Kaffee in zwei Tassen und gesellt sich zu Amy, die ihren alten Bademantel trägt, die Kapuze aufgesetzt hat und am Geländer lehnt. Maline ist barfuß. Sie fröstelt in Shirt und Slip. Das Licht des Bewegungsmelders ist wieder erloschen.

»Meteorologisch gesehen ist der Morgen die kälteste Zeit des Tages«, sagt Amy, umfasst Malines Taille und zieht sie nah neben sich. »Wie friedlich es hier ist.«

Maline blickt hinüber zu den hochgewachsenen Kiefern, die sich am Ende von Helenes Grundstück nur schemenhaft von der Dunkelheit abheben.

»Ich weiß noch, wie schön es war, als wir hier zusammen renoviert haben«, sagt Amy. »Helene hat uns mit belegten Broten versorgt, und Nikodemus wollte ständig unsere Lieblingsgerichte kochen. Es war Herbst und beinahe genauso frisch wie heute.«

»Lou und ich hatten gerade diesen Fall abgeschlossen.«

»Ich erinnere mich. Das war die Sache mit den Kindern … wie hieß die Familie gleich noch?«

»Warum bist du hergekommen?«, flüstert Maline. »Ich meine, du hast mir doch klipp und klar gesagt, dass das mit uns für dich nicht passt. Außerdem habe ich eine neue Beziehung.«

»Sag mir, dass ich gehen soll, und ich bin sofort weg.« Amy stellt ihren Kaffeebecher vor ihre Füße, nimmt Maline die Tasse aus der Hand und zieht sie an sich.

Amy riecht vertraut. Maline konnte sie nie richtig loslassen, spürt nun ihre Wärme, den trainierten Körper und ist eigentlich am Ziel ihrer Träume.

»Soll ich gehen?« Amys Lippen suchen Malines Mund.

»Ja, verdammt! Sag ihr, dass sie sich verpissen soll!«

Jette.

Sie steht im Rahmen der Balkontür. Nur Schritte entfernt, führt Toffee an der Leine, trägt Jogginghosen und eine dünne Daunenjacke.

Intuitiv stößt Maline ihre Ex-Freundin von sich. Amy strauchelt und wirft die Keramikbecher um, die klirrend umherrollen. Kaffeereste ergießen sich über die Balkonfliesen.

»Warte!«, ruft Maline und rennt Jette nach, die auf dem Absatz kehrtgemacht hat, aus der Wohnungstür in den Hausflur stürmt und die Treppe hinunterläuft. Kurz bevor Jette ihr Auto erreicht, holt Maline sie ein und fasst sie am Arm.

»Lass mich los!«, fährt Jette sie an und pfeffert ihr die Autoschlüssel vor die nackten Füße.

»Du musst mir glauben, es ist nichts passiert!«

»Das nennst du nichts?« Jette schnaubt, stiefelt los und zieht die Hündin hinter sich her. »Ich weiß, was ich gesehen habe!«

Maline setzt ihr nach, vorbei an ihrem Smart, den Jette mit großzügigem Abstand neben Amys Wagen geparkt hat. »Wo willst du denn hin?«, fragt sie. »Können wir nicht in Ruhe reden?«

»Ich bin so blöd.« Jette legt einen Zahn zu und beginnt zu weinen. »Ich dachte, ich überrasche dich, hole dich ab, wir trinken Kaffee und fahren gemeinsam zurück nach Köln.«

»Ein Kollege hat mich nach Feierabend mitgenommen. Er holt mich auch wieder ab, wenn ich ihn anrufe.«

»Das konnte ich ja nicht ahnen!«, schreit Jette und bleibt in Höhe der Kirche stehen. »Hau bloß ab! Geh zurück zu dieser … Ich hab dir vertraut. Absolut! Mit so etwas hätte ich niemals gerechnet!«

»Es ist nicht so, wie du –«

»Lass mich in Ruhe!«

Jette stapft weiter, und Toffee läuft neben ihr her, mit eingezogenem Schwanz. Gegenüber der Kirche Mariä Heimsuchung gehen Lichter in einem Wohnhaus an. Marialinden erwacht.

Maline bleibt stehen. Sie trägt nur T-Shirt und Slip, spürt aber weder die Kälte noch die kleinen Steinchen, die sich in ihre Fußsohlen bohren. Auch den Nieselregen, der einsetzt, nimmt sie nicht wahr. Sie sieht, dass Jette die Hauptstraße erreicht hat und nach rechts abbiegt. Maline läuft zurück zum Haus und stürmt an Amy vorbei, die sie an der Tür erwartet, läuft in die Wohnung hinauf und zieht sich in Windeseile an.

»Sorry.« Amy ist ihr gefolgt. »Ich wollte dich nicht in Schwierigkeiten bringen.«

»Ich habe diese Situation selbst zu verantworten«, sagt Maline. »Und übrigens meine Antwort lautet: Ja.«

Amy sieht sie fragend an.

»Du wolltest wissen, ob du gehen sollst.« Maline drückt sich an Amy vorbei. »Zieh bitte die Tür ins Schloss, wenn du das Haus verlässt.« Mit diesen Worten springt sie in ihren Smart, fährt zur Pilgerstraße hinauf und biegt Richtung Weißenstein ab.

Es regnet heftiger. Maline schaltet die Scheibenwischer ein. Jette wird den kürzesten Weg nach Overath genommen haben, um die erste Regionalbahn nach Köln zu erreichen.

Langsam rollt der Wagen an Weißenstein vorbei. Von Jette keine Spur. Im Ortsteil Berg kommen Maline Zweifel. Ihre Freundin kann in der kurzen Zeit unmöglich so weit gekommen sein.

Sie wendet den Wagen, fährt die Strecke zurück und biegt auf der Pilgerstraße rechts ab. Kurz hinter dem Verteilerkreis sichtet sie Jette, die mit Toffee an der rechten Fahrbahnseite entlang die Straße hinabläuft.

Maline verlangsamt das Tempo, fährt im Schritttempo neben Jette her und lässt das Fenster auf der Beifahrerseite hinunter. Die Hündin trottet rechts von Jette die Straße entlang und bedenkt Maline mit sanften Blicken. Immerhin scheint Toffee ihr Engagement zu schätzen.

»Steig ein, bitte«, versucht es Maline erneut. »Sei doch nicht so stur! Es regnet in Strömen!«

Keine Reaktion.

Die Straße windet sich den Berg hinunter. Maline gerät wiederholt auf die Gegenfahrbahn. An einer besonders scharfen Kurve kommt ihr prompt ein Fahrzeug entgegen. Der Fahrer betätigt die Lichthupe. Maline kann es ihm nicht verdenken und beschließt, die Serpentinen ganz bis nach unten zu fahren und Jette abzufangen, bevor sie auf die Fußgängerbrücke abbiegt.

Sie gibt Gas und steht seit Minuten auf dem Seitenstreifen, als ihr Smartphone klingelt. Sie nimmt das Gespräch sofort an, ohne auf das Display zu sehen.

»Jette?«

Schweigen.

»Ist da die Kommissarin?«

Maline holt Luft. »Ja, Brass, Kripo Köln. Mit wem spreche ich?«

»Hier ist Ramona Wedekind, meine Mutter ist Oktay Demirkans Nachbarin.«

»Ja?«

»Ich weiß, es ist noch früh, aber ich bin die ganze Nacht umhergewandert, und meine Mutter hat gesagt, dass ich Sie jederzeit anrufen kann …«

»Schon okay. Worum geht es?«

»Ich war in der Wohnung, als Herr Demirkan nebenan … also ich, nein, meine Mutter erwartete ein Paket. Sie musste ja zum Friseur und danach zu einer Bekannten und … Entschuldigung, ich bin etwas aufgeregt.«

»Sie waren also allein in der Wohnung Ihrer Mutter.«

»Meine Tochter war auch da. Joana ist acht, sie hatte vorgestern frei. In der Schule gab es einen Wasserschaden. Sie saß am Küchentisch und hat die Hausaufgaben vom Vortag gemacht und ich die Bügelwäsche. Na ja, und dann habe ich Stimmen gehört.«

»Aus der Wohnung von Herrn Demirkan?«

»Vorher hatte es bei ihm geschellt. Das kann man gar nicht überhören, die Klingeln sind laut eingestellt, und später hörte ich Oktay mit jemandem sprechen, was ich außergewöhnlich fand.«

»Warum?«

»Er bekam eigentlich nie Besuch.«

»War es eine Frau oder ein Mann?«

»Da bin ich unsicher, ich konnte die Stimmen nur gedämpft hören.«

»Haben sie sich gestritten?«

»Nein.«

»Es ist also nicht laut geworden?«

»Soweit ich es mitbekommen habe, nicht.«

»Können Sie sich an die Uhrzeit erinnern, wann kam die Person?«

»So gegen halb zehn.«

»Haben Sie aus dem Fenster geschaut, als es klingelte?«

»Die Wohnung meiner Mutter liegt zum Innenhof.«

»Ach ja, stimmt«, sagt Maline. »Wie ging es weiter?«

»Joana hat Theater gemacht. Sie will unbedingt ein Handy und quengelte lautstark. Also habe ich mich mit ihr auf eine Diskussion eingelassen.«

»Und es gab wirklich kein lautes Wort nebenan, irgendwelche Geräusche oder womöglich einen Schrei?«

»Nein, ganz sicher nicht. Aber Joana ist aus der Wohnung gerannt und hat die Tür geknallt. Sie war wütend, weil ich nicht nachgegeben habe, also wegen dem Handy. Sie kann so hartnäckig sein, und ich bin hinter ihr die Treppe runter. Joana ist zur kleinen Grünfläche gelaufen, die sich direkt neben dem Haus befindet. Dort habe ich sie wieder eingefangen und versucht, sie zu beruhigen.«

»Glauben Sie, dass sich Oktay Demirkans Besuch zu diesem Zeitpunkt noch in seiner Wohnung aufhielt?«

»Ja«, sagt Ramona Wedekind. »Ich habe Joana schnell gezügelt und bin mit ihr wieder hochgegangen. Glücklicherweise klingelte es erst, als wir gerade in der Wohnung meiner Mutter ankamen, und der Zusteller hat das Paket gebracht.«

»Wie spät war es da?«

»Kurz nach zehn.« Ramona Wedekind scheint sich einen Moment zu sammeln. »Als ich die Tür wieder schloss, hörte ich, dass jemand Oktays Wohnung verließ und die Treppe hinunterging, also direkt hinter dem DHL-Mann. Das Stiegenhaus hat Stufen aus Holz, man hört, wenn jemand rauf- oder runtergeht.«

»Eben haben Sie gesagt, Sie haben niemanden kommen hören.«

»Das stimmt auch, aber nur, weil Joana so gequengelt hat.«

»Okay, haben Sie denn dann hinausgeschaut oder etwas gesehen, als die Person ging?«

»Nein, ich nicht. Aber vielleicht der Paketzusteller. Er befand sich nämlich hundertprozentig noch im Haus.«

»Woher wissen Sie das?«

»Weil er fünf Minuten später noch einmal bei meiner Mutter geklingelt hat und ich ein Paket für einen Nachbarn angenommen habe.« Ramona Wedekind holt tief Luft. »Ich bin mir sicher, dass der DHL-Fahrer die Person, die im Treppenhaus unterwegs war, gesehen haben muss.«

»Diese Fahrer liefern am Tag so viele Pakete aus, es wäre ein Zufall, wenn er sich an diese Begegnung erinnert.«

»Joana durfte die Sendung quittieren, eventuell hilft es ihm, sich an unser Haus zu erinnern«, sagt Ramona Wedekind. »Außerdem hat ihm meine Tochter ein paar Kekse spendiert.«

»Und, haben Sie danach noch etwas von Herr Demirkan mitbekommen?«

»Ehrlich gesagt, ja. Er hat gehustet und wiederholt die Toilettenspülung benutzt. Ich wollte schon rübergehen, aber mir fehlte die Zeit. Joana und ich mussten zum Kieferchirurgen. Als wir losgingen, war es jedenfalls still nebenan.«

»Stand seine Wohnungstür offen?«

»Darauf habe ich nicht geachtet.«

Maline bedankt sich bei Ramona Wedekind, beendet das Gespräch und gibt die Infos in ihre Notiz-App ein. Sie sieht ihre Freundin und Toffee kommen, springt aus dem Auto und läuft ihr entgegen. Jettes Wut hat sich kein bisschen abgekühlt. Zielgerichtet setzt sie ihren Weg zum Bahnhof fort und straft Maline mit Missachtung.

»Toffee zittert wie verrückt«, sagt Maline, als Jette auf die schmale Fußgängerbrücke zusteuert. An den Ufern der Agger heben sich Nebelschwaden von den Wiesen.

»Das Tier braucht Wärme, und der erste Zug ist weg. Der nächste kommt erst in einer Stunde. Lass mich euch fahren, ich drehe die Heizung im Wagen hoch. Du brauchst auch nicht mit mir zu sprechen. Kein Wort. Komm, Toffee zuliebe!«

Jette bleibt stehen. Regen tropft ihr von der Nase. Die Hündin schaut fragend zu ihr hinauf. Ihr raues kurzes Fell ist triefnass, die Ohren sind angelegt, die Rute klemmt zwischen den Hinterläufen.

»Okay, aber nur wegen Toffee«, sagt Jette, geht in die Hocke, streichelt den Rücken der Hündin, ohne Maline eines Blickes zu würdigen. »Und zwischen uns herrscht absolute Funkstille, damit das klar ist.«

»Glasklar«, sagt Maline schnell.

Köln-Nippes

Der Wecker klingelt, und gleichzeitig geht das Radio an. Frieda beschwert sich schlaftrunken über den Lärm und zieht die Decke über den Kopf. Lou stellt die Musik leiser. Sie kann sich nicht aufraffen und bleibt mit geschlossenen Augen im Bett liegen. Der Radiosprecher verliest eine kurze Meldung, die sich auf eine Baustelle bezieht, und berichtet im Anschluss über die Blütenpracht, die es im Rheinpark zu bewundern gibt. Siebzigtausend Tulpen in allen Farben. Der Moderator wirbt dafür, sich die Tulpenblüte zwischen Messegelände und Rhein anzusehen, bevor die zu erwartenden kühleren Temperaturen dem Schauspiel ein Ende bereiten. Lou nimmt sich vor, den Park zu besuchen, und weiß gleichzeitig, dass sie sich die Zeit doch nicht nehmen wird. Sie schält sich aus dem Bett, zieht ihre Joggingsachen an und verlässt das Haus.

Über der Stadt liegt ein Dunstschleier. Sie läuft in den Toni-Steingass-Park, überquert am Ende der Grünanlage die Niehler Straße und joggt durchs Parkveedel. Sie kommt an dem Mehrfamilienhaus vorbei, in dem Henry wohnt, und sieht zu seiner Wohnung hinauf. Hinter den Scheiben ist es dunkel.

Einen Moment spielt sie mit dem Gedanken, bei ihrem Ex-Mann zu klingeln, um ihn mit Jette und der Eigentumswohnung zu konfrontieren. Sie hat den Finger schon am Klingelknopf, da kommt ihr die Idee auf einmal lächerlich vor. Henry ist ihr keine Rechenschaft schuldig. Er hat geerbt, sein Geld angelegt und die Dinge im Alleingang entschieden, na und?

Lou spürt, dass er gut ohne sie zurechtkommt, das kränkt sie sporadisch und kratzt an ihrer Eitelkeit. Punkt. Kein Grund, eine Szene zu machen. Getrennt von Tisch, Bett und allen anderen Belangen.

Sie joggt weiter. Auch Stuart ist nicht ihre Angelegenheit, sondern Friedas. Ihre Tochter hat sie gebeten, sich nicht in ihre Beziehung einzumischen.

Lou biegt auf den Pfad ab, der zur Kleingartenkolonie führt, und überquert die Xantener Straße. Auf der rechten Seite wird gerade das Quartier Clouth auf dem Gelände der ehemaligen Gummifabrik errichtet. Es entsteht teils öffentlich geförderter Wohnraum. Die Mehrheit besteht allerdings aus Eigentumswohnungen, für die gesalzene Preise verlangt werden. Mehrere Häuserblocks stehen bereits. Wehmut überkommt Lou. Im Stadtteil Nippes ließ die Verwaltung in den neunziger Jahren Straßenzüge und Grünanlagen aufgrund leerer Stadtkassen und Sparzwänge regelrecht verwildern. Heute gilt das Veedel als aufstrebend.

Das ursprüngliche Nippes ist multikulti. Hier wohnen kölsche Originale, Familien zur Miete und Eigentümer mit bescheidenen Grundstücken hinter dem Haus. Zwischen die Geschäfte und urigen Kneipen auf der quirligen Neusser Straße mischen sich allmählich trendige Cafés. Die alteingesessenen Läden verschluckt nach und nach der Wandel. Die wilde Dreizehn, Radio Nord, Foto Jorris oder erst vor Kurzem das Café Runkel und das Restaurant Rosenstock. Vergangen und bald vergessen. Lou weiß, dass die schleichende Gentrifizierung ihres Viertels, der Strukturwandel zugunsten zahlungskräftiger Mieter und Eigentümer, längst im Gange ist.

Sie zieht das Tempo an der Florastraße an, läuft am Restaurant Schnackertz vorbei bis zur Neusser Straße. Das Werbeschild der Bäckerei Morgenroth leuchtet schon von Weitem. Lou betritt die Backstube durch den Hintereingang. Ihre beste Freundin Hanna schiebt Sauerteigbrote in die beiden oberen Backkammern des Ofens und wirft einen Blick in die untere Lade. Dahinter werden vier Rührkuchen goldgelb in großen Springformen.

»Das ist meine neue Teigknetmaschine«, schreit Hanna und deutet auf ein Ungetüm, das neben dem Industrieofen steht. »Kessel und Knethaken aus Edelstahl. Siebzehn Kilo Teig bewegt das Prachtstück locker!«

»Es ist sehr laut!«

»Was?«

Lou lässt sich auf den einfachen Holzstuhl fallen, der vor einem altersschwachen Tisch steht, gibt Kaffee in zwei Tassen und bedient sich bei den warmen Rosinenweckchen.

»Du siehst müde aus«, sagt Hanna und gesellt sich zu ihr.

»Es ist gestern spät geworden.« Lou spricht laut, um die Maschinen zu übertönen. »Ich könnte einen netten Mädelsabend gebrauchen.«

»Ich habe einen sehr guten Wein geschenkt bekommen«, schreit Hanna. »Drei Flaschen Spätburgunder von der Ahr, den ich ursprünglich für unser jährliches Gänseessen aufheben wollte. Aber weißt du was, wir köpfen ihn heute Abend.«

»Das geht leider nicht. Ich muss mich zwingend mit Henry und Frieda zusammensetzen.«

»Wieso, was ist denn los?«

»Stuart und Frieda sind verheiratet. Sie haben sich das Jawort gegeben, vier Wochen bevor Frieda hergeflogen ist.«

»Gute Güte!« Hanna springt auf und stellt den lauten Teigkneter aus. Ihre Wangen sind mit Mehlstaub benetzt, und die weiße Bäckerjacke weist Kakaoflecken auf. Augenblicklich sitzt sie wieder am Tisch und sieht Lou gespannt an.

»Und, was sagst du dazu? Ich meine, die Hochzeit deiner Tochter hast du dir doch mit Sicherheit anders vorgestellt.«

»Sie würden die Ehe gern annullieren.«

»Oh. Mein. Gott.«

Ein Piepsen ertönt. Hanna eilt zum Ofen, nimmt die Rührkuchen heraus und gibt vier neue Springformen hinein.

»Wo haben die beiden denn geheiratet?«, fragt sie, setzt sich und trinkt einen Schluck Kaffee.

»In Saskatchewan. Ich denke, Frieda wird zurückfliegen müssen, um die Dinge in der Provinzhauptstadt zu regeln.«

»Und Friedas Freund … äh, Mann, ist er einverstanden?«

»Er hält ihre überstürzte Hochzeit auch für eine Schnapsidee.«

»Und was sagt Henry?«

»Er weiß es noch nicht.«

Hanna holt tief Luft, und Lou steht auf.

»Ich muss los. Mein Wagen steht noch im Präsidium, ich muss mit der Bahn zur Arbeit fahren.«

»Das Angebot mit dem Wein steht«, sagt Hanna. »Wir trinken ihn bei der erstbesten Gelegenheit.«

»Gute Idee.«

Hanna stellt die Maschine wieder an. Lou verlässt die Backstube. Unterwegs setzt Nieselregen ein. Als sie fast ihr Haus erreicht hat, klingelt ihr Smartphone. Es ist Heinrich Meller.

»Wir haben Hautunterblutungen an der Stirn und im Gesicht entdeckt sowie im Bereich des Brustkorbs und an beiden Schulterblättern.«

»Das bedeutet, dass Frau Beradi mit erheblichem Druck fixiert wurde«, sagt Lou.

»Davon kannst du ausgehen«, sagt Heinrich. »Nur, wir haben auch noch etwas anderes gefunden. Frau Beradis Gewebeproben enthalten Spuren von Methanol. Es handelt sich um die gleiche Substanz wie bei Oktay Demirkan.«

Lou bleibt abrupt stehen. »Irrtum ausgeschlossen?«

»Ich habe die Untersuchungen selbst durchgeführt, bin mir absolut sicher und genauso überrascht wie du.«

»War die Methanolvergiftung dann ursächlich für Frau Beradis Tod?«

»Ohne ärztliche Behandlung wäre sie so oder so daran verstorben.« Heinrich atmet hörbar aus. »Jetzt ist sie aber durch den Verschluss der äußeren Atemwege verschieden.«

»Das heißt, da hat jemand selbst Hand angelegt und ihr die Luft abgedrückt.«

»Genauso sieht es aus«, sagt Heinrich. »Und Maline kannst du schon ausrichten, dass Oktay Demirkans Organe keine Schädigungen durch erhöhten Alkoholkonsum aufweisen. Der Obduktionsbericht folgt.«

Köln-Deutz

Angelina ist selten allein in der Wohnung der Kornblums. Dennis und sein Bruder sind ständig unterwegs, aber Heiko, ihr Vater, dreht seine Runden zwischen Küche, Wohnzimmercouch und Bad im Stundentakt. Immer bekleidet mit Jogginghosen, die, wie seine T-Shirts, aus einem Fanshop des 1. FC Köln stammen. Auch seine Schlappen sind aus rot-weißem Flanell. An Geburtstagen und Weihnachten sorgen seine Söhne regelmäßig für Nachschub. Gläser, Kissen, Tassen, Handtücher, Aschenbecher und Frühstücksbrettchen. Beinah jeden Gegenstand der Wohnung ziert das Emblem des Fußballvereins.

Freitags, an Angelinas einzigem freiem Tag in der Woche, sind, wenn sie Glück hat, alle früh aus dem Haus. Dennis ist bei der Arbeit, und sein jüngerer Bruder frühstückt vor der Schule mit seiner Mutter um die Ecke in einem Bistro. Heiko trägt Werbeblättchen aus und trifft anschließend einen Kumpel im Café. In dieser Zeit nimmt Angelina die Wohnung in Beschlag und steht extrafrüh auf. Dann badet sie ausgiebig, rasiert sich die Beine, lädt eine Freundin zum Frühstück ein oder schaut DVDs auf Kornblums Plasmabildschirm.

Auch heute hat sie es zeitig aus dem Bett geschafft. Das Frühstücksgeschirr steht noch auf dem Tisch. In der durchsichtigen Kanne der Kaffeemaschine wartet eine dunkle Brühe auf Abnehmer. Angelina bemerkt, dass die Kontrolllampe leuchtet, und schaltet sie aus. Sie nimmt eine Packung Brötchen aus dem Gefrierschrank, schiebt vier Stück in den Ofen und stellt die Eieruhr auf fünfzehn Minuten ein. Es ist ihr Countdown. Ab jetzt läuft die Zeit.

Zielstrebig geht Angelina in Dennis' Zimmer, zieht den Rucksack vom Schrank und zögert. Im Kopf ist sie alle Möglichkeiten durchgegangen, hat Ideen verworfen und wieder aufgegriffen. Dennis soll sein Auto bekommen. Aber finanziert von seiner Abzocker-Kohle. Freiwillig würde er sich an der Ausgabe nie beteiligen, so viel ist sicher. So gesehen zwingt er Angelina mit seinem ignoranten Verhalten zu dieser drastischen Maßnahme.

Den Diebstahl wird sie Dennis' Vater in die Schuhe schieben und zwei Fliegen mit einer Klappe schlagen. Dennis' Geld wird sinnvoll investiert, und Heiko erhält den längst überfälligen Denkzettel. Das ist die Gelegenheit, auf die Angelina gewartet hat. Ihre Vergeltung für Heikos Sticheleien und Boshaftigkeiten, die sie in letzter Zeit zu erdulden hatte.

Sie nimmt das Geld. Ehrfürchtig hält sie die Scheine in der Hand, sinkt aufs Bett und bemerkt, dass ihre Hände zittern. Unter ihren Achseln bilden sich riechende Schweißkränze. Angespannt lauscht sie auf die Haustür. Böse Überraschungen möchte sie lieber nicht erleben.

Konzentriert zählt sie das Geld. Es sind immer noch vierhundertachtzig Euro. Dennis hat nichts von den Scheinen genommen. Sie steckt vierhundert Euro in die Tasche ihrer Jeans. Die restlichen achtzig legt sie neben sich auf Dennis' Kopfkissen. Anschließend holt sie die Armbanduhren aus dem Rucksack. Aufmerksam inspiziert sie die verschiedenen Fabrikate und entscheidet sich für ein silbernes Herrenmodell mit grauem Lederarmband. Angelina vermutet, dass es sich um ein günstiges Produkt ohne großartigen Schnickschnack handelt. Der tatsächliche Wert spielt de facto keine Rolle.

Gewissenhaft verstaut sie die anderen gestohlenen Sachen wieder im Rucksack, legt ihn auf den Schrank zurück, geht auf Zehenspitzen bis vor Heikos Schlafzimmer und öffnet die Tür.

Seit sie mit Dennis unter einem Dach wohnt, hat Angelina diesen Raum noch nie betreten. Es riecht nach verbrauchter Luft. Ansonsten ist sie angenehm überrascht. Anscheinend gelingt Dennis' Vater hier etwas, das im Rest der Wohnung unmöglich erscheint. Er hält Ordnung. Der Teppichboden ist gesaugt. Angelina entdeckt nicht den kleinsten Fussel. Das Bett ist gemacht und die Tagesdecke glatt gestrichen. Auf der freigeräumten Fensterbank kann Angelina kein einziges Staubkorn entdecken. Fotos seiner Söhne und das Bild eines Babys stehen in randlosen Glasrahmen auf einer Kommode neben dem Bett. Beide Türen des Kleiderschranks sind geschlossen. Angelina öffnet die linke Seite. Wieder ist sie verblüfft. Hemden, Shirts, Hosen. Heiko hat alles zusammengefaltet und in akkuraten Reihen gestapelt.

Angelina besinnt sich auf ihr Anliegen, hebt die Matratze des Bettes am Fußende an und legt achtzig Euro zusammen mit der Herrenuhr auf den Lattenrost. Sie achtet darauf, dass eine Hälfte des Uhrenarmbands durch den Schlitz des Rostes nach unten baumelt und sichtbar ist. Allerdings nur, wenn man in die Hocke geht und gezielt unter das Bett schaut.

Anschließend verlässt sie das Zimmer schnell wieder, nimmt die vierhundert Euro aus der Hosentasche und begibt sich ins Bad. Oben auf dem Handtuchregal liegt ihre Wellness-Wanneneinlage. Die rosa Matte aus Polyvinylchlorid ist mit zwei Nackenpolstern und wattierten Liegekammern versehen. Angelina benutzt sie als Unterlage in der Wanne, wenn sie relaxen will. Darauf liegt sie weich und wärmeisoliert. Dazu schützt sie ihre Haut vor dem stumpfen Emailleboden, vor dem sie sich ekelt, in ihrer Vorstellung tummeln sich dort unzählige Bakterien.

Angelina dreht den Wannenläufer um und zieht den linken Saugnapf heraus, der schon seit Ewigkeiten locker sitzt. Dahinter befindet sich ein Hohlraum mit einem Schlitz im Kunststoff. Zwei Scheine passen gerade so in die Öffnung. Angelina ist zufrieden. Von außen lässt nichts auf das Versteck schließen. Sie rollt die Matte wieder zusammen und packt sie zurück an ihren Platz.

Die verblieben zweihundert Euro versteckt sie in ihrer Tamponschachtel, bevor sie das Badezimmer verlässt. Weder Heiko noch seine Söhne rühren ihre Wellnessauflage an. Scheiß, den keiner braucht, nennt Dennis ihre rosa Wolke. Und ihren Tampons schenkt sowieso keiner in diesem Haushalt auch nur eine Sekunde Aufmerksamkeit.

Als die Eieruhr klingelt, erschreckt sich Angelina fast zu Tode. Ihre Brötchen sind fertig und duften köstlich. Sie deckt schnell den Tisch und brutzelt Spiegeleier in der Pfanne.

Ihre Gefühle schwanken zwischen Befriedigung, Bedenken und nervöser Unruhe. Als es klingelt und ihre beste Freundin die Treppe raufkommt, löst sich ihre Anspannung, und das schlechte Gewissen macht Pause. Am Ende ist Angelina sogar ein bisschen stolz, dass sie die Aktion tatsächlich so cool durchgezogen hat.

Polizeipräsidium Köln

Maline ist froh, dass sie die Erste im Kommissariat ist. Die meisten Bürotüren sind noch geschlossen. Sie hat ihren feuchten Sweater zum Trocknen über den Heizkörper gelegt und sitzt im T-Shirt am Schreibtisch. Der Computer ist ausgeschaltet, und Licht hat sie ebenfalls nicht gemacht.

Amy lässt nicht locker. Sie ruft jede halbe Stunde an. Maline ignoriert diese Bemühungen und denkt an Jette. Ihren Blick wird sie nie vergessen. Wie sie in der Tür stand, auf der Schwelle zum Balkon. In ihrem Gesicht spiegelte sich grenzenloser Schmerz. Maline könnte sich ohrfeigen. Sie hat sich von Amys Überraschungsbesuch überrumpeln lassen.

Es gehörte sicher Mut dazu, nach Marialinden zu fahren und an ihrer Tür zu klingeln. Wirklich imponierend, auch wenn ein Teil von Amys Courage dem Alkohol geschuldet war, den sie schon intus hatte, als sie unerwartet auftauchte. Maline spürt nach wie vor eine tiefe Verbundenheit zu ihrer Ex-Freundin und, wenn sie ehrlich ist, auch eine gewisse Anziehungskraft. Aber letztlich drehen sich ihre Gedanken jetzt um Jette, und diese Tatsache überrascht Maline. Sie ist froh, dass sie nicht mehr als einen Kuss zugelassen und Amy die Schlafcouch ausgeklappt hat. Die Situation, in die Jette am Morgen platzte, war der intimste Moment zwischen ihnen gewesen.

Maline schließt für einen Moment die Augen, gibt sich dann einen Ruck, ruft in der Personalabteilung der Deutsche Post DHL Group in Bonn an und versucht, den Fahrer zu ermitteln, der die Pakete in die Germaniastraße liefert. Sie hängt in Warteschleifen, bis sie endlich zu einer Person durchgestellt wird und den Sachverhalt schildern kann.

»Ich bin nicht befugt, Ihnen den Namen und die Erreichbarkeit des Fahrers einfach so herauszugeben«, sagt die Stimme am anderen Ende der Leitung. »Ich meine, da könnte ja jeder kommen.«

»Dann verbinden Sie mich bitte mit einem Vorgesetzten«, sagt Maline.

»Moment, ich stelle Sie durch.«

Wieder erklingt die Telesoundmusik. Maline will schon fast auflegen, als sich eine weibliche Stimme meldet.

»Mein Name ist Peters, wie kann ich Ihnen weiterhelfen?«

Maline stellt sich mit Dienstgrad vor und skizziert ihr Anliegen erneut.

»Verstehe ich Sie richtig, dass der Fahrer als Zeuge angehört werden soll?«

»Er könnte uns unter Umständen Informationen in einem Mordfall liefern«, sagt Maline und nennt noch einmal das Zeitfenster, um das es sich handelt.

»Das muss ich abklären«, sagt Frau Peters. »Wie kann ich Sie erreichen?«

Maline hinterlässt ihre Handynummer, die Durchwahl zum Kommissariat und ihre E-Mail-Adresse.

»Es ist notwendig, dass wir uns sehr zeitnah mit Ihrem Angestellten unterhalten können«, sagt Maline, bevor sie auflegt. »Wenn Sie zusätzlich ein Schreiben der Staatsanwaltschaft benötigen, das die Dringlichkeit meines Anliegens unterstreicht, lassen Sie es mich schnellstmöglich wissen.«

Maline überfliegt ihre bisherigen Notizen und beginnt parallel schon wieder zu grübeln.

»Unsere Fälle hängen zusammen.« Mit diesen vier Worten platzt Lou ins Büro und vertreibt Amy und Jette aus Malines Gedanken. Sie fasst Heinrichs Untersuchungsergebnisse zusammen. »Frau Beradi wurde erstickt und hat Methanol zu sich genommen.«

»Wirklich?«

»Einhundertprozentig.«

»Das ist ja ein echter Hammer.«

»Allerdings.«

Maline schüttelt vor Überraschung den Kopf. »Habt ihr denn bei Frau Beradi ebenfalls eine auffällige flüssige Substanz sichergestellt?«

»Die Wohnung ist unübersichtlich. Wir müssen uns Quadratmeter für Quadratmeter durcharbeiten. Es kann eine Weile dauern, bis wir was finden. Die Schnapsflasche ist ein Asservat und schon bei der Analyse. Ich kann nur hoffen, dass darauf verwertbare Spuren sind.«

»Unglaublich«, sagt Maline. »Wenn dem so ist, geht die Person aber nicht besonders vorsichtig vor.«

»Nein, und darüber hinaus haben sich Frau Beradi und Herr Demirkan möglicherweise gekannt. Beide wurden von Sozialhelfern betreut, vielleicht von demselben Verein.«

»Das ist nicht auszuschließen, aber nicht zwingend notwendig«, sagt Maline. »Hat sich Heinrich zum Thema DNA-Spuren geäußert?«

»Er untersucht beide Opfer darauf und meldet sich so schnell wie möglich.«

»Der Bericht der Spurensicherung lässt auch noch auf sich warten.« Maline seufzt. »Immerhin habe ich gestern in der Uniklinik den Namen von Demirkans ehemaligem Sozialhelfer erfahren. Er ist nicht mehr für die Uniklinik tätig, sondern arbeitet für einen kirchlichen Träger in Meckenheim. Telefonisch konnte ich dort gestern Abend niemanden mehr erreichen und versuche es gleich noch einmal.«

Sie berichtet Lou jetzt ausführlich von ihrem Gespräch mit der Leiterin des Pflegeheims, in dem Demirkan seine genähten Puppen verteilte. »Sie ist nicht ausgesprochen sympathisch, aber es würde mich wundern, wenn sie etwas mit Demirkans Tod zu tun hätte. Außerdem hat ihre Partnerin die Dienstreise nach Paderborn bestätigt.«

»Auf dem Weg zur Arbeit habe ich die Vorsitzende des Vereins, der Frau Beradi betreut hat, an die Strippe bekommen«, sagt Lou. »Gott sei Dank ist sie eine Frühaufsteherin und saß schon am Schreibtisch. Auf die Todesnachricht hat sie ziemlich geschockt reagiert, die Arme konnte kaum sprechen. Immerhin habe ich den Namen und die Erreichbarkeit von Frau Beradis Betreuer bei Engelchor e.V. erfahren und werde ihn als Zeugen vorladen, sobald ich ihn erreiche oder er sich meldet.«

»Dann frag ihn auf jeden Fall auch nach Oktay Demirkan«, sagt Maline.

»Klar.« Lou stellt die Espressomaschine an und erkundigt sich, wie der Abend gelaufen ist.

Maline skizziert kurz ihre momentane private Situation. Lou schlägt sich sofort auf Jettes Seite. »Mensch, ist doch klar, dass sie sauer geworden ist.«

Sofort wechselt Maline das Thema, Lous Solidarisierung kann sie im Augenblick schwer ertragen. »Konntest du mit Henry über die Wohnung sprechen?«

»Nein, und aus der Sache halte ich mich schön raus«, sagt Lou.

Das Telefon klingelt.

»Es ist Frau Beradis Betreuer«, flüstert Lou, als sie das Gespräch angenommen hat.

Maline verlässt das Büro und sucht die Toilette auf. Als sie zurückkommt, hat Lou das Telefonat bereits beendet.

»Die Vereinsvorsitzende hat Kristof Harnisch aufgescheucht …«

»Frau Beradis Betreuer?«

»Genau, er ist bereits auf dem Weg zum Präsidium.«

»Sehr gut«, sagt Maline, lässt sich auf ihren Schreibtischstuhl fallen und berichtet von ihrem Gespräch mit Ramona Wedekind. »Der DHL-Mann könnte die erste heiße Spur sein, er muss etwas gesehen haben.«

»Wir sollten in beiden Mietshäusern intensivere Befragungen durchführen und den Nachbarn auf den Zahn fühlen«, sagt Lou. »Vielleicht ist noch jemandem was aufgefallen.«

»Wenn wir den Beschluss für die Verbindungsdaten von Demirkans Festnetzanschluss haben, kommen wir darüber hoffentlich auch ein Stück weiter«, meint Maline. »Mensch, dieser ständigen Warterei auf erforderliche Informationen konnte ich noch nie etwas abgewinnen.«

»Bei Antonella Beradi fehlt die SIM-Karte im Handy«, sagt Lou. »Aber die Staatsanwaltschaft hat bereits einen Beschluss für ihre Handy-Verbindungsdaten beim Amtsgericht beantragt.«

»Wobei wir wieder beim Thema Warten sind.« Maline beißt in ein Käsebrötchen.

»Kannst du mir einen Gefallen tun und zusammen mit Ben zu Antonella Beradis Sohn rausfahren?«, fragt Lou. »Ich habe mit seinen Pflegeeltern telefoniert und mich angemeldet. Gianluca geht heute nicht zur Schule, hat aber mittags einen wichtigen Termin. Er könnte uns wichtige Hinweise liefern. Zum einen hat er einen gewissen Heiko Kornblum beschuldigt, etwas mit dem Tod seiner Mutter zu tun zu haben, und wir müssen nachhören, ob er dabei bleibt. Außerdem sollten wir unbedingt einen Blick auf seine Handy-Anrufliste werfen, um herauszufinden, wann er zum letzten Mal Kontakt mit seiner Mutter hatte.«

»Okay.«

Kevin erscheint im Türrahmen und schaut Lou an. »Unten im Foyer wartet ein Kristof Harnisch.«

»Das ging aber schnell.«

»Wie auch immer«, entgegnet Kevin. »Der Pförtner versucht die ganze Zeit, dich zu erreichen, aber eure beiden Telefone sind auf meinen Apparat umgestellt.«

Kölner Südstadt

»Die Entrümpelungsfirma ist gestern da gewesen, und einer von den Typen hat probiert, mich nach dir und Noel auszuquetschen«, sagt Silvie und hält die Tür zu dem kleinen Café auf. »Natürlich habe ich mich doof gestellt.«

Ehe Romy etwas erwidern kann, steuert Silvie auf die Theke zu, auf der eine altertümliche Kasse steht. Das Ambiente gefällt Romy. Gläser, in denen Gewürze lagern, füllen die Regale. Um eine überschaubare Anzahl hell gebeizter Tische stehen passende Holzstühle. Silvie bestellt zwei Caffè Latte bei der Bedienung, die gerade eine Himbeertorte anschneidet, und dirigiert Romy an einen Tisch.

Das Café Möhrchen trägt den Gedanken der weltweiten Kampagne »Suspended Coffee« mit. Dank Silvie, die alles googelt, ist Romy im Bilde. Ursprünglich ist der *caffè sospeso* Teil der neapolitanischen Kultur, die seit 1900 in vielen Bars der Stadt bis heute praktiziert wird. Einheimische trinken einen Kaffee, bezahlen einen weiteren, den der Barista verzeichnet und einem Bedürftigen ausschenkt. Durch die Finanz- und Eurokrise etablierte sich der Brauch in den Metropolen der Welt und findet mittlerweile auch in Deutschland starke Resonanz. Gegner dieser Aktion kritisieren, dass einkommensschwache Personen nicht unbedingt einen Milchkaffee trinkend im Straßencafé sitzen müssen. Befürworter halten dagegen, dass es genau diese kleinen Dinge sind, die Menschen Würde verleiht. Romy ist von der Idee begeistert und fühlt sich trotzdem ein wenig deplatziert.

Die Servicekraft balanciert die beiden Kaffees an den Tisch. Um die Taille trägt sie eine lupenreine Schürze. Drei Frauen am Nachbartisch sitzen beim Sektfrühstück, lachen und unterhalten sich, ohne die Freundinnen zu beachten. Romy entspannt sich etwas. Sie möchte einfach eintauchen in die Umgebung. Alltagssituationen erleben. Teilhaben und nicht bloß vom Rand zuschauen. Romy ist ihrer Freundin für die kleine Auszeit dankbar.

»Wo waren wir?« Silvie lässt ordentlich Zucker in ihre Kaffeetasse rieseln.

Heute sind ihre Fingernägel hellblau lackiert und mit silbernen Streifen marmoriert. Aus Romys Sicht beißt sich der Blauton mit ihrer türkisfarbenen Haarsträhne, aber in solchen Dingen ist Silvie schmerzfrei. Sie bezeichnet sich mit Vergnügen als buntes Huhn. Dabei ist sich Romy sicher, dass sie sich mit ihren schrillen Outfits einfach einen jugendlicheren Touch verleihen möchte. Silvie verrät ihr Alter nicht, und Romy kann es nicht schätzen. In solchen Dingen liegt sie immer daneben und vermutet, dass Silvie jünger aussieht, als sie tatsächlich ist.

»Du hast gesagt, dass die Entrümpelungsfirma endlich meine Wohnung leer geräumt hat«, hilft Romy ihr auf die Sprünge und versucht erfolglos, einen Dorn aus ihrem Daumen zu ziehen.

»Stimmt. Die ganze Sause hat nicht mal eine Stunde gedauert.« Silvie lächelt. »Kein Wunder.«

Romys bescheidene Habe lagert in Silvies Keller in Bayenthal. Die Freundinnen haben in einer Nacht-und-Nebel-Aktion Möbel, Geschirr und die meisten Klamotten in Sicherheit gebracht. Zurückgeblieben sind der versiffte Teppich, ein schrottreifer Kühlschrank und anderer Krempel.

Romy hatte die fristlose Kündigung erhalten. Völlig überraschend, aus ihrer Sicht. Klar, genau genommen hat sie sich unrechtmäßig in der Wohnung aufgehalten. Aber, du meine Güte, es gibt doch Spielräume. Warum muss immer gleich mit harten Bandagen gekämpft werden?

Der eigentliche Mieter der zwei Zimmer hieß Noel. Ein Punker mit breitem Grinsen und Flesh Tunnel, schwarzen Ringen, die seine Ohrläppchen dehnen, sodass ein kreisrunder Hohlraum entsteht. Als Noel zu Freunden zog, überließ er Romy seine Bude. Bis dahin hatte sie lange bei der Bekannten einer Bekannten gewohnt, und in der Tat funktionierte das Zusammenleben ziemlich gut. Tini vergötterte Linus, und mit Romys Job in einem Bistro lief alles bestens. Dann gab es Stress mit der Café-Besitzerin, nur weil sich Romy hin und wieder verspätete. Als ihr die arrogante Zicke einmal zu oft blöd kam, hat Romy die Arbeit in der Annahme geschmissen, dass es Jobs gibt wie Sand am Meer. Ein Riesenirrtum.

Romy lief sich ergebnislos die Hacken ab. Als ihr Tini dann noch eröffnete, dass sie nach Wipperfürth umziehen und ihr Vermieter Romy als Nachmieterin ablehnen würde, verlor sie ein bisschen den Boden unter den Füßen. Kiffte und sprang bei jeder Kleinigkeit aus dem Hemd. Voll ungerecht, wie Linus bemerkte. Bis Tini ihren Kumpel Noel ins Spiel brachte, der in der Nähe von Linus' Kindergarten wohnte, in eine WG am Chlodwigplatz umziehen wollte und bereit war, den Dauerauftrag für seine alte Wohnung einfach weiterlaufen zu lassen. Noel hatte mit Mietverträgen und dem ganzen Kapitalistenkram nichts am Hut. Skrupel schien er auch nicht zu kennen. Ein echter Glücksfall, durch den Romy wieder in den Tritt fand.

Kiffen war urplötzlich Schnee von gestern, und die Sache mit ihrer Reizbarkeit legte sich.

Jeden Monatsanfang ging sie bei Noels neuer Anschrift vorbei und bezahlte ihm die Miete bar. Eine Weile lief der Deal wie am Schnürchen. Mit einem Imbissbudenjob hielt Romy sich und Linus über Wasser. Für einen Moment sah alles nach Happy End aus. Vor allem, als Romy ihre Nachbarin Silvie im Treppenhaus kennenlernte, beim Stufensteigen, als der Aufzug mal wieder streikte. Sie verstand sich auf Anhieb mit ihr.

Bis zu diesem Zeitpunkt hatte Romy eigentlich immer mit Gleichaltrigen abgehangen. Der Freundschaft mit einer älteren Frau konnte sie aber gleich etwas abgewinnen, sie empfand sie als eine wohltuende Stabilisierung ihrer Gesamtsituation. Die Ruhe, mit der Silvie die Dinge betrachtete, ihre Souveränität, die sie an den Tag legte, wenn Probleme auftauchten, gaben Romy ein Gefühl der Sicherheit. Und Linus schien heiterer und unbeschwerter als jemals zuvor. Auf dem Boden der Tatsachen landete Romy deshalb höchst unsanft.

Die Sache mit dem illegalen Wohnungsdeal flog durch wiederholte Mietrückstände auf. Wie sich herausstellte, hatte Noel Romys Kohle irgendwann einfach eingesackt und den Dauerauftrag für seinen ehemaligen Vermieter gekündigt. Noel, erklärter Gegner der Bonzen, entpuppte sich als mieser Abzocker, dem sogar Romys drohende Obdachlosigkeit schnurzegal war. Erfolglos versuchte sie, ihn zur Rede zu stellen, um zumindest einen Teil der Kohle wiederzubekommen. Bis er Romy auf offener Straße aggressiv aufforderte, sich für immer zu verpissen, da er sich ansonsten an Linus vergreifen werde. Da gab sie klein bei. Ohne Silvie wäre Romy mit ihrem Sohn dann wirklich auf der Straße gelandet. Die Gute nahm sie auf. Aber drei Personen auf zweiundzwanzig Quadratmetern, das konnte nur eine Übergangslösung sein.

Silvie war lieb und nett, aber natürlich gab es Spannungen. Zum Beispiel beim Thema Einkäufe, die Silvie meist bezahlte. Und wegen der Haare in der Dusche, die Romy einfach immer wieder im Sieb liegen ließ. Kleinigkeiten eigentlich. Romy zog endgültig die Notbremse, als sich Silvie immer mehr in Linus' Erziehung einmischte. Da kam ihr die Idee mit dem Auto. Silvie erklärte sie für verrückt, aber Romy ließ sich nicht beirren und rettete, davon ist sie überzeugt, ihre Freundschaft.

Silvie kann einfach eine echte Nervensäge sein. Besonders wenn sie denkt, dass sie die Weisheit gepachtet hat. Im Gegensatz zu Romy kennt sie zum Beispiel den Behördendschungel. Aber ihren Rat, Widerspruch einzulegen oder einen Antrag zur Übernahme der Mietschulden durch eine öffentliche Stelle zu stellen, hält Romy für Quatsch. Rechtlich steht ihr keine Unterstützung zu.

»Das ist so ein bescheuerter Einfall, im Auto zu hausen«, sagt Silvie jetzt und wiederholt sich damit. »Überhaupt, schon die Karre zu stehlen war eine blöde Idee. Deine Eltern werden den Diebstahl nicht auf sich sitzen lassen.«

Romy verschweigt Silvie das nächtliche Erlebnis mit dem Mann, der sie verfolgt hat. In dieser Hinsicht kann sie von ihrer Freundin kein Mitgefühl erwarten, und sie bezweifelt, dass es klug war, Silvie zu erzählen, woher der Qubo stammt.

»Siehst du nicht, dass du deine Situation nur verschlimmerst? Und was glaubst du, wie sich das Ganze auf Linus auswirkt!«

»Er steckt die Sache bisher ganz gut weg«, sagt Romy und versucht, locker zu klingen.

»Du lügst dir doch selbst was vor.«

»Wenn du mich hierhergeschleppt hast, um mir den Kopf zu waschen, mache ich einen Abflug«, droht Romy.

»Ich verstehe einfach nicht, wie sich Menschen ohne Not dermaßen in den Schlamassel reinreiten können.«

Romy zieht es vor zu schweigen, und anscheinend versteht Silvie dieses Verhalten als Aufforderung, fortzufahren.

»Linus hat doch bestimmt Großeltern, die ihn mit Sicherheit gern versorgen würden und auch dich aufnehmen, wenn sie erfahren, was bei dir gerade los ist, oder? Mensch, Kleine, vermeide bitte die Fehler, die ich fabriziert habe. Ich habe meiner Familie den Rücken zugekehrt und mir damit vieles unnötig schwer gemacht. Vielleicht wäre mein Leben anders verlaufen, wenn ich nicht so stur gewesen wäre.«

»Scheiße, Silvie, ich krieche sicher nicht zu Kreuze.«

»Stolz ist hier völlig fehl am Platz, Süße! Wenn meine Leute stinkreich wären, hätte ich einen anderen Weg eingeschlagen, da kannst du sicher sein.«

»Ich habe dir schon hundert Mal gesagt, dass wir nicht wohlhabend sind, und außerdem nervt mich dein –«

»Hey, es ist dein Leben, deine Entscheidungen.« Silvie hebt die Hände. »Den Antrag auf eine Übergangswohnung hast du aber gestellt, oder?«

»Klar.«

Die Lüge kommt Romy leicht über die Lippen. Silvie ist der einzige Mensch, der ihr beisteht, sich um sie sorgt, obwohl sie selbst kämpfen muss. Die Wahrheit wäre ein Schlag in ihr Gesicht.

»Das ist echt wesentlich«, betont Silvie. »Ämter werden von den Gerichten sowieso über Räumungsklagen informiert und versuchen dann, Kontakt mit den Betroffenen aufzunehmen. Früher oder später stehen die bei mir auf der Matte, immerhin wohnt ihr offiziell bei mir.«

»Die Wohnung gehörte aber doch Noel. Ich glaube nicht, dass das Amt hinter mir her ist.«

»Irgendjemand im Haus hat geplappert, sage ich dir. Sonst hätte mich der Entrümpler wohl kaum mit seinen Fragen genervt.«

»Hast du schon meinen Namen auf deinen Briefkasten geklebt?«, fragt Romy.

»Nee, Mist, habe ich vergessen«, antwortet Silvie. »Mach ich sofort, wenn ich nach Hause komme.«

Romy leert die Kaffeetasse. Ihr knurrt der Magen. Das Frühstück liegt Stunden zurück. Am Nachbartisch gibt es eine neue Runde Sekt und Himbeersahne.

»Mensch, einer Frau wie dir stehen doch alle Türen offen.« Silvie schüttelt den Kopf. »Ich meine, bei mir ist Hopfen und Malz verloren. Schule abgebrochen, nix gelernt, getrennt vom

Vater meiner Söhne. Die Jungs wollen lieber bei ihrem Papa leben als bei mir. Mein Mittlerer macht nur Dummheiten, und der Kleine eifert ihm fröhlich nach.«

»Ich denke, dein Sohn ist Kfz-Schlosser und hat zwei Kinder?«

»Das ist der Älteste. Der ist längst ausgezogen und lebt mit seiner Familie in Chorweiler, sein Kleiner ist genauso alt wie Linus. Ach, es ist eine Schande, meinen mittleren Sohn sehe ich selten, nur mit dem jüngsten treffe ich mich regelmäßig.« Silvie schaut versonnen.

»Drei Jungs«, sagt Romy. »Mensch, das war bestimmt nicht leicht.«

»Weiß Gott nicht.«

Romy schielt zum Kuchen in der Glasvitrine.

»Ich hatte nie Träume«, hört sie Silvie sagen. »Vielleicht war das mein Fehler. Aber du? Du hast einen Schulabschluss, der sich sehen lassen kann. Du könntest studieren, im Kostümchen durch die Chefetagen stöckeln oder deinen eigenen Laden eröffnen. Aber nein, Madame macht einen auf gefallenen Engel und zieht es vor, obdachlos zu sein, weil Mami und Papi zu streng waren …«

Romy schlägt mit der Hand auf die Tischplatte. »Was bildest du dir ein? Denkst du, dass du die Weisheit mit Löffeln gefressen hast, weil du den Staat austrickst? Du bist anscheinend tatsächlich dumm genug zu glauben, dass nur Leute ein Recht auf Lebenskrisen haben, die ins sozialschwache Milieu hineingeboren wurden, oder wie soll ich dich verstehen?«

Die Frauen vom Nachbartisch stecken die Köpfe zusammen und schauen herüber.

»Pst!«, zischt Silvie. »Wir fliegen raus, wenn du weiter so laut bist.«

»Das interessiert mich einen Scheiß«, sagt Romy und drosselt trotzdem ihr Organ. »Ich bin mit meiner sogenannten Familie durch und habe keine Lust, mich immer wieder rechtfertigen zu müssen.«

»Ist ja gut.« Silvie legt ihre Hand auf Romys Arm. »Ich

wünschte einfach nur, dass ich eine Tochter wie dich hätte. Für mich bist du wie ein Wesen von einem anderen Stern, so intelligent und so talentiert.«

»Bullshit«, schnaubt Romy.

Silvie lacht und tätschelt ihre Hand und bemerkt die vom Dorn entzündete Stelle an Romys Daumen. »Mensch, da musst du aber etwas zum Desinfizieren draufmachen.«

»Ich weiß.«

»Alles wieder in Ordnung?« Silvie beugt sich zu Romy vor. »Hast du deine Wäsche dabei? Du kannst sie jederzeit in meine Maschine werfen, das Angebot steht.«

Romy holt tief Luft. »Ich brauche dringend einen Job.«

»Du wolltest doch bei dem Copyshop vorbeigehen.«

»Da fange ich nicht wieder an. Der Besitzer ist ein Arsch, der macht andauernd zweideutige Bemerkungen.«

»Dann leg dir ein dickeres Fell zu. Mensch, Romy, mit Flaschensammeln kannst du dich und Linus auf Dauer nicht versorgen, so naiv kannst du doch nicht sein.«

»Ich habe es doch noch gar nicht richtig versucht.«

»Was ist denn aus dem Probetag in der Reinigung geworden?«

»War nicht mein Ding.«

»Und das Zeitungsaustragen?«

»Ich lasse Linus nicht in aller Herrgottsfrühe allein.«

Silvie gibt noch mehr Zucker in ihren Kaffee. Ein Glatzkopf betritt den Laden und kauft verschiedene Gewürze. Die Freundinnen gönnen sich eine Atempause und nippen an ihren Getränken.

»Mir kommt da so eine Idee«, fängt Silvie wieder an. »Es ist nur ein Gedanke, flipp also nicht gleich aus.«

»Schieß los.«

»Du kennst doch Bianca, die, die neulich im Park auf Rollerblades ankam.«

»Ja.«

»Den Fitnesstick hat sie schon seit Jahren«, lacht Silvie, schaut sich zu allen Seiten um und spricht jetzt leise. »Sie arbeitet in einem Wohnwagen an der Brühler Landstraße. Vielleicht lässt sie dich stundenweise rein.«

Romy macht ganz kleine Augen und lässt die Worte sacken. Sie ist nicht sicher, ob sie Silvie richtig verstanden hat.

»Du meinst, ich soll … anschaffen gehen?«

»Ich weiß, eigentlich ist das nichts für dich. Ich meine ja auch nur, falls du nichts anderes bekommst. Nur als Alternative für den Übergang oder wenn alle Stricke reißen.«

»Bist du plemplem?«, schreit Romy und haut sich selbst mit der flachen Hand gegen die Stirn. »Das ist eine Abwärtsspirale. Ich kenne keine Frau, die da je wieder herausgefunden hat. Und –«

»Du kennst doch gar keine Prostituierten!«

»Und das soll auch so bleiben, verdammt noch mal. Du bist doch total krank. Eben erzählst du mir noch einen von Verantwortungsbewusstsein, und jetzt schlägst du mir das Krasseste vor, was ich mir vorstellen kann. Und richtig Kohle kannst du damit auch nicht scheffeln. Straßenmädels unterbieten sich gegenseitig. Der Strich ist knallhart, das weiß doch jeder. Oder hältst du ›Pretty Woman‹ für das wahre Leben? Wenn ja, bist du noch viel blöder, als ich dachte!«

Silvies Hände zittern, als sie die Tasse hebt. »Vergiss es, ich wollte nur helfen.«

»Danke, ich verzichte! Niemand kann mir erzählen, dass Prostitution ein cooler Job ist.«

»Das habe ich auch gar nicht gesagt.« Silvie stellt die Tasse geräuschvoll ab. »Aber Bianca kann ihre Miete zahlen und ist ganz zufrieden, kannste mir glauben.«

»Weil sie sich mit Alk und Ecstasy betäubt, um die ganze Scheiße zu ertragen. Und der größte Teil ihrer Einnahmen geht dann wieder für ihren beschissenen Konsum drauf. Deshalb nennt man das Ganze Teufelskreis, *capiche*? Mensch, Silvie, Frauen, die das Anschaffen glorifizieren, also das kotzt mich echt an.«

»Weißt du, was dein Problem ist? Du glaubst, dass du etwas Besseres bist. Aber geschissen, das bist du nicht!«

»Können Sie bitte etwas leiser sein?«

Die Wangen der Servicekraft glühen, und ihrer Stimme fehlt jede Schärfe, als sie unvermittelt am Tisch auftaucht. Romy sieht ihr an, dass ihr die Situation unangenehm ist. Aus unerfindlichen Gründen macht das Weiß ihrer gestärkten Schürze Romy zusätzlich aggressiv. Diese Reinheit, diese Unschuld. Das Café mit der niedlichen Einrichtung. Eine Bilderbuchidylle, an der sie nur teilhaben darf, wenn sie artig ist. Romy findet den ganzen Laden auf einmal scheiße. Sie greift nach ihren Autoschlüsseln, drängelt sich an der Bedienung vorbei zur Tür, reißt sie auf und dreht sich noch einmal zu Silvie um.

»Wenn ich mich prostituiere, verliere ich alles, und damit meine ich nicht nur Linus! Da begebe ich mich lieber in die Obhut meines beschissenen Stiefvaters.« Sie will los, stoppt, dreht sich zu dem Damenkränzchen um. »Und an dem ganzen Kuchen, den ihr in euch reinstopft, könnt ihr meinetwegen ersticken!«

Romy stiefelt aus dem Laden und sieht durch die Scheibe ins Café. Silvie hockt da wie ein Häufchen Elend. Die drei Frauen vom Nachbartisch glotzen mit offenen Mündern.

Am liebsten würde Romy zurücklaufen und Silvie um den Hals fallen. Sie ist der letzte Mensch, auf den sie sauer sein möchte. Immerhin hat sie sich Gedanken gemacht, überlegt, wie sie helfen kann.

Romy erwägt, auf dem Absatz kehrtzumachen – und lässt es sein. Stattdessen stolziert sie erhobenen Hauptes an der Panoramafensterfront des Cafés vorbei.

Die Vorstellung, in einem Wohnwagen anzuschaffen, erzeugt bei ihr Würgereize. So tief kann sie nicht sinken. So tief darf sie nicht sinken. Romy setzt sich ins Auto, hält am Volksgarten, dreht ein paar Runden um die Mülltonnen und ist erfolgreicher als am Vortag. Sie rennt drei Runden um den See, bis sie sich wieder halbwegs im Griff hat. Anschließend begibt sie sich in die Innenstadt.

Jeden zweiten Freitag stehen Obdachlose, Alleinerziehende, Rentner, Hartz-IV-Empfänger und vermehrt auch Flüchtlinge für eine warme Mahlzeit im Schatten des Kölner Doms an. Geordnet warten sie, während Touristen, Geschäftsleute und Shopping-Willige an der Schlange vorbeieilen. Anfangs hat Romy die exponierte Lage der Ausgabestelle gestört. Immerhin besuchen unzählige Menschen die Kathedrale, fotografieren sie, halten sich auf dem Domvorplatz auf und genießen das Flair rund um das Weltkulturerbe. Bekannte oder Verwandte können theoretisch auch darunter sein und sie in der Reihe entdecken, die sich der Suppe entgegenschiebt. Aus diesem Grund setzt Romy die Kapuze ihres Sweatshirts auf und schaut stur geradeaus.

Inzwischen befürwortet sie den Standort der Essensausgabe. Sie findet, dass sich Armut nicht zu verstecken braucht. Das reiche Deutschland sollte sich schämen. Aber stattdessen schämen sich Romy und Co. Sie ist froh, dass sie Linus die Suppenküche erspart, auch wenn der Eintopf hervorragend schmeckt. Ihr Sohn bekommt sein Essen im Kindergarten.

Die warme Mahlzeit wirkt Wunder. Romy fühlt sich gestärkt und hält am nächsten Supermarkt. Auf dem Informationsbrett im Kassenbereich hängen Arbeitsangebote. Reinigungskraft gesucht. Bügelhilfe. Kinderbetreuung täglich vier Stunden. Sie nimmt alle Zettel an sich, telefoniert sie ab und vereinbart tatsächlich schon für den Nachmittag ein Vorstellungsgespräch. Eine ältere alleinstehende Frau sucht eine Einkaufshilfe und will zehn Euro die Stunde zahlen. Das sind erfreuliche Aussichten. Es geht bergauf. Silvie kann sie kreuzweise.

Ihr Handy klingelt. Gülcan fragt, wo sie bleibt. Romy hatte vor fünfzehn Minuten einen Termin mit der Leiterin von Linus' Kindergarten. Kleinlaut stammelt Romy etwas von Verkehrschaos und macht sich umgehend auf den Weg. Mit Gülcan möchte sie es sich keinesfalls auch noch verscherzen.

Polizeipräsidium Köln

Lou führt den Zeugen in ihr Büro, bietet ihm einen Platz an und geht seine Personalien durch.

»Ich stehe immer noch unter Schock«, gesteht Kristof Harnisch und fährt sich mit der rechten Hand über seinen Henri-quatre-Bart, der ganz klassisch nur Kinn und Oberlippe bedeckt. Harnischs ohnehin rundliches Gesicht wirkt dadurch noch kreisförmiger. Wangen und Hals sind glatt rasiert. Lou registriert, dass er ihrem Blick ausweicht.

»Können Sie mir sagen, wie Antonella … ich meine, Frau Beradi gestorben ist?«

Lou betrachtet Harnischs Hände. Seine Finger sind auffällig kurz. Die Fingerkuppen wirken aufgeraut, die Nägel gepflegt.

»Zu der laufenden Ermittlung kann ich Ihnen nichts sagen.« Lou schaut in ihre Unterlagen. »Sie haben die Verstorbene also im Rahmen Ihrer Tätigkeit für Ihren Verein kennengelernt. Ehrlich gesagt habe ich zuvor noch nie vom Engelchor e.V. gehört. Handelt es sich um eine christliche Institution?«

»Das ist *ein* Grund, warum ich mit dem Namen des Vereins meine Probleme habe, er klingt so pathetisch«, sagt Harnisch. »Davon abgesehen, spielen Engel in jeder Weltreligion eine Rolle. Schon aus dem alten Ägypten sind Überlieferungen von göttlichen geflügelten Wesen wie zum Beispiel Neb-hut bekannt, und auch für Mesopotamien sind etliche Darstellungen von engelsgleichen Wesen belegt.«

Er schaut Lou direkt ins Gesicht. »Ich persönlich verstehe uns eher als humane Bodentruppe, die Menschen in Not beistehen und ihnen Gehör verschaffen möchte. Darüber hinaus bin ich wahrscheinlich ein Philanthrop, allerdings keiner der Sorte, der sich damit begnügt, finanzielle Mittel bereitzustellen und nur als Gönner in irgendwelchen Listen geführt zu werden. Ich möchte tatkräftige Unterstützung leisten. Das Gemeinwohl sollte jedem ein Anliegen sein, der imstande ist, etwas zu geben.«

Harnisch hält einen Moment inne, lehnt sich zurück und zieht den Kopf ein wenig ein. So als sei er eine Schildkröte, die sich zu weit hervorgewagt hat. Lou hält sich zurück. Harnisch enttäuscht sie nicht und spricht tatsächlich weiter.

»Wir wollen den Bedürftigen eine Stimme geben, sie aus dem

Schatten holen, verstehen Sie? Unser Logo ist sonnengelb. In Mexiko schmückt man die Wege an Allerheiligen mit gelben Blumen, weil die Toten diese Farbe angeblich am besten sehen können. In Europa steht die Farbe eher für das Sichtbarsein und Lebendigkeit.«

»Ein interessanter Aspekt«, sagt Lou. »Um aber wieder zum Thema zurückzukommen, Sie sind also weder Sozialarbeiter noch ein gesetzlicher Vertreter?«

»Gott bewahre, nein.«

Lou zieht die Augenbrauen hoch.

»Nichts gegen soziale Berufe, ich habe einen Heidenrespekt vor Menschen, die ihr Leben in den Dienst der Allgemeinheit stellen«, schiebt Harnisch schnell hinterher, rückt sein Brillengestell gerade und lächelt.

Er leidet zweifellos an einer starken Weitsichtigkeit. Die Augen wirken hinter den Gläsern auffällig groß.

»Aber ich arbeite in einem Versicherungsbüro und engagiere mich in meiner freien Zeit im Verein. Wir sind ein zusammengewürfelter Haufen. Menschen verschiedenster Religionen und Einkommen, die sich ehrenamtlich einsetzen. Bei Problemen mit Behörden oder in finanziellen Notsituationen. Es ist uns ein Anliegen, dass Leute, die am Rande der Gesellschaft leben, ein bisschen vom Kuchen abbekommen. Manchmal übernehmen wir die Beiträge für den Sportverein eines Kindes. Organisieren Hausaufgabenbetreuung und zahlen Kursgebühren. Einsame Erwachsene entführen wir aus den eigenen vier Wänden, spendieren ihnen einen Schokobecher oder gehen mit ihnen ins Kino.«

»Wie finden die Menschen zu Ihnen?«

»Entweder landen sie bei ihrer Suche nach Hilfe übers Internet bei uns, oder sie werden durch Fachkräfte, Freunde oder auch Familienangehörige auf uns aufmerksam. Antonella Beradi hat sich selbstständig an den Verein gewandt. Ich glaube, sie hatte zuvor einen Beitrag im Radio gehört und sich gemeldet. Solche Menschen gefallen mir. Eigeninitiative ist in der Regel ein wichtiger Schritt hin zur Veränderung.«

»Wie oft haben Sie sich mit ihr getroffen?«
»Normalerweise ...«
Kevin erscheint im Türrahmen. »Hast du mal eine Minute?«
»Entschuldigung«, sagt Lou zu Kristof Harnisch, verlässt das Büro, tritt auf den Flur und lässt die Tür einen Spalt offen.
»Einer von Frau Beradis Nachbarn ist drüben bei der Kriminalwache und gibt an, dass er gesehen hat, wie ein Mann die Wohnung der Getöteten verlassen hat.«
»Wann?«
»Genau erinnert er sich nicht, aber es ist ein paar Tage her.«
»Kannte er die Person?«
»Er sagt, dass es sich um den ehemaligen Lebensgefährten von Antonella Beradi handelte.«
»Sind Maline und Ben schon rausgefahren?«
»Ja.«
»Ich bin mitten in einer Vernehmung«, flüstert Lou. »Kannst du rübergehen und seine Aussage aufnehmen?«
»Alles klar.«
»Um die Folgemaßnahmen kümmere ich mich später.«
Lou schließt die Bürotür hinter sich und kehrt an ihren Schreibtisch zurück.
»Wo waren wir?«
»Wir sprachen über meine Treffen mit Frau Beradi«, hilft Harnisch weiter. Seine Brille ist im oberen Glasdrittel beschlagen.
»Wir haben uns im Zwei-Wochen-Rhythmus gesehen. Während meiner Besuche hat sie fast durchgängig geweint. Sie vermisste ihren Sohn und machte sich große Sorgen um ihr Baby. Die Kleine kam ja gleich nach der Geburt, mit Antonellas Einwilligung, zu den Pflegeltern, bei denen auch ihr Junge untergebracht ist. In meinen Augen war das die richtige Entscheidung und sehr fürsorglich von Antonella. Ihre Gefühlsschwankungen sind einfach auch sehr extrem gewesen, und die Wohnung ... das ist kein Ort für einen Säugling.«
Harnisch schiebt die Hände in seine Hosentaschen »Obwohl ich fairerweise dazusagen muss, dass sich der Zustand ihrer vier

Wände erst in den letzten Monaten dramatisch verschlechtert hat. Ich bin kein Psychologe, aber da besteht ein Zusammenhang zwischen dem Verlust des Säuglings und der ausufernden Unordnung. Antonella Beradi litt sehr unter der Trennung. Ich habe versucht, ihr Mut zu machen, ihr aufgezeigt, wie sie mit unserer Hilfe den Berg abtragen kann, der sich vor ihr auftürmte. Nur, es mangelte ihr ein wenig an Durchhaltevermögen. Zweimal hat unser Verein ein Team bestellt, das Ordnung in ihrer Wohnung schaffen sollte. Antonella Beradi hat beide Termine platzen lassen.«

»Das ist frustrierend, oder?«

Harnisch zieht die rechte Hand hervor und streicht eine Fluse von seiner Cordhose. »Es wäre falsch, eigene Maßstäbe anzusetzen.«

Lou bemerkt wieder, dass er ihrem Blick kaum standhält. Kristof Harnisch ist von gedrungener Statur. Graue Strähnen durchziehen sein welliges dunkles Haar. Die Nase ist verhältnismäßig breit, die Gesichtshaut großporig. Er trägt Lederschuhe, eine dunkelblaue Hose, ein grau kariertes Hemd und einen bordeauxfarbenen V-Ausschnittpullover. Harnisch hat sich in Brusthöhe bekleckert, ein dunkler Fleck ist sichtbar, und Lou bemerkt seinen kleinen Bauch.

»Wann haben Sie Frau Beradi zum letzten Mal gesehen?«

»Das ist über zwei Wochen her. Ich war … also beruflich ist es bei mir im Augenblick etwas angespannt. Ich musste mich mal ein bisschen rausziehen und bin ein paar Tage an die Ostsee gefahren. Außerdem hat mir Antonella eine SMS geschickt und mitgeteilt, dass sie eine ekelhafte Erkältung hat und sich wieder bei mir meldet. Das war ihr letztes Lebenszeichen.«

»Was können Sie mir zu Heiko Kornblum sagen?«

»Ich kenne ihn kaum.«

Lou registriert, dass sich winzige Schweißperlen auf Harnischs Stirn bilden. Er zieht ein gefaltetes Stofftaschentuch aus seiner Hosentasche und tupft sich vorsichtig über das Gesicht.

»Fühlte sich Frau Beradi von ihm bedroht?«

»Er ist kein Sympathieträger, aber ich kann mir nicht vorstellen … also … denken Sie, dass er ihr vielleicht etwas angetan haben könnte?«

»Frau Beradis Sohn behauptet, dass Kornblum seine Mutter geschlagen hat.«

»Davon weiß ich nichts. Gianluca mag ihn nicht und neigt grundsätzlich zu Übertreibungen.«

»Ach, kümmern Sie sich auch um den Jungen?«

»Nein. Aber ich habe ihn natürlich kennengelernt. Soweit ich informiert bin, könnte er eine große sportliche Karriere einschlagen, aber leider ist er etwas jähzornig. Mit seiner Mutter ging er nicht zimperlich um.«

»Was meinen Sie damit?«

Harnisch sieht auf seine Schuhe. »Er hat Antonella beschimpft und ihr ständig Vorwürfe gemacht. Leider konnte sie sich schlecht wehren, ihre Schuldgefühle waren extrem.«

»Um noch mal auf Herrn Kornblum zurückzukommen – hatte Frau Beradi Angst vor ihm?«

»Ich denke schon, sie war eh ein banger Typ, irgendwie auch devot und leicht zu beeinflussen, wenn man es darauf anlegte.« Harnisch bekommt rote Wangen. »Ich würde Antonella als eine typische Ja-Sagerin um des lieben Friedens willen bezeichnen.«

»Und Kornblum? Wie passt er in die Geschichte?«

»Er war auf jeden Fall unter ihrem Niveau. Antonellas Ehemann, Gianlucas Vater, ist bei einem Ausflug mit Freunden ums Leben gekommen. Er arbeitete freiberuflich als Webdesigner, und sie jobbte als Arzthelferin. Als ihr Mann starb, musste sie feststellen, dass es kaum Rücklagen gab. Antonella war gerade dabei, neben dem Job ihr Abitur an einer Abendschule nachzuholen. Sie wollte studieren und hatte ehrgeizige Pläne. Der tragische Todesfall hat sie vollkommen aus der Bahn geworfen. Sie zieht mit ihrem Sohn nach Köln in eine kleine Wohnung und rutscht weiter ab. Den Alltag bekommt sie kaum geregelt. Es regnet Mahnungen. Schließlich muss sie Hartz IV beantragen, und sie erhält Sanktionsschreiben vom Amt wegen Arbeitsverweigerung. Das Jugendamt schaltet sich ein, weil die Schule einen Leistungsabfall bei Gianluca feststellt und Frau Beradi nicht zu Gesprächen mit der Direktorin erscheint. Als sie Heiko Kornblum kennenlernt, befindet sie sich in einer völlig labilen Gefühlslage. Die Beziehung mit ihm hat ihr überhaupt nicht gutgetan. Als sie erfuhr, dass sie von Kornblum schwanger ist, hat sie sich verkrochen und verbrachte die Tage fast nur noch im Bett.«

»War sie depressiv?«

»Ich bin kein Arzt, aber Ihre Schlussfolgerung liegt nah.«

»Ist sie in Behandlung gewesen?«

»Immer wieder, aber wirklich helfen konnte ihr niemand.«

»Wann kamen Sie und Ihr Verein ins Spiel?«

»Antonella hat sich kurz vor Kiras Entbindung mit der Bitte um finanzielle Unterstützung für das Baby an uns gewandt. Das Jugendamt stellte die Gewährleistung des Kindeswohls in Frage. Ich meine, Sie haben die Wohnung ja gesehen. Gianlucas Matratze lag früher in der Diele, weil sonst nirgendwo Platz war. Antonella liebte ihre Kinder, aber sie kam psychisch nicht klar, auch wenn sie sich glaubhaft ändern wollte. Sie schöpfte große Hoffnung, als wir, also der Verein, in ihr Leben traten. Neulich hat sie mir versichert, dass sie kämpfen will. Die Hilfe durch uns hat sie beflügelt, da bin ich ganz sicher.«

»Und wie sah es mit Alkohol aus?«

»In dieser Hinsicht schien sie keine Probleme zu haben.«

Lou kann Harnischs Aftershave riechen. Er schaut auf seine Armbanduhr. Eine Omega Seamaster Diver. Sie ist wasserdicht bis dreihundert Meter, also auch noch in einer Tiefe, die Lou in keinem Tauchgang je erreichen wird. Die Uhr kostet über zweitausend Euro. Henry hatte ihr ein ähnliches Exemplar mit Saphirglas zum Vierzigsten geschenkt. Damals ahnte keiner von ihnen, dass sich ihre Liebe im letzten Drittel befand.

»Können Sie mir sagen, ob Frau Beradi Streit mit jemandem hatte?«

»Sie ging kaum vor die Tür.«

»Was ist mit den Nachbarn?«

»Antonella hat sich mal mit dem Spanner von gegenüber angelegt«, sagt Harnisch und seufzt. »Er hat ständig mit einer

Kamera im Fenster gehangen, deshalb zog sie meist die Rollläden herunter.«

»Kennen Sie seinen Namen?«

»Fink, glaube ich, Antonella hat tatsächlich mal bei dem Kerl geklingelt.«

»Wann?«

»Vor vier, fünf Wochen.«

»Das ist das Gegenteil von ängstlich und devot«, sagt Lou.

»Gianluca hat sie begleitet, und ich gehe davon aus, dass der Impuls von ihm ausging.« Harnisch verzieht den Mund.

»Eine Sache möchte ich noch erwähnen«, sagt er. »Wahrscheinlich ist es unbedeutend, aber Antonella Beradi ist vor noch gar nicht so langer Zeit in der Nähe ihrer Wohnung überfallen worden.«

»Was ist passiert?«

»Sie kam von der Tafel, hatte sich dort die wöchentliche Lebensmittelspende abgeholt. Ein junger Mann hat sie beklaut, zu Boden geschubst, und dabei hat sie sich eine Platzwunde am Hinterkopf zugezogen, die mit vier Stichen genäht werden musste. Der Dieb hat ihr Handy, den Köln-Pass und läppische zwanzig Euro erbeutet. Ich sage Ihnen, diese Verrohung macht mich krank.«

»Hat sie das Delikt angezeigt?«

»Dazu war sie nicht zu bewegen.«

»Wie lange liegt der Vorfall zurück?«

»Das war auf jeden Fall vor der Geschichte mit dem Spanner. Ich habe ihr geholfen, neue Papiere zu beantragen, und der Verein hat ihr ein Mobiltelefon geschenkt. Unter dem Verlust des Handys hat sie schließlich am meisten gelitten. Nur so konnte sie mit ihrem Sohn Kontakt halten.«

»Apropos Handy«, sagt Lou. »War sie eher eine zweckmäßige Handynutzerin, oder hatte sie ihr Mobiltelefon regelmäßig –«

»Sie war ein Handyjunkie. Es fiel ihr schwer, das Gerät für einen Moment zur Seite zu legen.«

»Das heißt, ihre SIM-Karte hätte über all ihre Kontakte Aufschluss gegeben?«

»Absolut.«

»Ich habe noch eine Frage zu dem Überfall«, sagt Lou. »Kannte Frau Beradi den Mann, der sie angegriffen hat?«

»Sie hat nichts in diese Richtung gesagt, wieso? Ich habe Sie nur der Vollständigkeit halber über diesen Vorfall in Kenntnis gesetzt. Sie wurde in der Notfallambulanz des Evangelischen Krankenhauses Kalk genäht. Nicht dass Sie denken, dass die Verletzung mit ihrem Tod in Zusammenhang steht.«

Lou schreibt einen Aktenvermerk.

»Ich muss los«, sagt Harnisch. »Sie können mich jederzeit kontaktieren, wenn Sie weitere Fragen haben sollten.«

Bevor Lou antworten kann, vibriert sein iPhone. Er wirft einen Blick auf das Display und steckt das Mobiltelefon wieder ein.

»Ist Frau Beradi die einzige Person, um die Sie sich kümmern?« Lou macht keine Anstalten, aufzustehen.

»Der Verein befindet sich noch im Aufbau, deshalb kommt es zu Engpässen. Zurzeit besuche ich zwei Leute regelmäßig und springe dort ein, wo ich gebraucht werde. Manchmal ist es ein bisschen viel. Meine Frau beklagt sich gelegentlich, aber im Grunde unterstützt sie mein Engagement.« Er lächelt und fügt hinzu: »Wir suchen übrigens ständig nach Mitstreitern.«

»Sie haben eben gesagt, dass Sie die Gebühren für Kurse übernehmen.«

»Das stimmt.« Harnischs Lächeln verschwindet. »Wir zahlen Tanzkurse oder den Musikunterricht, konzentrieren uns überwiegend auf Erwachsene und deren Bedürfnisse.«

»Spielt das Thema Analphabetismus auch eine Rolle?«

»In Deutschland gelten über sieben Millionen Menschen als sekundäre Analphabeten«, sagt Harnisch. »Das sind Personen …«

»… die zur Schule gegangen sind, bei denen aber die erworbenen Schreib- und Lesekenntnisse als Erwachsene wieder verloren gehen«, ergänzt Lou.

»Ganz genau. Es ist ein weit verbreiteter Irrtum, dass diese Menschen nie schreiben und lesen gelernt haben. Ist das der

Fall, sprechen wir von einem primären Analphabetismus von Menschen, die nicht oder nur unregelmäßig die Chance auf Unterricht hatten. Das ist überwiegend in Staaten der Fall, die kein funktionierendes Schulsystem haben.«

»Bietet Ihr Verein Alphabetisierungskurse an?«

»Vergangenes Jahr haben wir damit begonnen«, sagt Harnisch und erhebt sich.

»Sagt Ihnen der Name Oktay Demirkan etwas?«, fragt Lou.

Harnisch macht ein überraschtes Gesicht. »Er hat an dem ersten Kurs teilgenommen, den wir vergangenes Jahr in die Wege geleitet haben, und ich hatte vor, mich ab dem kommenden Sommer mehr um ihn zu kümmern. Oktay hat bei unserem Verein eine wöchentliche Betreuung beantragt. Wieso?«

»Können Sie mir sagen, ob Herr Demirkan schreiben und lesen konnte, nachdem er die Schulung absolviert hatte?«

»Das entzieht sich meiner Kenntnis.«

»Kannten sich Oktay Demirkan und Antonella Beradi?«

»Auszuschließen ist es nicht, aber ich halte es für unwahrscheinlich. Aber – ich verstehe nicht. Was hat denn Oktay Demirkan mit der ganzen Geschichte zu tun?«

»Haben Sie jemals mit ihm telefoniert oder ihn zu Hause besucht?«

»Nein, wieso sollte ich? Ich weiß noch nicht mal, wo er wohnt.«

»Herr Harnisch, ich habe noch einige Fragen und muss Sie bitten, wieder Platz zu nehmen.«

Lou steht auf, tritt auf den Flur und telefoniert kurz mit Maline, um ihr den Sachstand mitzuteilen. Die Bürotür lässt sie wieder offen, und diesmal behält sie Kristof Harnisch die ganze Zeit im Auge. Er sitzt mit dem Rücken zu ihr, scheint sich unbeobachtet zu fühlen und tritt mehrfach und, zu Lous Erstaunen, ziemlich heftig mit der Spitze seines Schuhs gegen ihren Papierkorb.

Köln-Bayenthal

»Schön, dass du da bist.«

Gülcan schließt die Bürotür. Sie duzen sich seit dem letzten Sommerfest. Damals hat sich Romy richtig engagiert und stundenlang Geschirr abgewaschen.

»Setz dich doch einen Moment.«

Romy versteht die Aufforderung als Befehl und schaut auf die Uhr. Den Termin bei der Rentnerin in Ossendorf, die eine Einkaufshilfe benötigt und traumhaft zahlen will, hat sie in knapp eineinhalb Stunden. Eigentlich Zeit genug.

»Es dauert nicht lange«, verspricht die Leiterin der Kindertagesstätte.

Romy sinkt notgedrungen auf einen Stuhl.

Gülcan schiebt die Arme ihres Rollkragenpullovers über die Ellenbogen. Sie trägt Grün. Fast immer. Neongrüne Hose. Moosgrüne Schuhe. Limettengrüner Pullover. Möglicherweise handelt es sich einfach nur um einen Spleen. Romy hat mal gelesen, dass eine einheitliche Kleiderfarbe das Anziehen vereinfacht. Nachvollziehbar. Vielleicht ist es in Gülcans Fall aber auch ein politisches Statement. Sie lebt mit Mann und Kind auf einem Hof in der Nähe von Bergheim und engagiert sich gegen die Rodungsarbeiten im Hambacher Forst.

»Zuerst möchte ich dir sagen, dass du das ganz großartig machst mit dem Jungen«, beginnt Gülcan. »Ich weiß, als Alleinerziehende … das ist nicht immer einfach. Trotzdem gibt es Regeln, und wir als Einrichtung schauen immer auf das Kind.«

Romys Magenstein rumpelt. Sie weiß nicht, worauf Gülcan hinauswill, und sitzt auf heißen Kohlen. Der Einkaufsjob ist ihre ganze Hoffnung. Durch das Flaschensammeln ist sie heute um sieben Euro reicher. Aber genau genommen ist das natürlich ein Witz.

Gülcan beschwört die Gemeinschaft und spricht von kleinen Rädchen im Getriebe, die, wenn sie nicht ordentlich laufen, den ganzen Fuhrpark lahmlegen können. Romy stößt die Gratissuppe auf, die sie zu schnell hinuntergeschlungen hat.

»Ich möchte dich ja nicht unterbrechen«, sagt sie. »Aber ich habe noch einen sehr wichtigen Termin.«

»Gibt es irgendeine Veränderung, Probleme, von denen wir wissen sollten?«, fragt Gülcan daraufhin gedehnt.

»Nein, alles in Ordnung.«

»Zwei Mütter haben mir, unabhängig voneinander, erzählt, dass ihr umgezogen seid?«

Romy spürt ein Kribbeln in den Händen. Der Magenstein wächst zum Felsen an.

»Es ist folgendermaßen«, sagt Gülcan, »wenn du den Wohnort wechselst, bist du verpflichtet, uns die neue Adresse mitzuteilen. Und außerdem bedeutet so etwas für Kinder manchmal Stress.«

»Wir sind tatsächlich aus der alten Wohnung raus«, sagt Romy und ist erstaunt, wie abgeklärt sie klingt. »Da war Schimmel an den Wänden. Fürs Erste sind wir bei einer Freundin untergekommen. Sie wohnt im gleichen Haus und ist meine direkte Nachbarin gewesen. Unsere Adresse hat sich also nicht geändert.«

»Gut.« Gülcan lehnt sich vor. »Geld vom Amt beziehst du nicht, oder?«

Romy muss sich beherrschen. Gülcans vermeintlich subtile Art der Reglementierung geht ihr gehörig gegen den Strich. Warum hacken immer alle auf ihr herum? Sie versucht doch nur, alles richtig zu machen, probiert, das Boot auf Kurs zu halten. »Ich arbeite in einer Imbissbude«, lügt sie.

»Aber falls du nicht über die Runden kommst, kannst du Anträge stellen. Es ist keine Schande, Hartz IV zu beziehen, wirklich, Romy, und wenn ich dir irgendwie helfen kann, lass es mich wissen.«

»Ja, okay.«

»Es geht um das Kindeswohl«, beharrt Gülcan. »Wir richten unser Augenmerk auf Linus. Das ist unsere Aufgabe. Und wenn wir sehen, dass ein Kind … gefährdet ist, dann ist es unsere Pflicht, einzugreifen.«

»Gefährdet? Was soll das heißen? Sag mir lieber mal, warum mein Sohn hier ständig drangsaliert wird«, schnauzt Romy.

»Was willst du damit sagen?«

»Dass er gemobbt wird.«

»Von wem?«

»Malte bedroht ihn und sagt meinem Jungen, dass er ein Asi ist, das ist los!«

Gülcan holt tief Luft und schaut Romy in die Augen. »Darum kümmere ich mich, versprochen. Wenn es sonst etwas Dringendes gibt, das du loswerden möchtest, dann heraus damit.«

Romy zieht es vor zu schweigen. Sie weiß aus Erfahrung, dass es nichts bringt, wenn sie die Konfrontation sucht. Argumente prallen an Menschen wie Gülcan ab und ziehen Gespräche nur ewig in die Länge. Also macht sie das passende Gesicht und zeigt Gülcan innerlich den Stinkefinger. Grün, grün, grün sind alle meine Kleider. Grün, grün, grün ist alles, was ich hab. Darum lieb ich alles, was so grün ist, weil mein Schatz eine dicke Kröte ist.

»Weißt du, uns ist aufgefallen, dass Linus in letzter Zeit aggressiver ist als sonst, also den Erzieherinnen gegenüber«, fängt Gülcan wieder an. »Bedrückt ihn irgendetwas? Freut er sich auf die Schule?«

Romy hat das Gefühl, dass sich die Einrichtungsleiterin nun ihrem eigentlichen Anliegen nähert. »Er ist nur gesundheitlich etwas angeschlagen«, sagt sie.

»Linus ist ein sensibles Kind, er braucht sehr viel Zuwendung und Stabilität«, sagt die Leiterin.

Romy würde Gülcan gern eine scheuern, sie von ihrem hohen Ross herunterholen. Diese pädagogisch verständnisvolle Art kotzt sie an.

Gülcan redet. Erklärt Romy, wie Linus ihrer Meinung nach tickt, fasst zusammen und argumentiert, als säße eine Person vor ihr, die Linus überhaupt nicht kennt. Romy hasst solche vermeintlichen Plaudereien, die sie als Zurechtweisung empfindet.

»Dann hätte ich da noch etwas Erfreuliches«, fährt Gülcan fort und lächelt. »Wir haben uns doch neulich darüber unterhalten, dass sich Linus schwertut mit den anderen Kindern.«

»Ja …?«

»Seine Erzieherin findet, dass sich sein Sozialverhalten bessert, also, den Erwachsenen gegenüber hapert es etwas, aber mit den Kindern, die in seiner Gruppe sind, da läuft es ganz gut.«

»Das ist klasse, wirklich.« Romy lächelt ebenfalls. »Neuerdings wird Linus ja auch zu Geburtstagen eingeladen. Morgen geht er zu Jan-Bosse.«

Romy redet und kann nicht aufhören. Sie plappert immer weiter. Von Jan-Bosse. Seinen Eltern und dem Zoobesuch, der ansteht. Sie klingt, als sei sie mit Jan-Bosses Eltern befreundet, und Gülcan scheint beeindruckt, macht sich Notizen und nickt anerkennend. Dabei kennt Romy Jan-Bosses Vater gar nicht, und mit seiner Mutter hat sie bisher grob geschätzt nicht mehr als fünf Sätze gesprochen. Und Geburtstage sind für Romy ein Graus. Selten lässt sie Linus hingehen. Ihr fehlt schlicht das Geld. Ein Geschenk bewegt sich in einer Größenordnung von mindestens acht, wenn nicht sogar zehn Euro.

»Linus klagt übrigens über Bauchschmerzen«, sagt Gülcan zum Schluss. »Übergeben hat er sich am Vormittag auch, und deshalb möchte ich dich bitten, ihn für heute mit nach Hause zu nehmen. Bettruhe ist für ihn nun das Wichtigste. Wir schließen heute sowieso früher, das hast du doch nicht vergessen, oder?«

Romy glaubt, sich verhört zu haben. Sie kann ihren Sohn jetzt nicht sofort mitnehmen. Wie soll sie zu einem Vorstellungstermin gehen, wenn sie Linus im Schlepptau hat? Ihre Gedanken fahren Achterbahn. Aber sie bringt kein Wort heraus, dabei wäre es ganz leicht, und Gülcan hätte bestimmt Verständnis.

Die Leiterin steht auf und reicht Romy die Hand. »Du fährst übrigens einen schicken Wagen. So einen hätte ich auch gern, und dann ist es auch noch meine Lieblingsfarbe.«

»Nur geliehen«, sagt Romy, öffnet die Tür und stürzt auf den Flur.

Gülcan bleibt ihr auf den Fersen und folgt ihr in die Gruppe. Linus fällt Romy in die Arme und schaut sie aus geröteten Augen an.

»Hallo, mein Spätzchen. Wir müssen los und ein Geschenk für Jan-Bosse besorgen!«, sagt Romy extralaut, damit Gülcan sie hört.

»In echt?«

»Ganz in echt!«

Linus lächelt, saust los und hüpft zum Auto vor. Romy spielt die Gutgelaunte, bis sie hinter dem Steuer sitzt. Dank Mrs. Immergrün wird der größte Teil des Flaschengeldes nun für Jan-Bosses Geschenk draufgehen. Gut gemacht, Frau Leiterin.

Eine Lösung für ihr Vorstellungsgespräch ist Romy immerhin schon eingefallen. Sie wird Linus im Kinderspielparadies eines großen Möbelladens abgeben. Romy programmiert das Navi und atmet erleichtert auf. Der Laden ist nur einen Katzensprung vom Wohnort der alten Frau Schmittbauer entfernt, bei der sie in exakt fünfundvierzig Minuten einen Vorstellungstermin hat. Dazu muss sie quer durch die Stadt. Von Süd nach Nord. Das ist eigentlich kaum zu schaffen. Romy gibt Gas.

Köln-Kalk

»Mein Mann ist mit dem Jungen zum Getränkemarkt unterwegs, sie sind gleich zurück«, sagt Frau Neuroth.

»Haben Sie etwas dagegen, wenn wir einen kurzen Blick in sein Zimmer werfen?«, fragt Maline.

»Ich weiß nicht, da ist er doch sehr eigen.«

»Wir fassen nichts an«, verspricht Ben.

Maline sieht, dass Eva Neuroth, Gianlucas Pflegemutter, kurz mit sich ringt, bevor sie die Ermittler das Reich des Teenagers inspizieren lässt, das im Erdgeschoss gleich neben dem Gäste-WC liegt.

»Früher war der Raum mein Arbeitszimmer«, sagt sie und bleibt an der Tür stehen.

Es herrscht Durcheinander. Das Bett ist nicht gemacht, der

Schreibtisch bietet keine freie Fläche, alles liegt voller Krimskrams, und auf dem Laminat verteilen sich überwiegend Sportklamotten. Die Wände schmücken Poster der weltbesten Basketballspieler. Pippen, Jordan, Johnson und Nowitzki in einer Reihe.

»Spielt Gianluca selbst?«, fragt Maline.

»Basketball ist sein Leben. Er wird heute zur Talentsuche des Deutschen Basketball Bunds nach Heidelberg reisen. Deshalb hatte ich Ihre Kollegin gebeten, hierherzukommen. Gianni ist verständlicherweise sehr aufgeregt.«

Maline und Ben folgen Frau Neuroth ins Wohnzimmer.

Alles deutet auf ein lebendiges Haus. Der große Esstisch, Hochstühle für Kleinkinder, dicke Bodensitzkissen, die Matchboxautos auf der Fensterbank. An einer Wand stehen unbehandelte Holzregale, in denen sich Bücher und Brettspiele stapeln. Auf dem bunten Teppich verteilen sich mehrere Plastikkisten, die mit Legosteinen gefüllt sind. Gelbe Tulpen sind in Vasen drapiert, und auf dem Klavier liegen Noten. Beethovens »Mondscheinsonate« ist aufgeschlagen. Die Ermittler nehmen auf einer Couch mit Cordbezug Platz.

Zwei Koffer stehen neben einer Vitrine.

»Meine Schwiegermutter ist eben angekommen«, sagt Eva Neuroth, als sie Malines Blick bemerkt. »Sie ist mit unseren Jüngsten zum Spielplatz unterwegs.«

Sie stellt Wasser und zwei Gläser auf den Couchtisch. »Gianluca behauptet, dass der ehemalige Freund seiner Mutter etwas angetan hat.«

Ihre Haare sind fransig geschnitten, um die Augen zeichnen sich Lachfalten ab, und sie hat dunkelroten Lippenstift aufgelegt. Sie trägt Jogginghosen, ein Kapuzenshirt und Turnschuhe. Gianlucas Pflegemutter wirkt jugendlich und sportlich. Ihre Körperhaltung ist vorbildlich und animiert Maline ebenfalls zu einer geraderen Sitzhaltung.

»Dazu möchten wir ihn gleich gern selbst befragen«, sagt Maline. »Kennen Sie Herrn Kornblum?«

»Wir haben ihn nur wenige Male gesehen.«

»Gianluca hat angedeutet, dass er seine Mutter früher geschlagen hat. Können Sie das bestätigen?«

»In den Berichten des Jungendamtes taucht darüber nichts auf.«

»Erzählen Sie uns ein bisschen von Gianluca«, sagt Ben. »Was ist er für ein Junge?«

»Wo fange ich da an?« Eva Neuroth schiebt sich ein Kissen in den Rücken und lächelt. »Er ist ein sehr guter Schüler. Letzten Sommer ist Gianni von der Realschule aufs Gymnasium gewechselt. Das müssen Sie sich mal vorstellen, bei dem, was der Junge so durchgemacht hat! Er ist in jeder Hinsicht eine Bereicherung. Gianni ist wirklich talentiert. Er könnte Basketballprofi werden. Mein Mann und ich sind froh, dass wir ihn ein Stück des Weges begleiten dürfen. Unser leiblicher Sohn könnte sich von ihm eine Scheibe abschneiden.«

»Und wie fügt sich Gianluca ins Familienleben ein?«, fragt Maline.

»Unheimlich gut. Er mag unsere beiden Kinder, und seine kleine Schwester vergöttert er geradezu. Gianluca ist so dankbar, dass wir Kira ebenfalls aufgenommen haben. Aber es wäre doch grausam gewesen, die Geschwister zu trennen, finden Sie nicht?«

»Herr Kornblum kommt seine Tochter nicht besuchen, oder?«, fragt Maline und hakt damit eine Frage ab, die zu stellen Lou ihr telefonisch aufgetragen hat.

»Nein. Er war ja von der Schwangerschaft wenig begeistert. Antonella hat erzählt, dass er mit seinen fast erwachsenen Söhnen zusammenwohnt und an einer Patchwork-Familie nicht interessiert ist. Im Gegenteil, er hielt beide Seiten strikt voneinander getrennt und wollte auch nicht, dass Gianni oder Antonella seine Kinder kennenlernen. Letztlich hat er sich dann ja auch ganz von Antonella verabschiedet. Schwierig, diese Verhältnisse.«

»Wie lange lebt Gianluca schon bei Ihnen?«, fragt Maline.

»Fünfzehn Monate.«

»Wie kam es dazu? Ich meine, er wohnte bis dahin ja mit seiner Mutter zusammen.«

»Das Jugendamt hat ihn auf ihren Wunsch vermittelt. Antonella liebte ihre Kinder und hat sich, meiner Meinung nach, geradezu vorbildlich verhalten, denn sie konnte das Kindeswohl weder für Gianni noch für seine Schwester gewährleisten.«

»Wie hat Gianluca die Trennung von seiner leiblichen Mutter verkraftet?«, fragt Ben.

»Er hing extrem an ihr. Doch manche Entscheidungen können Kinder nicht treffen. Es wäre mit Sicherheit schwer gewesen, ihn völlig fremd unterzubringen, ich weiß nicht, ob der Junge da mitgespielt hätte. Aber mein Mann kannte ihn aus diversen Ferienprogrammen und hat mit der Zeit ein Vertrauensverhältnis zu ihm aufgebaut.«

»Arbeitet er im sozialen Bereich?«

»Bei der Stadtverwaltung. Als es dann um Gianlucas Unterbringung ging, haben wir keinen Moment gezögert und ihn in unsere Familie aufgenommen. Er war relativ schnell einverstanden. Zumal wir vom Wohnort der Mutter nur wenige Kilometer entfernt leben. Antonella kam manchmal vorbei. Ostern hätten wir sie zum Mittagessen eingeladen.«

»Wie würden Sie Frau Beradi beschreiben?«, fragt Maline.

»Ach, im Grunde war sie eine gute Seele. Überfordert mit dem Leben und auch mit den Kindern, sicher. Aber ich halte … hielt Antonella für eine herzensgute Frau. Sie vergötterte Gianluca. Zu seinem nächsten Spiel wollte sie mitkommen. Sie war kooperativ und gehörte nicht zu der Sorte leiblicher Mütter, die den Pflegeeltern Steine in den Weg legen.«

»Als meine Kollegin Gianluca gestern kurz im Flur traf, sagte er etwas von einem Streit mit seiner Mutter«, sagt Maline. »Angeblich hat er sie mehrere Tage nicht kontaktiert.«

»Das kam vor. Antonella war nicht besonders zuverlässig und hat Gianni damit natürlich immer wieder vor den Kopf gestoßen. Aber letztlich konnte er ihr nicht böse sein.«

»Wie versteht sich Gianluca mit Ihrem Sohn?«

»Die beiden Jungs sind wie Brüder. Sie kommen prächtig miteinander klar. Gustav befindet sich in einer … schwierigen Phase. Nichts Ungewöhnliches, aber er nimmt es im Moment mit der Wahrheit nicht so genau. Seine Noten sind, sagen wir mal, bescheiden. Pubertätskram.« Frau Neuroth lächelt. »Es ist nichts, worüber wir uns ernsthaft Sorgen machen.«

»Neigt Gianluca zu Gewalttätigkeiten?«, fragt Ben.

»Wie kommen Sie denn darauf? Der Junge kann keiner Fliege was zuleide tun. Im Gegenteil, man muss ihn förmlich auffordern, sich mal zu wehren.«

»Und in der Schule? Mobbing? Schlägereien? Irgendwas in die Richtung?«

»Glauben Sie allen Ernstes, dass Gianluca seiner eigenen Mutter etwas angetan hat, oder worauf wollen Sie hinaus? Er liebte diese Frau. Mit ihr waren all seine Wünsche verknüpft. Warum sollte er ihr ein Haar krümmen?«

»Weil seine Hoffnung auf ein Zusammenleben mit ihr aussichtslos war«, sagt Maline. »Weil sie wenig auf die Reihe bekam. Weil sie ihn im Stich gelassen hat. Ich könnte Ihnen einige Gründe nennen.«

»In meinen Ohren klingt das absurd«, ereifert sich Frau Neuroth.

»Kennen Sie Herrn Harnisch?«, fragt Maline. »Und wenn ja, was halten Sie von ihm?«

»Hat er sich negativ über Gianni geäußert?«, schnaubt Eva Neuroth und verschränkt die Arme vor der Brust. »Er ist ein kleiner Wichtigtuer, der ab und zu den Wohltäter spielt. Keine Ahnung, was der Mann kompensieren muss.«

»Sie scheinen nicht viel von ihm zu halten«, sagt Ben.

»Nicht, wenn er schlecht über Gianni redet.«

»Gianluca hat doch bestimmt feste Termine«, wechselt Maline das Thema.

Eva Neuroth öffnet den Reißverschluss ihrer Sportjacke und lässt sich einen Moment Zeit, bevor sie antwortet.

»Montags und mittwochs geht er gleich nach der Schule zum Basketball. Donnerstags hilft er als Trainer beim Sport mit Kindern. Samstags sind dann meist Spiele. Meiner Meinung nach ist das alles etwas viel. Ich habe mir den Mund fusselig geredet, aber solange seine Schulnoten nicht leiden, werde ich ihm nicht im Weg stehen. Mir ist es lieber, die Jungs sind eingebunden, dann sind sie weg von der Straße.«

»Wenn ich Sie also richtig verstanden habe, sehen Sie Gianluca oft erst abends nach dem Training«, stellt Maline fest.

»Ja.«

»Können Sie sich erinnern, was er am Montag anhatte, als er abends nach Hause kam?«

»Jogginghose und Sweatshirt, denke ich.«

»Genaue Angaben können Sie nicht machen?«

»Nein, beim besten Willen nicht.«

»Und wahrscheinlich sind die Sachen schon gewaschen.«

»Was glauben Sie denn? Wir sind ein Sechs-Personen-Haushalt. Die Waschmaschine läuft bei uns Tag und Nacht.«

»Gianlucas Training hat letzten Montag auch tatsächlich stattgefunden?«

»Warum sollte es ausfallen?«

»Er ist zum Sport gegangen und kam wie immer nach Hause?«

»Er war pünktlich um neunzehn Uhr zurück, hat seine schmutzige Wäsche in den Hauswirtschaftsraum gepfeffert, geduscht und mit uns Abendbrot gegessen. Montag ist –«

»Meinen Sie die Sportsachen?«

»Ja.«

»Okay, weiter. Ich habe Sie unterbrochen. Montag ist …«

»Familienabend. Da sitzen wir bis zur Schlafenszeit zusammen, spielen Monopoly oder schauen eine DVD. Letzte Woche hat mein Mann den Film ›This Boy's Life‹ mitgebracht, und wir haben ihn uns mit den Jungs angesehen. Darin drangsaliert Robert De Niro seinen Stiefsohn und setzt ihn schlimmen Schikanen aus. Gianni und Gustav waren beeindruckt.«

Maline sieht draußen einen roten Wagen einparken. Frau Neuroth hat das Auto ebenfalls bemerkt, steht auf und verlässt das Wohnzimmer. Sekunden später ist sie mit ihrem Mann zurück. Er begrüßt Maline und Ben mit Handschlag. Ulrich Neuroth trägt Vollbart und ist von kräftiger Statur. Er bittet Maline und Ben, wieder Platz zu nehmen.

»Wir haben einige Fragen an dich«, sagt Maline und sieht den Teenager an, der hinter seinem Pflegevater in der Tür steht.

Gianluca lässt sich auf einen Sessel fallen, streckt die Beine aus und schiebt die Hände in seine Hosentaschen.

»Du hast meiner Kollegin gesagt, dass du Streit mit deiner Mutter hattest.«

»Stimmt ja auch.«

»Wann hast du sie zum letzten Mal kontaktiert?«

»Weiß nicht.«

»Ich möchte gern einen Blick auf dein Smartphone werfen.«

Gianluca schaut zu seinen Pflegeeltern. Maline streckt die Hand aus, aber der Junge macht keine Anstalten, ihr das Mobiltelefon zu geben. »Ich hab den Chatverlauf gelöscht«, sagt er leise.

»Warum hast du das gemacht?«, fragt Ulrich Neuroth.

»Egal«, sagt Ben. »Bei uns arbeiten Spezialisten, die können so etwas wiederherstellen.«

Gianluca beißt die Zähne zusammen.

»Übergib dein Smartphone bitte den Beamten«, sagt Eva Neuroth.

Der Junge gehorcht, wenn auch sichtlich widerwillig.

»Du hast es ganz schnell zurück«, verspricht Maline.

»Wann?«, will Gianluca wissen. »Ich fahre heute zu einem wichtigen Termin und wollte Fotos für meine Freunde machen.«

»So schnell geht das bestimmt nicht«, schaltet sich Ulrich Neuroth ein. »Dann nimmst du eben mein Smartphone.«

Gianluca macht ein langes Gesicht. »Kümmern Sie sich mal lieber um den blöden Kornblum. Ich habe Ihnen doch gesagt, dass ich ihn bei meiner Mutter gesehen habe!«

»Wann war das?«

»Am Montag.«

»Wann genau?«

»Gegen sechs.«

»Da hattest du doch Training«, sagen die Neuroths wie aus einem Mund.

»Hab geschwänzt.«
»Warum?«, fragt Maline.
»Ich wollte zu meiner Mutter, nachsehen, ob alles in Ordnung ist, weil sie nicht an ihr Handy ging.«
»Du bist also ins Haus gegangen?«, fragt Maline.
»Zuerst nicht.«
»Warum?«
»Kornblum stand vor der Eingangstür.«
»Ganz sicher?«, fragt Ben.
»Klar.«
»Hast du mit ihm gesprochen?«
»Nein, ich habe gewartet, bis er verschwunden ist, dann bin ich ins Haus rein, als ein Nachbar rauskam.« Gianluca schaut auf seine Turnschuhe. »Meine Mutter hat mir nämlich nicht die Tür geöffnet.«
»Du besitzt doch einen Schlüssel«, sagt Ulrich Neuroth.
»Den hatte ich aber nicht dabei.« Gianluca wischt sich eine Träne fort. »Es war eine spontane Aktion.«
»Du bist an dem Tag also ganz sicher nicht in der Wohnung deiner Mutter gewesen?«, fragt Maline.
Gianluca verneint. »Erst gestern, als ich sie dann auch gefunden habe, ich schwöre.«
Eva Neuroth reicht ihm ein Taschentuch.
»Wir werden mit Herrn Kornblum reden«, verspricht Maline.
»Hättest du etwas dagegen, wenn wir uns gemeinsam mit dir in deinem Zimmer umsehen?«
»Nein, schon okay. Ich gehe nur kurz auf die Toilette.«
»Er muss schon seit einer halben Stunde.« Ulrich Neuroth beginnt, genau wie seine Frau von Gianluca zu schwärmen, als der das Wohnzimmer verlassen hat. Er erzählt geradezu euphorisch von seinem sportlichen Talent und den guten Schulnoten.
»Wo bleibt Gianluca?«, fragt Maline nach einer Weile.
Ben und Maline folgen den Neuroths in den Flur. Gianlucas Zimmertür steht offen. Er sitzt auf dem Boden vor seinem Bett und weint.

»Gianni, was ist denn?« Eva Neuroth, lässt sich neben ihm nieder und legt einen Arm um ihn. »Weinst du wegen deiner Mutter?«

Er schüttelt den Kopf und wird von einem Weinkrampf erfasst.

»Vielleicht können Sie uns einen Moment mit Gianluca allein lassen«, schlägt Maline vor.

Ulrich Neuroth holt tief Luft. »Wir möchten ihn jetzt ungern –«

»Nur einen Augenblick«, beharrt Ben.

Die Neuroths verlassen das Zimmer, und Maline schließt die Tür.

»Was ist los?«, fragt die Kommissarin. »Ich habe das Gefühl, dass du uns etwas sagen möchtest.«

Gianluca zieht die Nase hoch, er hat die Beine an seinen Oberkörper gezogen und starrt wieder auf seine Turnschuhe.

»Geht es um Kornblum?«

»Nein.«

»Um deine Pflegeeltern?«

Gianluca schaut Maline in die Augen. »Gustav klaut.«

»Was meinst du damit? Stiehlt er deine Sachen?«

»Er schwänzt die Schule und hängt mit ätzenden Typen ab.«

Ben und Maline tauschen einen kurzen Blick.

Gianluca deutet auf eine Yuccapalme. Sie ist das einzige Grünzeug im Zimmer. Maline begutachtet die Pflanze, die dermaßen eingetrocknet ist, dass zwischen Erde und Topfrand ein Hohlraum entstanden ist. Sie steht schief im Topf.

»Eva denkt, dass mir die Pflanze egal ist, aber sie liegt daneben«, sagt Gianluca. »Sie müssen die Palme rausheben.«

Maline zieht sie samt Wurzelwerk heraus. Auf dem Grund liegt ein Schlagring. Er ist aus Metall, an der Außenseite mit Nieten versehen und mit Blumenerde behaftet. Gleiches gilt für die zwei Ausweise, die sich ebenfalls im Bottich befinden. Maline streift einen Einweghandschuh über, nimmt sie heraus und sieht sich die Personalien an.

»Gustav zockt Leute ab«, sagt Gianluca.

Maline dreht die beiden Personalausweise in der Hand. »Anne Grünmeyer und Hubert Simons, kennst du die Personen?«

Gianluca richtet sich auf. »Sie nehmen ihnen das Geld ab und versuchen, die Ausweise zu verkaufen.«

»Wo?«

»Keine Ahnung, das macht ein älterer Typ, seinen Namen kenne ich nicht. Gustav versteckt die Sachen bei mir, weil er Angst hat, dass seine Eltern sie finden.«

»Du traust dich nicht, mit ihnen darüber zu sprechen, oder?«, fragt Ben.

»Gustav sagt, dass seine Kumpels meine Beine verkrüppeln, wenn ich ein Wort sage, und dann ist es vorbei mit meiner Profikarriere als Basketballspieler.«

»Deine Pflegemutter hat uns eben berichtet, dass du dich mit Gustav super verstehst«, sagt Maline.

»Alles nur Show.« Gianluca zieht die Nase hoch.

»Und du kennst die Typen wirklich nicht, mit denen Gustav abhängt?«

»Nein.«

»Wo trifft sich denn die Clique?«, fragt Ben.

»Die Neuroths werden mich wegschicken, wenn sie erfahren, dass ich Gustav verraten habe«, weint Gianluca.

»Unsinn«, sagt Maline. »Sie wollen nicht, dass ihr Sohn auf die schiefe Bahn gerät, und werden sich sogar bei dir bedanken.«

»Und was ist, wenn mich Gustavs Kumpels verkrüppeln? Mit denen ist nicht zu spaßen.«

»Wir kümmern uns um die Gang«, sagt Ben. »Du brauchst keine Angst zu haben.«

Es klopft. Ein schlaksiger Junge mit Popperhaarschnitt steckt den Kopf herein und verschwindet augenblicklich wieder. Maline und Ben sind sofort auf den Beinen und laufen an den verdutzten Neuroths vorbei zur Haustür.

Aber Gustav sitzt schon auf seinem Mofa und biegt auf die Kalker Hauptstraße.

Frau Neuroth schaut konsterniert. »Das verstehe ich nicht, wovor haut Gustav denn ab?«

»Das kann ich Ihnen sagen.« Maline geht mit den Eltern zurück ins Haus und setzt sie über Gustavs Machenschaften in Kenntnis.

Die Neuroths ringen sichtlich um Fassung.

»Das kann doch alles nicht wahr sein«, sagt Ulrich Neuroth schließlich.

»Was haben wir denn falsch gemacht?«, fragt seine Frau.

Sie sammeln sich, sprechen sich gegenseitig Mut zu, gehen zu Gianluca und versichern ihm, dass es richtig war, mit der Sprache herauszurücken und Gustav nicht weiter zu decken.

Ben stellt die gestohlenen Ausweise sicher.

»Wir werden eine Anzeige schreiben und sie ans zuständige Fachkommissariat weiterleiten«, sagt Maline. »Die Kollegen schicken Ihrem Sohn dann eine Vorladung.«

Als Maline mit Ben im Streifenwagen sitzt, ruft sie Lou an, berichtet von den Neuroths und Gianlucas Verhalten. Lou erwähnt den Nachbarn, der Kornblum vor Antonella Beradis Haus gesehen hat.

»Das deckt sich mit Gianlucas Aussage«, bestätigt Maline und hört zu, als Lou sie von dem Überfall auf Gianlucas Mutter vor ein paar Wochen in Kenntnis setzt.

»Und?«, fragt Maline.

»Sie hat es nicht angezeigt, und außerdem wohnt im Haus gegenüber ein Spanner, der sie nicht in Ruhe gelassen hat. Kevin und ich statten ihm jetzt einen Besuch ab. Und was hast du?«

Maline informiert sie über Gianlucas Problem mit Gustav und das versteckte Diebesgut. »Die Neuroths sind aus allen Wolken gefallen. Wir sind jetzt zunächst aber auf dem Weg zu Heiko Kornblum. Was ist mit den Verbindungsdaten?«

»In Sachen Telefonanbieter treten wir auf der Stelle, der Kollege vom KK35 hat die Excel-Listen mit den Rohdaten immer noch nicht geschickt.«

»Dann mache ich mal ein bisschen Druck, sobald ich wieder im PP bin«, sagt Maline.

Sie will Lou den Wohnort durchgeben, an dem Frau Beradis Ex-Freund laut Einwohnermeldeamt registriert ist, aber ihre Kollegin hat die Daten schon vorliegen.

»Meine Mutter hat mich gebeten, eine junge Frau zu überprüfen, und die Person ist an der gleichen Anschrift gemeldet«, sagt Lou.

»Sollen wir bei ihr anklopfen?«

»Schaut einfach nach, ob ihr ein Klingelschild mit ihrem Namen findet.« Lou gibt Romys Personendaten durch. »Um alles Weitere kümmere ich mich lieber persönlich.«

Köln-Ossendorf

»Hallo! Sie! In der schwarzen Jacke, bleiben Sie stehen!«

Romy schaut stur geradeaus, geht zügig die Rolltreppe hinunter, verlässt das Möbelgeschäft durch den Hauptausgang und läuft hinüber zu den Parkplätzen. Sie hat ihren Wagen fast erreicht, als sie jemand am Arm anfasst.

»Sie haben gerade Ihren Sohn im Kinderparadies abgegeben.«

Romy sieht sich mit einer jungen Frau konfrontiert, deren Gesicht von Pickeln übersät ist. Sie trägt ein gelbrotes T-Shirt, das ihr viel zu groß ist, und hält Linus an der Hand.

»Dafür ist das Kinderparadies doch da«, kontert Romy und zieht Linus auf ihre Seite.

»Ja, für Eltern, die beabsichtigen, bei uns einzukaufen. Wir sind aber keine Kindertagesstätte.«

»Wie kommen Sie darauf, dass ich nicht vorhabe, bei Ihnen zu shoppen?«

»Weil Sie schnurstracks aus dem Laden gestürmt sind, nachdem Sie den Kleinen bei uns abgeliefert haben.« Die Frau stemmt die Hände in die Hüften und sieht angriffslustig aus.

»In letzter Zeit gehen wir stichprobenartig gegen Missbrauch unseres Angebots vor, und Sie habe ich gerade auf frischer Tat ertappt.«

»Ich wollte nur meine Kreditkarte holen«, sagt Romy mit fester Stimme.

»Ach ja? Wo ist sie denn?«

»Im Handschuhfach.«

»Nur zu, holen Sie die Karte hervor. Ich würde sie zu gern sehen!«

Romy öffnet die Seitentür, lässt Linus auf seinen Sitz klettern und schnallt ihn fest. »Wissen Sie was?«, sagt sie und baut sich vor der wartenden Frau auf. »Mir ist die Lust am Einkaufen vergangen, und ich kann Ihnen versprechen, dass ich Ihr Verhalten in sämtlichen Onlineportalen zur Sprache bringen werde. Ich werde nie wieder einen Fuß in Ihren Laden setzen, das können Sie der Firmenleitung sehr gern ausrichten.«

»Ja, ja, tun Sie sich keinen Zwang an«, sagt die Angestellte und schlendert betont langsam ins Geschäft zurück.

Romy schimpft, setzt sich hinters Steuer und verlässt das Gelände mit überhöhter Geschwindigkeit. Gott sei Dank hat sie die Anschrift der Rentnerin schon am Kindergarten ins Navi eingegeben. Sie findet die Straße deshalb auf Anhieb. Nur einen Parkplatz sucht sie in der Sackgasse vergebens.

»Mami …?«

»Jetzt nicht.«

»Wo sind wir?«

»In der Delfossestraße.«

»Delfinflosse?« Linus lacht und singt seine Wortkreation, ohne Luft zu holen.

»Mir ist schlecht, und mein Bauch tut weh«, mault er auf einmal vom Rücksitz.

»Wir sind gleich da.«

Mit Blick auf die Uhr stellt Romy den Qubo im Wendehammer der Straße ab. Durch Gülcan, den bescheuerten Stadtverkehr und den Umweg übers Möbelhaus ist sie einfach viel zu spät dran und muss das Risiko, abgeschleppt zu werden, eingehen. Kein Mensch ist zu sehen, und Linus ist im Fahrzeug sicher, die abgedunkelten Scheiben schützen ihn.

Romy dreht sich zu ihrem Sohn um. »Ich muss kurz etwas erledigen, es dauert wirklich nur ein paar Minuten. Wartest du hier? Du bekommst auch mein Handy.«

»Nein«, schreit Linus und fängt sofort an zu weinen.

Romy klettert zu ihrem Sohn auf den Rücksitz. »Jetzt mach bitte kein Theater. Du bist doch schon groß.«

»Ich will mitkommen! Lass mich nicht allein, bitte!« Linus tritt nach ihr.

Romy fühlt sich miserabel. Linus' Panik berührt sie, deshalb löst sie seinen Sicherheitsgurt und nimmt ihn an die Hand.

Keine zwei Minuten später öffnet Romy Frau Schmittbauers Gartentor. Das Grundstück ist von einer schulterhohen Hecke komplett eingerahmt und der Garten tipptopp in Schuss. Tulpen, Azaleen und Astern blühen in gepflegten Beeten. Der Rasen ist gemäht. Romy steuert mit Linus auf den Klinkerbau zu, der mit Sicherheit aus den siebziger Jahren stammt. Vor der Garage parkt ein roter Golf in der Auffahrt.

Eins der gitterlosen Fenster im Kellergeschoss steht weit offen. Romy linst im Vorbeigehen hinein, sieht ein hell gestrichenes Zimmer, in dem ein weißes Messingbett mit reich verziertem Kopfteil steht. Die Matratze ist zum Lüften aufgestellt. Von so einem Bett träumt Romy seit ihrer Jugend.

Das Haus ist eindeutig zu groß für eine Person. Romys Phantasie galoppiert mit ihr davon. Mit etwas Geschick lässt sich aus dem Kellerraum eine niedliche Einliegerwohnung zaubern. Ein Zweiplattenherd und ein Waschbecken würden für den Anfang reichen. Als Gegenleistung erledigt Romy die Einkäufe, Gartenarbeit und putzt. Alles ist möglich. Wenn Frau Schmittbauer einsam ist und Kinder mag.

Die alte Dame öffnet erst nach dem dritten Klingeln. Über eine blassrosa Bluse hat sie einen dunkelblauen Pullover gezogen, den Kragen hat sie über den Halsausschnitt geschlagen. Ein knielanger Rock und praktische flache Schuhe runden ihre Erscheinung ab. Sie ist hager, ihr ovales Gesicht umrahmen graue dauergewellte Haare. Das Verhältnis zwischen Ober- und Unterkiefer stimmt nicht, die Schneidezähne stehen deutlich vor der unteren Zahnreihe.

Frau Schmittbauers Mundwinkel zeigen nach unten. Sie sieht energisch aus. Romys Seifenblase zerplatzt. Denn sie spürt auf Anhieb, dass es für sie und Linus hier kein Happy End geben wird. Außerdem trägt sie nicht die passende Kleidung. Abgelaufene Turnschuhe, Röhrenjeans und Sweater sind hier fehl am Platz, und den Nasenring hätte sie herausnehmen sollen. Dummerweise ist ihr Pullover zudem voller Flecken. Eine chinesische Touristin hat Romy angerempelt, als sie die Gratissuppe löffelte. Die Ärmste hat sich nicht mehr eingekriegt und sich hundert Mal entschuldigt.

»Sie kommen fünfundzwanzig Minuten zu spät«, sagt Frau Schmittbauer und starrt Linus an. »Und von einem Kind war keine Rede.«

Romy streichelt ihrem Sohn über den Kopf, dabei klimpern ihre Armreifen. »Selbstverständlich bringe ich meinen Sohn in Zukunft nicht mit, wenn ich Einkäufe für Sie erledige«, sagt sie und versucht, selbstbewusst zu klingen.

Frau Schmittbauers Mimik bleibt undurchsichtig. Vor der Türschwelle liegt eine Fußmatte mit dem Aufdruck »Willkommen«. Sie macht keine Anstalten, Mutter und Sohn ins Haus zu bitten.

»Halten Sie es für eine gute Idee, ein Kind zu einem Bewerbungstermin mitzubringen? Ich meine, wo soll das hinführen?«

»Ich hatte keine Wahl.« Romy drückt die aufkommende Niedergeschlagenheit beiseite, denkt an den Stundenlohn, den die Frau zu zahlen bereit ist, und lächelt tapfer. »Ein schönes Haus haben Sie.«

»Manipulative Menschen erkennt man daran, dass sie die Kunst des Schmeichelns beherrschen.« Frau Schmittbauer schließt die Haustür bis auf Fußbreite. »Wenn Sie heute keine Wahl hatten, haben Sie in Zukunft vielleicht auch keine.«

»Mama …?«

»Pst.«

Romy hat nicht vor, sich so einfach abwimmeln zu lassen. »Wenn Sie mich beschäftigen, werden Sie es nicht bereuen. Ich bin zuverlässig, flexibel und habe alles im Griff. Ehrenwort!«

»Danach sehen Sie ganz und gar nicht aus.« Frau Schmittbauer schaut von Romy zu Linus. Ihre Gesichtszüge scheinen sich etwas zu entspannen. Die Haustür geht wieder weiter auf. Vielleicht besinnt sie sich auf christliche Werte, oder sie hat einfach Mitleid und spürt Romys Verzweiflung.

Romy sieht einen Lederkoffer in der kleinen Diele stehen. »Wollen Sie verreisen?«, fragt sie, um der Situation etwas Leichtigkeit zu verleihen.

»Nur für zwei Nächte.« Zerstreut schließt Frau Schmittbauer die Tür wieder ein wenig.

»Mama …?«

»Gleich, Linus, ich muss erst mit der Dame reden«, sagt Romy. »Ist die Stelle denn schon vergeben?«

»Ich hatte durchaus einige Bewerber und habe mich noch nicht entschieden. Aber Sie … eine solch unzuverlässige Person kommt für mich eigentlich nicht in Frage, es tut mir leid.«

»Mami … mir ist schlecht.«

Romy legt einen Arm um Linus' Schultern und hält gleichzeitig dem Blick der alten Dame stand. Als sich Linus übergibt, landet sein Mageninhalt direkt auf Frau Schmittbauers Fußmatte. Willkommen. In ihrem Gesicht spiegeln sich Ekel und Entsetzen. Romy zieht den Jungen von der Tür fort. Aber Linus kann nicht aufhören zu spucken und erbricht eine weitere Ladung flüssigen Brei auf den Willkommen-Schriftzug.

»Das ist eine bodenlose Unverschämtheit«, keift Frau Schmittbauer. »Verlassen Sie gefälligst mein Grundstück!«

»Linus geht es nicht gut«, sagt Romy überflüssigerweise. »Können wir Ihr Badezimmer benutzen?«

»Das kommt gar nicht in Frage!«

»Haben Sie dann wenigstens ein Glas Wasser für ihn?«

Frau Schmittbauer antwortet nicht und füllt den Türrahmen plötzlich komplett aus. Ihre Schmächtigkeit ist wie weggefegt.

»Wenn Sie mir einen Lappen geben, wische ich alles sauber«, sagt Romy und ist wirklich den Tränen nah.

»Machen Sie, dass Sie Land gewinnen!« Frau Schmittbauer dreht sich um und wirft die Tür ins Schloss.

Romy geht vor Linus in die Hocke und wischt ihm den Mund mit dem Ärmel ihres Sweatshirts sauber.

»Können wir jetzt nach Hause fahren?«, flüstert Linus. »Ich meine, in unsere eigene richtige Wohnung. Ich möchte heute so gern in meinem Bett schlafen.«

»Okay.«

»Du sagst immer okay, und dann machen wir es doch nicht«, weint Linus mit offenem Mund.

Romy richtet sich auf, schiebt die Brust vor und gibt ihrem Impuls nach. Sie stürzt sich auf Frau Schmittbauers Tür, hämmert mit ihren Fäusten dagegen und tritt mit voller Wucht gegen den Kantenbeschlag.

»Was sind Sie nur für ein Mensch? Wir wollten nur einen Schluck Wasser! Ich bin froh, dass ich nicht für Sie arbeiten muss! Sie herzloses Ungeheuer! Arrogante Kuh!«

Linus heult auf.

Romy führt ihn durch den kleinen Garten zurück zum Tor. Sie spürt Frau Schmittbauers Blick im Rücken, wahrscheinlich steht die kleinliche alte Schachtel am Fenster.

Hand in Hand gehen Mutter und Sohn bis zur Straße, in der Romy den Wagen abgestellt hat. Immerhin wurde der Qubo nicht abgeschleppt, und ein Knöllchen hat Romy ebenfalls nicht kassiert.

Sie lässt Linus einsteigen. Er glüht, mit Sicherheit hat er Fieber. Romy schnallt ihn fest, und dabei rutscht sein T-Shirt hoch. Die Narbe des Nabelbruchs ist feuerrot und heiß. Linus' Bauch fühlt sich hart an. Der Kleine weint und schlägt nach Romys Hand.

Sie setzt sich hinters Steuer und startet den Motor. Die Füllanzeige kündigt an, dass kaum noch Benzin im Tank ist. Der Sprit reicht für zwanzig, vielleicht dreißig Kilometer, mehr wird Romy mit dem Wagen nicht mehr fahren können.

Sie lenkt das Auto durch den Stadtverkehr. Während der Fahrt huscht ihr Blick zwischen Straße und Innenspiegel. Linus hängt schlaff im Gurt. Romy tritt das Gaspedal durch. Sie muss mit dem Kind zum Arzt und weiß, wer ihr in dieser Situation helfen kann.

Köln-Höhenberg

Die Tür öffnet sich maximal zehn Zentimeter. Eine Sicherheitskette ist vorgelegt. Zwischen Rahmen und Tür erkennt Lou die Umrisse einer weißhaarigen Frau, die nicht größer ist als ein Besenstiel.

»Was wollen Sie?«

»Frau Fink?«

Keine Antwort.

»Ist Ihr Sohn zu Hause?«

»Wer will das wissen?«

»Polizei Köln.«

Die Tür geht ganz zu und Sekunden später weit auf.

Ein lila Jogginganzug schlabbert um Frau Finks Körper. Sie zeigt auf eine Tür und verschwindet. Kevin klopft an das geriffelte Glas und drückt die Klinke nach unten. Lou hält sich hinter ihm bereit, ihren Kollegen jederzeit zu sichern.

»Herr Fink? Polizei«, sagt Kevin und betritt den Raum. »Wir haben ein paar Fragen.«

Matthias Fink, Frau Beradis Nachbar von gegenüber, steht an einem beleuchteten Hochtisch, links und rechts ist jeweils eine Studioblitzlampe montiert. Lou ist überrascht, das Zimmer ist größer, als sie angenommen hatte, hellgrau gestrichen, und das haselnussbraune Laminat glänzt wie frisch gebohnert. Überall steht Equipment, das zum Fotografieren benötigt wird. Höhenverstellbare Studioleinwände, Leuchten in verschiedenen Ausführungen, auf einem Tisch liegen Blenden, ein Computer und Stative.

Fink ist schwarz gekleidet und barfuß. Er trägt einen kurzen hellblonden Zopf, Kinnbart und silbernen Nagellack auf Finger- wie Fußnägeln.

»Ich bin bei der Arbeit«, sagt er, schaut mit seinen wässrig blauen Augen nur flüchtig auf und drapiert einen Plüschhasen auf dem weiß bespannten Aufnahmetisch. »Was wollen Sie von mir?«

In einem Regal sitzen an die fünfzig Barbiepuppen in allen möglichen Outfits. Mit Prinzessinnentüll, Reitsachen, mit Cocktailkleid und im Badeanzug. Lous Blick bleibt an einer Puppe hängen, die in einer Box vor blauem Hintergrund sitzt.

»Ich fotografiere Barbiepuppen und dann vor allem Makrokram. Dafür ist die Box gut geeignet, man kann später die Hintergründe variieren.«

»Wir sind hier wegen Frau Beradi«, sagt Kevin.

»Hat die doofe Kuh mich etwa angezeigt?«

»Wir wüssten gern von Ihnen, was passiert ist«, sagt Lou.

Fink richtet den Plüschhasen aus, verschiebt ihn wenige Millimeter und schaut immer wieder durch das Objektiv seiner Kamera.

»Egal, was sie gesagt hat, sie phantasiert.« Fink klingt unbeeindruckt.

»Stimmt es, dass sie bei Ihnen geklingelt und sich beschwert hat?«, will Lou wissen.

»Sie kam in Begleitung ihres Sohnes, der Kleine hat einen Mordsaufstand gemacht und behauptet, dass ich spanne und so eine Scheiße. Der ist richtig frech geworden.«

»Und, hat er recht mit seinen Unterstellungen?«

»Shit, nein, das ist absoluter Blödsinn. Ich fotografiere vorzugsweise meine Umgebung und betrachte sie mit den Augen eines Künstlers.«

»Und deshalb visieren Sie die Wohnung von Frau Beradi an?«, fragt Kevin.

»Hausfassaden von Mehrfamilienhäusern finde ich generell reizvoll«, erklärt Fink. »Wer zeigt sich wo zu welcher Uhrzeit, solche Sachen eben. Und in diesem Zusammenhang habe ich für mein letztes Projekt den Fokus auf meine unmittelbare Nachbarschaft gelegt. Diese Frau …«

»Beradi«, sagt Lou.

»Meinetwegen, sie war nur zufällig Bestandteil der Aktion.«

»Ach so«, sagt Kevin. »Um welches künstlerische Projekt handelt es sich denn, wenn ich fragen darf?«

Fink ignoriert Kevin und konzentriert sich auf Lou. »Ich habe zweiundsiebzig Stunden die Straße und einen Teil der Häuserzeile von hier oben aus fotografiert.«

»Und dabei mussten Sie die Kamera zwingend auf Frau Beradis Fenster ausrichten?«, fragt Lou.

»Quatsch, die interessiert mich doch gar nicht. Ich habe das Leben auf der Straße vor meiner Haustür im Minutenrhythmus eingefangen. Licht, Menschen, Wetter. Darum ging es. Der Sensor hat jede Minute ausgelöst. ›Zeitblues‹ heißt mein Projekt.«

»Dann hat sich Frau Beradi also ganz umsonst aufgeregt?«, hält Kevin fest.

»Sie haben es erfasst.«

»Wann haben Sie die Fotos gemacht?«, fragt Lou.

»Ist drei Wochen her, aber ich musste die Aktion wiederholen, weil wir einen Stromausfall hatten. Das war ärgerlich.«

»Wann war das?«

»Vor ein paar Tagen.«

»Geht es etwas genauer?«

Fink zieht die Augenbrauen hoch und klickt auf seinen Computer. »Ich habe am zehnten April begonnen«, sagt er mit Blick auf den Bildschirm seines Laptops.

»Und dann haben Sie zweiundsiebzig Stunden jede Minute ein Foto geschossen?«

»Das ging automatisch.« Fink verdreht die Augen. »Die Kamera stand auf einem Stativ.«

»Können Sie uns zeigen, welchen Bildausschnitt Sie genommen haben?«, fragt Kevin und schaut aus dem Fenster.

Fink öffnet eine Datei und klickt ein Foto an. »Hier, exakt diesen Abschnitt habe ich über viertausend Mal fotografiert.«

Antonella Beradis Mietshaus erscheint am rechten Bildrand.

Die Haustür ist nicht zu sehen, dafür aber ein Stück des Steinplattenwegs, der durch die kleine Grünfläche führt.

»Wir brauchen alle Fotos«, sagt Lou. »Geben Sie uns die Bilder freiwillig, oder muss ich Ihnen erst einen richterlichen Beschluss vorbeibringen?«

Köln-Bayenthal

Romy trägt Linus über die Steinplatten zum Gebäude. Er hängt ohne Körperspannung in ihren Armen. Vor dem Eingang stehen einige Frauen, die Romy aus dem Kindergarten kennt, grüßen, stecken die Köpfe zusammen und schauen ihr hinterher. Romy klingelt bei Silvie und ist heilfroh, als der Türsummer ertönt. Die Gegensprechanlage ist außer Betrieb, genauso wie der Fahrstuhl. Im Vorbeigehen wirft sie einen Blick auf die Briefkästen. Silvie hat Romys Nachnamen immer noch nicht auf den Blechkasten geklebt.

Es ist kräftezehrend, Linus die Treppe hinaufzuschleppen. Silvie lehnt im Türrahmen und sieht wenig überrascht aus. Wortlos tritt sie zur Seite, lässt Romy mit ihrem Jungen in die Wohnung und begutachtet die geschwollene Narbe. Gemeinsam betten sie ihn aufs Sofa, versorgen ihn, ohne ein Wort zu wechseln. Wadenwickel. Tee. Haferbrei. Linus erhält das volle Programm und lächelt glückselig.

»Darf ich dein Handy haben?«

Romy überlässt es ihm und setzt sich zu Silvie an den Esstisch. In der Küche dampft die Kaffeemaschine.

»Ich entschuldige mich«, sagt Romy. »Keine Ahnung, warum ich dich so angemacht habe. Meine Nerven liegen einfach blank.«

»Was ich gesagt habe, war auch nicht nett«, meint Silvie selbstkritisch und nimmt zwei Tassen aus dem Hängeschrank.

»Wir wollen dir auch gar nicht lange auf die Nerven gehen. Linus braucht einfach mal eine Auszeit.«

»Du solltest ihn dringend zum Kinderarzt bringen.«

»Das ist ein Grund, warum ich bei dir geklingelt habe«, sagt Romy.

Silvie schaut fragend.

»Na ja, ich habe zurzeit keinen Versicherungsschutz, und deshalb ist Linus ebenfalls nicht abgesichert.«

»Romy, das ist aber –«

»Leichtsinnig, ich weiß. Ich werde das Problem auch angehen, ehrlich. Nur das hilft Linus im Augenblick nicht. Deshalb dachte ich, du könntest mir vielleicht die Karte deines Enkels besorgen. Er ist doch in Linus' Alter, hast du gesagt. Da merkt kein Arzt den Unterschied.«

»Spinnst du? Der Kinderarzt kennt doch seine Patienten.«

»Ich würde mit Linus in eine andere Praxis fahren«, sagt Romy schnell. »Ich habe mir alles genau überlegt.«

Es klingelt an der Tür.

Silvie eilt aus dem Zimmer. Romy hört Stimmen im Flur. Ein junger Mann betritt das Wohnzimmer. Er ist schlank und überragt Romy um mindestens zwei Köpfe. Seine rechte Gesichtshälfte ist tätowiert. Sie hält die Luft an. Es ist zweifellos der coole Typ von der Tankstelle. Er hat dort den Kaffeeautomaten repariert und mit Romy geflirtet, da ist sie sich sicher. Mit ihm kommt eine schlanke schwarzhaarige Frau herein. Kurzhaarschnitt, gerader Pony und viel zu viel Make-up.

»Das sind Dennis, mein Sohn, und seine Freundin«, stellt Silvie die beiden vor.

»Angelina und ich kennen uns aus dem Kindergarten«, stammelt Romy und hat ein ungutes Gefühl, diese Querverbindung verblüfft sie völlig.

»Überraschungsbesuch«, nuschelt Dennis, lässt sich auf den einzigen Sessel fallen und zieht Angelina auf seinen Schoß. »Wer ist denn der Zwerg auf dem Sofa?«

»Linus«, sagen Romy, Silvie und Angelina gleichzeitig.

»Wie auch immer. Mum, Angie und ich wollten etwas mit dir besprechen.« Dennis schielt zu Romy. »Allein!«

»Was willst du? Geld?«

»Wieso wirst du denn sofort zickig?«

»Weil du eigentlich immer nur hier reinschneist, wenn du was von mir willst.«

»Ich kann eine Runde um den Block drehen«, schlägt Romy schnell vor und rafft ihren Rucksack vom Boden. »Ist es okay, wenn ich Linus hierlasse und tanken fahre? Der Qubo ist auf Reserve.«

Angelina hebt den Kopf und schaut in Romys Richtung. Anscheinend möchte sie etwas sagen, doch Silvie grätscht dazwischen.

»Das kommt ja gar nicht in Frage. Nur weil sich mein Herr Sohn mal die Ehre gibt, müssen wir nicht alle gleich springen.«

Dennis zieht eine Schachtel Zigaretten aus seiner Jeans und bietet Angelina eine an.

»Hier drinnen wird nicht geraucht«, sagt Silvie scharf.

»Du kennst doch diesen Typen, der den Lieferwagen hat«, sagt Dennis, klemmt sich die Zigarette hinters Ohr und starrt Silvie an. »Karli oder wie der heißt.«

»Kalle, ja, wieso?«

»Ich habe für Angelina und mich eine richtig geile Matratze ersteigert und muss sie in Hürth abholen. Kalle hat mir doch schon mal seinen Wagen geliehen.«

»Er hat die Kiste nicht mehr durch den TÜV bekommen«, sagt Silvie.

»Scheiße.« Dennis tritt gegen den Couchtisch und erntet einen missbilligenden Blick seiner Mutter. »Wenn ich das Teil heute nicht abhole, ist es weg.«

»Tut mir echt leid, aber da kann ich dir nicht helfen«, sagt Silvie.

»Ich könnte dich fahren«, schaltet sich Romy ein. »Mein Auto steht vor der Tür.«

»Echt?« Dennis strahlt, und seine Mutter schaut überrascht.

Romy kann nicht fassen, dass der Vorschlag aus ihrem Mund gekommen ist. Sie bereut ihr Angebot augenblicklich.

»Mensch, das wäre echt super!« Silvie springt auf und umarmt sie überschwänglich. »Danke!«

Romy freut sich in diesem Moment dann doch, dass sie sich erkenntlich zeigen kann. Silvie hat ihr schon so oft aus der Klemme geholfen.

»Wir zahlen natürlich den Sprit«, sagt Angelina.

»Das wäre gut, ich bin nämlich gerade etwas knapp bei Kasse, sonst würde ich –«

»Kein Thema«, sagt Dennis lässig.

»Wir müssen die Matratze allerdings knicken und reinquetschen. Der Wagen ist groß genug, aber gerade ziemlich … voll.«

Dennis und Angelina erheben sich.

»Ich fürchte, dass nur für einen Beifahrer Platz ist«, sagt Romy.

»Du wartest hier«, entscheidet Dennis und zieht seine Jeans hoch, die ihm weit unter die Hüften gerutscht ist.

Angelina schaut von ihrem Freund zu Silvie und setzt sich wieder.

»Kann ich Linus so lange bei dir lassen?«, fragt Romy.

»Aber klar.«

Silvie begleitet Romy und ihren Sohn zur Tür. »Bring deine Schmutzwäsche mit, wenn du wieder raufkommst, und ich schau mal, was ich wegen der Versicherungskarte für dich tun kann«, flüstert sie, umarmt Romy und verspricht Dennis, Nudeln mit Tomatensoße zu kochen. Noch im Treppenhaus zündet er sich die Zigarette an. Gemeinsam springen sie die Stufen hinab.

Auf der vierten Etage kommt ihnen ein Paar entgegen. »Entschuldigung, wohnen Sie in diesem Haus?«, fragt der Mann.

»Früher«, antwortet Romy. »Zu wem wollen Sie denn?«

»Zu Heiko Kornblum.«

»Das ist mein Vater«, sagt Dennis. »Klingeln Sie einfach bei meiner Mutter. Zwei Stockwerke höher, linke Seite.«

Der Mann bedankt sich.

»Kennen Sie zufällig auch Romy Pereia?«, fragt die Frau. Sie hat ein Piercing an der rechten Augenbraue. »Soweit wir wissen, ist sie hier gemeldet, aber die meisten Wohnungen haben keine Familiennamen an den Türen, und unten auf den Klingelschildern konnten wir sie ebenfalls nicht entdecken.«

Dennis verschränkt die Hände hinter seinem Nacken.

Die Frau zieht ein Handy aus ihrer Jackentasche und dreht sich zur Seite. Dabei wird für den Bruchteil einer Sekunde die Waffe sichtbar, die sie über der linken Hüfte am Gürtel trägt. Polizei. In Zivil. Ganz eindeutig. Dennis hat die Pistole anscheinend ebenfalls gesehen und verzieht den Mund zu einem spöttischen Grinsen.

»Wie heißt die Frau, haben Sie gesagt?«, erkundigt er sich und spielt den Interessierten.

»P-E-R-E-I-A«, buchstabiert die Beamtin, die Romy niemals für eine Polizistin gehalten hätte, schon allein wegen der Struwelmähne, den Piercings und ihren schwarzen Klamotten.

Romy zuckt möglichst gelassen mit den Schultern, und Dennis schüttelt den Kopf. Die Frau steigt weiter aufwärts und spricht die nächste Person an.

Dennis hält Romy die Glastür auf. Er sagt keinen Ton und läuft mit großen Schritten neben ihr her.

Alle paar Schritte wirft Romy einen Blick zurück. Vermutlich geht es um den verflixten Qubo. Etwas anderes hat sie sich nicht zuschulden kommen lassen.

Romy ist einigermaßen fassungslos, dass die Polizei nach ihr sucht. Damit hat sie überhaupt nicht gerechnet. Sie entriegelt die Türen des Qubo. Dennis wirft einen Blick in den Fond des Wagens und grinst immer noch. Oder schon wieder. Romys Magensteine schlagen Alarm, und sie beschleicht das Gefühl, gleich mehrere gravierende Fehler begangen zu haben.

Köln-Kalk

Kristof Harnisch gibt den PIN-Code auf der Tastatur ein und öffnet die Wohnungstür. Durch die offene Bauweise und das teilweise unverputzte Mauerwerk hat die Wohnung Loft-Charakter. Sie erstreckt sich über zwei Ebenen inklusive drei Bädern, Sauna und Dachterrasse. Das Wohnkonzept präsentiert sich luftig und offen. Thea und er haben die Räumlichkeiten minimalistisch und funktional einrichten lassen. Privatsphäre bietet ihnen das jeweils eigene Zimmer, das sie individuell nach ihren Vorstellungen gestaltet haben.

Ein Zimmer für sich allein. Wenn es nach Thea ginge, sollte jeder Mensch einen Rückzugsort haben. Gerade und vor allem in der gemeinsamen Wohnung mit dem Ehepartner.

Zuerst hatte Kristof abgewunken. Thea verfolgt in gewisser Regelmäßigkeit irgendeine Laune, wie die Idee, das gesamte Inventar zu verschenken und im Wohnwagen zu leben. Oder den Strom abzuklemmen, um das Feeling der vorletzten Jahrhundertwende nachvollziehen zu können. In der Regel sitzt Kristof die Vorschläge seiner Frau aus. In diesem Fall ließ sie nicht locker, zog los und mietete sich im Atelier einer Kunststudentin ein, die kubistische Kompositionen malte. Hauptsächlich Stillleben, geometrische Formen und gedeckte Farben. Scheußliche Werke, aus Kristofs Sicht.

Vorher hatte Thea in einer Ecke des Arbeitszimmers gemalt, größtenteils mit Acrylfarben und meist Fantasy-Landschaften im Kleinformat. Während ihrer Atelierzeit riet ihr die Studentin zu größeren Leinwänden, und Theas Kreativität explodierte. Sie malte und malte, verschwand tagelang von der Bildfläche und ließ sich auch an Wochenenden kaum blicken. Bis es zwischen ihr und der Atelierbesitzerin Unstimmigkeiten gab. Da hat Kristof klein beigegeben und das Gästezimmer ausgeräumt, einen Raum mit großer Fensterfront und Abendsonne. Als Thea ihre Malutensilien anschleppte, wunderte sich Kristof über das Ausmaß des Zubehörs, die vielen Staffeleien und die riesigen Leinwände.

»Ich muss mich ausbreiten können«, sagte Thea und platzierte ihren Tisch, dessen Oberfläche ebenfalls als Kunstwerk durchgehen könnte, neben der Chaiselongue mit dem zerschlissenen dunkelgrünen Samtbezug. Altersschwach und heiß geliebt. Genau wie der antike Apothekerschrank mit vierzig Schubladen, in den sie Farben, Lacke, Pinsel, Stifte und anderen Zierrat sortierte.

Seitdem malte Thea an diesem Rückzugsort. Stundenlang und vornehmlich abends. Phasenweise bis spät in die Nacht. Kristofs Unmut darüber äußerte sich in einer ständigen Gereiztheit, die dazu führte, dass sich Thea noch häufiger einschloss. Bis sie eines Tages wirklich ernsthaft miteinander sprachen, bei einer Flasche Wein, wie vernünftige Menschen. Kristof gab sich einen Ruck und formulierte, dass er ebenfalls gern ein eigenes Zimmer hätte. Thea war sofort Feuer und Flamme. Sie krempelte die Ärmel hoch, räumte das Arbeitszimmer aus und fand für seinen Schreibtisch eine Ecke im offenen Wohnbereich, bevor Kristof einen Rückzieher machen konnte.

Er ist ihr nach wie vor dankbar. Längst ist sein Reich sein Heiligtum. Er und seine Frau respektieren die Privatsphäre des anderen und erlauben sich, ihre Räume zu verschließen.

Einen Schlüssel zu seinem Refugium besitzt Thea nicht. Sie hat seine Oase besichtigt, ihn ungläubig angeschaut und geistlose Bemerkungen gemacht. Er hat ihr unter die Nase gerieben, dass sich jeder nach seiner Fasson ausleben dürfe und er sich umgekehrt sämtliche Kommentare verkneife. Daraufhin ist sie verstummt.

Kristof lässt den massiven Küchenblock links liegen, an dessen Stirnseite ein drei Meter langer Esstisch grenzt, der mit zehn Stühlen bestückt ist. Er vermeidet es, sich in diesem Bereich der Wohnung aufzuhalten.

Sein Gemütszustand ist angeknackst, aber er schaut nicht gern in die Abgründe seiner eigenen Seele. Die Psyche seiner Schutzbefohlenen interessiert ihn da schon eher. Er umgibt sich gern mit der Aura des Gönners. Kompensation, tituliert Thea sein ehrenamtliches Engagement. Verblüffend, was sie manchmal so von sich gibt.

Er stellt seine Aktentasche neben den Schreibtisch und spürt wieder dieses Engegefühl in der Brust. Seit geraumer Zeit wird er von Panikattacken heimgesucht und hat sich durchchecken lassen. Organisch ist angeblich alles in Ordnung. Sein Arzt hat ihm einen Psychologen empfohlen und geraten, das Übel an der Wurzel zu packen. Kristof hat den Überraschten gespielt, dabei ist ihm klar, dass er einen riesigen Problemhaufen vor sich herschiebt.

Neuerdings schnürt ihn die Angst ein wie ein Korsett. Aus Furcht vor der Eurokrise hat er sich Eigentumswohnungen zu angeblichen Schnäppchenpreisen andrehen lassen. Beide Immobilien waren in Wahrheit überteuert und die Bausubstanz in schlechtem Zustand. Die versprochenen Mieteinnahmen blieben aus, zugesagte Garantien erfolgten nicht, und Kristofs Vertragspartner gingen in die Insolvenz. Er hat gegen sie prozessiert und verloren. Kristof schießt monatlich geliehenes Geld in die eigene Grundsicherung, sein Vater hilft ihm aus der Patsche. Von seinem Anspruch, großzügige finanzielle Spenden zu verteilen, etwas für den Verein Engelchor beispielsweise, ist er selbst meilenweit entfernt.

Thea hat die Schieflage ihrer Finanzen ohne jede Regung zur Kenntnis genommen, als er ihr die Misere schweren Herzens eröffnete. Das Einkommen seiner Frau landet auf einem separaten Konto. So haben sie es vor Jahren ausgemacht. Bei dem Krisengespräch vor drei Wochen hat Kristof sie gebeten, ihr Gehalt in die gemeinsame Kasse zu werfen, und Thea wollte großzügigerweise darüber nachdenken. Seitdem hat sie kein Wort mehr über dieses Thema verloren. Dabei hat Kristof ihr klipp und klar gesagt, dass ihnen das Wasser bis zum Hals steht und sie, wenn kein Wunder geschieht, ihren Lebensstandard nicht halten können.

Kristof setzt sich an seinen Schreibtisch, der vor einer ansehnlichen Regalwand platziert ist. Darauf stehen Lexika in endlosen Reihen, die Thea überwiegend bei eBay ersteigert hat, obwohl keiner von ihnen die Schinken anrührt. Blendwerk für die Optik.

Von seinem Platz aus überblickt Kristof einen Teil des Viertels. Ihre Wohnung liegt im Obergeschoss einer Häuserreihe, die vor Jahren auf dem Gelände der ehemaligen Chemiefabrik Kalk entstanden ist. Eingekeilt zwischen dem Zubringer der Stadtautobahn, einem Stellwerk der Deutschen Bahn AG und dem Polizeipräsidium.

Kristof sieht auf die Uhr. Ihm bleibt noch Zeit, bis Thea von der Arbeit nach Hause kommt. Heute wird er sie zur Rede stellen.

Er betrachtet die Papiere auf der Arbeitsfläche. Kostenkalkulationen, Bankbelege, Fondsunterlagen. Sein Anlageberater verschickt unerfreuliche Briefe, und Kristofs Bank verlangt nun sogar Geld, wenn er vom eigenen Konto abhebt. Kristof öffnet die beiden oberen Hemdknöpfe, ruft seine Chefin an, meldet sich für den restlichen Tag krank. »Dafür komme ich morgen ins Büro«, bietet er an.

Seine Chefin ist froh, dass er den freien Samstag opfern will, und wünscht ihm gute Besserung. Er hängt das Mobiltelefon ans Ladegerät und stellt den Ton aus. Der Rest der Welt kann ihm für heute gestohlen bleiben.

Sein Magen knurrt. Im Kühlschrank findet er einen Rest des Bratens vom Vortag und gibt reichlich Senf darauf. Er genehmigt sich ein Bier, lässt sich auf dem Ledersofa nieder und schaltet den Fernseher ein.

Im History-Channel läuft eine Dokumentation über einen bärtigen Immobilienmakler, der versucht, allein die Rocky Mountains zu überqueren. Von Chetwynd nach Mackenzie.

Kristofs Traumziel heißt Tristan da Cunha. Das Eiland gehört zu den entlegensten Kronkolonien des britischen Überseegebietes. Es befindet sich mitten im Südatlantik. Weiße Traumstrände sucht man hier vergebens, und auch Palmen sind eher Mangelware. Ebenso Hotels. Das Klima ist gemäßigt. Dafür gibt es Inselpinguine, Albatrosse, Orcas und andere Walarten zu beobachten. Regelmäßig stellt sich Kristof vor, wie er zusammen mit Thea in Kapstadt an Bord eines Schiffes geht, das zu diesem Flecken Erde ausläuft.

Die Abgeschiedenheit reizt sie beide. Nur zehn Mal im Jahr ist es möglich, mit einer Passage in diesen Winkel der Welt zu gelangen, denn einen Flughafen hat die Insel nicht. Deshalb ist sie Kristofs perfekter Auswanderertraum. Auch ohne Bilderbuchstrände.

Einfach so die Zelte abbrechen, dieses Ziel erscheint ihm

weiter entfernt als jemals zuvor. Zurzeit wachsen ihm die Verpflichtungen über den Kopf. Neben der angespannten finanziellen Situation und seinen Schwierigkeiten mit Thea engen ihn die Betreuungen, auf die er sich eingelassen hat, in gewisser Weise zusätzlich ein. Kristof hat das Gefühl, in der Falle zu sitzen. Es wird noch eine Weile dauern, bis sich der Traum erfüllt, aber die Aussicht auf Tristan da Cunha hält ihn am Leben.

Schwerfällig erhebt er sich von der Couch und begibt sich an den Schreibtisch. Der Rundbogen der Lanxess Arena ist zum Greifen nah. Ein Ort für Großevents. Sport und Konzerte. Der Zuschauerraum wurde für zwanzigtausend Menschen konzipiert. Kristof genießt die Aussicht. Noch. Er hat gekündigt.

In ein paar Wochen müssen er und Thea sich mit einer bescheideneren Bleibe zufriedengeben. Vier Wohnungen hat sich Kristof bereits angeschaut, heimlich ohne Thea. Er will sie schonen, solange es geht. Die Realität wird sie früh genug einholen.

Seufzend beginnt er, Rechnungen zu sortieren, und öffnet den Aktenkoffer, um die Zinsauflistung zu entnehmen, die er neulich, als mal wieder Flaute herrschte, im Büro erstellt hat.

Beim Anblick des Schals setzt sein Herz einen Schlag aus. Kaschmir. Einhundert Prozent. Er gehört der Kommissarin. Kristof hat ihn vom Boden aufgehoben und an sich genommen, als sie kurz das Büro verließ, um mit ihrem Kollegen zu sprechen. Jetzt liegt er wie ein Fremdkörper auf seinen Unterlagen. Anthrazitfarben und weich.

Kristof steht auf, geht mit dem Schal ins Ankleidezimmer und öffnet den Schuhschrank. Auf vier Böden stehen seine Paare ordentlich in Reih und Glied. In der unteren Reihe verwahrt er die alten Micky-Maus-Plüschpantoffeln, die er als Junge geliebt hat und aus sentimentalen Gründen aufbewahrt. Er nimmt den rechten Hausschuh und dreht Mickys Nase ab, die so locker sitzt, dass sie ihm fast entgegenfällt. Er zieht den Schlüssel hervor, den er im weichen Baumwollstoff versenkt hat, verlässt das Schlafzimmer und öffnet die Tür zu seinem ganz persönlichen Reich.

Verteilerkreis West

»Heute ohne Fahrrad, dafür mit neuer Braut«, scherzt Dennis' Kollege, der hinter dem Verkaufstresen steht. »Alter, deine Schicht beginnt erst in vier Stunden.«

Romy erkennt ihn gleich wieder. Der schielende Typ hat ihr den Schlüssel für den Waschraum ausgehändigt, den sie mit Linus aufgesucht hat. Seine schwarzen Haare sind jetzt raspelkurz, aber die Fingernägel schmutzig wie neulich.

»Mensch, Olli, du bist ja geschoren wie ein Schaf«, lacht Dennis. »Hast du dich bei der Truppe beworben?«

»Quatsch!« Ohne Eile kassiert Olli einen Motorradfahrer ab. Danach wendet er sich betont langsam Dennis zu, der seine Kreditkarte zückt und Romys Rechnung begleicht.

Natürlich hat er den Qubo nur mit ein paar Litern betankt. Dennoch hat sich die Aktion für Romy gelohnt.

»Bist du allein, Olli?«, fragt Dennis. »Oder chillt jemand im Aufenthaltsraum?«

»Nee, wer soll da sein?«

»Vielleicht hast du ja eine Nutte einquartiert.«

Olli klopft sich auf die Schenkel, als habe Dennis den besten Witz aller Zeiten gemacht.

»Ich gehe mit der Kleinen kurz nach hinten«, sagt Dennis Kaugummi kauend.

Olli leckt sich über die Lippen und blinzelt Romy zu. »Viel Spaß und lasst es krachen.«

»Halt die Fresse«, sagt Dennis.

Sein Kollege schaut ihnen nach und verrenkt sich dabei fast den dürren Hals. Romy würde ihm gern einen Spruch verpassen. Aber ehe ihr etwas einfällt, lotst Dennis sie an den Regalen mit den Süßigkeiten vorbei und öffnet eine Tür, an der ein Schild mit der Aufschrift »Privat« baumelt. Dahinter befindet sich ein schmaler dunkler Korridor.

Dennis geht bis zur letzten Tür des Ganges und stößt sie auf. Der Raum ist zweckmäßig eingerichtet. Tisch, vier Stühle. Grauer PVC. Zwei Spinde. Ein Waschbecken.

»Tadaa«, sagt Dennis, wirft die Tür ins Schloss, deutet auf die Pritsche in der Ecke und schaut erwartungsvoll. »Na, habe ich dir zu viel versprochen? Du kannst den Zwerg jederzeit herbringen, ich meine, wenn es hart auf hart kommt.«

Gemütlich sieht das Bett nicht gerade aus, aber es scheint frisch bezogen, und in ihrer Situation kann Romy nicht wählerisch sein.

»Einer meiner Kollegen hat zeitweise hier gepennt«, sagt Dennis. »Seine Freundin hatte ihn rausgeworfen, sie hat einen neuen Lover oder so.«

Romy schiebt die Hände tief in die Taschen ihrer Jacke. Beide Fenster sind vergittert.

»Ich kann dir genau sagen, wann ich Nachtdienst habe. Dann bin ich ganz allein hier. Zum Schlafen komme ich nicht, ist viel zu viel los. Aber du und der kleine Zwerg, ihr habt hier eure Ruhe. Ist zwar nicht das Hyatt, aber immerhin.«

Romy lächelt.

»Und den Kaffee gibt es gratis obendrauf.«

»Flachlegen lasse ich mich trotzdem nicht von dir«, stellt Romy klar.

»Jetzt bin ich aber gekränkt.« Dennis grinst und spielt den Empörten. »Wie kannst du denken, dass ich dich vögeln will? Immerhin habe ich eine feste Freundin.«

Er schiebt Romy aus der Tür. Sie gehen zurück in den Verkaufsraum, wo Olli jetzt alle Hände voll zu tun hat. Das Radio dudelt. Vor der Kaffeemaschine hat sich eine Schlange gebildet.

»Hey, das nenn ich mal einen Quickie«, schreit Olli durch den ganzen Laden.

Dennis zeigt ihm den Mittelfinger.

Romy hätte gern einen Cappuccino aus dem Automaten, aber sie möchte nicht zu tief in Dennis' Schuld stehen. Dass er ihr den Schlafplatz angeboten hat, findet sie nett. Natürlich ist das Angebot nicht selbstlos. Romy ist nicht blöd, zudem bemerkt sie die Blicke, die Silvies Sohn ihr heimlich zuwirft.

Sie steuern den Qubo an. »Mist«, sagt Dennis und bleibt stehen. »Jetzt hab ich vergessen, die Kohle für die Matratze einzustecken.«

»Vielleicht kannst du mit Karte zahlen«, sagt Romy wenig hoffnungsvoll.

»Der Typ will Cash!«

»Dann fahren wir zum nächsten Geldautomat«, schlägt Romy vor.

»Nee, mein Konto ist blank, und überziehen kann ich nicht.«

Romy öffnet die Fahrertür.

»Wir müssen kurz zu mir nach Hause«, sagt Dennis.

Romy schaut auf ihre Armbanduhr.

»Komm schon«, drängelt er. »Ich wohne direkt an der Severinsbrücke. Zehn Minuten, größer ist der Umweg nicht.«

Romy weiß, dass das nicht stimmt, und setzt sich trotzdem hinters Steuer. Egal, auf eine halbe Stunde kommt es jetzt auch nicht mehr an.

Köln-Bayenthal

»Heiko Kornblum wohnt nicht mehr an der eingetragenen Adresse«, sagt Maline, hält ihr Smartphone ans Ohr und öffnet mit der anderen Hand die Fahrertür des Dienstwagens. »Er ist zusammen mit seinen Söhnen nach Deutz gezogen.«

»Und was ist mit Romy Pereia?«, fragt Lou.

»Auf den Klingelschildern steht ihr Name nicht. Ich habe Silvia Kornblum nach ihr gefragt, und sie behauptet, Romy nur flüchtig zu kennen. Aber sie druckste ziemlich herum, und ich bin überzeugt, dass sie nicht die Wahrheit gesagt hat.«

»Warum sollte sie lügen?«

»Keine Ahnung.«

»Fahrt ihr jetzt zu Kornblums tatsächlicher Adresse?«

»Ben muss ins Präsidium zurück«, antwortet Maline. »Einer seiner Zwillinge hat sich auf dem Schulhof den Kopf angeschlagen und wurde in eine Klinik gebracht. Ich dachte, ich esse in Deutz eine Kleinigkeit und wir treffen uns bei Dennis' Vater.«

»In Ordnung.«

»Was habt ihr herausgefunden?«

Lou erzählt von Finks Bildersammlung. »Stell dir vor, vielleicht haben wir Glück und können sehen, welche Personen zur Tatzeit ins Haus gegangen sind oder es verlassen haben. Kevin ist ins Präsidium gefahren, um mit der Sichtung zu beginnen.«

»Ist die Bildqualität denn akzeptabel?«

»Absolut okay«, sagt Lou.

»Hat sich die DHL-Zentrale vielleicht im KK gemeldet?«

»Soweit ich weiß nicht.«

»Das kann doch nicht wahr sein«, schimpft Maline.

»Dafür haben die Meckenheimer angerufen«, sagt Lou. »Oktay Demirkans Sozialhelfer aus der Uniklinik arbeitet nicht mehr für diese christliche Institution. Er ist vor fünf Monaten mit seiner Familie nach Schweden ausgewandert und jobbt dort in einem Mediationszentrum. Ich habe schon mit ihm telefoniert. Oktay war ihm gut im Gedächtnis, er schien ihn gemocht zu haben und war von seinem Tod erschüttert.«

»Na wunderbar, dann können wir ihn wenigstens von unserer To-do-Liste streichen.«

»Jetzt treffen wir uns erst einmal an Kornblums aktueller Wohnung«, sagt Lou.

»Wann?«

»In dreißig Minuten. Gibst du mir die Adresse?«

Köln-Deutz

Romy steht in der Diele, die zur Küche umfunktioniert wurde. Sie ist ohne Tageslicht und völlig überfrachtet. Dennis hat sie vorgewarnt und ihr erklärt, dass sein alter Herr zu Hause sein wird. Wenn er dumme Sprüche loslässt, soll sie ihn einfach ignorieren. Eigentlich wollte Romy im Wagen warten, aber sie muss dringend auf die Toilette.

Heiko Kornblum sitzt am Tisch und schält Kartoffeln. Das Messer, das er benutzt, ist aus Romys Sicht dafür ungeeignet. Zu groß, zu unhandlich. Entsprechend ungelenk hantiert Dennis' Vater damit herum. Sein Shirt ist rot-weiß und hat in Brusthöhe ein FC Köln-Emblem.

»Ich würde Ihnen ja die Hand geben«, sagt er zu Romy und nuschelt seinen Namen. »Aber die ist ganz nass.«

Romy erwidert irgendeine Freundlichkeit.

»Ich mache Bratkartoffeln«, sagt Kornblum und dreht sich zu Dennis um. »Willst du auch welche?«

Sein Sohn antwortet nicht und verschwindet hinter einer Tür. Im Radio läuft ein Beitrag über die zu erwartenden warmen Luftmassen. In den nächsten Tagen soll allerdings ein Temperatursturz erfolgen, und es muss vereinzelt mit Niederschlägen gerechnet werden. Plopp. Die nächste Kartoffel plumpst in den mit Wasser gefüllten Topf. Tropfen spritzen auf die Tischdecke.

»Kann ich kurz Ihre Toilette benutzen?«, fragt Romy.

Kornblum zeigt mit dem Messer in der Hand auf eine Tür. Romy verschwindet im Badezimmer und ist froh, dass sie sich dort für eine Minute einschließen kann.

Das Bad erstrahlt in Rot-Weiß. Von allen Seiten starrt ihr Hennes, der Geißbock, entgegen. Sogar die Halterung der Toilettenpapierrolle ziert das Maskottchen des 1. FC Köln. Romy pinkelt, stellt fest, dass sie ihre Tage bekommen hat, und zieht ihre Umhängetasche heran, die sie achtlos an der Tür fallen gelassen hat. Sie kramt darin herum und findet keinen Tampon. Ihr fällt ein, dass die Dinger ganz oben auf ihrer Einkaufsliste stehen.

Romy schaut sich suchend um, entdeckt oben im Regal eine OB-Packung und nimmt einen heraus. Als sie fertig ist, wäscht sie sich ausgiebig die Hände und das Gesicht. Draußen hört sie Dennis und seinen Vater lautstark miteinander reden. Sie zieht ab und lässt die Tamponschachtel in ihre Tasche gleiten. Den kleinen Diebstahl kann Dennis' Freundin mit Sicherheit verschmerzen. Romy öffnet die Tür.

Dennis rennt von einem Zimmer ins nächste. »Verdammte Kacke! So eine Oberscheiße!«

»Was ist los?«, fragt Romy.

Angelinas Freund antwortet nicht und ist auch nicht zu sehen. Kornblum schält weiter Kartoffeln. Romy hört Glas splittern und Dennis fluchen.

»Angelina?«, schreit er, offenbar telefoniert er jetzt. »Meine Kohle ist weg!«

Pause.

»Ist doch scheißegal, welche Kohle! Fakt ist, dass sie verschwunden ist!«

Eine weitere geschälte Kartoffel hüpft ins Wasser. Im Radio läuft Nena: »Liebe ist«. Romy fühlt sich zunehmend unbehaglich, als Dennis im Türrahmen erscheint, ein Ohr immer noch am Handy. Schweigend betrachtet er seinen Vater, der mit dem Rücken zu ihm sitzt.

»Verstehe, alles klar!«, sagt Dennis und versenkt das Mobiltelefon in seiner Hosentasche. Romy möchte gehen. Bis zur Wohnungstür sind es nur wenige Schritte. Sie zögert.

»Du. Mieses. Schwein!«, stößt Dennis hervor.

Heiko Kornblum dreht sich um. Sein Sohn öffnet eine Tür mit geriffeltem Glaseinsatz, verschwindet für einen kurzen Augenblick und kommt mit ein paar Scheinen und einer silbernen Armbanduhr in den Flur zurück. »Wo ist der Rest?«

»Ich weiß nicht, was du meinst.« Sein Vater riskiert nur einen kurzen Schulterblick. »Junge, wirklich. Wovon redest du?«

»Willst du mich verarschen?«

Dennis stürzt sich auf ihn, nimmt ihn in den Schwitzkasten und schlägt mit der Faust mehrmals gegen seinen Kopf. »Du beklaust deine eigene Familie?«

Heiko Kornblum versucht, aufzustehen und sich aus der Umklammerung seines Sohnes zu befreien. Aber Dennis hält ihn auf dem Stuhl und drischt auf ihn ein, bis er an der Stirn zu bluten beginnt.

»Hör auf!«, schreit Romy und rührt sich nicht von der Stelle. »Dennis! Lass den Mist!«

Kornblums Kopf ist rot angelaufen. Sein Blick wirkt abgedreht. Romy sieht nur das Weiß seiner Augen. Überraschend gelingt es ihm, hochzukommen und seinen Oberkörper zu drehen. Unwillkürlich, der Hieb mit dem Messer. Nur eine schnelle kraftvolle Bewegung Richtung Dennis.

Kornblum trifft. Die Halsschlagader.

Jäh verschluckt der Moment jedes Geräusch. Lautlosigkeit überwältigt Romy. Sie spürt ihren Puls rhythmisch klopfen. Synchron im Takt der Unbegreiflichkeit. Ein Ton fliegt heran, der sich auf einer Frequenz befindet, die gleichsam hell, schrill und absolut gewöhnungsbedürftig ist. Romy kann ihren Blick nicht von Dennis abwenden.

Kornblum hat das Messer herausgezogen. Blut fließt pulsierend aus Dennis' Hals. Der wirkt eher überrascht als entsetzt und tastet mit beiden Händen nach der Einstichstelle. Sein Vater lässt das Messer fallen. Dennis taumelt. Kornblum steht hinter ihm, versucht, ihn aufzufangen, und gleitet mit ihm gemeinsam zu Boden.

Vater und Sohn agieren tonlos. Romy ist Zaungast. Teil einer Szene ohne Rolle. Ihr Geist ist blockiert und zu keinem klaren Gedanken fähig.

Kornblum sieht sie an, schleudert ihr Worte entgegen. Sie nimmt sein schmerzverzerrtes Gesicht wahr und versucht wirklich zu verstehen, was er ihr entgegenschreit. Aber der abscheuliche, aufdringliche innere Ton beherrscht alles. Er füllt Romys Gehörgänge, schirmt sie ab und verhindert, dass irgendetwas zu ihr durchdringt.

Heiko Kornblum kniet am Boden und hält Dennis' Kopf. Er streichelt ihm über das Gesicht und rauft sich zwischendurch die Haare. Romy riecht seine Verzweiflung. Sie schwebt im Raum. Dennis' Gesichtsfarbe ist grau. Er schaut in Romys Richtung. Seine Augen sind seltsam hell. Breitbeinig liegt er in der engen Flurküche seines Vaters. Auf Laminat, das sie vielleicht gemeinsam verlegt haben. An einem ihrer besseren Tage. Ein Gemeinschaftsprojekt. Vater und Sohn. Hand in Hand. Ohne die blasseste Ahnung, was sich auf diesem Belag ereignen wird.

Wie ferngesteuert hängt sich Romy ihre Tasche um, verlässt die Wohnung, zieht die Tür nicht ins Schloss und wankt die Treppe hinunter. Raus aus dem Haus zu ihrem Auto.

Sie startet den Qubo. Unbegreiflicherweise scheint die Sonne. Jugendliche rennen über die Straße und versuchen, eine Bahn zu bekommen. Ihr Leben dreht sich nur um diesen Augenblick. Die Linie fährt der Gruppe vor der Nase weg. Sie regen sich auf, recken die Fäuste, als erlebten sie gerade eine Katastrophe. Romy schaltet das Radio ein, wie immer, wenn sie Auto fährt. Noch dringt kein Mucks zu ihr durch.

Sie setzt den Blinker, gibt Gas und bedient den Qubo automatisch. Fünfzehn Minuten später parkt sie vor Silvies Wohnblock ein und klingelt. Ohne Eile geht sie die Treppe hinauf, an ihrer Freundin vorbei zielstrebig ins Wohnzimmer hinein. Linus liegt auf dem Sofa und streckt die Arme nach ihr aus. Romy nimmt ihren Sohn hoch, trägt ihn an der verdutzten Angelina vorbei. Silvies Gesicht ist ernst geworden, sie stellt sich Romy sogar in den Weg, hält sie am Arm und versucht, Blickkontakt herzustellen. Romy sieht, dass Silvie Worte an sie richtet. Möglicherweise formuliert sie Fragen, artikuliert Irritationen und zieht irgendwelche Schlüsse, mit denen sie nur danebenliegen kann.

Silvie hat keinen Schimmer, sie weiß nicht, was mit ihrem Sohn geschehen ist. Noch nicht. Dennis' Mutter ist ahnungslos, wie Angelina. Das liest Romy in den Gesichtern der Frauen, die verdutzt wirken, aber nicht verzweifelt. Noch nicht. Und Romy möchte nicht anwesend sein, wenn sich ihre Welten verdunkeln.

Sie drückt Linus fest an sich und wird ihn in Sicherheit bringen, bevor grenzenloser Schmerz in dieser Wohnung Einzug hält. Noch duftet es nach Tomatensoße, und der Fernseher flimmert. Aber der Schein trügt. Die Stimmung wird bitter umschlagen. Jeden Moment.

Romy lässt sich nicht aufhalten, schleppt Linus dem Auto entgegen, befördert ihn auf die Rückbank, setzt sich auf die Fahrerseite und legt den Kopf auf das Lenkrad. Ein Weinkrampf überkommt sie und schüttelt sie wie ein Erdbeben.

Sie hebt den Kopf und sieht in den Rückspiegel. Ihre Wimperntusche ist verlaufen. Linus weint ebenfalls. Mit offenem Mund. Grüner Rotz läuft aus der Nase. Romy wischt ihre Tränen fort, steigt aus und setzt sich neben ihrem Sohn auf die Rückbank. Sie nimmt ihn in die Arme, klammert sich an ihn und kämpft erfolglos gegen einen erneuten Weinkrampf.

»Alles wird wieder gut«, stammelt Romy und möchte so gern selbst daran glauben.

»Ich habe Angst«, sagt Linus.

»Ich auch«, antwortet sie.

Romy hört. Die Lautlosigkeit hat sich verflüchtigt. Vor Erleichterung bedeckt sie Linus' Gesicht mit Küssen. Er presst sich so fest gegen ihre Brust, als wolle er in sie hineinkriechen.

»Wir müssen hier weg«, sagt Romy, klettert auf den Fahrersitz und gibt Gas.

Köln-Deutz

Die Tür ist angelehnt.

»Herr Kornblum!«, ruft Maline und klopft gleichzeitig. »Polizei Köln. Sind Sie zu Hause? Wir kommen rein.«

Lou stößt die Tür behutsam auf.

Die Beamtinnen stehen direkt in einer Küche. Licht brennt. Vier Türen gehen von diesem Raum ab. Das Radio dudelt »Back for Good«. Take That. Die besten Hits im Supermix.

Ein etwa Fünfzigjähriger kniet auf dem Fußboden und drückt eine Hand auf den Hals des jungen Mannes, der reglos auf seinen Oberschenkeln liegt. Sein Shirt ist blutgetränkt. In

Reichweite der beiden befinden sich ein Messer, Euroscheine und eine silberne Armbanduhr.

Die Kommissarinnen ziehen ihre Waffen.

»Sind Sie Heiko Kornblum?«, ruft Maline. »Sehen Sie mich an!«

Der sitzende Mann reagiert nicht. Den Tisch bedeckt eine karierte Wachsdecke. Darauf steht ein Topf mit Kartoffeln. Eine Handvoll Schalen liegt daneben.

Lou macht einen Satz nach vorn und kickt das Messer in eine sichere Entfernung, weg von den Männern. Die Klinge schlägt hart gegen eine Fußleiste.

»Sind Sie Herr Kornblum?«, wiederholt Maline ihre Frage mit Nachdruck.

Der Angesprochene hebt träge den Kopf und nickt. Er hat eine Platzwunde über der linken Augenbraue.

»Sie bluten an der Stirn«, sagt Lou laut. »Können Sie verstehen, was ich sage?«

Keine Reaktion.

»Wer ist der Verletzte?«, herrscht Maline ihn an. »Kennen Sie die Person, die zu Ihren Füßen liegt?«

Die Kommissarin geht in die Knie und versucht, den Puls des regungslos daliegenden Mannes zu fühlen, steht auf und alarmiert über Handy die Kollegen und bestellt einen Rettungswagen.

»Ich kenne den jungen Mann«, flüstert sie Lou zu. »Er ist mir vor nicht mal einer Stunde in Begleitung einer Frau im Treppenhaus des Mietshauses in Bayenthal begegnet. Und Silvia Kornblum hat mir mitgeteilt, dass ihr Mann zusammen mit seinen Söhnen hier wohnt.«

»Bist du sicher?«

»Das Gesichtstattoo ist nicht zu verkennen.« Maline wendet sich an Kornblum. »Befindet sich noch jemand in der Wohnung?«

Er schüttelt den Kopf.

»Handelt es sich bei dem Verletzen um Ihren Sohn?«

Kornblum starrt sie an, als könne er ihre Sprache nicht verstehen.

»Wo ist die Frau, die Ihren Sohn begleitet hat?«

Keine Antwort.

»Was ist passiert?«, fragt Lou laut und geht in gebührendem Abstand in die Hocke.

»Dennis ist tot«, flüstert Kornblum.

»Hat er sich selbst … etwas angetan?«, fragt Lou. »Können Sie mir sagen, was passiert ist?«

»Ich habe meinen Sohn getötet«, stammelt Kornblum und beginnt zu weinen. Er streichelt unentwegt die Wangen des jungen Mannes. Dennis' Gesicht ist blutverschmiert. »Er hat mich gepackt, dabei habe ich … ich wollte doch nur, dass er mich loslässt.«

»Hat Ihr Sohn Ihnen die Wunde am Kopf zugefügt?«, fragt Maline.

Kornblum tastet mit einer Hand nach seiner Stirn.

»Können Sie aufstehen?«, fragt Lou. »Wir möchten Sie mit zur Wache nehmen.«

Es klingelt. Maline drückt den Türöffner. Schutzpolizisten kommen die Treppe hinauf. Eine junge Beamtin sondiert die Lage und ordert über Funk Verstärkung. Lou hilft Heiko Kornblum auf die Beine, und Maline legt ihm Handfesseln an. Zwei Sanitäter kümmern sich um Dennis und nehmen schnell das Tempo raus. Sie geben den Kommissarinnen ein Zeichen. Für Dennis Kornblum kommt jede Hilfe zu spät.

Sein Vater scheint das Geschehen um ihn herum nicht wahrzunehmen. Er lässt sich widerstandslos abführen. Martinshörner schallen über den Gotenring. An der Tür zögert Kornblum auf einmal, dreht sich um, lässt seinen Blick durch die kleine, enge Küche gleiten, so als wolle er sich das Bild für immer einprägen.

Maline und Lou führen ihn das Treppenhaus hinab. Zwei Nachbarn öffnen die Türen und verfolgen neugierig die Ereignisse. Einer zückt sein Handy und hält es in die Höhe. Maline versucht, mit einer Hand die Linse zu verdecken. Ein Schutzpolizist, der die Treppe hinaufeilt, bittet die andere Nachbarin, die Tür zu schließen.

Draußen stehen drei Streifenwagen und ein RTW. Erstaunlich viele Schaulustige kämpfen um einen Platz in der ersten Reihe. Heiko Kornblum senkt den Kopf, und Lou fällt auf, dass er nur einen Hausschuh trägt.

Köln-Kalk

Der Ozean reicht bis zum Horizont.

Palmen wiegen sich im Wind. Kitschig schön gewachsen. Eine Tritonmuschel liegt im weißen Sand und wird von Wellen umspült. Ihr Gehäuse ist spiralförmig aufgerollt, mit gleichmäßig umgeschlagenen Rändern versehen und prächtig ornamentiert. Ein Holzsteg führt ins Meer. Wind, Salz und das Meer haben die Planken hell gebeizt. Am Ende des Anlegers steht ein weiß gestrichener Pavillon, luftig offen zu allen Seiten.

Die Heizkörper sind bis zum Anschlag aufgedreht. Das Fenster ist geschlossen, die Jalousie hinuntergelassen.

Die Fotobahnen hat sich Kristof liefern lassen und eigenhändig angebracht. Zuvor musste er die trendige Mustertapete ablösen und alle Wände penibel spachteln, um unerwünschte Unebenheiten zu entfernen. Weil gekleisterte Varianten zu schnell reißen, hat er sich für eine selbstklebende Tapete entschieden. Ein Meter neunzig mal zwei Meter achtzig. Vier Riesenfotos schmücken jetzt seine Wände. Sämtliche Bahnen mussten auf Stoß angebracht werden, damit anschließend die Motivanschlüsse stimmten. Die reinste Sisyphusarbeit. Fehler ließen sich kaum korrigieren. Kristof hat tagelang gearbeitet.

Letztlich hat sich die Mühe gelohnt. Das makellose Strandmotiv rahmt ihn ein. Für Kristofs heimisches Wohlgefühl kam keine andere Tapete in Frage. In Wahrheit kann Tristan da Cunha mit diesem paradiesischen Ausblick nicht dienen, dessen ist sich Kristof bewusst. Dort wartet keine vergleichbare Idylle. Doch Kristof und Thea sind weder Strandläufer noch Sonnenanbeter. Ihre reale Trauminsel bietet ihnen mehr, als weißer Sand und Kokosnüsse es täten.

An der Wand hängt eine alte Bahnhofsuhr, die Kristof ersteigert hat und die stets die Zeitzone von Tristan da Cunha anzeigt. Im Augenblick hinkt die Insel Deutschland um drei Stunden hinterher.

Er tritt an den antiken Holztisch und drapiert den Wollschal der Kommissarin in der Mitte wie eine Trophäe. Mit einer gewissen Regelmäßigkeit lässt er Dinge mitgehen. Am Arbeitsplatz, bei Freunden, Bekannten oder innerhalb der Familie. Meist handelt es sich um Belanglosigkeiten, die er sich spontan aneignet. Armbanduhren, Porzellankatzen oder Kinderschuhe. Und Zigaretten, obwohl er nicht raucht. Der Kaschmirschal wertet seine Sammlung auf.

Die Aufregung während des Stehlens verschafft ihm einen kurzzeitigen Kick. Unmittelbar danach erstickt er fast an seiner Scham. Nie wieder. Das sagt er sich jedes Mal und weiß genau, dass er diesen Vorsatz schon bald erneut brechen wird.

Kristof entkleidet sich, legt sich auf den Liegestuhl, der in der Mitte des Zimmers steht und mit Segeltuch bespannt ist. Seine Haare wehen im Wind. Er hat den Standventilator so eingestellt, dass der Luftzug seinen Oberkörper sachte streift. Zu seinen Füßen steht eine Duftlampe. In die Schale hat er Kokosöl geträufelt, es ist wichtig, alle Sinne anzusprechen, wenn er sich auf seinem provisorischen Tristan da Cunha Island befindet.

Kristof fröstelt, erhebt sich und verlässt die Insel, um sich ein weiteres Bier zu holen. Er steht nackt in der Küche, als Thea unerwartet aus ihrem Zimmer kommt. Sie trägt ihr kariertes Malerhemd, dicke Wollsocken und sieht verschlafen aus. Ihre Haare erinnern Kristof an einen verklebten roten Zuckerwatteberg.

»Was machst du denn zu Hause?«, fragt Kristof.

»Ich feiere Überstunden ab.« Thea gießt sich ein Glas Wasser ein.

Sie ist ungeschminkt. Nicht mal Wimperntusche hat sie aufgelegt. Dabei geht sie keinen Schritt ohne Make-up. Nicht mal den Müll bringt sie so runter.

»Und was ist mit dir?«, fragt sie. »Wieso bist *du* nicht bei der Arbeit?«

»Antonella Beradi ist tot«, sagt Kristof tonlos. »Die Polizei ermittelt noch, aber anscheinend hat sie mehrere Tage in ihrer Wohnung gelegen, bis sie gefunden wurde.«

»Wie schrecklich«, sagt Thea.

Kristof schaut aus dem Fenster. Am Himmel schwebt ein Heißluftballon.

»Oktay Demirkan lebt ebenfalls nicht mehr«, sagt er.

»Hast du der Polizei erzählt, dass er an dem Alphabetisierungskurs teilgenommen hat, den ich letztes Jahr geleitet habe?«, fragt Thea.

»Nein.«

»Warum nicht?«

»Die Kommissarin hat mich nicht nach der Dozentin gefragt, aber ich bin mir sicher, dass sie auf dich zukommen wird.«

Thea zuckt leichthin mit den Schultern.

»Wir müssen reden«, sagt Kristof.

»Nicht jetzt.«

»Wir wollten uns immer die Wahrheit sagen.«

»Du hättest mir von deinen dubiosen Geschäften erzählen müssen.«

»Ich weiß, und es tut mir leid.«

Thea verschwindet in ihr Zimmer.

Kristof ist sich sicher, dass sie die Wohnung den ganzen Tag nicht verlassen hat, und fragt sich, warum sie ihn anlügt.

Köln-Ossendorf

Linus schläft. Sein Kopf ist zur Seite gekippt, und aus seinem Mund läuft Speichel. Romy macht den Motor aus und bleibt einen Moment ruhig sitzen. Das Radio hat sie schon unterwegs ausgeschaltet. Sie wollte auf keinen Fall riskieren, dass Linus wach wird.

Sie lehnt sich zurück und versucht, nicht an Dennis zu denken. Wie er sie angestarrt hat. Fragend, flehend, ängstlich. Sie kramt ihr Handy hervor. Silvie hat vierzehn Mal versucht, sie zu erreichen. Mit Sicherheit ist sie jetzt im Bilde und bangt mit Angelina im Krankenhaus um Dennis' Leben. Er hat viel Blut verloren, es ist wie eine sprudelnde Fontäne aus ihm herausgespritzt. Fifty-fifty, größer schätzt Romy seine Überlebenschance nicht ein. Silvie wird halb verrückt sein vor Angst. Romy schließt die Augen und stellt sich vor, dass jemand Linus ein Messer in den Hals sticht. Nicht auszudenken.

Sie nimmt ihr Mobiltelefon in die Hand und überlegt, Silvie anzurufen. Ein Teil von ihr möchte bei ihr sein, ihre Hand halten und Trost spenden. Romy entscheidet sich dagegen und steckt das Handy in die Tasche. Ihre Freundin wird Fragen stellen. Warum bist du nicht dazwischengegangen? Warum hast du keinen Krankenwagen gerufen? Oder die Polizei? Wieso hast du nichts gesagt, als du Linus abgeholt hast?

Silvies Fragen fühlt sich Romy nicht gewachsen, und eventuelle Vorwürfe kann sie im Augenblick nicht ertragen. Sie muss sich um Linus kümmern.

Die Straße, in der Frau Schmittbauer wohnt, ist ruhig gelegen. Auf der einen Seite stehen Einfamilienhäuser in teils großzügigen Gärten mit altem Baumbestand. Ihnen gegenüber hat man zweistöckige Mietskasernen errichtet, die in die Jahre gekommen sind. Romy findet wieder keinen Parkplatz in der Sackgasse, muss zurück auf die Butzweilerstraße und findet in der Ikarosstraße endlich eine Parkmöglichkeit. Sie vergewissert sich, dass sie weder im Halteverbot noch auf einem Behindertenparkplatz steht.

Beinahe geräuschlos löst Romy ihren Sicherheitsgurt, verlässt den Qubo und schafft es, die Fahrertür so leise zu schließen, dass ihr Sohn davon unmöglich aufgeweckt werden kann. Mit schnellen Schritten geht sie den Fußgängerweg entlang, der Ikaros- und Delfossestraße miteinander verbindet. Das nahe Gewerbegebiet ist merklich zur Ruhe gekommen. Nur vereinzelt wehen die Geräusche vorbeirasender Lkw herüber, und auch die Autoschlangen zu den Möbelhäusern sind verschwunden.

Romy bleibt stehen und wirft einen Blick über Frau Schmittbauers Gartentor. Die Nachmittagssonne streift ihre Blumenbeete. Der gemähte Rasen liegt schon im Schatten. Alle Rollläden sind hinuntergelassen. Vor dem offenen Garagentor sitzen zwei Tauben direkt in der Auffahrt. Von Frau Schmittbauers rotem Golf fehlt erwartungsgemäß jede Spur. Sie verreist zwei Nächte, hat die alte Dame gesagt. Zeit, die Romy nutzen wird, um ganz in Ruhe nachzudenken und Linus aufzupäppeln.

Sie klettert über das Tor und läuft im Schutz der schulterhohen Hecke zum Haus. Natürlich sind die Kellerfenster jetzt verschlossen. Zwei Stufen führen zur Kellertür hinab. Romy rüttelt an der Klinke und hat kein Glück. Frau Schmittbauer ist gewissenhaft.

Romy läuft zur Rückseite des Hauses. Hier ist der Garten noch eindrucksvoller und von keinem der Nachbarn einsehbar. Rosen blühen in Hülle und Fülle. Ein Meer aus weißen Blüten. Herrlich duftend und doch negativ besetzt. *Echte Blumenfreunde verschenken keine weißen Rosen.* Es gibt Dinge, die hat Romys Mutter ihr förmlich eingetrichtert.

Auf der Terrasse steht eine Hollywoodschaukel, deren Kissen mit einer Folie abgedeckt sind. Unter einem Dachvorsprung liegt gestapeltes Kaminholz. Romy zieht in Erwägung, mit einem der Scheite die Terrassentür einzuschlagen. Sie hält schon einen groben Klotz in der Hand, als sie bemerkt, dass der linke Türflügel nur gekippt ist. Sie kann mit der Hand durch den Schlitz greifen und die rechte Seite kinderleicht öffnen. Sie jubelt innerlich und legt das Holz zurück. Das Gefühl der Leichtigkeit, mit der dieser Coup gelungen ist, entschädigt sie ein bisschen für die Schrecklichkeiten dieses Tages.

Romy betritt das Haus, taucht ein in die Stille der verlassenen Räume und stiehlt sich die Kellertreppe hinab. Sie findet das freundlich gestrichene Zimmer auf Anhieb, das ihr bei ihrem verpatzten Vorstellungstermin aufgefallen ist. Die Matratze steht immer noch hochkant auf dem Lattenrost. Romy zieht zuallererst die Gardinen zu, schaltet eine Stehlampe an, findet Bettwäsche im Schrank, Kissen und Decken. Für Linus richtet Romy alles kuschelig her.

In Frau Schmittbauers Küche findet sie Chicken Nuggets und einen Beutel Pommes im Gefrierschrank. Linus wird in den siebten Himmel fliegen. Sie holt ihn ins Haus.

Auf die Fragen, die er stellt, während sie gemeinsam in einem nach Lavendel riechenden Schaumbad sitzen, hat Romy logische Antworten parat. Sie begutachtet seinen Bauch. Erfreulicherweise ist die Rötung zurückgegangen, und starke Schmerzen scheint Linus nicht mehr zu haben. Nach dem Bad zieht sie ihm den sauberen hellblauen Frottee-Schlafanzug über, der gefaltet auf der Heizung im Badezimmer liegt. Ganz offensichtlich hat Frau Schmittbauer manchmal einen Übernachtungsgast, der Linus' Statur besitzt. Romy schlüpft in einen Bademantel, der an der Tür hängt.

Beim Anblick des köstlichen Essens taut Linus endgültig auf und sinkt danach zufrieden aufs Sofa. Als Romy dann auch noch eine DVD mit seinem geliebten Spongebob-Schwammkopf im Regal entdeckt und in den Player schiebt, quietscht er hocherfreut trotz leichter Bauchschmerzen und Müdigkeit. Auch als Romy ihm verklickert, dass er wegen seiner Erkrankung morgen nicht zu Jan-Bosses Geburtstagsfeier gehen kann, nörgelt er nur kurz.

Schimpfen muss Romy mit Linus, als er ihr die Aufnahme vorspielt, die er von Silvie und Angelina gemacht hat, während Romy mit Dennis unterwegs war. Bei dem Mitschnitt meckert Silvie über ihren Ex-Mann, und Angelina bläst ins gleiche Horn. Romy hält Linus einen Vortrag zum Thema Privatsphäre. Er flippt kurz aus, ist dann aber schnell wieder auf Kuschelkurs.

»Wann hat die böse Frau …«

»Frau Schmittbauer.«

»Okay, wann hat sie dich denn angerufen?«, fragt Linus, als er endlich unter dem Federkissen im Keller-Bett liegt.

»Da war ich gerade mit Dennis unterwegs.«

»Ist nett von ihr, dass sie uns hier wohnen lässt«, sagt Linus und gähnt. »Ich mag die Delfinflossenstraße und Frau Schmittbauer.«

Romy kuschelt sich neben Linus.

Nur für eine Minute, denkt sie und schläft augenblicklich ein.

Polizeipräsidium Köln

Lou beendet das Telefonat und lehnt den Hinterkopf gegen die Rückenlehne ihres Schreibtischstuhls. »Ich hasse es, dass ich Frieda immer wieder enttäusche.«

»Sie erwarten dich zu Hause, oder?«

»Die gesamte Familie, aber ich kann hier jetzt nicht weg.«

»Ich könnte Kornblums Vernehmung mit einem Kollegen durchführen«, schlägt Maline vor.

»Kommt nicht in Frage.« Lou gähnt. »Hat Jette sich gemeldet?«

»Nein, ehrlich gesagt, ich glaube, es sieht schlecht aus. Ich hab's vermasselt.«

»Abwarten«, sagt Lou. »Die Hauptsache ist, dass du jetzt weißt, was du willst.«

»Ich sehe die Dinge klarer als vor dem Theater.«

»Dann lass dir etwas Schönes für Jette einfallen.«

»Da habe ich schon eine Idee. Ich bin gespannt, ob sie darauf eingeht.«

»Willst du darüber reden?«, fragt Lou.

»Jetzt nicht.«

Sie sitzen sich einen Moment schweigend gegenüber.

»Silvia Kornblum und Dennis' Freundin tun mir schrecklich leid«, sagt Lou dann, fröstelt, steht auf und dreht die Heizung höher.

»Zuerst wirkten beide Frauen gefasst«, meint Maline. »Und

die Mutter war ja sogar in der Lage, unsere Fragen zu beantworten.«

»Im Gegensatz zu Angelina, sie stand sichtlich unter Schock.«

»Ärztliche Versorgung hat sie aber vehement abgelehnt, da sind uns die Hände gebunden.«

»Silvia Kornblum wird sie zu einer Freundin bringen«, sagt Lou. »Das hat sie mir bei der Verabschiedung zugeflüstert.«

»Ich bin froh, dass wir die Todesnachricht sofort überbracht haben«, sagt Maline. »Das ist immer ein schwerer Weg.«

Die Kommissarinnen verschanzen sich hinter ihren Computern und beginnen damit, Aktenvermerke über die Gespräche mit den Zeugen zu fertigen. Es dauert nicht lange, bis Lou ihre Arbeit unterbricht und am Bildschirm vorbei zu Maline blickt.

»Der größte Hammer ist aber, dass es sich bei Dennis' Begleitperson um Romy Pereia handelt.«

»Allerdings«, entgegnet Maline. »Sie hat mir im Treppenhaus frech ins Gesicht gelogen.«

»Ich meine eher diese Querverbindung«, sagt Lou. »Eigentlich glaube ich nicht an Zufälle.«

»Durch Frau Kornblum hast du nun immerhin Romys Handynummer und ein umfassendes Bild von ihrer momentanen Lebenssituation. Ich hoffe nur, dass Dennis' Mutter Wort hält und sie tatsächlich kontaktiert, denn offenbar nimmt sie deine Gespräche nicht an.«

Prompt versucht Lou erneut, Romy zu erreichen, und hat wieder kein Glück. »Hoffentlich kann Frau Kornblum positiv auf die junge Frau einwirken, allein wegen des Kindes.«

»Mit Sicherheit ist Linus' Kindeswohl nicht garantiert«, sagt Maline. »Aber strafrechtlich ergeben sich bisher keine Anhaltspunkte. Auch die Entwendung des Qubos stellt kein Delikt dar, solange keine Anzeige erstattet wird. Aus meiner Sicht ist Romy Pereia vor allem ein Fall fürs Jugendamt.«

»Aber im Zusammenhang mit Dennis' Tod ist sie auch eine wichtige Zeugin«, ergänzt Lou.

Schweigend arbeiten sie weiter.

»Gianluca hat übrigens sein Handy zurück«, sagt Lou nach einer Weile, ohne den Blick vom Bildschirm zu nehmen. »Frau Neuroth hat im Vorzimmer angerufen und sich bedankt. Tom hat es an mich weitergegeben.«

»Sehr gut, die Kids sterben heutzutage ja quasi, wenn sie ihr Smartphone nicht in Reichweite haben.«

»Ich kenne auch Erwachsene, die durchdrehen, wenn sie zwangsweise offline sein müssen«, sagt Lou.

Maline checkt ihre E-Mails. »Immer noch keine Nachricht von der DHL-Zentrale.«

»Heute Abend wird da nichts mehr kommen.«

»Morgen rücke ich denen mit der Staatsanwaltschaft auf die Pelle.« Maline trommelt mit den Fingern auf die Unterlage ihres Schreibtischs. »Mensch, warum rufen die Kollegen vom Gewahrsam denn nicht an? Kornblum müsste doch längst zur Vernehmung fertig sein.«

»Die melden sich schon«, sagt Lou. »Morgen ist Toms Geburtstag. Er veranstaltet diese Grillparty in Lechenich am Bolzplatz.«

»Ich werde nicht hingehen«, sagt Maline. »Soweit ich es mitbekommen habe, wird sich kaum jemand dort blicken lassen. Oder hast du was anderes gehört?«

»Nein, aber er hat die Einladung schon vor Wochen verschickt, ich habe ein schlechtes Gewissen, wenn ich mich gar nicht blicken lasse.«

»Das sind ja ganz neue Töne.«

Malines Smartphone klingelt, und sie stellt auf Mithören. Es ist Kevin, der sich in Heiko Kornblums Wohnung befindet, zusammen mit der Spurensicherung.

»Wir haben Methanol in Kornblums Keller gefunden«, sagt Kevin. »Drei Büchsen.«

»Interessant«, sagt Lou. »Was gibt es sonst?«

»Ich habe Dennis' Smartphone mal genauer unter die Lupe genommen. Gustav Neuroth, der Sohn von Gianlucas Pflegeeltern, gehört eindeutig zu Dennis' Clique. Er taucht im Adressbuch und in den Chatverläufen auf.«

»Bist du sicher?«, fragt Maline.

»Schmaler Typ, blonder Popperhaarschnitt.«

»Das wird er sein.«

»Dennis' Nachrichten sind gespickt mit Verabredungen zu Straftaten und mit Prahlereien über stattgefundene Abzocke. Es existieren sogar Videosequenzen, auf denen die Gang Passanten bedroht. Und Dennis war so bescheuert, seine Freunde mit vollem Namen, teilweise mit Adresse und echten Profilbildern zu versehen. Sie haben sich in Möchtegern-Gangster-Posen vor irgendwelchen Waggons mit Graffitischmierereien gegenseitig abgelichtet.«

»Habt ihr Diebesgut sichergestellt?«, fragt Maline.

»Ein paar Dinge stecken in einem Rucksack, den wir in seinem Zimmer entdeckt haben. Ein weitaus größerer Teil liegt aber im Keller. Überwiegend Autoradios, Laptops und auch Fahrräder.«

»Ist Dennis' jüngerer Bruder schon aufgetaucht?«, fragt Lou.

»Er behauptet, nichts von Dennis' Machenschaften gewusst zu haben. Seine Mutter hat ihn abgeholt und mit in ihre Wohnung genommen. Hier kann er ja unmöglich bleiben.«

»Silvia Kornblum war sehr gefasst und konnte uns einige nützliche Informationen geben«, sagt Lou. »Wir sind gespannt, wie sich ihr Ex-Mann verhalten wird, wenn wir ihn gleich vernehmen.«

»Was ist mit Dennis' Freundin?«, fragt Kevin. »Konntet ihr mit ihr sprechen?«

»Angelina Simons schien nicht vernehmungsfähig, vermutlich steht sie unter Schock«, sagt Maline.

Lous Telefon klingelt. »Es ist die Wachdienstleiterin des Polizeigewahrsams«, flüstert sie.

»Wir müssen los«, sagt Maline zu Kevin.

»Nur noch ganz kurz«, sagt Kevin. »Das letzte Telefonat seines Lebens hat Dennis mit seiner Freundin geführt. Es hat fünfundvierzig Sekunden gedauert und wurde vierzehn Minuten vor eurem Eintreffen am Tatort geführt. Also stelle ich mir die Frage, was Dennis veranlasst hat, seine Freundin anzurufen, kurz bevor er auf seinen Vater losging.«

»Oder ob der Inhalt des Gesprächs ihn dazu brachte, Heiko Kornblum anzugreifen«, sagt Maline. »Frau Simons wird uns einige Fragen beantworten müssen.«

»Und Romy Pereia ebenfalls«, flüstert Lou.

»Übrigens, falls euch das irgendwie weiterhilft«, sagt Kevin, »Dennis' kleiner Bruder hat durchblicken lassen, dass sich sein Vater und Angelina überhaupt nicht verstanden haben.«

»Gut, okay«, sagt Maline. »Ach, Kevin, ich nehme übrigens den Stick mit Finks Fotos mit nach Hause.«

»Warum? Ich habe alle Bilder gesichtet, da ist nichts drauf, was uns irgendwie weiterbringt.«

»Ich schaue sie trotzdem noch mal durch.«

»Wenn du meinst, aber dann nimm einen Dienst-Rechner mit, weil ...«

»... es uns nicht gestattet ist, sichergestellte Sticks in private Laptops zu schieben. Danke für den Hinweis, aber ich arbeite auch nicht erst seit gestern bei dieser Behörde.«

Köln-Kalk

Theas Augen benötigen einen Moment, um sich an das Schummerlicht zu gewöhnen. Tücher dämmen das Licht der Stehlampenschirme. Ihre Schwester hat sich auf der Chaiselongue ausgestreckt. Lilith ist das Gegenteil von Thea. Sie wippt mit ihren zierlichen Füßen, die nackt sind und braun gebrannt. Alles an ihr ist zart und fein. Der Körperbau, die Glieder, die Nase, ihre Stimme und selbst das Lachen. Neben ihr fühlt sich Thea wie ein Holzklotz. Plump, schwer und rabiat. Der Geschwisterliebe hat es nie einen Abbruch getan.

»Hast du Kristof gesagt, dass ich da bin?«, fragt Lilith.

»Nein.«

»Warum nicht?«

»Er würde es nicht verstehen.« Thea weiß, dass Kristof auf das enge Verhältnis, das die Schwestern haben, eifersüchtig ist.

»Sprecht ihr überhaupt miteinander?«

»Nur belangloses Zeug.«

Thea durchquert den Raum, setzt sich auf den Drehhocker und sieht zum Kreisverkehr vor dem Odysseum hinunter. Draußen ist es dunkel geworden. Vor Kölns Forschungsmuseum mit Hochseilgarten, Flugsimulator und Astronautentrainer kurven Autos. Wechselnde Ausstellungen ziehen regelmäßig Besucher in das Gebäude, das mit öffentlichen Verkehrsmitteln schwierig zu erreichen ist. Einen regelrechten Ansturm hatte das Odysseum erlebt, als es die »Star Wars Identities« beherbergte, die Ausstellung zu den sechs Filmen von George Lucas mit Exponaten, Originalkostümen und dem Roboter R2D2. Es wurden immer nur fünfundzwanzig Personen im Fünfzehn-Minuten-Takt eingelassen. Dementsprechend bildeten sich zeitweise gigantische Warteschlangen. Über Monate herrschte Chaos am Verkehrskreisel. Thea beobachtete das Schauspiel, während sie ihre Fantasylandschaften malte. Die Star-Wars-Euphorie hat sie nie nachvollziehen können.

Sie zieht die Tageslichtlampe heran und mustert die Specksteineulen, die sie in Reih und Glied an der Tischkante aufgestellt hat.

Es handelt sich überwiegend um Handschmeichler. Die meisten sind kaum größer als ihre Faust. Figuren, manche abstrakt, andere sehr detailgetreu. Theas Lieblingseule ist steingrau, so groß wie eine Streichholzschachtel, eckig, mit ausgebreiteten Flügeln und erhabenen knopfgroßen Augen. Sie hat sie auf einem Flohmarkt erstanden, ihren wunderbaren Glücksbringer. Thea atmet tief durch.

Die Leinwand auf der Tischstaffelei hat sie mit Acrylfarbe komplett geschwärzt. Nun beginnt sie, mit Hilfe eines Lappens einen unregelmäßigen Kreis weiße Farbe daraufzutupfen. Anschließend zieht sie mit einem dünnen Pinsel schwarze asymmetrische Striche. Die Schattierungen variieren zwischen Birkenweiß, Wolfsgrau und Graphit. Sie achtet darauf, dass die dunklen Töne überwiegen, und versieht die Stämme allmählich mit Verästelungen.

Draußen ist Nacht, als Thea den Pinsel zur Seite legt und das Bild zum Trocknen an die Wand stellt, neben die anderen Leinwände. Die Chaiselongue ist verwaist. Lilith ist genauso leise gegangen, wie sie gekommen ist. Sie mag die Waldbilder nicht und findet es beklemmend, dass Thea immer das gleiche Motiv fabriziert. Ihre Kritik prallt ab.

Thea beruhigen die häufigen Besuche ihrer Schwester, zurzeit sehen sie sich fast täglich. Es ist einfacher, sie zu ertragen als Kristof, der sich in seinem grotesken Palmenidyll verkriecht. Ihm wächst das Leben über den Kopf, und zwar nicht erst seit gestern.

Thea sieht, dass er untergeht, doch sie fühlt sich in der Lage, ihm einen Rettungsring zuzuwerfen.

Gesprächen mit ihm weicht sie allerdings aus, denn die bringen Thea zum Schweigen. Je mehr Fragen er stellt, desto stiller wird sie. Aus Angst, sich zu verplappern, und aus Sorge, dass ihr Worte entweichen, die sie nicht rückgängig machen kann.

Polizeipräsidium Köln, Polizeigewahrsam

Lou und Maline schließen ihre Waffen in den Fächern ein, verlassen die Schleuse und betreten den Sicherheitsbereich des Polizeigewahrsams. Die Kommissarinnen gehen hinter der Wachdienstleiterin den videoüberwachten Gang entlang, vorbei an den ersten Zellentüren.

»Hat sich Kornblum ruhig verhalten?«, will Lou wissen.

»Bilderbuchmäßig.« Die Kollegin bleibt vor einer Zellentür stehen.

»Was ist mit der Platzwunde an seinem Kopf?«

»Sie wurde mit ein paar Stichen genäht, es ist keine große Sache.«

Maline wirft einen Blick auf den Zellenzettel, der nicht einen Eintrag aufweist.

Lou linst durch den Türspion. Kornblum liegt auf der Pritsche. »Hat er etwas gegessen?«, erkundigt sie sich.

»Wir haben ihm ein Käsebrötchen und Wasser gebracht, aber er hat nichts angerührt.«

»Die Vernehmung kann eine Weile dauern«, sagt Lou. »Kornblums Frau hat uns schon einige Auskünfte erteilt, aber wir haben natürlich jede Menge Fragen an ihn.«

»Ich habe die Brillen in den Vernehmungsraum gelegt. Rechte Schreibtischschublade.« Die Wachdienstleiterin grinst verschwörerisch und öffnet die Zelle. »Besuch für Sie!«

Kornblum schlägt die braune Decke zur Seite. Seine Bewegungen sind langsam. Er richtet den Blick überwiegend auf den Boden. An den Füßen hat er saubere weiße Tennissocken, und ein frisches T-Shirt bedeckt den Oberkörper. Die Sachen stammen aus dem Fundus der Polizei. Kornblums Kleidungsstücke sind Asservate und wurden sichergestellt.

Die Kommissarinnen führen ihn ins Vernehmungszimmer am Ende des Flurs. Dort wartet bereits sein Pflichtverteidiger und stellt sich Kornblum vor. Lou platziert den Beschuldigten vor dem Schreibtisch, und Maline verschwindet hinter dem PC, um parallel zu Lous Befragungen das Protokoll zu fertigen.

Lou beginnt mit der Abgleichung der Personalien, belehrt Heiko Kornblum vorschriftsmäßig und erkundigt sich nach seinem Befinden. Kornblum hebt nur den Kopf. Lou wiederholt ihre Fragen. Diesmal antwortet er im Flüsterton und gibt an, mitarbeiten zu wollen.

»Sie sind noch bei Ihrer Frau gemeldet«, sagt Lou.

»Ich wollte nächste Woche zum Bezirksamt.«

»Wo arbeiten Sie?«

»Ist schwierig in meinem Alter.«

»Können Sie uns schildern, was passiert ist?«, fragt Lou laut und deutlich. »Wie kam es zu der Auseinandersetzung mit Ihrem Sohn?«

»Er war ein nettes Kind.« Kornblum lächelt. »Als er klein war, niedlich, wirklich.«

»Wie lief es weiter? Was ist passiert?«

»Ich weiß es nicht.«

»Haben Sie sich Unterstützung geholt? Ich meine, früher, beim Jugendamt zum Beispiel?«

Kornblum schaut Lou erstaunt an. »Nein, das hätte doch nichts genutzt.«

»Ihr Sohn hat Diebstähle begangen und Menschen bedroht, das war Ihnen doch bewusst, oder?«

»Auf mich hat er nicht gehört.«

»Ist Ihr Sohn auch gegen Sie gewalttätig gewesen?«

Kornblum zuckt mit den Schultern. »Das spielt keine Rolle mehr. Ich habe ihn … umgebracht.«

»Wieso ist die Situation eskaliert?«, fragt Lou.

»Er vermisste Geld und angeblich eine Uhr … Er hat mit seiner Freundin telefoniert …«

»Die sich zu diesem Zeitpunkt bei Ihrer Ex-Frau aufhielt.«

»Losgefahren ist er mit Angelina. Zurück kam er mit einer völlig Fremden.«

»Bei der Person handelt es sich um eine Freundin Ihrer Ex-Frau«, sagt Lou. »Wo befand sie sich, als Dennis auf Sie losging?«

»Sie stand in der Küche.«

»Ist sie Ihnen zu Hilfe geeilt?«

»Nein.«

»Hat sie Dennis angestachelt?«

»Ich glaube nicht.«

»Dennis hat also Geld vermisst und Sie beschuldigt.«

»Ja.«

»Und, haben Sie es ihm weggenommen?«

»Nein.«

»Um wie viel Geld handelt es sich?«

Kornblum schweigt und starrt geradeaus.

»Ihre Ex-Frau hat ausgesagt, dass Dennis arbeitslos gewesen ist.«

»Er jobbte auf Vierhundert-Euro-Basis«, sagt Kornblum und nennt den Arbeitgeber.

»Wie ging es weiter?«, nimmt Lou den Faden wieder auf.

»Dennis hat mit seiner Freundin telefoniert. Konnten Sie hören, was er gesagt hat?«

»Ich war in meine Gedanken vertieft, aber es war kein langes Gespräch.«

Die Aussage deckt sich mit Kevins Information und Silvias Angabe. Auch sie hat Angelina Simons nur kurz mit ihrem Freund flüstern hören.

»Wie kommen Sie mit Dennis' Freundin zurecht?«

»Ganz gut.«

»Wirklich?«

»Ja, ich mag sie.«

»Da haben wir etwas anderes gehört«, sagt Lou. »Wie ging es nach dem Telefonat weiter?«

»Dennis ist in mein Schlafzimmer gestürmt.« Kornblum beginnt zu weinen. »Ich habe mir überhaupt nichts dabei gedacht, ganz ehrlich.«

»Und dann?«

»Ich saß am Tisch, mit dem Rücken zu ihm, und habe Kartoffeln geschält. Er hat mich angegriffen, und ich habe mich umgedreht, mit dem Messer in der Hand ... ich wollte doch nur, dass er aufhört, mich zu schlagen.«

Lou reicht Kornblum ein Taschentuch. »Und Dennis' Begleiterin? Wie hat sie reagiert?«

Kornblum zieht die Schultern hoch. »Keine Ahnung.«

»Was wollte Dennis in Ihrem Schlafzimmer?«

»Das weiß ich nicht!«

»Aber er ist nach dem Telefonat mit seiner Freundin gezielt in Ihr Zimmer gelaufen und kam mit dem Geld und einer Uhr wieder heraus, oder nicht?«

Er nickt.

»Gehört Ihrem Sohn die silberne Uhr?«

»Das kann ich Ihnen nicht sagen, ich habe sie nie zuvor gesehen.«

Lou gönnt Kornblum eine kurze Pause. »Kennen Sie Frau Antonella Beradi?«, fragt sie dann.

Kornblum wird blass und zieht die Augenbrauen zusammen.

Lou wiederholt ihre Frage.

»Ich … wir waren …« Kornblum schaut von Lou zu seinem Anwalt. »Wie kommen Sie jetzt auf Antonella?«

»Haben Sie Kontakt zu Ihrer Ex-Freundin?«

»Ja … nein … wieso?«

»Wann haben Sie das letzte Mal mit ihr telefoniert?«

»Das ist Ewigkeiten her.«

»Geht es etwas präziser?«

»Zwei, drei Monate womöglich.«

»Und wann haben Sie Frau Beradi das letzte Mal gesehen?«

Kornblum rutscht auf seinem Stuhl hin und her.

»Ich muss auf einer Antwort bestehen.«

»Vor einem halben Jahr.«

»Ganz sicher?«

»Ja«, flüstert Kornblum.

»Wir haben Zeugen, die aussagen, dass Sie vor vier Tagen aus Frau Beradis Wohnung kamen.«

Kornblum schweigt und schwitzt.

»Besitzen Sie noch einen Schlüssel zu der Wohnung Ihrer Ex-Freundin? Überlegen Sie sich die Antwort gut, denn unsere Kollegen sind gerade dabei, Ihre Wohnung zu durchsuchen. Falls Sie einen Schlüssel besitzen, werden wir ihn finden.«

»Aber ich … Antonella hat ihn mir abgenommen …«

»Sind Sie am Montag zu ihr gefahren?«

Kornblum blickt zu seinem Anwalt.

»Sie müssen die Frage nicht beantworten, wenn Sie sich damit selbst belasten«, sagt der Pflichtverteidiger.

»Ich bin dort gewesen«, sagt Kornblum zögernd. »Ich wollte mit Antonella reden, fragen, ob ich die Kleine mal sehen darf. Aber sie hat nicht geöffnet.«

»Ich möchte Sie daran erinnern, dass Sie bei der Wahrheit bleiben wollten«, sagt Lou. »Sie haben die Wohnung Ihrer Ex-Frau also nicht betreten?«

»Nein.«

Lou legt Heiko Kornblum einen Blanko-Fragebogen zur

Identitätsfeststellung vor. »Können Sie mir die obere Zeile vorlesen?«

»Warum?«

»Bitte.«

Kornblum zieht das Blatt Papier heran.

»Lesen Sie!«

Kornblum fährt sich mit den Fingern über sein unrasiertes Kinn. »Ohne Brille sehe ich die Wörter verschwommen.«

»Das ist merkwürdig«, sagt Lou. »Wir konnten in Ihrer Wohnung keine Brille finden.«

»Sie ist beim Optiker, mir ist ein Glas rausgefallen.«

Lou zieht eine Schublade auf und breitet die Lesebrillen in verschiedenen Stärken, die die Wachdienstleiterin hinterlegt hat, auf dem Tisch aus. »Bedienen Sie sich.«

Kornblum zögert zuerst, dann probiert er eine nach der anderen aus. »Ich habe sehr schlechte Augen«, sagt er und lehnt sich zurück, ohne ein Gestell auszuwählen.

»Warum spielen Sie uns dieses Theater vor?«, fragt Lou. »Sie brauchen gar keine Brille, wir wissen, dass Sie Analphabet sind. Ich überprüfe mit dieser Frage Ihre Glaubwürdigkeit, Herr Kornblum, und bisher kommen Sie ziemlich schlecht weg.«

Der Beschuldigte bekommt rote Flecken am Hals.

»Also, ist es wahr, was Ihre Ex-Frau sagt?«, hakt Lou nach. »Oder hat sie uns etwas Falsches erzählt?«

»Nein, Silvia hat nicht gelogen.« Kornblum wird kleinlaut. »Ich kann kaum lesen, und mit dem Schreiben klappt es auch nicht viel besser.«

»Aus diesem Grund haben Sie vergangenes Jahr einen Alphabetisierungskurs besucht.«

»Ich war nicht besonders erfolgreich.« Kornblum seufzt. »Antonella hat mich angemeldet, immerhin hat mich das Ganze keinen Pfennig gekostet …«

»Wurden die Gebühren von dem Verein Engelchor übernommen?«

»Ja, das stimmt.« Kornblum schnäuzt sich die Nase. »Zuerst wollte ich nicht hingehen, aber Antonella hat zu diesem Zeitpunkt so deprimiert gewirkt, und ich dachte, sie freut sich, wenn ich etwas Aktivität an den Tag lege.« Kornblum schluckt schwer.

»Sie meinte, dass es keine Schande ist, nicht lesen zu können, aber dass es an der Zeit ist, etwas zu unternehmen. Mit ihr erschienen die Dinge auf einmal so leicht. Für sie wollte ich ein besserer Mensch werden, für sie und die Kleine. Die Trennung von Antonella war … ich hätte sie nicht gehen lassen dürfen.« Kornblum beginnt wieder zu weinen. »Ich kann nicht glauben, dass sie tot ist.«

Die Kommissarinnen werfen sich Blicke zu.

»Wie kommen Sie darauf, dass sie tot ist?«

»Das haben Sie eben gesagt.«

»Nein, ich habe mit keinem Wort erwähnt, dass Frau Beradi nicht mehr lebt.«

Kornblum wischt sich die Tränen fort, räuspert sich, blickt von seinem Anwalt zu Lou. Er lässt die Schultern hängen und sieht völlig verloren aus.

»Ich bin in ihrer Wohnung gewesen«, flüstert er schließlich.

»Eben sagten Sie –«

»Ich habe gelogen.«

»Warum?«

Schweigen.

Lou lässt ihm Zeit.

»Weil ich Angst habe, dass Sie mir ihren Tod in die Schuhe schieben«, sagt Heiko Kornblum, ohne die Kommissarin anzusehen.

»Und diese Angst ist jetzt verflogen?«

Er antwortet nicht.

»Haben Sie versucht, Antonella Beradi anzurufen, bevor Sie zu ihr gefahren sind?«

»Klar, aber sie ging nicht ans Telefon.«

»Was wollten Sie denn von ihr?«

»Nur reden, über Kira. Immerhin ist sie meine Tochter.«

»Woher wussten Sie, dass Frau Beradi nicht mehr lebte?«

»Sie war ganz blau im Gesicht und hat nicht mehr geatmet.« Kornblum holt tief Luft.

»Kann es sein, dass es Streit gab?«
»Nein.«
»Dann hat ein Wort das andere gegeben ...«
»Nein.«
»... und Sie sind sauer geworden ...«
»Nein.« Kornblum hält sich die Ohren zu.
»Sie war also tot«, sagt Lou. »Und danach sind Sie seelenruhig nach Hause gegangen, haben Fernsehen geguckt und Kartoffeln geschält?«
Kornblum bittet um ein Glas Wasser und wirft seinem Anwalt einen flehenden Blick zu.
»Ich komme jetzt noch einmal auf den Kurs zurück.« Lou lehnt sich vor. »Kennen Sie Herrn Demirkan?«
»Oktay, ja, wieso? Er saß neben mir.«
»Haben Sie sich mit ihm verstanden?«
»Er war in Ordnung.«
»Ach wirklich?« Lou schaut auf ihre Notizen. »Wir haben gehört, dass Sie mit ihm überhaupt nicht klargekommen sind.«
»Wer sagt das?«
»Ihre Ex-Frau. Angeblich haben Sie sich bei ihr über Herrn Demirkan beschwert.«
»Daran erinnere ich mich nicht.«
»Wer hat den Kurs geleitet?«
»Thea, die Frau von Antonellas Betreuer.«
Lou ist einigermaßen überrascht und wechselt einen kurzen Blick mit Maline. Kristof Harnisch hat seine Frau in diesem Zusammenhang nicht erwähnt. Sie sammelt sich einen Moment, bevor sie zum nächsten Schlag ausholt.
»Hatten Sie nach dem Kurs noch Kontakt zu Herrn Demirkan?«
»Nein.«
»Niemals?«
Kornblum schüttelt den Kopf.
Lou legt sein Handy und eine Kopie des Faxes von Demirkans Telefongesellschaft auf den Tisch.
»Sie haben ihn in den letzten Monaten elf Mal angerufen.

Einen Mann, den Sie nicht besonders mochten und zu dem Sie angeblich keinen Kontakt hatten. Können Sie mir sagen, warum?«

Kornblum schweigt und schließt die Augen.

»Oktay Demirkan ist vorgestern gestorben«, sagt Lou. »Sie haben ihn an seinem Todestag morgens um neun Uhr angerufen. Warum?«

»Sie müssen die Frage nicht beantworten«, sagt der Pflichtverteidiger.

»Er hat mir Geld geschuldet«, schnaubt Kornblum, hebt den Kopf und stiert Lou an. »Deshalb habe ich versucht, ihn zu erreichen.«

»Wie viel?«

»Dreißig Euro.«

»Sie haben ihm Geld geliehen, obwohl Sie ihn nicht ausstehen konnten?«

»Das war gleich zu Beginn des Kurses«, sagt Kornblum. »Daran können Sie sehen, wie lange ich geduldig auf meine Kohle gewartet habe.«

»Wo waren Sie am vergangenen Mittwoch zwischen neun Uhr morgens und siebzehn Uhr am Nachmittag?«

»Wahrscheinlich zu Hause«, sagt Kornblum, sein Brustkorb hebt und senkt sich deutlich.

»Sind Sie im Besitz von Methanol?«

»Metha… was?«

»In Ihrem Keller wurden drei Dosen Methanol gefunden«, sagt Lou.

»Dazu kann ich Ihnen nichts sagen, es ist nicht auszuschließen, dass es den Jungs gehört.«

Lou schließt den Aktenordner ruckartig und sieht dem Beschuldigten in die Augen.

»Herr Kornblum, Sie tischen uns eine Lüge nach der anderen auf. Wir werden für Sie einen Haftbefehl anregen. Wenn sich der Staatsanwalt dem anschließt, entscheidet ein Richter darüber, ob Sie in Untersuchungshaft in die JVA Ossendorf gehen oder entlassen werden.«

Kornblum ist kreidebleich, holt tief Luft, um etwas zu sagen, und zieht es dann doch vor zu schweigen.

Belgisches Viertel, Köln

Donner rollt in einiger Entfernung. Hin und wieder erscheinen Blitze am Nachthimmel. Die Luft ist merklich abgekühlt, und die Lichter des Fernsehturms sind nicht zu sehen. Jette ist wie vom Erdboden verschluckt. Maline hat ihre Nummer unzählige Male angerufen. Jetzt ist es ein Uhr morgens. Der Duschstrahl belebt Maline und schärft ihren Verstand. Toffees Utensilien liegen in der Küche. Also betreut Jette den Hund weiterhin. Mit dem Tier wird sie nicht durch die Kneipen ziehen.

Maline verlässt die Wohnung. Am Brüsseler Platz ist die Hölle los. Überwiegend junge Leute haben den Platz zu Füßen von St. Michael eingenommen. Sie treffen sich, sobald das Wetter es zulässt, sitzen auf kniehohen Mauern und säumen die wenigen überschaubaren Grünflächen. Reden, lachen, trinken, lärmen. Der Krach ist teilweise unerträglich und treibt die Anwohner, die anfangs noch versuchten, mit den Feiernden ins Gespräch zu kommen, in den Wahnsinn. Die Lage eskalierte, und vonseiten der Stadt hagelte es Platzverbote, Anzeigen und Bußgelder. Eine Bürgerinitiative wurde gegründet, aber bisher wurde keine adäquate Lösung gefunden. Viele Anwohner haben resigniert, manche gingen sogar so weit, dass sie ihre Eigentumswohnung verkauften. Gott sei Dank liegt Jettes Wohnung in einer Seitenstraße. Den Lärm der lauen Nächte hört sie nur, wenn sie sich auf ihrer Dachterrasse aufhält.

Maline läuft umher und versucht, ihre Freundin zu finden. Stattdessen trifft sie Bekannte und den besten Freund von Toffees Herrchen Gerhardt. Maline wechselt ein paar Worte mit ihm, bestellt Grüße und läuft weiter zum Aachener Weiher. Womöglich sitzt Jette im Biergarten.

Auf dem Weg dorthin beginnt es wie aus Kübeln zu schütten. Schon nach wenigen Metern ist Malines Jacke komplett durchgeweicht. Radfahrer kommen ihr entgegen, teilweise mit enormer Geschwindigkeit. Nachtschwärmer eilen nach Hause. Der Regen scheucht sie auf.

Die Lichter des Biergartens leuchten bunt und beharrlich, wehen im Rhythmus der Böen an den Kabeln. Die meisten Gäste sind ausgeflogen. Maline beschreibt Jette einer Servicekraft. Der junge Mann zuckt nur müde mit den Schultern und sammelt weiter Aschenbecher ein. Sie friert und überlegt, nach Hause zu laufen, als sie Jette unter einem Baum sitzen sieht. Toffee liegt zu ihren Füßen.

Maline steuert auf Jette zu und nimmt sie in den Arm. »Was machst du denn hier? Es regnet in Strömen!«

»Ich kann in der Wohnung bleiben, wenn nötig auch mit Hund.«

»Du hast also mit Henry gesprochen?«

Jette antwortet nicht. Sie ist pitschnass und zittert wahnsinnig. Maline hilft ihr auf die Beine, bringt sie nach Hause, lässt Badewasser ein und befördert Jette in die Wanne. Sie gehorcht ohne die kleinste Gegenwehr und spricht nur das Nötigste. Maline lässt sie in Frieden und rubbelt Toffee trocken. Danach sitzen sie zu dritt im Bett, Maline und Jette trinken heißen Kakao.

Schließlich sinkt Jette in die Kissen und schläft ein. Bevor Maline die Wohnung verlässt, legt sie ein Flugticket für Jette auf den Nachttisch und versieht es mit einem Post-it: »Lissabon. Vier Tage. Du & Ich. Bis dahin lasse ich dich in Ruhe und warte am Gate. Ich bin mir sicher. Küsse, M.«

Das Flugzeug hebt übermorgen ab. Maline pokert und hofft, dass Jette am Flughafen erscheint.

Sie macht sich auf den Weg nach Marialinden und fährt dort den dienstlichen Rechner hoch. Sie ist mit ihren Gedanken schon wieder bei Heiko Kornblum. Klar, er hat mehrfach gelogen, seinen Sohn im Affekt getötet, und er kannte sowohl Oktay Demirkan als auch Antonella Beradi. Aber Maline traut ihm die Taten nicht zu und weiß, dass Lou ebenfalls zweifelt.

Oberkommissarin Maline Brass setzt sich vor den PC und beginnt, alle viertausenddreihundertzwanzig Fotos, die Matthias Fink während seines Kunstprojekts von Antonella Beradis Haus geschossen hat, noch einmal ganz genau unter die Lupe zu nehmen.

Köln-Nippes

Lou würde am liebsten das Gaspedal durchtreten, abrauschen nach Marseille oder Paris. Sie möchte in einem Straßencafé sitzen, Café double aus kleinen braunen Tassen trinken und Leute beobachten. Oder zum Flughafen. Ganz spontan einen Last-Minute-Tauchurlaub buchen. Sie war ewig nicht unter Wasser. Ihre Scheckkarten stecken im Portemonnaie. Tauchequipment kann man leihen. Der Schritt zum Early-Morning-Dive am Roten Meer ist keine Unmöglichkeit. Schon der Gedanke an Schildkröten lässt Lou lächeln, und sie könnte schwören, dass ihre Lippen nach Salzwasser schmecken.

Wenige Sekunden später kommt die Abfahrt zum Polizeipräsidium in Sicht. Stadtauswärts fließt der Verkehr zu dieser Zeit noch. In die Gegenrichtung sieht es schlechter aus. Lou achtet auf das Tempolimit und geht in Höhe der Claudius Therme auf die Bremse. Nur noch wenige Meter, dann muss sie sich entscheiden. Präsidium oder Flughafen. Alltagssorgen oder Spontaneität. Seufzend setzt sie den Blinker. Ihr Kurztrip bleibt eine gedankliche Mini-Auszeit. Immerhin nimmt sie sich fest vor, innerhalb der nächsten Tage dienstfrei einzureichen, um Überstunden abzubauen. Sie möchte für Frieda da sein.

Die Ausfahrt zum Präsidium liegt vor dem Tunnel der Stadtautobahn. Normalerweise kann Lou abbiegen, ohne im Stau zu stehen. Heute ist es anders. Die Blechlawine steht. Und Lou mittendrin. Wahrscheinlich hat es wieder einen Unfall gegeben.

Das Nadelöhr zwischen Zoobrücke und dem Autobahnkreuz Ost wird generalsaniert. Täglich rollen um die einhundertzwanzigtausend Fahrzeuge über die Strecke, und ständig kommt es wegen der Bauarbeiten zu Teilsperrungen und Umleitungen. Nervige Irrfahrten und Warteschlangen sind da vorprogrammiert und strapazieren die Nerven der Autofahrer. Zu Stoßzeiten muss Lou locker eine halbe Stunde für den Weg zur Arbeit einrechnen. Trotzdem ist das Jobticket für sie keine wirkliche Alternative. Die Fahrtzeit liegt bei vierzig Minuten. Warten, Umsteigen und Verspätungen nicht eingerechnet. Wenn sie gut durchkommt, schafft sie die Strecke von Nippes um diese Uhrzeit mit dem Auto in sieben Minuten. Gelegentliche Staus lassen sich dessen ungeachtet nicht vermeiden.

Ihr Smartphone vibriert.

»Guten Morgen, Mutter«, sagt Lou und stellt das Radio leiser. »Falls du wissen möchtest, wie es um Frieda und Stuart steht –«

»Henry hat mich bereits angerufen«, sagt Helene. »Habe ich das richtig verstanden? Muss meine Enkelin jetzt also nicht zur Annullierung nach Kanada reisen?«

»Nein, weil die Ehe in Deutschland nicht registriert wurde. Es reicht, wenn Stuart die Formalitäten in seinem Land erledigt.«

»Ich kann dir nicht sagen, wie erleichtert ich darüber bin.«

»Was hast du sonst auf dem Herzen?«, fragt Lou.

»Annemie und ich waren gestern Abend beim Italiener, und am Nachbartisch saß Michael Harnisch.«

»Wer?«

»Romys Vater, na ja, genau genommen ihr Stiefvater.«

»Sein Name ist Harnisch? Mensch, Mutter … Hat er einen Sohn, der Kristof heißt?«

»Ich glaube schon, wieso?«

»Kristof Harnisch und Romy Pereia sind miteinander verwandt?«

»Sie sind Stiefgeschwister.«

»Mutter, warum hast du nichts gesagt!«

»Entschuldige bitte, *du* bist doch die Kommissarin. Außerdem dachte ich nicht, dass der Name von Romys Stiefvater eine Rolle spielt, und du hast auch nicht danach gefragt. Im Gegenteil, als ich dir etwas zu den familiären Hintergründen erzählen wollte, hast du abgewunken.«

Lou erinnert sich vage. Sie war müde und wollte ins Bett.

»Ich möchte dir eigentlich nur sagen, dass du dich nicht länger um die Angelegenheit kümmern musst«, sagt Helene. »Michael Harnisch hat Anzeige gegen Romy erstattet.«

»Gut, dann geht die Sache nun ihren offiziellen Gang.«

Lou ruft Maline an, unterrichtet sie über Romys Verbindung zu Harnisch und flucht vordergründig über den Stau.

Köln-Innenstadt

Thea wünscht Kristof einen schönen Tag und sieht zu, wie sich der weiße Q5 am Rudolfplatz in den Verkehr einfädelt. Es ist Samstag. Kristof arbeitet in letzter Zeit häufig am Wochenende. Vielleicht zuckt er deshalb nicht mal mit der Wimper, wenn Thea sagt, dass sie ebenfalls ins Büro muss. Es nieselt schon wieder. Sie spannt ihren Regenschirm auf, schultert ihre Tasche und geht die Aachener Straße stadtauswärts, an der Tür ihres ehemaligen Arbeitgebers vorbei. Sie hat keine Angst, den früheren Kollegen zu begegnen. Seit geraumer Zeit spürt sie gar nichts mehr, und dieser Zustand befreit sie ungemein.

Ihr Business-Outfit entspricht der diesjährigen Trendfarbe. Island Paradise. Sie trägt das Kostüm, um den Schein zu wahren, dabei wären ihr bequeme Sachen wirklich lieber. Das Tröpfeln steigert sich zum kräftigen Regen. Thea sucht Schutz unter einem Häuservorsprung, will den Schauer abwarten, aber es regnet sich ein. Sie muss weiter, sonst bekommt sie kalte Füße. Pumps und Regen sind keine gute Kombination. Der Bürgersteig ist voll mit Menschen. Thea läuft Slalom und balanciert ihren Schirm um die Passanten.

Ihre Schwester wartet. Natürlich sitzt Lilith auf der Eckbank an dem Tisch in der Nische, über dem nur dieses spärliche Licht leuchtet. Wiederholt hat Thea ihr gesagt, dass sie einen Fensterplatz bevorzugt. Über Liliths Gesicht huscht ein flüchtiges Lächeln, als Thea den Schirm zusammenklappt und unbeabsichtigt die Zeitung des Mannes am Nachbartisch mit Regenwasser besprenkelt. Er sagt keinen Ton, dreht ihr aber demonstrativ den Rücken zu. Sie küsst ihre Schwester auf die Wange. Liliths Haut fühlt sich an wie rissiges Leder. Ihre Schwester hatte zeitlebens Hautprobleme.

Thea begrüßt auch Ricardo, den Besitzer des Ladens, allerdings nur mit einem Kopfnicken. Sie bestellt Kaffee und Mineralwasser.

»Spar dein Geld«, protestiert Lilith.

Jedes Mal das gleiche Theater. Thea hat keine Lust, ihr wieder zu erklären, dass der Cafébetreiber seine Tür nicht aus Nächstenliebe öffnet.

»Deine Haare sehen scheußlich aus, Kupferrot macht dich blass«, meint Lilith, die immer sagt, was sie denkt. »Aber die Farbe deines Kostüms ist himmlisch, Eisblau steht dir hervorragend.«

Die Gläser von Liliths Nickelbrille sind nicht viel größer als ihre Pupillen, und um die Lippen kräuseln sich unzählige feine Runzeln. An diesem Punkt sieht sich Thea klar im Vorteil. Ihre Haut ist glatt und weich. Die runden Wangen durchziehen kaum Falten.

Ricardo bringt Wasser und nur eine Tasse Kaffee. Ständig ignoriert er Lilith. Aber Thea ist nachsichtig mit ihm, denn der Cafébesitzer wurde verlassen. Die Kinder hat seine Frau mitgenommen. Sie weiß, dass er seinen Schmerz hinter undurchdringlichen Gesichtszügen versteckt.

Lilith lässt Zucker in den Kaffee rieseln, schaut Thea schelmisch an wie ein Kind, das provoziert und eine Reaktion erwartet.

Thea zieht alte Entwürfe aus ihrer Tasche und legt einen nach dem anderen auf den Tisch. Sie sind hell, farbenfroh und freundlich.

Ihre Schwester beklatscht die Skizzen lautstark. »Endlich

hast du mal etwas Heiteres gemalt.« Sie versucht, die anderen Gäste mit ihrer Begeisterung anzustecken. Aber niemand scheint sie zu beachten. Das ist ihr Dilemma. Lilith kann schreien, so viel sie will, sie verschafft sich einfach kein Gehör.

Ricardo verschwindet durch den Vorhang in den hinteren Teil des Ladens. Thea stellt sich vor, dass er durch einen schmalen Gang in einer Höhle landet, in der ein Feuer brennt und die ein Lager aus Bärenfell beherbergt. Einen kurzen Moment spürt Thea das Verlangen, ihm zu folgen.

Lilith hält sie am Tisch. Sie hat sich die Bilder unter den Nagel gerissen und reckt sie abwechselnd in die Höhe wie Bewertungstafeln beim Showtanzen. Trotz fehlender Resonanz ist Thea dieses Tamtam peinlich. Sanft drückt sie die Hände ihrer Schwester auf den Tisch zurück.

»Du bist einfach zu bescheiden«, sagt Lilith, wirft ihre Prothese in Theas Wasserglas und lacht. Ihr Mundraum ist schwarz wie das Federkleid eines Kolkraben.

Mit Paradontitis schlug sie sich schon als junge Frau herum. Wurzelvereiterungen und Knochentaschenvereiterungen traten auf und verursachten höllische Schmerzen. Der Zahnfleischschwund war gravierend. Die unechten erträgt Lilith nur wenige Stunden am Tag.

Thea holt ihren Skizzenblock hervor und arbeitet mit dem Rötel an neuen Entwürfen. Diesmal sind es Blumen. Sie möchte Lilith erfreuen, die die »Blechtrommel« aus der Handtasche genommen hat. Es ist ihr Lieblingsroman und das einzige Buch, das sie unzählige Male gelesen hat. Achthundertsechzehn Seiten im Schneckentempo. Fünfzehn Mal. Mit Günter Grass fühlt sich Lilith verbunden. Er ist in Danzig-Langfuhr geboren wie die Cousine einer Großtante väterlicherseits. Lilith gibt die Anekdote auf jeder Feier zum Besten und scheint nicht zu bemerken, wie sie sich damit zum Affen macht. Thea lässt sie gewähren. Lilith kann sich alles erlauben.

Ricardo ist aus der Höhle wieder hervorgekrochen und dreht diskret seine Runden. Theas Tisch lässt er aus. Er weiß, dass sie sich meldet, wenn sie bestellen möchte.

Thea vertieft sich in ihre Arbeit und saut ihr Island-Paradise-Kostüm mit dem Rötel ein. Strichzeichnungen fließen aus ihr heraus. Wie im Akkord. Sie ist zufrieden und dann wieder nicht. Reißt Blätter aus dem Zeichenblock, zerknüllt sie und wirft sie zu Boden. Die verworfenen Skizzen häufen sich. Bedecken den Boden des Cafés wie Dutzende Schneebälle.

Gegen zwölf Uhr packt Thea zusammen. Ihr Herz flattert, stolpert und setzt sogar einen Schlag aus. Ihr Vorhaben ist nicht leicht durchzuziehen. Manche Dinge werden nicht zur Routine, egal, wie oft man sie wiederholt.

Thea bezahlt, verabschiedet sich von Lilith und ist hocherfreut, als sie den Bus pünktlich kommen sieht. Erfreulicherweise ergattert sie einen Sitzplatz und steigt wenig später in die Bahn um.

Lilith folgt ihr mit gebührendem Abstand.

Thea entdeckt sie schließlich in einer Gruppe, die anscheinend einen Junggesellinnenabschied feiert. Alle Frauen tragen das gleiche Outfit und alte Schiefertafeln um den Hals, auf denen mit Kreide »Küss mich« steht.

Thea schüttelt den Kopf. Wegen der Junggesellinnen und ihrer Schwester, die sich einfach nicht abhängen lässt.

Polizeipräsidium Köln

»Meine Frau wollte unbedingt mit mir reinfeiern«, sagt Dienststellenleiter Tom Lechner und reibt sich die Augen, er sieht mitgenommen aus. Maline gratuliert ihm zu seinem Geburtstag.

»Ich habe eine gute Nachricht«, sagt Tom und reicht ihr einen E-Mail-Ausdruck. »Eben hat uns DHL den Namen und die Handynummer des Fahrers mitgeteilt. Die Auslieferungsroute für den heutigen Tag ist ebenfalls dabei.«

Maline hängt sich sofort ans Telefon. »Ihr Gesprächsteilnehmer ist zurzeit leider nicht erreichbar, bitte versuchen Sie es später noch einmal …«

»Eigentlich hat sich die Sache mit dem Zusteller doch erledigt.« Tom ist im Türrahmen stehen geblieben. »Kornblum hat doch gestanden, oder nicht?«

»Es gibt Verbindungen zwischen ihm und den beiden Opfern«, sagt Maline. »Aber er streitet die Taten entschieden ab.«

»Was ist mit den Fotos dieses Künstlers?«

»Das ist schwierig. Am mutmaßlichen Tattag herrschte im Haus reger Betrieb. Leute kamen und gingen quasi im Minutentakt.«

»Ist Kornblum dabei?«

»Gesichter sind kaum zu erkennen, die Distanz zwischen der Kamera und dem Mehrfamilienhaus betrug ungefähr dreißig Meter. Dazwischen befindet sich ein Parkplatz. Aber Heiko Kornblum ist auf keinem Foto mit Sicherheit zu sehen.«

»Dann treibt diesen DHL-Fahrer auf, damit wir heute Abend noch mehr Grund zum Feiern haben«, sagt Tom und eilt davon. Bevor Maline ihm sagen kann, dass sie nicht zur Grillhütte kommen wird.

Sie versucht erfolglos, den DHL-Zusteller an die Strippe zu bekommen. Weil Lou auf sich warten lässt, schnappt sich Maline ihren Kollegen Ben, um rauszufahren.

»Lass uns den Paketfahrer abfangen«, sagt sie. »Laut Route müsste er jetzt in Lindenthal unterwegs sein.«

Köln-Vingst

Hubi ist früh auf den Beinen, behält den Schlafanzug an und vergleicht Sonderangebote. Regen prasselt gegen die Fensterscheiben. Dicke Tropfen perlen am Glas hinunter.

Aldi senkt die Preise für Fleisch, und bei Lidl ist Obst besonders günstig. Kaufland hat Jerseybettwäsche im Angebot, und bei REWE kostet der große Fruchtjoghurt nur neunundachtzig Cent. Hubi schneidet die Bilder mit den Preisen aus und klebt sie auf ein DIN-A4-Blatt. Dafür braucht er eine Stunde.

Heute schleicht die Zeit. An solchen Tagen beginnt er zu grübeln, über die Zukunft, und kommt zu dem Ergebnis, dass sämtliche Züge längst ohne ihn abgefahren sind. Mit Valeska hat er das große Los gezogen, aber ansonsten ist das Glück an seiner Tür vorbeigegangen. Hubi denkt an einen Schlager, »Wunder gibt es immer wieder«. Darin heißt es, dass heute oder morgen alles geschehen kann. Daran hat er viele Jahre geglaubt und die Türen weit geöffnet. Pustekuchen. Nichts ist geschehen. Wunder existieren in seiner Welt nicht.

Er nickt im Sessel ein und wird von den Schreien des Babys geweckt, das mit seiner Mutter in die Wohnung über ihnen eingezogen ist. Hubi rafft sich auf, gießt alle Blumen und spült das Frühstücksgeschirr. Anschließend belegt er zwei Brötchen mit Mettwurst, isst sie auf dem Bett und schaut eine Kochsendung. Der TV-Chefkoch empfiehlt Rinderstreifen an Sommersalat. Um das Geräusch seines Beatmungsgerätes zu übertönen, ist der Ton des Fernsehers laut gestellt. Im Anschluss an die Sendung beschließt Hubi, eine Runde um den Block zu drehen. Frische Luft wird ihm guttun, und er hofft, dass alle Rowdies jetzt gerade die Schulbank drücken oder in irgendwelchen Maßnahmen stecken.

Hubi klemmt sich von der stationären Beatmungsmaschine ab, erledigt einen überfälligen Toilettengang, rasiert sich nicht gerade gründlich, befeuchtet die Haare und kämmt das graue Deckhaar nach hinten. Während er sich die Zähne putzt, betrachtet er sich kritisch im Spiegel. Seine Tränensäcke erscheinen ihm heute besonders ausgeprägt, und er findet, dass die Altersflecke in letzter Zeit geradezu explodieren. Etwas zerknirscht streift er saubere Sachen über und schlurft in die Küche. Die wenigen Schritte ohne unterstützende Luft bewerkstelligt er im Zeitlupentempo.

Hubi versucht täglich mehrfach, einige Minuten selbstständig zu atmen. Heute klappt das mittelmäßig. Er ist froh, als er wieder an der mobilen Maschine hängt. Immerhin hat er einen der gereinigten Schläuche angebracht, drückt die Nasenbrille in Position und schiebt das Gummiband über seinen Hinterkopf.

Es klingelt an der Haustür, als er das Konstant-Flow-Gerät gerade in einen Jutebeutel geschoben und die Tasche über die Schulter gehängt hat.

Hubi schlurft in den Flur. Er atmet ruhig und gleichmäßig. Wahrscheinlich nur die Post. Es klingelt noch einmal. Diesmal irgendwie aufdringlich. Vorsichtig riskiert er einen Blick durch den Spion und öffnet überrascht die Tür.

Köln-Ossendorf

Nieselregen benetzt die Wiese, ausgegossen wie aus einer Gießkanne besprenkelt er auch die Rosen und andere Blüten. Romy sitzt geschützt. Die Hollywoodschaukel hat ein kleines Dach und schwingt gleichmäßig. Sobald sie nachlässt, gibt Romy ihr einen Schubs mit dem linken Bein. Sie hat die Folie entfernt, liegt auf den gestreiften Polstern und hält eine Tasse Kaffee in der Hand.

Hummeln bestäuben Frau Schmittbauers Krokusse. Die Arbeiterinnen brummen umher. Als Kind hat Romy gern die fleißigen Bienen beobachtet und fand es traurig, dass ein Volk nur einen Sommer überlebt.

Rosenblütenblätter sind über Nacht in die Beete gefallen. Wie weiße Tupfer liegen sie versprenkelt. Hübsch anzusehen. *Weiße Rosen bedecken Gräber, sie sind Leichentücher der Natur.*

Der Regen wird stärker, und Romy erhebt sich. Sie geht ins Haus, nimmt eine große Rührschüssel, gibt Eier, Zucker, Milch und Mehl hinein und vermengt die Masse mit dem Mixer, den sie im Schrank findet. Romy gibt Fett in eine Pfanne und backt Linus' Leibgericht. Der Junge riecht den »Braten«, stürmt im Schlafanzug herein und freut sich wie ein Schneekönig. Über Orangensaft, Pfannkuchen und die Normalität. Ihm scheint es viel besser zu gehen. Der kleine Bauch gibt Ruhe und sieht unauffällig aus. Und für einen Augenblick vergisst selbst Romy, dass sie Eindringlinge sind. Zwei Menschen, die Zuhause spielen ohne die geringste Aufenthaltsberechtigung.

Romy backt ihrem Sohn einen zweiten Pfannkuchen und karamellisiert extra Zucker. Linus ist ganz aus dem Häuschen. Ihr ist bewusst, dass es für ihn schwer wird, die Zelte wieder abzubrechen, und sie würde es ihm gern ersparen.

Sie trödeln, duschen später ausgiebig, unten in dem kleinen Bad, das an das Gästezimmer grenzt. Romy kämmt Linus die Haare, bindet ihm einen neuen Zopf und cremt seine Haut mit Kokosöl ein. Er riecht wie ein Bounty-Geburtstagskuchen und grinst selig.

Auf der Toilette entfernt Romy mit einer Pinzette weitere Dornen aus ihrem Handrücken. Sitzend zieht sie mit der linken Hand die mitgebrachte OB-Schachtel aus ihrer Tasche und stellt sich so ungeschickt an, dass die Tampons zu Boden fallen. Fluchend sammelt sie die OBs von den Fliesen auf und will sie in die Box zurückdrücken, als sie das Geld bemerkt. Auf dem Boden der Pappschachtel liegen zweihundert Euro in vier Fünfzigerscheinen. Romy ist baff. Es ist Ewigkeiten her, dass sie so viel Geld in den Händen gehalten hat. Ohne groß nachzudenken, schiebt sie es in die Tasche ihrer Jeans.

Mit dem Zuschlagen einer Autotür endet für Romy und Linus der Ausflug in die heile Welt. Sekunden sitzt sie wie elektrisiert, lauscht und ist sofort von null auf hundert, als sie einen Schatten sieht, der an dem kleinen Kellerfenster vorbeieilt. Sie läuft nach nebenan zu ihrem Sohn, der auf dem Bett Hüpfburg spielt.

»Wir müssen weg!«, flüstert sie und klopft sich mit der Faust auf die Mitte ihrer Brust.

Linus schaut sie skeptisch an. Sie fasst ihn wortlos am Arm. Er macht sich steif. »Ich will hier nicht weg!«

»Still.« Romy legt den Finger auf ihre Lippen. Sie hört Schritte. Jemand läuft über ihnen auf den Bodenfliesen. Frau Schmittbauer wollte zwei Tage verreisen. Streng genommen kann sie unmöglich schon zurück sein.

»Du musst ganz leise sein.«

»Ist da ein Einbrecher?«

»Nein.«

»Oder ein ganz echter Räuber?«

»Quatsch mit Soße.« Romy gelingt ein Lächeln.

»Und wieso sind wir dann in Gefahr?«

»Das erkläre ich dir später«, sagt Romy gedämpft und klopft sich wieder mit der Faust auf die Brust. »Du musst mir glauben, die Situation ist brenzlig, sonst hätte ich unser Zeichen nicht gemacht.«

»So richtig gefährlich brenzlig? Also ist da ein Einbrecher?«

»Ja«, sagt Romy, damit Linus besser gehorcht und keinen Mucks mehr macht. Sie umfasst seinen Körper und hebt ihn hoch.

Er trommelt mit den Fäusten auf ihre Schulter. »Ich will hierbleiben und den Räuber sehen«, flüstert er.

»Pst!«

Romy greift sich ihre Tasche, parkt Linus auf einem Stuhl, klettert auf eine alte Orgel und öffnet eins der Oberlichter weit.

»Komm her, ich helfe dir in den Garten.«

»Ich gehe nicht ohne meinen Spiderman-Rucksack«, sagt Linus im Flüsterton und zieht einen Schmollmund.

»Was? Das kann doch nicht …? Wo hast du ihn hingelegt?«

»Aufs Sofa«, schluchzt Linus leise. »Im Wohnzimmer.«

»Okay.« Romy klettert von der Orgel. »Die Person, die oben ist, darf uns unter keinen Umständen entdecken.«

»Du hast gesagt, die böse Frau hat dich angerufen und gebeten, auf das Haus aufzupassen.«

»Das stimmt auch.«

»Dann ruf doch die Polizei!«

»Das ist eine sehr gute Idee«, sagt Romy und legt ihre Tasche aufs Bett. »Vorher schleiche ich mich aber hinauf, checke die Lage und hole deinen Rucksack.«

»Okay.«

»Du bleibst hier und bist stiller als still.«

»Weil wir in Gefahr sind?«

Ein Wort hätte genügt, um Linus zu beruhigen. Aber Romy steht unter Strom. Sie setzt ihren Sohn auf das Bett und schleicht die Treppe hinauf.

In der Diele entdeckt sie den Lederkoffer, den Frau Schmittbauer am Vortag im Eingangsbereich abgestellt hatte. Romys Herz klopft bis zum Hals. Sie hört die alte Frau leise reden. Offenbar führt sie Selbstgespräche. Es kann sich nur um Minuten handeln, bis sie die Polizei verständigt.

Romy folgt den feuchten Abdrücken, die Frau Schmittbauers Schuhe auf dem Flurboden hinterlassen haben, und huscht an der offenen Küchentür vorbei. Die alte Frau steht vor dem Herd und betrachtet die Sauerei, die Romy beim Pfannkuchenbacken angerichtet hat.

Im Keller durchsucht Linus die Tasche seiner Mutter, nimmt ihr Handy an sich und tippt die 110 ein. Der Sechsjährige ruft die Polizei. Konzentriert spult er Frau Schmittbauers Namen ab und nennt die Delfinflossenstraße als Adresse. Linus verhält sich so, wie er es gelernt hat. Neulich, als der Bezirksbeamte die Kindertagesstätte besuchte. »Wenn ihr euch in gefährlichen Situationen befindet, könnt ihr jederzeit die 110 wählen.« Tag und Nacht, hat der Polizist gesagt, der einen gepflegten Schnauzbart trug. Genau wie Super Mario.

Köln-Vingst

Hubi ist es etwas peinlich, dass die Angebotsblätter auf dem Küchentisch verstreut liegen und der Fernseher nebenan läuft. Immerhin herrscht Ordnung. Gewaschen und rasiert ist er auch. Das wäre Valeska wichtig.

»Du kannst dich gern setzen«, sagt er, deutet auf die Eckbank und rückt den Einflussstutzen zurecht, der ihm trotz Gummiband von der Nase gerutscht ist.

Seine Besucherin hat die nasse Jacke ausgezogen und den

Regenschirm aufgespannt, ihn auf den Fußabtreter in der Diele gestellt.

»Scheußlich, dieses Wetter«, sagt sie und macht keine Anstalten, Hubis Aufforderung nachzukommen.

Er blickt zur Balkontür. Es zieht immer mehr zu. Wolken hängen düster und bedrohlich tief. Als Karfreitagswetter bezeichnet Valeska es, wenn sich der Himmel dermaßen verdunkelt wie auf dem Ölberg, kurz bevor Jesus am Kreuz starb. Jedenfalls wird es in den Bibelfilmen so dargestellt.

Hubi schaltet das Licht der Dunstabzugshaube zusätzlich ein. Er hasst die Gastgeberrolle. Valeska regelt solche Dinge. Erschwerend kommt hinzu, dass er Thea nicht sonderlich gut kennt. Sie hat Kristof mal abgeholt, als sein Wagen nicht ansprang. Damals, als sie zu dritt ein Spiel des 1. FC Köln besucht hatten, draußen im Müngersdorfer Stadion, das Hubi einfach nicht Rheinenergiestadion nennen kann.

Kristof lässt sich ein paarmal im Jahr etwas Besonderes einfallen. Er ist ein wirklich erstklassiger Betreuer. Immer ansprechbar. Immer hilfsbereit. Auch deshalb gibt sich Hubi mit Thea Mühe. Letzten August hat er zum ersten Mal ein paar Worte mit ihr gewechselt. Notgedrungen, weil Kristof und seine Frau am gleichen Kaffeetisch zwei Stühle ergattert hatten. Begehrte Schattenplätze bei der Affenhitze damals. Gott sei Dank hatte Valeska einen ihrer berühmten Small Talks mit Thea begonnen, als Kristof verschwand, um ein Kind zu verarzten, das sich auf der Hüpfburg verletzt hatte. Hubi bewundert Valeska, die immer ein Thema findet und auch in der Lage wäre, mit Angela Merkel zu plaudern. Immer frei von der Leber weg.

Kristof hatte an dem Tag angedeutet, dass er und Thea überlegen, irgendwo ein neues Leben zu beginnen. In ferner Zukunft. Hubi war gleich die Düse gegangen. Aus heiterem Himmel wurde ihm die Luft knapp. Bis dahin hatte er entspannt vor sich hin geatmet. Valeska schaffte es, ihn zu beruhigen, indem sie Kristof gleich verklickerte, dass sie da ein Wörtchen mitzureden hätten. Feixend natürlich. Kristof ist für Hubi und Valeska lebenswichtig, das hatten sie ihm vorher in dieser

Deutlichkeit nie klargemacht. Hubi glaubt, dass er ganz schön gerührt deswegen war. Am Ende des Nachmittags hatten sie dann alle zusammen mit Kölsch angestoßen, und Thea hatte begonnen, sie zu duzen.

Hubi fällt ein, dass Valeska am Osterbrunch des Vereins teilgenommen hat, der nur wenige Wochen zurückliegt. Er hatte seine bessere Hälfte gedrängt, allein hinzugehen, weil er sich an dem Tag hundsmiserabel fühlte. Von der Feier kam Valeska ungewöhnlich beschwingt nach Hause und schwärmte von Kristofs Frau. Das Herz hatte Valeska ihr ausgeschüttet und ihre Sorgen mal so richtig abgeladen. Über Hubis schlechten Gesundheitszustand. Die ständige Geldknappheit. Und überhaupt. Danach hatte sie Kristof in den höchsten Tönen gelobt. Erzählt, was er ihnen alles in Aussicht stellt. Im Sommer möchte er mit ihnen auf dem Schiff rheinaufwärts schippern bis Rüdesheim. Das wird das Highlight unseres Jahres, hatte Valeska zu Thea gesagt.

In seinen eigenen vier Wänden wirkt Kristofs Frau wie ein Fremdkörper. Sie überragt Hubi um einen Kopf. Ihr Business-Outfit spannt an den Oberarmen. Die farblich abgestimmten Pumps sind mindestens zwei Nummern größer als Hubis Schuhe. Die schulterlangen Haare sind rötlich gefärbt und lassen ihre Gesichtshaut blass erscheinen. Hubi könnte schwören, dass sie letzten Sommer brünett gewesen ist.

»Ich möchte dich gar nicht lange stören«, sagt sie jetzt, und er bemerkt, dass ihre Augenlider flattern.

»Valeska ist bei der Arbeit«, sagt Hubi, weil ihm nichts anderes einfällt. »Sie kommt erst am frühen Abend zurück.«

Thea nimmt ihre große Umhängetasche von der Schulter und deponiert sie auf einem der Küchenstühle. »Komisch, dass Valeska nicht gesagt hat, dass ich vorbeikomme«, sagt sie. »Wir haben gestern telefoniert.«

Sie holt eine Flasche Brombeerlikör hervor. Selbst gemacht, betont sie, extra für Valeska. Sie hat ihr eine Flasche versprochen, schon neulich bei dem Brunch, und jetzt ist Thea gespannt, wie der Aufgesetzte schmeckt, und fragt, ob Hubi ihn probieren mag.

Notgedrungen kramt er zwei Schnapsgläser hervor, obwohl er jetzt keinen Alkohol trinken möchte. Unhöflich will er aber keinesfalls erscheinen. Er erkundigt sich nach Kristof.

»Ist er aus dem Urlaub zurück?«

Thea antwortet nicht und füllt die Gläser.

Sie prosten sich zu. Trinken und schweigen stehend in der Küche. Hubi kippt den Likör hinunter. Er liebt Brombeerschnaps, und dieser schmeckt ganz ausgezeichnet. Thea gießt ein, und nach dem dritten Glas sitzen sie am Tisch.

»Wie habt ihr zwei euch kennengelernt?«, fragt Thea.

Der Alkohol lockert Hubis Zunge. Er erzählt von ihrem ersten Treffen in einem Tanzlokal. Davon, wie er als Kaminkehrer umherradelte, über Dächer balancierte und von Wildfremden als Glücksbringer bezeichnet wurde. Gute Zeiten, in denen er zusammen mit seinem Schwiegervater nebenher auf Baustellen malochte. Bis er vom Gerüst eines Neubaus fiel, den sie für einen Bekannten schwarz hochzogen.

»Der Arbeitsschutz griff nicht«, sagt Hubi. »Und die Kasse verweigerte natürlich das Krankengeld. Leider Gottes habe ich meine Knieprobleme lange nicht ernst genommen, zu lange.«

Thea füllt sein Glas.

Hubi berichtet von der niederschmetternden Diagnose: endogen ausgelöster Kniegelenkinfekt. Schildert, dass die Entzündung höchstwahrscheinlich durch Bakterien ausgelöst wurde. Dass das Absterben gesunder Gewebezellen weit fortgeschritten und bereits giftige Stoffwechselprodukte entstanden waren, die das Nervensystem tief greifend reizten. Für ihn bestand Lebensgefahr.

Thea zeigt sich mitfühlend.

Hubi trinkt. Zicke, zacke. Kopf in Nacken. Bloß nicht nachdenken. Er erzählt von Angelinas Geburt und der Kündigung, die ihm sein damaliger Chef per Einschreiben zukommen ließ.

»Die irreparable Zerstörung des Gelenks bedeutete, dass ich nie wieder als Schornsteinfeger auf die Dächer konnte«, sagt Hubi und merkt, dass er zu lallen beginnt.

Thea schenkt immer weiter ein, und Hubi beschleicht das Gefühl, dass sie ihr Glas nicht mehr anrührt. Er will sie darauf ansprechen, aber Thea bittet ihn, weiterzuerzählen aus seinem spannenden Leben.

»Von da an gab es für mich nur noch Aushilfsjobs«, stammelt Hubi und trinkt, obwohl er auf einmal höllische Kopfschmerzen bekommt. »Mir verdankt Valeska das gottverdammte Leben, das wir führen!«

»Sehnst du dich nicht manchmal nach Ruhe und Frieden?«

»Doch, in letzter Zeit kommt mir dieser Gedanke öfter«, sagt Hubi und blickt hinaus.

Der Wind frischt auf und peitscht Regentropfen gegen die Fensterscheiben. Hubi wendet sich Thea zu. »Valeska rackert sich ab, damit wir über die Runden kommen und überleben. Aber wofür?«

Hubi beginnt zu weinen, ohne einen Laut von sich zu geben.

Thea möchte nachgießen, aber er hält eine Hand über sein Glas.

»Mir ist so unglaublich schlecht«, stöhnt er und bemerkt, dass die Solar-Lampions auf dem Balkon angegangen sind. Am helllichten Tag. Dazu regnet es sintflutartig.

Thea hilft ihm ins Badezimmer und wartet vor der Tür.

Hubi reißt die Nasensonde hinunter, fällt vor die Toilettenschüssel und übergibt sich im hohen Bogen. Sein Gesicht ist schweißnass. Als er es endlich wieder auf die Beine schafft, stöpselt er die Sonde wieder ein und kühlt seinen Puls unter einem Wasserstrahl. Vor der Tür hört er Thea leise summen. Hubi findet dieses Verhalten, gelinde gesagt, irritierend.

Köln-Lindenthal

»Und Romy Pereia, nach der du dich in Frau Kornblums Haus erkundigt hast, ist wirklich Harnischs Stiefschwester?«, fragt Ben. »Das ist aber ein merkwürdiger Zufall.«

»Lou hat es eben erst erfahren«, antwortet Maline, fährt die Gleueler Straße im Schritttempo stadtauswärts und wirft einen Blick in jede Straße, die abgeht.

»Ich versuche noch mal, den DHL-Boten zu erreichen«, sagt Ben.

Der gewünschte Gesprächsteilnehmer ist zurzeit leider nicht erreichbar.

»Das kann doch nicht wahr sein«, schnaubt Maline.

»Stopp!«, ruft Ben. »Da ist eine Bäckerei. Ich brauche einen Kaffee.«

Maline entdeckt einen Parkplatz, blinkt und will gerade rechts ranfahren, als sie den Wagen des Paketzustellers entdeckt. Sie gibt wieder Gas und brettert über die Kreuzung am Lindenthalgürtel. Das Auslieferungsfahrzeug steht in zweiter Reihe kurz vor der Rückertstraße. Maline parkt direkt dahinter. Sie und Ben steigen aus und umkreisen das Fahrzeug. Vom Kurier ist nichts zu sehen.

»Er kann nicht weit sein«, sagt Ben.

Maline versucht, ihn noch einmal über die Mobilnummer zu erreichen. *Der gewünschte Gesprächsteilnehmer ist zurzeit leider nicht erreichbar.*

»Die Ansage macht mich aggressiv«, sagt sie.

Ben sieht den Mann in knielangen Hosen und kurzärmligem Hemd als Erster kommen. Er schiebt eine leere Sackkarre vor sich her.

»Herr Jeschek!«, ruft Maline, eilt ihm entgegen und weist sich aus. »Gut, dass wir Sie endlich gefunden haben!«

Jeschecks eingefallene Wangen sind mit kleinen Aknenarben übersät. Die Shorts schlackern um seine Beine.

»Hat die Firmenleitung Sie darüber informiert, dass wir Sie kontaktieren wollen?«, fragt Maline.

»Ja, aber ich dachte, dass Sie mich vielleicht anrufen«, sagt er und blickt skeptisch zu allen Seiten.

»Wir haben versucht, Sie über Ihr Handy zu erreichen«, sagt Ben. »Aber leider –«

»Bei der Arbeit schalte ich es aus, lenkt nur ab.«

»Wir sind hier, weil wir Ihnen ein paar Fragen stellen müssen«, sagt Maline.

»Okay, aber viel Zeit habe ich nicht. Ich muss mein Pensum schaffen, und heute ist irre viel zu tun.«

Hinter den beiden Fahrzeugen hat sich schon eine Schlange gebildet. Der entgegenkommende Verkehr reißt nicht ab, und deshalb stauen sich die Pkw.

»Es geht ganz schnell«, sagt Maline. »Sie haben am 12. April die Pakete in Köln-Kalk rund um die Germaniastraße ausgeliefert.«

»Wenn Sie es sagen. Ich werde eingesetzt, wo Not am Mann ist.«

»Es handelt sich um ein Mehrfamilienhaus. Sie haben etwas für Frau Wedekind geliefert und gleichzeitig ein Paket für einen Nachbarn dagelassen.«

»Das passiert hundertmal am Tag.«

»Sie haben der Tochter der Adressatin erlaubt, den Lieferschein zu unterschreiben, und sie hat Ihnen Kekse geschenkt«, hilft Maline ihm auf die Sprünge. »Das Mädchen ist acht Jahre alt.«

»Hören Sie, ich weiß, dass das nicht erlaubt ist und –«

»Darum geht es nicht. Wir müssen wissen, ob Sie jemanden im Hausflur gesehen haben.«

»Ich kann Ihnen nicht helfen.« Jeschek schaut auf seine Armbanduhr. »Ich muss weiter.«

»Bitte, es ist sehr wichtig«, beharrt Maline. »Versuchen Sie, sich zu erinnern.«

»Ich weiß nichts.«

»Wir ermitteln in einem Tötungsdelikt, und wie es scheint, könnten Sie ein wichtiger Zeuge sein.«

Jeschek will sich an Maline vorbei in seinen Wagen drängeln, doch Ben versperrt ihm den Weg. »Denken Sie bitte noch mal in Ruhe nach, es ist wirklich von Bedeutung.«

Er schüttelt den Kopf.

»Jeder noch so kleine Hinweis kann für uns nützlich sein«, versucht es Maline noch einmal.

»Ich würde Ihnen ja gern helfen, aber ich kann nicht.«

Zur Schlange hinter dem Dienstfahrzeug gehören mittlerweile elf Autos. Keiner hupt. Das hat Seltenheitswert.

»Warum nicht?«

»Weil ich ...« Jeschek bricht ab, schaut zum Himmel und sammelt sich einen Moment. »An diesem Tag bin ich gar nicht gefahren.«

»Aber Sie wurden uns von der Zentrale genannt«, sagt Maline.

»Ein Kollege ist für mich eingesprungen.«

»Wieso?«

»Weil ich mich nicht gut gefühlt habe und keinen weiteren Krankheitstag riskieren wollte.«

»Das glaube ich jetzt nicht.« Maline verdreht die Augen.

»Wie heißt der Mann, der für Sie gefahren ist?«, fragt Ben.

»Wir sind Kollegen und gute Freunde. Bitte melden Sie uns nicht der Zentrale. Ansonsten könnten wir beide unseren Job verlieren.«

»Wir müssen seinen Namen wissen«, sagt Maline.

»Tomas Zajic.« Jeschek springt in das DHL-Fahrzeug, kritzelt eine Handynummer auf einen Notizzettel und händigt ihn Maline aus.

»Keine Sorge, uns geht es nur um Zajics Aussage«, versichert Ben. »Welche Runde fährt Ihr Freund heute?«

»Er macht Urlaub in Tschechien.«

»Das darf nicht wahr sein«, stöhnt Maline.

»Aber Sie können ihn über sein Handy erreichen«, schiebt Jeschek schnell hinterher. »Ich werde auch versuchen, ihn an die Strippe zu bekommen, und dafür sorgen, dass er sich bei Ihnen meldet. Sie haben mein Ehrenwort!«

Köln-Ossendorf

Linus' Rucksack liegt auf dem Sofa, genau wie er gesagt hat. Nur noch zwei Schritte, dann kann Romy ihn greifen.

»SIE?«

Romy stockt und dreht sich langsam um.

Frau Schmittbauers Dauerwelle sitzt nicht so akkurat wie am Vortag, und der Überbiss tritt noch deutlicher hervor. Sie steht nur wenige Meter von Romy entfernt. In ihrem Blick spiegeln sich Erstaunen und Wut. Ihre dunklen Augen blitzen.

»*Sie* haben das Chaos hier veranstaltet?«

»Ich kann Ihnen alles erklären!«, sagt Romy schnell und macht einen Schritt auf die alte Frau zu.

»Bleiben Sie, wo Sie sind! Ich werde die Polizei rufen.«

Der mit einem hellgrünen Samtschoner überzogene Apparat steht auf einem schmalen Schrank. Romy macht einen Satz nach vorn und reißt das Telefon zu Boden. Impulsiv und konsequent. Die Seniorin stößt einen leisen Schrei aus und verharrt in ihrer Bewegung.

»Hören Sie mir bitte zu!« Romy baut sich vor Frau Schmittbauer auf. »Mein Junge und ich, wir sind sofort weg.«

»Verlassen Sie mein Haus!«

Romy tritt von einem Bein auf das andere. »Sie rufen bestimmt die Polizei, sobald wir durch die Tür sind!«

»Gehen Sie!«

»Ich muss sicher sein, dass Sie uns einen Vorsprung gewähren.«

Frau Schmittbauer tastet nach dem silbernen Kreuz, das sie um den Hals trägt. Mit energischem Gesichtsausdruck presst sie ihre Lippen fest aufeinander. Die resolute Dame ist keinesfalls gewillt, klein beizugeben. Romys Magenstein poltert. Sie hat Sodbrennen. Frau Schmittbauer schiebt ihren Unterkiefer vor. Sie wird zum Gegenschlag ausholen, sobald sich die Gelegenheit dazu ergibt, davon ist Romy überzeugt.

Sie hat keine Ahnung, wie der massive Kerzenleuchter in ihre Hand geraten ist. Auch als sie zum Schlag ausholt, kommt es ihr vor, als führe jemand anderes die Bewegung aus. Mit Schwung versetzt sie Frau Schmittbauer einen gezielten Hieb gegen die rechte Schläfe. Die Wucht des Treffers bringt die alte Dame ins Straucheln, und sie sinkt zu Boden. Nicht ohne Romy mit einem Blick zu bedenken, der gleichsam Entsetzen, Widerwillen und maximales Unverständnis beinhaltet.

»Scheiße«, stammelt Romy.

Frau Schmittbauer blutet an der Stirn und liegt regungslos auf einem rostbraun gemusterten Läufer. Romy geht in die Hocke, versucht, ihren Puls zu finden, und schaut sich nervös zu allen Seiten um, als befürchte sie eine Invasion.

Draußen hat sich der Wind zu orkanartigen Böen entwickelt. Äste fliegen umher. Regentropfen klatschen gegen das Fensterglas und strömen in Bächen von den Scheiben. Rosenblüten wirbeln durch die Luft, aufgescheucht von den Luftmassen. Die Hollywoodschaukel bewegt sie wie von Geisterhand, und die Sitzpolster sind den heftigen Niederschlägen schutzlos ausgeliefert. Romy hat vergessen, die Kissen wieder mit der Folie zu überziehen.

Ein Martinshorn nähert sich. Der Ton heult durchs Viertel und schwillt an. Vermutlich die Polizei. Anscheinend hat Frau Schmittbauer sie längst gerufen.

Romy findet keinen Puls, rafft den Rucksack vom Sofa und springt die Treppe hinunter. Sie packt ihren Sohn, der sich aufgeregt über Polizei und Verbrecher auslässt. Trotz Gegenwehr befördert sie ihn aus dem Fenster. Seine Sachen, die noch herumliegen, stopft sie notdürftig in ihre Tasche.

Über den triefnassen Rasen flieht sie mit Linus zur hinteren Seite des Grundstücks. Der Boden ist dermaßen durchweicht, Romys und Linus' Stoffturnschuhe saugen sich innerhalb von Sekunden mit Wasser voll und schmatzen bei jedem Schritt. Mutter und Sohn entwischen über das Nachbargrundstück und haben Glück, dass dessen Besitzer nicht zu Hause sind.

Köln-Vingst

Thea wartet geduldig vor dem Bad. Sie hört Hubi hinter der Tür spucken und röcheln. Er hat den gepanschten Likör, ohne mit der Wimper zu zucken, in sich hineingekippt und reagiert schnell auf das Methanol.

Oktay Demirkan musste Thea das Gesöff regelrecht einflößen. Diesem skeptischen kleinen Mann, der schon am Telefon misstrauisch wurde. Doch, der Alphabetisierungskurs habe ihm weitergeholfen. Von der Notwendigkeit eines Hausbesuches zur Überprüfung der erworbenen Fähigkeiten schien er jedoch überrascht. Vorbeikommen durfte Thea trotzdem. Höchstwahrscheinlich erhoffte er sich von der Stippvisite eine Ablenkung vom täglichen Einerlei. Müde hatte Demirkan gewirkt. Kopfschmerzen setzten ihm zu. Den mitgebrachten Käsekuchen rührte er nicht an, und vom Likör wollte er anfangs ebenfalls nichts wissen. Thea hatte all ihre Überredungskunst aufbringen müssen, und selbst dann hatte ihr ehemaliger Schüler zögernd getrunken. Die diktierte Zeile schrieb er nur, weil Thea ihm die Hand führte. Und obwohl er ein schmächtiges Kerlchen gewesen war, wirkte das Methanol bei ihm zeitverzögert.

Antonella Beradi empfing Thea dagegen mit offenen Armen. Sie freute sich, dass Kristof seine Frau in Vertretung schickte, während er ein paar Tage an der Ostsee verbrachte. Antonella verging vor Selbstmitleid, und gegen ein Gläschen Likör hatte sie keine Einwände, schließlich verschwor sich mal wieder die ganze Welt gegen sie. Alles lief reibungslos, bis sie sich weigerte, weiterzutrinken, und anfing, um Kira und Gianluca zu weinen. Ab diesem Punkt musste Thea rabiat vorgehen. Und damit ihr Plan aufging, sich am Ende sogar auf Antonellas Brustkorb knien, als sie die Decke auf ihr Gesicht presste. Die enorme Gegenwehr hatte Thea vollen Körpereinsatz abverlangt, den sie, begleitet von stärkenden Zurufen ihrer Schwester, auch leisten konnte. Lilith hatte sie regelrecht gepuscht.

Auf Abschiedsworte hatte Thea bei Antonella Beradi verzichtet. Ihr fiel einfach keine plausible Begründung ein, die Frau zum Schreiben zu bewegen.

Die Badezimmertür geht auf. Hubi kommt leichenblass heraus und hält mit einer Hand die Nasensonde, als fürchte er, dass sie herausrutschen könnte. Thea hakt ihn unter, um ihn in die Küche zu führen.

»Ins Schlafzimmer«, stößt Hubi zwischen zwei Atemzügen hervor. »Mein Sauerstoff ist gleich verbraucht.«

Thea spricht beruhigend auf ihn ein. Sie hilft ihm aufs Bett, schaltet den Fernseher aus und sieht zu, wie er sich an die mobile Atmung anschließt. Hubi zieht gierig Luft und lässt sie nicht aus den Augen. Seine gelöste Zugewandtheit scheint vollständig verflogen. Begleitet von seinem Geröchel schließt Thea die Vorhänge. Hubi protestiert nicht. Auch nicht, als Thea sich ans Fußende setzt.

Er atmet flach und schließt die Augen. Der Schaumstoffzylinder der O2-Sonde sitzt genau vor den Nasenlöchern. Thea steht auf. Sie nähert sich Hubi im schummrigen Licht mit winzigen Schritten und beugt sich über ihn. Seine Gesichtshaut ist durchsichtig. Äderchen überziehen die Wangen. Durch wiederkehrenden Blutstau sind über die Jahre Ausstülpungen und Verzweigungen entstanden. Auf der anderen Bettseite liegt ein Kissen. Alles muss jetzt fix gehen.

Thea reißt Hubi die Nasensonde herunter, greift nach dem Kissen und drückt Hubi tief in die Matratze. Er strampelt mit den Beinen und stemmt sich gegen Theas Wucht. Sie ist wirklich überrascht von seinem Kampfgeist. Hubi rudert mit den Armen und schmeißt die Nachttischlampe von der Kommode. Thea spricht mit ruhiger Stimme auf ihn ein, erklärt ihm, dass sein Widerstand den Sterbeprozess verlängert, und stemmt ihr ganzes Gewicht auf seinen mageren Oberkörper.

Sie bekommt mit, dass Hubi spontan die Luft anhält. Diese Reaktion ist intuitiv und resultiert weniger aus dem Sauerstoffmangel als vielmehr aus dem Anstieg des Kohlendioxids im Blut, was eine qualvolle Atemnot auslöst. Jetzt ringt Hubi abermals um Luft, und begleitet von erkämpften tiefen Atemzügen fällt er in einen Apnoezustand. Seine Atmung steht still.

Thea lässt nicht nach und drückt mit voller Körperspannung weiter zu. Sie hat sich mit den Prozessen beschäftigt, die in einem Körper vorgehen, dem die Luft abgedrückt wird. Hubis

Blutdruck fällt, und sein Puls wird unregelmäßig. Wahrscheinlich ist sein Gehirn durch den Sauerstoffmangel schon deutlich geschädigt. Das Herz ist nicht mehr in der Lage, den benötigten Blutdruck aufzubauen.

Schließlich hebt Thea das Kissen hoch. Die charakteristische bläulich verfärbte Gesichtshaut kann sie trotz Schummerlicht erkennen. Zyanose, im Volksmund Blausucht genannt. Laut Fachbuch wird die Obduktion Kopfhautunterblutungen im Stirnbereich, punktförmige Unterblutungen der Augenbindehaut und Hämatome im Gesicht zutage fördern. Bei der Lungengewebeuntersuchung werden sich Anzeichen für den Erstickungsvorgang finden.

Diese Nachweisbarkeit interessiert Thea nicht. Ihr Nacken schmerzt. Sie fühlt sich ausgelaugt, wie erschlagen. Mit hängenden Schultern verlässt sie das Schlafzimmer, greift ihren Schirm, eilt aus der Wohnung und nimmt den Fahrstuhl. Ihr fällt ein, dass die Flasche mit dem Brombeerlikör noch auf dem Küchentisch steht. Das ist ihr bei Oktay und Antonella auch passiert, allerdings lebten beide allein.

Lilith nimmt ihre Hand und flüstert beruhigende Worte.

Im Erdgeschoss wartet eine junge Frau auf den Aufzug. Kurze schwarze Haare. Gerader Pony, verheulte Augen, die Blusenärmel hochgekrempelt. Die Arme sind bis zu den Handgelenken komplett tätowiert. Sie rempelt Thea an, als sie mit Lilith den Fahrstuhl verlässt, und entschuldigt sich nicht einmal. Für den Bruchteil einer Sekunde kreuzen sich ihre Blicke, und Thea glaubt, in Valeskas Augen zu schauen. Hirngespinste, sagt Lilith und geleitet Thea aus dem Haus.

Honrath-Jexmühle

»Ich bin Romys Eskapaden so unglaublich leid«, sagt Michael Harnisch, zündet sich eine Pfeife an und schiebt sie in den rechten Mundwinkel.

Sie sitzen sich auf der Wohnlandschaft gegenüber. Buchenholz prasselt im Kamin. Kristof betrachtet seinen Vater. Ihn umgibt immer noch eine Aura, die er gleichermaßen fesselnd und beunruhigend findet. Schon als Junge ist er ihm möglichst aus dem Weg gegangen, und dass seine Mutter die Scheidung wollte, konnte er immer nachvollziehen. Dass sie ihn bei dem strengen Vater zurückließ, hat er dagegen nie überwunden. Sie kannte die Gefühlskälte ihres Mannes und die überhöhten Ansprüche, die er an seinen Sohn stellte.

Das Gefühl, es seinem Vater nicht rechtmachen zu können, zieht sich durch Kristofs Leben. Dabei hat er immer und bedingungslos zu ihm gehalten. Sogar seine Affäre hat er gedeckt, später auch Romys Mutter gegenüber.

»Hat die Polizei endlich das Auto gefunden?«, fragt Kristof zerstreut. Eigentlich möchte er jetzt nicht über Romy sprechen. Aber er fühlt sich schuldig. Schließlich hat er ihr bei seinem letzten Telefonat versehentlich mitgeteilt, wann das Haus in Jexmühle leer steht. Seinem Vater verschweigt er diesen Fauxpas.

»Hat sie sich bei dir gemeldet?«, fragt Michael Harnisch.

»Nein.«

Kristof nimmt Romys Gespräche selten entgegen. Meist druckst sie sowieso nur herum, fragt belangloses Zeug oder kommt ihm mit Verschwörungstheorien. Kristof wünscht sich, dass sie die Vergangenheit endlich ruhen lässt, aber Romy denkt nicht dran.

Er weiß, warum sie den Kontakt zu ihm sucht. Sie hält ihn für die Schwachstelle und versucht, ihn zu zermürben. Damit liegt sie goldrichtig, und deshalb hält Kristof Romy auf Abstand. Er bellt und beißt um sich, wenn sie ihn nervt. Am liebsten würde er den Kontakt zu ihr ganz abbrechen. Aber Thea legt gute Worte für Romy ein, weil sie naiv an die Dinge herangeht und nicht weiß, was in der Vergangenheit geschehen ist.

Seine Frau ist der Ansicht, dass Romy unbewusst auf Hinweise hofft, die im Zusammenhang mit ihrer Mutter stehen, und sich aus diesem Grund ab und zu meldet. Auch zum gestohlenen Qubo hat sie eine Theorie. Der Wagen gehörte Romys Mutter, und Thea ist davon überzeugt, dass sie versucht, ihr nah zu sein, indem sie mit dem Wagen umherfährt. Kristof lässt diesen Blödsinn im Raum stehen. Er glaubt nicht an einen sentimentalen Hintergrund und findet es plausibler, dass Romy Geld braucht und die Karre verscherbelt hat. Fünftausend Euro ist sie locker wert.

Seinem Vater würde ein Verkauf missfallen. Aus unerfindlichen Gründen zieht er es vor, den Qubo zu behalten. Er hält den Wagen in Schuss, bringt ihn durch den TÜV und bewegt ihn regelmäßig. Alles soll bereit sein, wenn seine zweite Frau eines Tages wieder auftaucht. Michael Harnisch spielt die Rolle des leidenden Ehemanns konsequent, das muss Kristof zugeben. Auch dass er jedes Jahr den Tag zelebriert, an dem Katharina Pereia verschwand, ist zynisch. Kristof würde seinem Vater in vielerlei Hinsicht liebend gern den Mittelfinger zeigen.

Wes Brot ich ess, des Lied ich sing. Für Kristof gibt es gute Gründe, den Mund zu halten.

Romy hat ihrer Mutter damals die Augen über die Affäre ihres Mannes geöffnet. Anfänglich bestritt er die Vorwürfe und nannte Romy eine infame Lügnerin. Erst als sein Kartenhaus zusammenbrach, lenkte er ein, bat um Verzeihung, und anfänglich sah es danach aus, als würde Romys Mutter ihm vergeben. Dann geschah das Unfassbare. Katharina Pereia verschwand. Von heute auf morgen, ohne die geringste Spur zu hinterlassen. Null Kontobewegungen. Keine Kreditkartenkäufe. Niemals Postkarten. Nicht zum Geburtstag und auch nicht an Weihnachten. Weder für Romy noch für Baby-Linus, den Kristofs Stiefmutter heiß und innig liebte. Die Polizei suchte nicht nach ihr. Auch bei »Aktenzeichen XY ungelöst« wurde ihr Fall nicht bekannt gemacht, trotz Michael Harnischs guter Beziehungen. Jedenfalls tischte er jedem diese Geschichte auf, der nach Katharina Pereia fragte.

Romy plakatierte unterdessen die Gegend.

Sie hängte das Konterfei ihrer Mutter an jeden verfluchten Laternenpfahl im Umkreis von dreißig Kilometern und behauptete unverblümt, dass Michael Harnisch seine Frau getötet habe. Damit zog sie natürlich seinen Zorn auf sich. Kristof erinnert sich an lautstarke Auseinandersetzungen zwischen den beiden und ist sicher, dass sein Vater Romy gedroht hat. Womit, entzieht sich seiner Kenntnis. Aber Michael Harnisch kann unheimlich furchteinflößend sein.

Kristof hält er mit Geld im Zaum. Sie haben einen stillschweigenden Deal und sprechen nicht über die Ereignisse von früher. Dabei hat Kristof eigentlich gar nichts gesehen. Er kam zufällig nach Hause, als sein Vater Kleidungsstücke im Kamin verbrannte, kurz nach Katharinas Verschwinden. Erst aufgrund der übertriebenen Zugewandtheit seines Vaters und der plötzlichen Großzügigkeit zählte Kristof eins und eins zusammen. Und ließ sich kaufen.

Romy sammelte die selbst gestalteten Plakate damals jedenfalls wieder ein. Die Nachbarn zerrissen sich trotzdem die Mäuler, und bis heute kursieren Gerüchte. Schon allein wegen Romys früher Schwangerschaft. Mit siebzehn ein Kind. Kristof geriet genauso unter Verdacht wie sein Vater. Und das mysteriöse Verschwinden ihrer Mutter bietet bis heute Platz für die wildesten Spekulationen.

»Wie geht es deiner Frau?«, fragt Michael Harnisch und schiebt die Ärmel seines Rollkragenpullovers bis zu den Ellenbogen hinauf.

Kristof wundert sich, dass sich sein Vater nach Thea erkundigt. Normalerweise interessiert er sich nicht für seine Schwiegertochter und macht aus seiner Abneigung gegen sie keinen Hehl.

Deshalb ist Kristof misstrauisch, hütet sich, mit ihm über Thea zu sprechen. Nie im Leben würde er seinem Vater von den Selbstgesprächen berichten, die Thea neuerdings führt. Auch über ihre Weigerung, Problemen ins Auge zu sehen, und der Art und Weise, wie sie ihn in letzter Zeit ansieht, verliert er kein Wort. Thea ist und bleibt Kristofs Angelegenheit, egal, wie abgedreht und beängstigend sie sich verhält.

»Mit meiner Frau ist alles in Ordnung«, sagt Kristof. »Mir

wäre geholfen, wenn wir unsere Sachen in deinen Keller oder die Garage stellen könnten. Nur, falls es mit der neuen Wohnung nicht reibungslos läuft. Der Markt ist dermaßen dicht.«

»Wie viel Geld brauchst du diesmal?« Sein Vater leiert die Frage herunter.

Kristof zögert, eine Summe zu nennen. Erfahrungsgemäß springen für ihn auf diese Weise größere Beträge heraus.

Michael Harnisch steht auf, begibt sich zum Sekretär und dreht ihm den Rücken zu. »Reichen fünftausend?«

»Ja, danke.«

Kristof sieht aus dem Fenster in den Garten. Fünftausend Euro sind okay, stopfen aber bei Weitem nicht die finanziellen Löcher. Das Haus seines Vaters würde ihm mit Grundstück locker vierhunderttausend bringen. Schluss mit den Kleckerbeträgen. Schluss mit Almosen. Kristofs Augen bleiben am Messerblock hängen, der auf der offenen Küchenzeile steht. Ein gezielter Stoß und dann falsche Spuren legen. Vieles wäre in seinem Leben leichter, wenn er dazu nur den Mumm besitzen würde.

Dinge wie das Fingieren eines Einbruchs stellt er sich dagegen kinderleicht vor. Klar, die Sache mit dem Alibi wäre prekär, doch diese »Nebenmaßnahmen« könnte er regeln. Aber einen Menschen töten? Kristof holt tief Luft. Nein, schon bei dem Gedanken ziehen sich seine Gedärme zusammen.

Sein Blick fällt auf die Schwarz-Weiß-Fotografie, die vor ihm im Bücherregal steht. Darauf sitzt seine Oma auf einem verschlissenen Sofa. Bleich, mit Sorgenfalten auf der Stirn, eingerahmt von ihren beiden Söhnen. Onkel Bruno, damals elf, hat aufgeschlagene Knie und schmiegt sich lächelnd an seine Mutter. Michael, in Hemd, Pullunder und langer Hose, hält dagegen gebührenden Abstand. Er ist dreizehn und schaut mürrisch in die Kamera. Kristof weiß nicht viel über seine Großmutter. Krank ist sie gewesen, ständig leidend, und hat es trotzdem geschafft, ihre Jungen großzuziehen. Ganz allein, nachdem es ihr Mann vorzog, unzählige Affären zu leben. Ein Bild von seinem Opa existiert nicht, aber Kristof weiß, dass sein Vater aus dem gleichen Holz ist wie er.

Michael Harnisch kommt zum Sofa zurückgeschlendert, legt den Scheck auf den Couchtisch, lehnt sich vor und starrt ihn durchdringend an. Prompt bekommt Kristof einen Schweißausbruch. Er fühlt sich ertappt, durchschaubar wie früher. Als Kind hat ihm sein Vater überzeugend versichert, dass er die besondere Gabe besäße, Gedanken lesen zu können.

»Deine Frau hat mich besucht«, sagt er.

»Wann?«

Michael Harnischs Mundwinkel verziehen sich spöttisch. Er scheint den Trumpf genüsslich auszuspielen. »Ehrlich gesagt, stand sie schon zweimal vor der Tür. Beim letzten Mal wollte sie dein altes Klapprad holen.«

»Davon weiß ich nichts.« Kristof schiebt seine Brille gerade.

»Ich finde es störend, dass Thea ständig reinschneit. Außerdem gehen mir ihre theatralischen Auftritte auf die Nerven. Sie hat mir vorgeworfen, dass ich dich nicht genug geliebt hätte und du deshalb so viele Probleme hast. Bei ihrem letzten Besuch erschien sie mir noch konfuser als sonst.«

Kristof könnte Thea den Hals umdrehen. Warum verkneift sie sich solche Aktionen nicht? »Ich denke, es ist meine Schuld«, sagt er. »Durch meine geplatzten Geldgeschäfte hat sie irgendwie die Bodenhaftung verloren. Thea fällt es schwer zu akzeptieren, dass wir ausziehen müssen.«

Mist. Jetzt hat er sich doch hinreißen lassen und mehr gesagt, als er wollte.

Vater und Sohn schweigen. Das Kaminfeuer ist heruntergebrannt.

»Wer weiß«, sagt Kristof nach einer Weile, ohne den Blick von der Glut zu nehmen. »Vielleicht lässt sich ein Umzug noch abwenden, wenn du mal etwas tiefer in die Tasche greifst.«

»Überspann den Bogen nicht«, sagt Harnisch senior mit einer Schärfe, die Kristof sofort deutlich macht, dass er dabei ist, eine Grenze zu überschreiten. Sofort macht er einen Rückzieher.

»Habt ihr noch dieses lächerliche Arrangement?«, fragt sein Vater, steht auf, nimmt den Edelstahlhaken und stochert ein wenig in der Asche. Er hat Kristof den Rücken zugedreht und hockt vor dem Kamin.

»Was meinst du?«

Michael Harnisch dreht sich zu seinem Sohn um. »Diesen ›Ein Zimmer für mich allein‹-Quatsch. Falls ja, würde ich Theas Raum an deiner Stelle ganz dringend mal inspizieren. Sie ist labil und völlig neben der Spur. Deine Frau ist imstande, sich selbst etwas anzutun. Wenn nötig, musst du sie einweisen lassen.«

»Aber –«

»Thea braucht eine starke Hand, und Mitleid kannst du dir an dieser Stelle nicht erlauben. Es geht darum, sie vor sich selbst zu schützen und übrigens auch andere Menschen vor ihr.«

»Meine Frau kann keiner Fliege was zuleide tun!«

»Mit dieser Einschätzung lagen schon viele Ehemänner daneben. Es ist deine Pflicht, sie –«

»Erzähl du mir nicht, wie man sich als Ehemann verhält. Ich denke, in dieser Rolle hast du dich nicht gerade bewährt«, sagt Kristof und zieht reflexartig den Kopf ein. Es kommt selten vor, dass er seinem Vater Paroli bietet.

»Ganz wie du meinst«, lenkt Michael Harnisch ein, hängt den Schürhaken zurück und nimmt lächelnd Platz.

Kristof erhebt sich, verschwindet im Bad, um sich den bohrenden Blicken seines Vaters zu entziehen.

In einer Schublade des Spiegelschranks findet er eine Schachtel Thomapyrin und schluckt gleich zwei Schmerztabletten. Der Ring liegt neben einer Packung Rasierklingen. Das Schmuckstück ist zierlich, besteht aus drei ineinander verschlungenen Teilen mit jeweils abgerundeten Kanten und passt an keinen seiner Finger. Nur interessehalber sucht Kristof nach der Prägung. Es handelt sich um 750er Gold.

Als Kristof in sein Auto steigt, stecken neben dem Scheck auch der Ring und außerdem vier Fünfzig-Euro-Scheine in seiner Hosentasche, die er aus dem Portemonnaie seines Vaters entwendet hat.

Den Ring wird Kristof auf den Tisch in seinem Zimmer zu den anderen Sachen legen. Er tröstet sich mit dem Gedanken, dass sein Vater den Diebstahl selbst zu verantworten hat. Hätte er ihm nicht diesen zynischen Blick zugeworfen, als er ihm den Scheck aushändigte, und nicht so abfällig über Thea gesprochen, hätte Kristof den Ring vielleicht nicht mitgenommen. Andererseits findet er immer einen Grund, Dinge einzustecken, die seinem Vater gehören. Der Ring reiht sich in eine lange Liste ein.

Kristof fährt auf die B 484 auf und tippt, dass sein Vater den Verlust bald bemerken wird. Auch die anderen Diebstähle muss er über die Jahre registriert haben, aber er stellt ihn nicht zur Rede. Quid pro quo.

Kristof lächelt, schaltet das Radio ein und fragt sich, wem der Ring gehört haben könnte. Anscheinend hat sein Vater immer noch Frauengeschichten. Kristof drückt das Gaspedal durch. Mit etwas Glück wird sein alter Herr an seiner selbstgefälligen Art und den vielen Heimlichtuereien ersticken.

Köln-Ossendorf

Kein Kleidungsstück ist trocken geblieben. Romy fühlt sich, als würden sie durch den nicht enden wollenden Hochdruckbogen einer Waschstraße laufen. Wasserdüsen von allen Seiten. Linus' Haare kleben triefnass an seinem Kopf.

Romy würde ihrem Sohn gern ein Szenario auftischen, eine x-beliebige Story, damit er die Situation besser schluckt. Aber ihr fehlen der Raum für Phantasie und die Kraft für eine weitere überzeugende Geschichte. Außerdem ist Linus bockig. Natürlich kann er nicht verstehen, warum sie das gemütliche Haus fluchtartig verlassen mussten. Bei diesem Mistwetter. Romy zieht ihn hinter sich her. Nur noch wenige Meter, dann haben sie das rettende Auto erreicht. Romy hebt Linus über einen weiteren Zaun und ist froh, als sie die Ikarosstraße erreichen.

Funkstreifenwagen parken auf dem Gehweg und blockieren den Bürgersteig. Der Qubo wird gerade auf ein Abschleppfahrzeug verladen. Die Stützen, die für Standfestigkeit sorgen, sind ausgefahren, und ein Fahrer bringt die Befestigungen an den vier Reifen des Autos an. Uniformierte Polizisten stehen neben einem Einsatzfahrzeug.

»Unser Auto!«, schreit Linus.

Romy drückt ihn in eine Hecke. Der Junge starrt sie verwundert an, sagt aber keinen Ton mehr. Gemeinsam schauen sie zu, wie ihr Wagen an ihnen vorbeigefahren wird. Hocherhoben huckepack auf dem Abschlepper. Romy hat das Gefühl, dass ihr der Qubo einen verächtlichen Blick zuwirft, bevor er in der nächsten Kurve verschwindet.

»Was machen wir denn jetzt?«, heult Linus. »Meine Sachen sind doch im Auto! Warum nimmt der Abschlepper uns alles weg?«

Romy beugt sich zu ihm hinunter. Ihre Tränen vermischen sich mit dem Regen. Sie will Linus sagen, dass alles wieder gut wird, aber sie bringt es nicht fertig, ihm weitere Versprechungen zu machen. Trotzdem reißt sie sich zusammen. »Ich habe eine bessere Idee«, sagt sie und streckt ihre Hand nach Linus aus. »Wir besuchen deinen Onkel. Er wird sich freuen, uns zu sehen.«

Das ist eine glatte Lüge. Aber Linus' Miene hellt sich um Nuancen auf. Er vergöttert Onkel Kristof, aus Gründen, die Romy schleierhaft sind. Sie geht ihrem Stiefbruder möglichst aus dem Weg. Für sie eignet er sich allenfalls als Notfalltrumpf, und diese Karte muss sie jetzt ausspielen.

Romy zieht Linus in die entgegengesetzte Richtung, weg von der Polizei, zur nächsten Bushaltestelle. Linus ist wie ausgewechselt und schwärmt von seinem Onkel. Er ahnt nicht, dass Kristof Romy verboten hat, ihn zu besuchen. Unter keinen Umständen, egal, in welcher Krise sie sich befindet. Romy blendet diese Ansage aus.

Als sie nach einem Fußmarsch und einer Busfahrt endlich in der Straßenbahn Richtung Innenstadt unterwegs sind, kann Romy wieder klare Gedanken fassen. Sie hat sich sogar ein Ticket gezogen. Nun gilt es, jede Auffälligkeit zu vermeiden. Wegen der Sache mit Frau Schmittbauer.

Wenn sie wirklich tot ist, wird sie vielleicht nicht so schnell gefunden. Sollte sie allerdings noch leben, kann sie die Notrufnummer gewählt haben. So oder so, Romy sitzt jetzt richtig tief in der Tinte. Sie kaut an den Fingernägeln. Mist, sie hätte einen Krankenwagen rufen müssen. Anonym, das wäre gegangen. Tränen rollen ihr über die Wangen. Sie dreht sich von Linus weg, legt die Hände auf ihren Bauch und instruiert sich stumm. Einen Panikanfall darf sie jetzt unter keinen Umständen zulassen. Am liebsten würde sie Silvie anrufen. Oh Gott, jetzt kullern noch mehr Tränen.

»Mama, weinst du?«

»Nein«, sagt Romy und drückt Linus an sich. »Das sind nur Regentropfen in meinem Gesicht.« Sie schnäuzt sich die Nase und konzentriert sich.

Es wäre ein Fehler, Kristof zu überrumpeln. Er schätzt spontane Aktionen nicht, und so wählt Romy Theas Handynummer, um bei ihr vorzufühlen. Zu ihrer Erleichterung geht sie an ihr Telefon, und Romy plappert augenblicklich los. Sie umreißt ihre Situation unzusammenhängend und chaotisch.

Thea bleibt einsilbig, sagt nur, dass sie unterwegs sei und in ungefähr fünfzehn Minuten zu Hause eintreffe. Und dann spricht sie den Satz aus, den Romy hören möchte. »Aber komm ruhig vorbei, alles wird wieder gut, das verspreche ich dir.«

Köln-Kalk

Kristof fühlt sich nicht wohl in seiner Haut. Zaghaft öffnet er die Tür zum Zimmer seiner Frau. Den Ersatzschlüssel hat er sich schon vor Ewigkeiten fertigen lassen, um für den Notfall gerüstet zu sein. Theas Atemaussetzer hatten ihn dazu veranlasst. Eine Zeit lang ging es ihr in dieser Hinsicht schlecht. Und auch wenn dieses Problem sich in Luft aufgelöst zu haben scheint, hat Kristof der Gedanke an den heimlichen Schlüssel immer beruhigt.

Jetzt steht er in ihrem Raum. Der Zustand ist verstörend. Tapeten sind von den Wänden gerissen und hängen in Bahnen herab. Der teure Echtholzboden ist voller getrockneter Farbkleckse und erinnert Kristof an eine riesige Palette. Spachtel, Malmesser und Pinsel in allen Größen und Variationen liegen im Zimmer verstreut. Thea hat sie eintrocknen lassen. Ausnahmslos alle Borsten sind mit Farbe verklebt. Kristof ist wirklich irritiert. Normalerweise ist seine Frau in solchen Dingen sehr umsichtig, reinigt ihr Malzubehör gründlich mit Shampoo und hatte in dieser Hinsicht eher einen richtigen Sauberkeitsfimmel.

Geradezu geschockt ist er von den Exponaten. Thea hat massenhaft Leinwände bemalt. Kristof zählt über sechzig Arbeiten, und alle zeigen das gleiche Motiv. Durch einen düsteren Wald führt ein Pfad ins Nirgendwo. Die Bilder sind überwiegend in Schwarztönen gehalten und gleichen sich bis ins Detail. Lediglich die Formate variieren. Viele Werke sind trocken und teilweise mit Firnis besprüht. Einzig auf der Tischstaffelei steht ein unvollendetes Gemälde. Ebenfalls ein Wald mit Pfad.

Specksteineulen sind in einer Reihe an der Tischkante aufgebaut. Eulenfiguren in sämtlichen Farben. Der Bezug der Chaiselongue ist bunt besprenkelt und mit Terpentinflecken versaut. Der Geruch des Verdünners schlägt durch. Auf dem kleinen Beistelltisch stehen leere Mineralwasserflaschen, die Thea mit einer tiefroten Flüssigkeit gefüllt hat. Daneben liegen ein Plastiktrichter und Klebeetiketten, die mit »Brombeerlikör« beschriftet sind. Ein großes Einmachglas ist mit einer durchsichtigen Flüssigkeit gefüllt. Kristof schraubt den Deckel auf, schnuppert eine alkoholartige Substanz, rümpft die Nase und wählt die Nummer von Theas Büro.

»Hallo, Sie sprechen mit Braak & Jung, Fräser am Apparat. Wie kann ich Ihnen weiterhelfen?«

Thea arbeitet seit zehn Jahren in der großen Anwaltskanzlei. Den Namen Fräser hat Kristof noch nie gehört und kann an der Stimme nicht erkennen, ob es sich um einen Mann oder eine Frau handelt. Er fragt nach Thea.

»Ihre Frau arbeitet seit vier Wochen nicht mehr für unsere Firma«, flötet Fräser.

Kristof bittet darum, zu Theas Lieblingskollegin durchzustellen, die sich allerdings, wie Kristof erfährt, im Urlaub befindet.

»Und Sie sind sich sicher, dass meiner Frau gekündigt wurde?«, fragt Kristof ungläubig und fühlt sich von einer steingrauen Eule mit ausgebreiteten Flügeln belauert.

»Nein, sie hat den Arbeitsvertrag selbst aufgelöst.«

»Wie bitte?« Er rückt seine Brille zurecht.

»Sie hat gekündigt.«

»Aber ich setze sie doch morgens vor Ihren Büros ab«, stammelt Kristof.

»Soll ich Sie zu einem unserer Chefs durchstellen?«

»Nein ... danke.« Kristof will schon auflegen.

»Versuchen Sie es doch mal im Café La Paloma.«

»Wo?«

»Bei uns um die Ecke. Eine Kollegin hat Thea schon häufiger dort sitzen sehen. Vielleicht schlägt sie da die Zeit tot.«

Kristof legt auf, steckt die graue Specksteineule, die ihn aufdringlich beäugt hat, gedankenverloren ein und macht sich auf den Weg zum Café La Paloma.

Köln-Vingst

Aus unerklärlichen Gründen ist die S-Bahn brechend voll. Valeska ergattert nur einen Stehplatz neben der Tür und hält sich mit beiden Händen an einer Haltestange fest. Sie würde sich gern setzen und schielt zu den Mädchen, die höchstens vierzehn Jahre alt sind, lauthals herumalbern und einen Vierersitz einnehmen.

Ihr Blick fällt auf einen Einzelplatz, der durch einen Aufkleber als Notsitz ausgewiesen ist: »Bitte machen Sie diesen Platz für bedürftige Menschen frei.« Ein junger Mann im Anzug hat es sich darauf bequem gemacht. Seine Aktentasche liegt auf den Oberschenkeln, und er spielt mit seinem Smartphone. Valeska traut sich nicht, um den Platz zu bitten, sucht Blickkontakt zu den Umstehenden, entdeckt aber keine Person, die sich mit ihr solidarisiert. Fast jeder in ihrer Umgebung starrt auf das Display seines Smartphones. Sie steht direkt am Fahrscheinautomat und lässt verstohlen ihre Hand in den Wechselgeldschlitz gleiten. Manchmal vergessen Leute dort ihr Kleingeld. Heute hat sie kein Glück.

Nach dem Umsteigen das gleiche Spiel. Die Bahn ist so überfüllt, dass Valeska kaum eine Möglichkeit findet, sich festzuhalten. Der Fahrer scheint es eilig zu haben, nimmt jedes Mal volle Fahrt auf und bremst an den Haltepunkten hart ab.

In der Scheibe des Türfensters kann sie ihr Spiegelbild sehen. Mollige Gestalt mit rundlichem Gesicht. Kinn und Hals verschwimmen zu einer Masse. Die Tränensäcke sind aufgedunsen, schwere Lider drücken die Augen zusammen und verstärken den Schlafzimmerblick. Das ergraute dünne Haar ist gescheitelt. Mit Wehmut denkt Valeska an ihre Haarpracht, die dichte schwarze Mähne, um die sie früher jede Frau beneidet hat. Traummaße hat Valeska nie besessen, pausbäckig ist sie schon immer gewesen und hat unter dicken geschwollenen Fingern gelitten. Dazu diese scheußliche Orangenhaut und Brüste, die bei ihr schon im Alter von einunddreißig Jahren hingen.

Modisch hat sich Valeska stets zweckmäßig und preiswert ausgerichtet. Ihr gewagtestes Kleidungsstück war ein gelbes Glockenkleid mit Ärmeln bis zu den Ellenbogen, das sie exakt einen Sommer lang trug. Das Jahr drauf bekam sie den Reißverschluss nicht mehr zu. Letzten Endes ist der Fetzen in der Altkleidersammlung gelandet. Valeska seufzt. Sie hat Ewigkeiten nicht an das Kleid und den Sommer damals gedacht.

Hubi steht nicht auf dem Balkon. Er ahnt ja nicht, dass sie heute früher kommt. Der Filialleiter hat Valeska nach Hause geschickt. Zufälligerweise an ihrem Hochzeitstag. Gemeinsame Zeit ist ein Geschenk. Valeska wird mit Hubi ein Gläschen trinken und es sich mit ihm gemütlich machen. Sie zählt die Schritte bis zum Haus leise mit.

Als sie die Tür aufschließt, weiß sie sofort, dass etwas nicht stimmt. Angelina kommt ihr aus der Küche entgegengestürmt, mit verquollenen Augen und verschmiertem Kajal, nimmt Valeska an die Hand und führt sie ins Schlafzimmer. Hubi liegt quer auf dem Bett neben der mobilen Druckgasflasche, seine Deckhaare hängen ihm im Gesicht. Die Nasensonde und der Schlauch liegen auf dem Boden. Valeska bemerkt die umgekippte Lampe und die Glassplitter.

»Er sieht nicht friedlich aus. Ich bin gestern hier gewesen, habe neben seinem Bett gestanden und ihm beim Schlafen zugeschaut. Da war sein Gesichtsausdruck entspannter.« Angelina beginnt zu weinen. »Hätte ich ihn doch bloß geweckt und ihm gesagt, wie sehr ich ihn liebe.«

Valeska sinkt auf das Ehebett und kann ihren Blick nicht von Hubi abwenden. Sie vergießt keine Träne. Der Wecker auf ihrem Nachttisch tickt im Sekundentakt, der Zeiger kreist hinter dem eingefassten Glas. Wie gestern. Wie immer.

»Ich habe Dennis getötet«, flüstert Angelina. »Er lebt nicht mehr, Mama. Wenn ich sofort zu euch gekommen wäre, hätte ich Papa noch sagen können, wie sehr ich ihn liebe. Aber es ging nicht, ich konnte euch nicht unter die Augen treten. Mama, ich habe etwas Fürchterliches getan. Und der Händler will mir die Anzahlung für den Saab nicht zurückgeben. Mama, ich weiß nicht, was ich machen soll.«

Valeska hört die Worte ihrer Tochter und ist außerstande, sie zu begreifen.

Köln-Innenstadt

»Thea verbringt seit ungefähr vier Wochen jeden Vormittag hier«, sagt Ricardo und schüttelt Kristof die Hand.

»Allein?«

»Ja, sie führt Selbstgespräche und wirft mit Blättern um sich, Zeichnungen, Skizzen, ganz wie Sie wollen.« Ricardo kratzt sich am Kopf. »Ich habe einige aufgehoben, wollen Sie sie sehen?«

Ricardo verschwindet durch einen Vorhang, ohne Kristofs Antwort abzuwarten, und taucht erst nach einer gefühlten Ewigkeit wieder auf. In den Händen hält er einen Packen geknittertes Papier. Kristof nimmt die Blätter entgegen, ohne einen Blick darauf zu werfen, und sinkt auf einen Stuhl.

»Ich habe sie aufgesammelt und glatt gestrichen, immer, sobald sie fort war. Wissen Sie, ich kenne Ihre Frau seit der Schulzeit. Thea hat fast jede Mittagspause hier verbracht, seitdem ich das Café betreibe.«

»Ist sie heute auch schon hier gewesen?«

»Ja, und da schien sie mir besonders aufgeregt.«

»Wann ist sie aufgebrochen?«

»Gegen elf.«

Kristof steht auf. »Hat sie gesagt, wo sie hinwollte?«

»Nein.« Ricardo gibt ihm ein goldenes Kreuz, das an einem Anhänger baumelt. »Es gehört Thea, ich habe es in meinem Auto gefunden.«

»In Ihrem …? Was sucht Thea in Ihrem Auto?«

»Ich habe ihr meinen Wagen geliehen.«

»Wozu?«

»Das müssen Sie Thea schon selbst fragen.«

»Ich finde es seltsam, dass meine Frau sich Ihren Wagen borgt. Thea hat Sie nie erwähnt.«

»Ein Auto ist nur ein Fortbewegungsmittel«, sagt Ricardo. »Und wie gesagt, Thea und ich kennen uns schon sehr lange.«

»Im Moment komme ich kaum an sie heran«, offenbart sich Kristof. »Sie ist ziemlich angeschlagen, fürchte ich.«

»Das sehe ich genauso«, meint Ricardo.

Kristofs Brille beschlägt, er lässt sich erneut an einem der Bistrotische nieder. Ricardo lehnt am Tresen, im Café herrscht Flaute. »Ich verstehe einfach nicht, was mit ihr los ist.«

»Ich denke, dass sie den Tod ihrer Schwester nicht verkraftet. Schon früher haben sich die beiden nahegestanden«, sagt Ricardo.

»Ich weiß.«

»Ich glaube, Thea ist zum Friedhof gefahren.«

»Wann?«

»Wenn sie sich mein Auto geliehen hat.«

»Das kann nicht sein«, entgegnet Kristof. »Wir haben doch selbst einen Wagen.«

Ricardo zuckt mit den Schultern.

Als Kristof am Neumarkt vorbei Richtung Deutzer Brücke fährt, steht er im Stau und hat Zeit, über das, was Ricardo gesagt hat, nachzudenken.

Er ahnt, warum Thea sich dessen Wagen ausgeliehen hat. Sie wollte Kristof nicht bitten, weil er fand, dass sie übertreibt mit ihrer Trauer und der ständigen Rennerei zum Friedhof. Schon kurz nach der Beerdigung war er mit dem Thema durch und konnte nicht nachvollziehen, warum seine Frau so ein Theater macht.

Lilith starb nach langem Leiden. Weder ohne Vorwarnung, geschweige denn holterdiepolter. Thea hatte in aller Ruhe Abschied nehmen können. Sie pflegten ein überaus inniges Verhältnis. Nicht nachvollziehbar für Kristof, der im Prinzip ohne Geschwister aufgewachsen ist.

Es beschämt ihn, dass er Thea so wenig Verständnis entgegengebracht hat, dass sie sich gezwungen sah, nach Alternativen zu suchen. Und es macht ihn traurig, dass ein für ihn völlig Fremder Thea näher stand, als er es in letzter Zeit vermochte.

Es regnet so stark, dass Kristof die Rücklichter des Wagens vor ihm nur verschwommen sieht. Der Verkehr bewegt sich keinen Millimeter. Prompt geht die Huperei los. Manche Verkehrsteilnehmer müssen ihrem Ärger unmittelbar Luft machen. Und Kristof tut sich ebenfalls keinen Zwang an.

Linus' Wangen glühen. Diesmal vor Aufregung. Hose, Jacke und Schuhe sind klitschnass. Romy zittert wie er. Allerdings nicht nur vor Kälte. Sie sieht ständig Frau Schmittbauer vor sich. Wie sie am Boden lag. Zusammengekrümmt. Ähnlich wie Dennis. Romy hat das Gefühl, neben sich zu stehen. Sie zieht Menschen in den Abgrund. Ohne Absicht reißt sie andere mit in die Tiefe. Eigentlich müsste sie jedem zurufen: Bleib weg von mir, ich bringe nur Unglück!

Romy klingelt noch einmal. Thea scheint noch nicht zu Hause zu sein, und in der Nähe gibt es keinen Ort, an dem sie warten könnten. Auch die kurze Distanz zum Polizeipräsidium macht Romy nervös. Linus steht auf den Zehenspitzen und presst wiederholt den Klingelknopf.

Romy geht in die Hocke und schließt die Augen, als zu ihrer Überraschung der Türsummer ertönt. Thea ist also doch schon da. Baden, Sachen trocknen, schlafen, essen, ohne ständig auf der Hut zu sein. Davon ist Romy jetzt nur noch wenige Schritte entfernt.

Hoffentlich hilft ihr Kristof aus der Klemme. Romy nimmt sich vor, über seine belehrende Art hinwegzusehen. Ohne Wenn und Aber.

Sie fahren mit dem Fahrstuhl. Linus hüpft hinaus bis vor die Wohnungstür. Thea öffnet, bevor der Junge klingeln kann. Der ganze Stress, all die Schwere fällt von Romy ab, als sie Thea in die Arme fällt. Linus tanzt um sie herum, klammert sich an ihren Rockzipfel wie früher, als er gerade laufen konnte. Gefühle überwältigen Romy, und sie beginnt wieder zu weinen.

»Wir sind beklaut worden«, stammelt sie.

»Ja«, bestätigt Linus zu ihrer Erleichterung. »Der Abschlepper hat den Qubo mitgenommen. Einfach so!«

Thea schaut von Romy zu dem Jungen und schließt die Tür. Sie trägt schwarze Leggings und darüber ein altes Herrenoberhemd. Ihre Füße stecken in Stoffturnschuhen, die zerfleddert sind. Theas Zehen stoßen am linken Schuh durch.

Romy folgt ihr mit Linus an der Hand zum Küchenbereich und schaut zu Theas Zimmer. Die Tür steht sperrangelweit auf. Normalerweise ist sie verschlossen. Romy kennt das Arrangement, das zwischen den Eheleuten besteht. Dein Zimmer. Mein Zimmer. Kristofs anfängliche Skepsis und seine wundersame Wandlung sind bis zu ihr durchgedrungen.

»Kristof hat ohne meine Zustimmung mein Atelier betreten«, sagt Thea leise und füllt den Wasserkocher.

Linus zittert wieder. Der Regen hat ihm gehörig zugesetzt.

»Kann ich den Kleinen in die Wanne stecken?«, fragt Romy.

Minuten später planscht Linus lauthals, die Tür zum Bad steht weit offen.

»Woher weißt du, dass Kristof in deinem Zimmer gewesen ist?«, will Romy wissen.

»Meine Lieblingseule ist verschwunden.« Thea ist den Tränen nah. »Sie ist mein Glücksbringer.«

»Ich fürchte, ich kann dir nicht folgen.« Romy hält die Anspannung nicht länger aus. »Ich hab gehörigen Mist gebaut.«

»Brauchst du Geld?«

»Nein, deshalb bin ich nicht hier. Ich glaube, ich benötige viel eher einen richtig guten Anwalt.«

»Du hast Michaels Wagen gestohlen«, sagt Thea und gibt Teebeutel in drei Tassen, ohne Romy anzusehen. »Er ist wütend deswegen.«

»Das Auto gehört meiner Mutter.«

»Ich weiß, und ich verstehe dich, wirklich.« Thea lächelt. »Lilith und mich verbindet auch sehr viel. Nicht auszudenken, wenn es sie eines Tages nicht mehr gäbe.«

Romy stutzt. Kristof hat bei ihrem letzten Telefonat erwähnt, dass Theas Schwester kürzlich gestorben sei. Nach langer schwerer Krankheit verschieden.

»Ich werde sterben«, sagt Thea und gießt das kochende Wasser in die bereitstehenden Tassen.

»Bist du krank?«, fragt Romy.

»Ich bin Ballast, ohne mich ist Kristof besser dran.«

Der Satz hängt wie eine dunkle Wolke im Raum.

»Ich bin dabei, alles zu regeln«, sagt Thea leise. »Damit Kristof nach Tristan da Cunha aufbrechen kann.«

Romy weiß nicht, wie sie auf Thea reagieren soll. Sie steht eindeutig ziemlich neben sich. Kristofs Frau ist und bleibt für Romy ein Mysterium. Sie ist froh, dass Linus ins Zimmer kommt. Er trägt das Oberteil eines Pyjamas, das ihm bis zu den Fußknöcheln reicht, auch die Ärmel sind viel zu lang, seine Hände nicht zu sehen. Romy springt auf und nimmt ihn in den Arm.

»Er kann Kristofs Micky-Maus-Pantoffeln überziehen«, sagt Thea, wirft den Kopf in den Nacken und schüttelt sich vor Lachen. »Sie stehen in seinem Schuhschrank im Schlafzimmer.«

Romy zieht Linus mit sich, weg von Thea, die immer weiter lacht. Die Hausschuhe finden sie auf Anhieb. Romy streift sie Linus über. Als sie in die Küche zurückkommen, ist Thea verschwunden und die Tür zu ihrem Raum verschlossen.

Linus tollt auf dem Designersofa herum. Romy begibt sich ins Bad, entkleidet sich, legt ihre Sachen auf den Wäschekorb und duscht ausgiebig unter einem extraheißen Strahl. Sie cremt sich ein, huscht ins Schlafzimmer und bedient sich an Theas Kleiderschrank, leiht sich Rollkragenpullover und Jeans. Als sie wieder in den Wohnbereich zurückkommt, stecken die vier Fünfziger aus der OB-Schachtel in ihrer Hosentasche, und Linus liegt zusammengerollt auf dem Sofa. Romy zieht ihm die Maus-Pantoffeln aus, begutachtet seinen Bauch und deckt ihn mit einer Kaschmirdecke zu.

Dem rechten Schuh fehlt die Nase, sie liegt neben der Couch. Romy versucht, sie in den Plüschpantoffel zurückzustecken. Dabei bemerkt sie den Schlüssel und zieht ihn hervor. Sie weiß sofort, in welches Schloss er passt. Die Versuchung ist zu groß. Das ist die Gelegenheit, sich in Kristofs Heiligtum umzusehen. Aufgeregtheit und Neugierde vertreiben die Schwere für einen Moment. Romy zögert keine Sekunde und öffnet die Tür zu Kristofs Zimmer.

Der Duft von Kokosöl schlägt ihr entgegen.

Romy schaltet das Licht an. Fototapeten mit Palmenmotiven bedecken die Wände. Im Raum herrscht brüllende Hitze. Vor den beiden Fenstern hängen Jalousien, und in der Mitte des Zimmers steht ein Liegestuhl.

An der linken Wand hat Kristof einen Tisch aufgestellt. Romy tritt näher. Die Gegenstände, die sich darauf befinden, sind wie zum Verkauf ausgelegt. Feuerzeuge, silberne Manschettenknöpfe, Haarreifen, Schals, Babyschuhe, ein Gameboy, Baseballkappen, Handys und Porzellanfiguren. Romy entdeckt eine Eule und fragt sich, ob es sich um Theas erwähnten Glücksbringer handelt.

Beim Anblick des Rings wird Romy beinahe ohnmächtig. Drei ineinander verschlungene Reifen. Roségold. Weißgold. Gelbgold. Zwei Ringe ziert ein Diamant. Das Schmuckstück hat ihr gehört. Da gibt es keinen Zweifel. Der Stein im roségoldenen Ring fehlt, er hat sich gelöst, kurz bevor ihre Mutter verschwand. Sie wollte ihn zum Juwelier bringen, aber dazu ist sie nicht mehr gekommen. Diesen Ring würde Romy aus einer Million Modellen erkennen. Katharina Pereia hatte ihn zur Geburt ihrer Tochter von Romys Vater geschenkt bekommen. Auf den wenigen Fotos, die Romy von ihm besitzt, platzt er beinahe vor Stolz.

Seine kleine Familie bedeutete ihm alles. Ein Geisterfahrer beendete sein Leben, als Romy nicht mal vier Jahre alt war. Sie kann sich kaum an ihn erinnern, aber manchmal klicken Bilder von seiner Beerdigung durch ihren Kopf. Dann läuft sie hinter dem Sarg her, der von weißen Lilien bedeckt ist. An der Hand ihrer Mutter, die Schwarz trägt und ihre kleinen Finger so fest zusammendrückt, dass es schmerzt. Romy weinte deswegen und auch weil ihr Vater in einer Holzkiste lag. Wie kann er da gleichzeitig im Himmel sein?, wollte sie ihre Mutter fragen und traute sich nicht.

Jetzt hält Romy den Ring zitternd in den Händen, umschließt ihn mit ihrer Faust und sinkt auf den Fußboden. Ihre Mutter hat ihn getragen. An dem besagten Morgen. Romy erinnert sich haargenau. Auf dem Weg zum Kinderarzt mit Baby-Linus hatte ihre Mutter eine lustige Geschichte zum Besten gegeben und sich in der Wartezeit an einer Ampel den Lidstrich nachgezogen. Während der Fahrt schlugen ihre Finger im Takt der Musik ans Lenkrad. Der Ring verursachte dabei ein Geräusch. Klack. Klackklack. Klack.

»Was hast du in meinem Zimmer zu suchen?«

Romy hat Kristof nicht kommen hören. Er steht an der Tür.

Sie streckt ihm den Ring entgegen. »Woher hast du ihn?«, fragt sie absolut beherrscht. »Ich warne dich, lüg mich jetzt bloß nicht an.«

Köln-Kalk

Schummerlicht. Thea liegt neben Lilith auf der Chaiselongue. Die Füße der Schwestern sind nackt. Thea hat eine beachtliche Menge Methanol mit Sirup getrunken und vorsichtshalber eine ansehnliche Anzahl Schlaftabletten eingenommen. Der Cocktail wirkt.

»Ich habe aufgeräumt, so gut ich konnte«, sagt Thea. »Dokumente, Diagnosen und Arztbriefe liegen für Kristof bereit. Die Gewissheit, dass ich sowieso gestorben wäre, erleichtert ihm den Abschied mit Sicherheit.«

»Er wird dir dankbar sein«, flüstert Lilith.

»Jetzt kann er auf die Insel«, sagt Thea.

»Er ist seine Verpflichtungen los, du hast ihm den Weg bereitet. Das wird er zu schätzen wissen.«

»Oktay, Antonella und Hubi waren nicht gerüstet«, sagt Thea und lächelt tapfer.

»Um ihre Lebenserwartung stand es nicht besonders.«

»Aber Antonella war nicht krank.«

»Still, du hast alles richtig gemacht.«

»Ich wäre Kristof gern eine bessere Frau gewesen.«

»Du warst das Beste, was ihm passieren konnte.«

»Denkst du?«

»Ich weiß es.« Theas Schwester strahlt, zur Feier des Tages hat sie die künstlichen Zähne eingesetzt.

»Ich würde mich gern von ihm verabschieden.«

»Er wird nur versuchen, dich zurückzuhalten.«

Thea schaut auf das Waldbild, das sie eben fertiggestellt hat. Es ist düsterer als alle Vorgänger.

»Thea, ich bin es, Kristof.« Er klopft zaghaft an die Tür. »Lass mich rein, bitte.«

»Unter keinen Umständen«, bestimmt Lilith. »Er ist charakterschwach und wird wollen, dass du bis zum letzten Atemzug kämpfst, aus rein egoistischen Gründen.«

»Er hat meine Glückseule«, sagt Thea und krümmt sich vor Schmerzen.

»Das ist gut so.« Lilith berührt ihre Hand. »Da, wo wir hingehen, brauchst du kein Glück.«

Polizeipräsidium Köln

»Nach Romy Pereia wird gefahndet«, begrüßt Lou Maline, als sie ins Büro zurückkommt. »Das habe ich gerade durchs Intranet erfahren.«

»Warum?« Maline hängt ihre Jacke über die Kopfstütze des Schreibtischstuhls. »Was ist passiert?«

»Offenbar ist sie bei einer alten Frau eingebrochen und hat sie niedergeschlagen. Ihr Auto wurde schon sichergestellt, und jetzt ist sie auf der Flucht.«

»Mit Kind?«

»Es sieht ganz danach aus.«

»Mist, und wie geht es der Frau, die überfallen wurde?«

»Sie liegt im Krankenhaus, in Lebensgefahr scheint sie nicht zu schweben. Sie war klar genug, um den Kollegen eine genaue Personenbeschreibung samt Tathergang zu liefern.« Lou stützt ihre Ellenbogen auf dem Schreibtisch auf. »Mensch, hätte ich mich doch bloß früher um Helenes Anliegen gekümmert.«

»Das konnte ja keiner ahnen«, sagt Maline und setzt Kaffee auf. »Die halbe Stadt sucht jetzt nach Romy, sie wird nicht weit kommen.«

»Immerhin sind die Verbindungsdaten von den Funkzellen beider Tatorte gekommen«, sagt Lou.

»Die Auswertung der Datenflut wird Tage dauern«, stöhnt Maline.

»Ich habe sämtliche Telefonnummern, die uns im Zusammenhang mit den Fällen Demirkan und Beradi bekannt sind, schon durchlaufen lassen«, erwidert Lou. »Und jetzt rate mal, welchen Treffer wir haben.«

»Da bin ich aber gespannt.«

»Kristof Harnischs Handynummer taucht ja berechtigterweise in beiden Excel-Listen auf. In den Funkzellen war er allerdings zu den Tatzeiten nicht eingeloggt.«

»Er war an der Ostsee, hat er gesagt«, meint Maline.

»Ich weiß«, entgegnet Lou. »Ich habe sein Alibi überprüft.«

»Mit Demirkan hatte er eigentlich nicht regelmäßig zu tun«, gibt Maline zu bedenken. »Warum hat er mit ihm telefoniert?«

»Er hat angegeben, dass er vorhatte, ihn in Zukunft zu betreuen. Von daher ist es nachvollziehbar, dass sie miteinander gesprochen haben.«

Malines Handy klingelt. »Einen Moment«, sagt sie, nimmt das Gespräch an und stellt auf Mithören.

»Hier ist Tomas Zajic. Ich habe gehört, dass Sie einige Fragen an mich haben.«

Maline schildert dem DHL-Fahrer die Situation.

»Das war eine Frau«, sagt Zajic wie aus der Pistole geschossen. »Sie hat mich beim Heruntergehen im Treppenhaus überholt und angerempelt. Dabei ist mir ein Paket mit der Aufschrift ›Fragile‹ aus der Hand gefallen, und die blöde … na ja, sie hat sich nicht einmal bei mir entschuldigt.«

»Wie hat sie ausgesehen?«

»Groß und stämmig. Sie kam aus der Nachbarwohnung der Frau, in der mir das kleine Mädchen die Lieferung quittiert hat.«

»Würden Sie die Person wiedererkennen?«

»Ich fürchte nicht, ich habe ihr Gesicht kaum gesehen.«

»Welche Kleidung hat sie getragen?«

»Rock, Mantel, hohe Lederstiefel, glaube ich, und sie hatte einen Stockschirm dabei, so ein großes Ungetüm.«

Maline bedankt sich und beendet das Gespräch.

Gemeinsam begeben sie sich an den Auswertungsrechner. Maline öffnet die Datei mit Finks Fotos. Lou schaut ihr über die Schulter. Sie finden unter dem entsprechenden Datum die Bilder auf Anhieb, die eine Frau zeigen, die einen Schirm in der Hand hält. Das Gesicht ist nicht zu erkennen. Sie trägt eine Mütze, unter der rötliche Haare hervorschauen. Kräftige Statur.

»Es ist die einzige Frau mit Schirm auf den Fotos«, sagt Lou. »Und die Aussage des Fahrers passt zu dem, was ich herausgefunden habe.«

»Du hattest von Kristof Harnisch gesprochen.« Maline gibt Kaffee in zwei Tassen.

»Ja, wie gesagt, ich habe die Telefonnummern aller Personen eingegeben, die bisher in diesem Fall eine Rolle spielen. Somit auch die von Harnischs Frau, die Kornblum uns mitgeteilt hat«, sagt Lou. »Thea Harnisch taucht in beiden Listen der Telefongesellschaften auf. Und jetzt frage ich dich, warum sie sowohl mit Frau Beradi als auch Herrn Demirkan telefoniert hat, und zwar jeweils in zeitlicher Nähe zu den errechneten Todeszeitpunkten.«

»Sie könnte Termine koordiniert oder ihren Mann in irgendeiner Weise unterstützt haben«, sagt Maline, erhebt sich, bewaffnet sich und trinkt den Kaffee stehend.

»Das soll uns die Gute selbst erklären.« Lou streift ebenfalls ihr Holster über.

»Wie sieht Thea Harnisch aus?«, fragt Maline, während sie den Korridor entlanglaufen.

»Ich wette, sie ist, groß, stämmig und hat rote Haare.«

»Erstklassige Arbeit, Lou!«, sagt Maline.

»Quatsch! Ich war zufällig im Büro, als das KK35 anrief und sagte, dass die Daten verfügbar sind.«

»Wo wohnen die Harnischs?«

»Corkstraße«, antwortet Lou. »Keine zwei Minuten von hier entfernt.«

Honrath-Jexmühle

»Du hast am Telefon sehr aufgeregt geklungen«, sagt Michael Harnisch.

Er bittet Romy mit Linus ins Wohnzimmer und lässt sich geschmeidig in seinem Lieblingssessel nieder. Die Wohnlandschaft, das Kaminfeuer und der rustikale Esstisch. Beim Anblick der vertrauten Umgebung in Kombination mit Kristofs Vater schnürt sich Romys Kehle zusammen. Sie ignoriert seine Aufforderung, Platz zu nehmen.

Linus stürzt sich sofort auf sein Matchboxauto, das Harnisch auf den kleinen Beistelltisch gestellt hat. »Du bist der Mann, der uns den Qubo geschenkt hat!«, jubelt er.

»Das Kind ist groß geworden«, sagt Harnisch.

»Sein Name ist Linus«, entgegnet Romy scharf.

Ihr Sohn wirft sich auf den Boden und spielt mit dem Auto.

»Die Haare sind sehr lang, er sieht aus wie ein Mädchen.«

»Verschone uns bitte mit deinen antiquierten Ansichten.«

»Kann ich euch etwas zu trinken anbieten? Apfelsaft, Wein?«

»Saft«, jubelt Linus und schiebt das Wort »bitte« hinterher, als er den tadelnden Blick seiner Mutter sieht.

Michael Harnisch greift nach einer Flasche, die er offenbar in Reichweite deponiert hat, und füllt zwei Gläser. »Die Polizei hat mich kontaktiert, sie haben den Qubo in Ossendorf gefunden. Mir scheint, dass du ganz schön in der Klemme sitzt.«

Romy schaut zu Linus, der sein Glas bereits geleert hat.

»Du hast auf keinen meiner Anrufe reagiert«, fährt Harnisch fort. »Irgendwann war deine Mailbox ausgeschaltet.«

»Dreimal darfst du raten, warum.«

»Möchtest du dir nebenan ein Märchen anhören?«, fragt

Harnisch mit Blick auf Linus. »Ich habe einen alten Plattenspieler. Soll ich ihn dir zeigen?«

»Darf ich?«, fragt der Junge und sieht zu Romy.

Sie nickt und beobachtet, wie ihr Stiefvater mit Linus ins Nachbarzimmer geht, hört sie leise miteinander sprechen und trinkt Apfelsaft.

Nach ihrem Handy tastet Romy vergeblich. Verflixt, sie hat es Linus gegeben, eben als sie Kristof unter Druck gesetzt hat. Wie ein Häuflein Elend hat ihr Stiefbruder sie angeschaut. Und endlich, endlich zugegeben, dass er glaubt, dass sein Vater in das Verschwinden ihrer Mutter verstrickt ist. Präzisere Informationen waren nicht aus ihm herauszubekommen. Aber Romy fühlt sich bestätigt. Zum ersten Mal nach so vielen Jahren. Den Q5 hat Kristof ihr ohne Diskussionen überlassen, bevor er in seinen Raum geschlurft ist. Völlig neben der Spur.

Linus hat sich während der Auseinandersetzung die Zeit mit dem Handy vertrieben und wieder Geheimagent gespielt. Den Mitschnitt ihrer Diskussion mit Kristof hat er ihr auf der Fahrt nach Jexmühle präsentiert. Sie hat nicht geschimpft, ihn gewähren lassen, damit er bloß nicht quengelt. Mehrmals hat das Mobiltelefon unterwegs geklingelt. Silvie oder Kristof, einer von beiden hat ganz schön genervt. Vielleicht aber auch die Polizei. Romy hat Linus gebeten, den Ton auszustellen. Ihr Sohn ist der Aufforderung unverzüglich nachgekommen und hat das Smartphone wie selbstverständlich eingesteckt.

Michael Harnisch kommt zurück und setzt sich. Von nebenan erklingt die sonore Stimme eines Märchenerzählers. »Eines Abends ging ein junger Trommler ganz allein auf dem Pfad und kam an einen See …«

»Das Jugendamt wird dir den Jungen wegnehmen«, sagt er und betrachtet Romy eindringlich. »Die Polizei hat gesagt, dass du eine alte Frau niedergeschlagen hast. Sie liegt mit einer Platzwunde, Prellungen und einer Gehirnerschütterung im Krankenhaus. Zudem sollst du in einen Totschlag verwickelt sein.«

»Da bin ich ja in bester Gesellschaft«, schnauzt Romy und lässt sich nicht anmerken, wie erleichtert sie über diese Nachricht ist. Frau Schmittbauer ist quasi mit einem blauen Auge davongekommen.

Romy streckt die flache Hand aus. »Meine Mutter hat diesen Ring getragen, an dem Tag, als sie …« Sie holt tief Luft. »Ich habe ein Foto gemacht, ein Selfie von mir, ihr und Linus, bevor wir damals beim Arzt ausgestiegen sind. Darauf ist der Ring deutlich zu erkennen.«

»Du meine Güte, es ist bewiesen, dass sie nach Hause kam, bevor sie verschwand. Wie soll der Qubo sonst in die Garage gelangt sein?«

»Sie hat den Ring nie abgelegt, nicht mal nachts.«

»Mädchen, du verrennst dich. Du suchst einen Schuldigen, um das Unfassbare begreiflich machen zu können, und ich kann es dir nicht mal verübeln. Aber ganz ehrlich, du klaust, lügst, begehst Einbrüche und mutest deinem Sohn Obdachlosigkeit zu. Was glaubst du, wie viel Gewicht deine Anschuldigungen gegen mich haben? Wach auf, Romy! *Ich* bin es nicht, um den es hier geht.«

Romys Magenstein poltert, heftiger als je zuvor.

»Du wirst ins Gefängnis gehen«, fährt Harnisch gnadenlos fort. »Linus wird ins Heim kommen, wenn Kristof oder ich ihn nicht aufnehmen. Kannst du dir meinen Sohn und seine Frau als Eltern vorstellen? Tja, und ich? Kinder sind … nicht mein Fall. Der Junge wird einen Spießrutenlauf nach dem anderen durchstehen müssen. Sprösslinge von Knastmüttern haben nichts zu lachen.«

Harnisch trinkt einen Schluck Wein. Sie starren sich an. Sekunden. Minutenlang. Aus dem Arbeitszimmer tönt der Märchenerzähler: »Nun stand der arme Trommler vor dem Berg, der so hoch war, als wenn drei Berge aufeinandergesetzt wären …«

»Du hast meine Mutter umgebracht«, sagt Romy. »Ich habe es immer geahnt.«

»Und ich habe dir gesagt, dass ich dich einweisen lasse, wenn du die Dinge nicht auf sich beruhen lässt. Plausible Gründe dafür hast du weiß Gott immer reichlich geboten.«

»Was hast du ihr angetan? Ich habe keine Angst mehr vor dir

und werde dafür sorgen, dass sich die Polizei endlich für den Fall interessiert.«

»Wer im Glashaus sitzt ...«

»Erspar mir deine Phrasen!«

»Du willst also wissen, was deiner Mutter geschehen ist?«, fragt Michael Harnisch und schlägt lässig die Beine übereinander.

»Ja«, sagt Romy, zieht einen Stuhl heran und nimmt Platz.

»Bist du sicher?«

Romy nickt.

»Du weißt, dass sie mich verlassen wollte. Daran kannst du dich doch erinnern, oder?«

»Oh ja.«

»Die Platte knackt nur noch«, ruft Linus. »Die Stimme hat aufgehört!«

»Heb den Deckel an, nimm den Arm herunter und dreh sie um«, antwortet Michael Harnisch laut. »So wie ich es dir eben gezeigt habe.«

»Kann ich auch eine andere Dings ... Platte drauflegen?«

»Aber natürlich!«

Harnisch lässt Romy nicht aus den Augen.

»Ich habe ihr die Kehle zusammengedrückt«, sagt er, noch bevor die Musik ertönt.

Morning has broken.

Der Song weht leise aus dem Nebenzimmer heran. Linus hat die alten LPs gefunden. Michael Harnischs Plattensammlung. Dieses Stück gehört zu seinen Lieblingssongs, deshalb mag Romy es nicht.

»Wir hatten uns gestritten«, fährt Harnisch fort. »Ein Wort gab das andere.«

Like the first morning.

Romy presst sich gegen die Rückenlehne ihres Stuhls. Sie hat das Gefühl, keinen Platz in ihrem eigenen Körper zu haben. Sie möchte fortlaufen und unbedingt bleiben. Harnischs Blicke durchbohren sie.

Blackbird has spoken like the first bird.

»Du bist krank, ganz und gar gestört«, flüstert Romy. Es fällt ihr auf einmal schwer, die Augen offen zu halten. Ihr Magenstein schlägt Kapriolen. »Wo ist sie?«

»An einem sicheren Ort.«

»Zeig mir, wohin du sie gebracht hast!«

»Das werde ich.«

Sie sieht ihn zweifelnd an.

»Versprochen«, sagt er.

Romys Zunge ist bleischwer. Ihre Augen fallen zu.

Praise for the singing, praise for the morning.

Sie möchte aufstehen, aber ihre Beine gehorchen nicht. Ihr Kopf scheint sich um die eigene Achse zu drehen.

Praise for them springing fresh from the world.

Praise for them springing …

Praise …

Köln-Kalk

Kristof Harnisch sitzt vor Theas verschlossener Zimmertür auf dem Boden. Seine Schulterknochen drücken gegen das Holz. Es wäre einfach, aufzustehen, den Schlüssel ins Schloss zu stecken und nach Thea zu schauen. Kristof hält ihn fest umschlossen in seiner Faust. Er hat ihren Namen gerufen und um Einlass gebeten, aber sie reagiert nicht.

Thea fühlt sich hintergangen und im Stich gelassen, das weiß er. Sie braucht keine Vorwürfe zu erheben, muss ihm ihre Enttäuschung nicht unter die Nase reiben. Seine Frau geht eigene Wege. Das hat sie immer getan. Nur diesmal hätte sie Hilfe gebraucht. Stattdessen hat sich Kristof um fremde Menschen gekümmert und ist ihr ausgewichen.

Von seiner Position aus kann er die Palmen sehen. In seinem Zimmer scheint immer die Sonne, und das macht den Raum so anziehend. Kristof ist davon überzeugt, dass sie es schaffen, auf ihr Eiland zu gelangen. Für immer. *No return.* Auf der Insel im

Atlantik können sie immer noch glücklich werden. Thea und er. An diesen Gedanken klammert er sich weiter. Egal, was Romy ans Tageslicht befördert. Egal, wie tief sein Vater tatsächlich verstrickt ist oder wie groß Theas Enttäuschung sein wird. Auf Tristan da Cunha herrscht Frieden.

Kristofs Lachen ist rau, und sein Speichel schmeckt bitter. Er ist ein Enttäuscher. Ein hoffnungslos naiver Träumer. Ein Schwächling und Erpresser. Ein Blender. Ein Egoist. Ein Kopf-in-den-Sand-Stecker. Ein Feigling und Komplize. Er möchte weinen und ist dazu nicht fähig.

Draußen ertönen Martinshörner und erinnern ihn daran, wie nah das Präsidium ist. Minuten später klingelt es Sturm. Kristof zuckt zusammen.

Einsatzkräfte stürmen in die Wohnung. Er erkennt die Kommissarin, die vor ihm in die Hocke geht. Ihre blonden Haare sind von grauen Strähnen durchzogen. Die Wangengrübchen nehmen ihrem Gesicht die Strenge. Sie nennt ihn beim Namen und fragt nach Thea. Jemand zieht ihm den Zimmerschlüssel aus seiner Faust. Uniformierte schieben seinen Körper zur Seite, weg von Theas Tür. Trotzdem kann er hineinsehen.

Seine Frau liegt ausgestreckt auf dem alten Sofa. Den Hals merkwürdig überdehnt. Der Kopf hängt weit über dem Fußteil, ihre Haare berühren den Boden. Polizeibeamte bevölkern den Raum. Zwei knien jetzt vor Thea und versperren Kristof die Sicht.

Er wundert sich, warum seine Frau nicht losschreit. Die Eindringlinge nicht hinauswirft. Ihn nicht um Unterstützung bittet. Thea schweigt und rührt sich nicht.

Kommissarin Vanheyden stellt ihm Fragen, und Kristof wendet sich ihr zu, wünscht sich, mehr zu sein als ein Verkriecher. Er möchte Thea beschützen, kooperieren, damit die Polizeiinvasion verschwindet. Er spürt, dass er anfangen muss, aufzuräumen. Den ersten Schritt ist er schon gegangen. Er hat Romy gegenüber Andeutungen gemacht.

Keinesfalls kann er weiterhin als der erkaufte Helfershelfer seines Vaters fungieren. Nichts sehen. Nichts hören. Nichts sagen. Diese Zeiten müssen der Vergangenheit angehören. Und er wird Thea ein besserer Ehemann sein. Kristof schluckt die Spucke hinunter, die sich in seinem Mund angesammelt hat.

»Ich glaube, sie ist in Lebensgefahr«, flüstert er und hat das Gefühl, mit fremder Stimme zu sprechen.

»Wen meinen Sie?«, fragt die Kommissarin.

Kristof starrt sie an, fragt sich, warum die Polizei überhaupt gekommen ist und wieso sie sich eigentlich so für seine Frau interessiert. Thea ist doch seine Sache. Ihre Konflikte sind Privatangelegenheit.

»Herr Harnisch? Wer befindet sich in Lebensgefahr?«

»Romy«, sagt er und nimmt seine Brille ab. »Meine Schwester.«

Honrath-Jexmühle

Michael Harnisch erscheint erst beim vierten Klingeln in der Tür und macht ein verdutztes Gesicht.

»Sie kommen extra wegen des Qubos vorbei?«

»Wir sind von der Mordkommission«, sagt Maline.

»Wenn Sie gekommen sind, um mich über den Tod meiner Schwiegertochter zu informieren, dann hätten Sie sich den Weg sparen können«, schnaubt er.

»Können wir reinkommen?«, fragt Lou.

»Wenn es sein muss.« Zögernd tritt er beiseite, um die Beamtinnen und ihre uniformierten Begleiter ins Haus zu lassen.

Links befindet sich eine rustikale Holzgarderobe. Eine abgewetzte Strickjacke hängt neben einem Regenschirm. Maline nimmt den Geruch eines Lufterfrischungssprays wahr. Die Duftnote kann sie nicht zuordnen.

»Hat Ihr Sohn Sie über Theas Tod informiert?«, fragt Lou.

»Ja, er rief eben an und stammelte unzusammenhängendes Zeug. Aber dass sich Thea getötet hat, habe ich seiner konfusen Schilderung entnommen.«

»Sie wirken nicht gerade überrascht.«

»Das bin ich auch nicht. Meine Schwiegertochter war ein sehr labiler Mensch.«

»Wir sind nicht wegen Thea hier, und das wissen Sie genau«, schaltet sich Maline ein. »Der Q5 Ihres Sohnes steht in der Einfahrt. Wo ist Romy?«

Harnisch scheint die Frage zu überhören und geht voran ins Wohnzimmer, das an eine offene Küche grenzt. Hier fehlt weder das Induktionskochfeld noch eine Granitspüle. Hightech, wohin das Auge schaut. Durch tiefe Sprossenfenster überblickt Maline den Garten, in dem es zu dämmern beginnt. Im Kamin brennt Feuer. Auf dem Sofa sitzt ein Junge und schaut gebannt auf einen Flachbildschirm. Donald Duck spielt Ukulele und lenkt gleichzeitig ein Kanu durch Stromschnellen.

»Bist du Linus?«, fragt Lou.

Der Kleine nickt, ohne den Blick von dem Cartoon abzuwenden, und beißt die Lippen aufeinander.

»Sie wissen, dass nach Romy im Zusammenhang mit einem Einbruch und schwerer Körperverletzung gefahndet wird«, sagt Maline zu Harnisch.

»Sie hatte schon immer das Talent, sich das Leben schwer zu machen«, flüstert Harnisch und macht keine Anstalten, den Ermittlerinnen einen Platz anzubieten. »Romy ist hereinspaziert, hat den Jungen abgeliefert und ist abgehauen, ehe ich bis drei zählen konnte.«

»Zu Fuß?«

»Ganz offensichtlich. Den Autoschlüssel hat sie liegen lassen.« Harnisch holt ihn aus der Hosentasche. »Ich soll ihn Kristof zurückgeben.«

»Wann ist Romy hier aufgetaucht?«

»Vor ungefähr einer Stunde.«

»Warum?«, fragt Lou. »Das ergibt keinen Sinn.«

»Was weiß ich! Höchstwahrscheinlich, weil ihr das Wasser bis zum Hals steht und das Kind nicht zusehen soll, wenn sie geschnappt wird!«

»Und da lässt sie Linus ausgerechnet bei Ihnen?«, fragt Maline. »Nach allem, was uns Ihr Sohn erzählt hat, passt das nicht zusammen.«

»Ach, was hat Kristof denn erzählt?«

»Wir möchten uns im Haus umsehen«, sagt Lou. »Haben Sie etwas einzuwenden?«

»Romy ist nicht hier.«

»Wir können uns auch einen Durchsuchungsbeschluss besorgen«, sagt Maline.

»Also gut, nur zu«, antwortet Harnisch und breitet die Arme aus. »Ich habe nichts zu verbergen.«

»Ich unterstütze die Kollegen.« Maline verlässt das Wohnzimmer.

Die Schutzpolizisten gehen ins obere Stockwerk, während Maline die Kellertür öffnet, das Licht einschaltet und eine steile Steintreppe hinabgeht. Von einem schmalen Flur führen vier Türen ab. Hinter der ersten befinden sich Heizkessel, Zählerkasten und verschiedene Rohre. Dann folgt ein Hauswirtschaftsraum, in dem eine Waschmaschine plus Trockner steht. Über den Geräten sind Nylonschnüre gespannt, an denen gewaschene Geschirrhandtücher hängen, die frisch duften. Eine Holztür führt über moosbedeckte Stufen in den Garten. Im oberen Drittel ist anstelle einer Glasscheibe eine Spanplatte eingesetzt.

Am Ende des Gangs gelangt Maline durch eine weiß lackierte Eisentür in die großzügige Doppelgarage. Ein roter Alfa Romeo parkt in der rechten Hälfte. Über dem Sportwagen baumelt, befestigt an Bandschlingen und Karabinern, waagerecht ein Kanu von der Decke. Es schaukelt. Nur minimal. Durchzug. Weiter hinten steht ein vergittertes Fenster offen. Paddel liegen quer über dem Kofferraum des Oldtimers. Maline nimmt sie herunter, schaut in den Wagen, hinter die Sitze und auch unter das Fahrzeug. Von Romy keine Spur.

An die Garagenwände sind Regale montiert. Maline nimmt die Unordnung zur Kenntnis, die auf den meisten Einlegeböden herrscht. Dünger, Luftpumpen, Werkzeug, alte Felgen, Tontöpfe, Campinggeschirr, Dosenobst. Alles liegt durcheinander.

Sie löscht das Licht und begibt sich zurück ins Wohnzimmer.

Michael Harnischs Geduld scheint beendet. »Ich habe mich kooperativ gezeigt«, sagt er. »Aber nun fordere ich Sie auf, mein Grundstück zu verlassen. Ich muss zu einem wichtigen Termin und habe nun leider keine Zeit mehr.«

»Und was ist mit Linus?«

»Fürs Erste wird er mich begleiten müssen.« Er wuschelt dem Kind durch die Haare. »Sie können zurückkommen, wenn Sie dafür einen richterlichen Beschluss vorweisen können und mir sagen, was Sie mir vorwerfen.«

»Okay«, sagt Lou. »Ja, ich denke, dass wir wiederkommen und außerdem das Jugendamt wegen Linus einschalten.«

»Ganz wie Sie meinen«, sagt Harnisch und begleitet die Ermittlerinnen hinaus.

Die Einsatzfahrzeuge parken hinter dem weißen Q5. »Können Sie bitte die Zentralverriegelung des Wagens öffnen?«, sagt Maline, einer Eingebung folgend.

»Warum? Ich muss zu Linus, er braucht mich.«

»Bitte!«, sagt Maline. »Dann sind wir sofort weg.«

Michael Harnisch greift in seine Hosentasche und öffnet per Knopfdruck den Wagen. Die Kommissarinnen durchsuchen das Auto gründlich. Auch den Kofferraum, der mit Seitenverkleidungen und einer schiebbaren Heckklappenabdeckung ausgestattet ist. Nichts deutet auf Romy hin.

Notgedrungen verlassen sie das Grundstück. Maline sieht Harnisch im Rückspiegel. Kopfschüttelnd, mit großen Schritten geht er zum Haus zurück und dreht sich noch einmal in Richtung Straße um, bevor er im Gebäude verschwindet.

»Vielleicht hat Kristof Harnisch in Bezug auf seinen Vater Mist erzählt«, sagt Lou, als sie hinter dem Streifenwagen durch Agger fährt und im Gegensatz zu den Kollegen Richtung Lohmar auf die B 484 abbiegt. »Wegen Theas Tod stand er eindeutig unter Schock und war kaum in der Lage, einen vernünftigen Satz herauszubekommen.«

»Aber der Q5 steht vor Harnischs Garage«, sagt Maline. »Romy ist also tatsächlich zu ihm gefahren und –«

»Um dann zu Fuß zu flüchten?«

»Harnisch hat recht. Der Druck auf sie ist tierisch hoch.«

»Tja, vielleicht ist sie tatsächlich untergetaucht«, sagt Lou. »Ich glaube aber, dann hätte sie Linus eher bei Kristof gelassen als bei ihrem Stiefvater.«

»Sie ist hier aufgewachsen, vielleicht kennt sie ein gutes Versteck oder hat Freunde in der Gegend, bei denen sie unterkriechen kann, bis sich der Sturm gelegt hat. Richtig durchdacht hat sie das Ganze sicher nicht, Mensch, die Frau steht mächtig unter Zugzwang und neigt ganz offenbar zu impulsiven Entscheidungen.«

Sie fahren an Wahlscheid vorbei.

»Stimmt es, dass Romys Mutter vor einigen Jahren spurlos verschwunden ist?«, fragt Maline.

»Der Fall wurde nie gelöst. Und du hast Kristof Harnisch gehört. Er glaubt, dass sein Vater die Hände im Spiel hat.«

»Wie ist er denn zu dieser Erkenntnis gelangt?«

»Keine Ahnung«, sagt Lou. »Es muss einen Auslöser dafür gegeben haben.«

»Okay, aber dann verstehe ich nicht, warum er Romy nach Jexmühle fahren lässt. Wenn Kristof richtigliegt, ist sein Vater gefährlich.«

»Vielleicht hatte er nicht die Kraft, Romy aufzuhalten.«

»Auf mich wirkte Harnisch senior unheimlich selbstsicher«, sagt Maline.

»Abgebrüht trifft es wohl eher«, erwidert Lou. »In seinen Augen lag so etwas wie Triumph, und ich würde ihm Romys Abtauchnummer vielleicht glauben, wenn ihre Mutter nicht vor Jahren ebenfalls so sang- und klanglos verschwunden wäre.«

Sie starren einen Moment schweigend durch die Windschutzscheibe. Dicke Regentropfen platschen gegen das Glas.

»Mal angenommen, er hat wirklich etwas mit dem mysteriösen Verschwinden seiner Frau zu tun.« Maline wendet sich

Lou zu. »Dann ist er doch nicht so blöd und probiert die gleiche Masche wieder.«

»Er ist damit durchgekommen«, antwortet Lou. »Wer weiß, wie oft schon. Vielleicht hat er noch weitere Leichen im Keller. Unter Umständen geht er davon aus, dass es ihm wieder gelingt und ihm niemand etwas nachweisen kann. Dieses Gefühl macht ihn siegessicher. Er wäre nicht der erste Täter, der diesem Trugschluss erliegt. Und deshalb werden wir mit einem Durchsuchungsbeschluss wiederkommen und sein Haus auf links drehen. Wir finden etwas bei ihm, verlass dich drauf.«

Ein blauer Kombi überholt und bremst Lou aus. Sie betätigt die Lichthupe.

»Was für eine Familie!«, sagt Maline. »Thea Harnisch hat drei Menschen getötet und sich selbst das Leben genommen. Und ihr Abschiedsbrief wirft mehr Fragen auf, als er beantwortet.«

»Wie ist sie bloß auf die Idee gekommen! Menschen zu ermorden, für die sich ihr Mann verantwortlich fühlt, damit er keine Verpflichtungen mehr in Köln hat und auswandern kann?«

»Mord entzieht sich oft jeder Logik. Jedenfalls für Außenstehende.«

»Auch ohne ihr schriftliches Geständnis wäre die Spurenlage in allen drei Fällen eindeutig«, sagt Lou. »Heute hat sie noch Hubert Simons umgebracht, bevor sie ihr Leben beendete. Mensch, die Kollegen wollten dem armen Kerl nur den Ausweis bringen, den wir bei Gustav Neuroth sichergestellt haben, und stehen prompt am nächsten Tatort.«

»Hast du mit Tom telefoniert? Wurde er vom LKA schon über die DNA-Analyse informiert?«, fragt Maline und öffnet das Fenster. Kühler Fahrtwind drängt ins Wageninnere.

»Wir haben eben kurz miteinander gesprochen. Thea Harnischs DNA befindet sich in allen Wohnungen und an den Likörflaschen. Die Spurenlage ist so was von eindeutig. Tom sagt, dass sie das Methanol im Internet geordert hat.«

Lou setzt den Blinker und biegt auf die Sülztalstraße ab. Bis zum Zubringer der A 3 sind es nur noch wenige Kilometer. »Dennis' Freundin tut mir echt leid, fast zur selben Zeit sterben ihr Freund und der Vater. Sie hat sich übrigens auf der Dienststelle gemeldet und angegeben, dass sie eine wichtige Aussage machen möchte, die im Zusammenhang mit dem Tod ihres Freundes steht.«

»Da bin ich gespannt. Vielleicht weiß sie etwas über Dennis' Machenschaften.« Maline drückt ihren Oberkörper wieder fest in den Beifahrersitz.

»Wie du schon sagtest, was Romy Pereia angeht, ist es jedenfalls höchst merkwürdig, dass sie ihren Sohn angeblich einfach bei einem Mann abliefert, den sie mit dem Verschwinden ihrer Mutter in Zusammenhang bringt«, sagt sie. »Laut Kristof Harnisch kamen sein Vater und Romy doch überhaupt nicht miteinander klar.«

Gedanklich steigt sie noch einmal die Kellertreppe in Harnischs Haus hinab, schaut in den Hauswirtschaftsraum und sieht sich in der Kammer mit dem Boiler um. Der Raum bot kein adäquates Versteck. Ebenso wenig wie die Garage. Der Alfa Romeo war clean, sie hat sogar die Paddel hochgehoben und in den Kofferraum des Autos geschaut.

»Linus war überhaupt nicht ansprechbar«, sagt Lou. »Der Junge hat keine Miene verzogen, und über Donald im Kanu konnte er auch nicht lachen.«

Maline sieht das Boot vor sich, das an strapazierfähigen Bandschlingen horizontal unter der Garagendecke hing. Schlagartig sitzt sie kerzengerade. Das Boot bietet locker Platz für eine erwachsene Person. Und es hat sachte geschaukelt. Schwach, kaum wahrnehmbar.

»Halt an! Fahr zurück! Sofort!«

Lou wendet mit quietschenden Reifen, während Maline über Funk Verstärkung anfordert und zu Michael Harnischs Haus bestellt.

Romy kommt zu sich. Sie liegt auf hartem Untergrund. Ihr Kopf fühlt sich an, als stecke er in einem Schraubstock. Sämtliche Glieder schmerzen, und es ist fast düster. Sie richtet sich mit Schwung auf und schlägt mit dem Kopf gegen Beton. Ihr Körper fällt zurück. Daraufhin schwankt und schaukelt der Grund, auf dem sie sich befindet. Der Boden unter ihr ist leicht abgerundet, und die Seitenwände sind aus Holz. Ihre Bewegungsfreiheit ist eingeschränkt. In Brust- und Kniehöhe befinden sich Querbretter.

Sie liegt in Harnischs Kanu.

Er hat sie eindeutig in das Boot verfrachtet, das an der Decke in der Garage hängt. Direkt über seinem Zweisitzer. Romy tastet mit einer Hand zum Rand des Bootes. Ihre Finger passen gerade so zwischen Kante und Betondecke.

»Linus!«

Romy versucht, in eine Sitzposition zu gelangen. Das Boot schwankt wie eine riesige Schaukel. Sie hämmert mit den Fäusten gegen die Seitenwände, trommelt mit den Fußhacken gegen die Bretter. Anfangs kraftvoll, doch ihre Power lässt schnell nach.

»Hallo? Hilfe!«

Romy lauscht. Dann liegt sie still. Das Letzte, woran sie sich erinnert, ist, dass sie zur Toilette musste, und schon dabei fühlte sie sich benommen. Ihr Stiefvater hat ihr mit Sicherheit etwas ins Glas geschüttet, während er permanent auf sie einredete. Er hat ihre Hosentaschen nach ihrem Handy und irgendwelchen Gegenständen abgetastet. Dabei hat er die vier Fünfzig-Euro-Scheine entdeckt, sich fürchterlich aufgeregt und sie als Diebin bezeichnet. Im Hintergrund spielte der Song. »Morning has broken«. Bevor der Filmriss einsetzte. Wie viel Zeit mag seitdem vergangen sein?

»Hallo? Linus! Spätzchen?«

Ihre Stimme klingt dumpf. Die Kopfschmerzen sind jetzt unerträglich, und ihr ist furchtbar übel. Romy fallen die Augen zu. Immerhin kann sie nicht ersticken. Zwischen dem Kanu und der Decke ist ja ein Luftschlitz.

Romys Augenlider sind schwer, es gelingt ihr nicht, sie wieder zu öffnen. Sie erwägt, die Füße gegen die Decke zu stemmen und fest zu drücken, bis das Kanu aus der Verankerung reißt.

Das wird sie versuchen, gleich, wenn sie sich einen Moment ausgeruht hat.

Als der Lichtstrahl in das Boot fällt, ist Romy fast eingedöst und nur einen winzigen Augenblick lang erleichtert.

»Ich hole dich herunter, wenn du versprichst, ruhig zu bleiben«, hört sie Michael Harnisch sagen. »Sonst siehst du Linus nie wieder.«

Sie verspricht, was er hören möchte.

Das Kanu wackelt und schwankt, aber nicht sehr stark. Es sinkt langsam und erstaunlich gleichmäßig von der Decke zu Boden. Harnischs Karabinerkonstruktion ermöglicht ihm eine kinderleichte Handhabung. Er hilft ihr auf die Beine und reicht ihr eine Flasche mit süßer Limonade. Sie trinkt gierig, während er sie mit festem Griff hält. Ihr Kopf ist zu schwer für den Hals, sie kann ihn kaum heben, und die Knie sind wie Gummi.

»Wo ist Linus?«, lallt sie. Speichel rinnt ihre Mundwinkel hinab.

Romys Körper ist schlaff, der Geist verschwommen. Sie sinkt zu Boden, als Harnisch sie loslässt. Wie durch einen Nebel sieht sie seine Konturen. Er macht sich am Kofferraum des Q5 zu schaffen, der jetzt, einen halben Meter vom Boot entfernt, anstelle des Sportwagens in der Garage steht.

Romy dreht den Kopf und schaut zur Kellertür. Es kostet sie Kraft, den Blick auf den schmalen Gang zwischen Garage und Waschküche zu richten. Dort ist das Licht schummrig. Linus steht ungefähr in der Mitte des schmalen Flurs. Oder nicht? Romy blinzelt. Kein Zweifel. Ihr Sohn ist nur wenige Schritte entfernt. Er drückt seinen schmächtigen Körper gegen die Tapete, als wolle er in der Wand verschwinden. Romys Herz krampft bei dem Anblick. Sie fragt sich, wie lange er sich schon dort aufhält, und hofft, dass er nicht auf sie zustürmt. Aber er scheint unentschlossen. Romy ballt die linke Hand zu einer Faust und zieht sie auf Brusthöhe. In ihrer Wahrnehmung braucht sie für diese simple Geste eine Ewigkeit. Sie hofft, dass der Junge ihr geheimes Zeichen erkennt. Aber er steht da wie angewurzelt.

Harnisch baut sich breitbeinig vor ihr auf. Er trägt jetzt Lederstiefel und hält eine Schaufel in der Hand. Romy schaut zwischen seinen Beinen hindurch und registriert zu ihrer Erleichterung, dass Linus verschwunden ist.

Harnisch geht vor ihr in die Hocke und redet ununterbrochen. Romy hört ihm nicht zu. Sie spürt den Betonboden unter sich. Kalt und rau. Ihre Hände liegen noch vor der Brust. Sie ist nicht in der Lage, Arme und Beine zu bewegen. Ihr ist speiübel. Die Limo, denkt sie. Vielleicht hätte ich sie nicht trinken dürfen. Ihre Augen brennen. Sie möchte sie schließen, wehrt sich aber dagegen. Romy hat Angst, erneut bewusstlos zu werden, und reißt ihre Augen weit auf.

»Ich gehe den Jungen holen«, sagt Harnisch dicht an ihrem Ohr und verschwindet aus ihrem Blickfeld.

Romys letzter Gedanke gilt Linus. Lauf Junge, lauf, denkt sie, bevor ihre Lider zufallen.

Lou schaltet die Scheinwerfer einige Meter vor Harnischs Haus aus und parkt an einer Hecke.

»Er wird uns nicht reinlassen«, prophezeit Maline.

»Trotzdem müssen wir es zuerst auf dem regulären Weg versuchen.«

»Wie du meinst, aber ich halte das für wenig sinnvoll.«

Sie steigen aus dem Dienstfahrzeug. Kristofs Q5 steht nicht mehr vor der geschlossenen Doppelgarage. Zielstrebig nähern sich die Ermittlerinnen der Haustür und klingeln. Alles bleibt ruhig.

»Harnisch ist über alle Berge«, sagt Maline. »Erstens hat er gesagt, dass er einen Termin hat –«

»Das hast du ihm doch nicht wirklich abgenommen.«

»Natürlich nicht, aber er sitzt doch nicht seelenruhig zu Hause, wenn er etwas im Schilde führt.«

Lou klingelt noch einmal.

»Los, komm, wir schauen mal, ob wir irgendwie in die Garage kommen«, schlägt Maline vor. »Die Kollegen müssen gleich eintreffen.«

Energisch rütteln sie an den Garagentoren, die scheppern, sich aber nicht öffnen lassen.

Lou zieht ihr Handy hervor und wählt Romy Pereiras Nummer. Freizeichen, aber niemand nimmt das Gespräch an.

»Kann ich Ihnen irgendwie helfen?«

Michael Harnisch trägt Stiefel und eine wetterfeste Jacke. Er steht nur wenige Meter entfernt, mit mürrischem Gesicht, die Hände in die Hüften gestemmt. Die Haustür hinter ihm ist weit geöffnet.

»Ich kann nicht glauben, dass Sie es tatsächlich wagen, meinen Grund und Boden ohne jede rechtliche Grundlage erneut zu betreten. Das wird Konsequenzen nach sich ziehen! Ich werde mich bei Ihren Vorgesetzten beschweren.«

»Wir möchten nur einen Blick in Ihre Garage werfen«, sagt Lou. »Dann sind wir sofort wieder verschwunden.«

»Wenn mich nicht alles täuscht, haben Sie dort doch bereits herumgeschnüffelt!«

»Es geht um Ihr Boot«, schaltet sich Maline ein. »Wir würden es uns gern genauer ansehen.«

»Mein Kanu? Warum?«

»Wir bestehen darauf«, sagt Maline. »Öffnen Sie bitte das Tor.«

»Die notwendigen Beschlüsse reichen wir nach«, schiebt Lou hinterher.

Als Harnisch keine Anstalten macht, der Aufforderung nachzukommen, spurtet Maline an ihm vorbei zur Haustür und verschwindet im Gebäude. Lou stellt sich dem verdutzten Harnisch in den Weg.

»Ihre Kollegin dringt ohne Erlaubnis ein«, echauffiert er sich. »Was glauben Sie eigentlich, wen Sie vor sich haben?«

Es dauert einige Minuten, dann ist Maline zurück.

»Lass uns fahren«, sagt sie kleinlaut.

»Soll das heißen, dass Sie nichts gefunden haben«, brüllt Harnisch den Beamtinnen hinterher.

»Und?«, fragt Lou, als sie im Fahrzeug sitzen.

»Da war nichts. Nur die beiden Autos und das Boot. Es schwebte nach wie vor unter der Decke. Ich habe es runtergelassen, aber nichts gefunden.«

»Mist«, sagt Lou und schnallt sich an.

Michael Harnischs Garagentor öffnet sich. Er heizt mit überhöhter Geschwindigkeit im weißen Q5 seines Sohnes an ihnen vorbei. Ein Streifenwagen kommt ihm entgegen. Der offenbar aufgebrachte Harnisch bremst auf der schmalen Straße nicht mal ab und rast davon.

Lou und Maline steigen aus dem Dienstfahrzeug und instruieren die Kollegen, die einen kurzen Blick auf das Grundstück werfen und wieder davonfahren.

»Romy Pereia ist nach wie vor zur Fahndung ausgeschrieben«, sagt Maline, als sie wieder im Wagen sitzen. »Wir werden sie finden, verlass dich darauf.«

Lou will den Motor starten und verharrt in ihrer Bewegung. »Was ist mit Linus? Harnisch hatte ihn nicht dabei, als er davongerast ist. Oder hast du den Jungen im Wagen gesehen?«

»Ich weiß nicht, es ging alles ziemlich schnell.«

»Nein, ich bin mir sicher, dass er allein im Auto saß.« Lou schnallt sich ab und steigt augenblicklich aus.

Maline holt sie am Gartenzaun ein.

Sie klettern hinüber und berühren nach wenigen Schritten die Hauswand. Die Wohnzimmerfenster sind nach wie vor hell erleuchtet.

»Bleib dicht am Gebäude«, sagt Lou. »Ansonsten lösen wir die Bewegungsmelder aus und scheuchen die gesamte Nachbarschaft auf.«

»Keine Spur von Linus.« Maline linst am Türrahmen vorbei in den Wohnbereich.

Lou tritt ganz nah vor die Scheibe. Ihre Nase berührt das kalte Glas. »Wir müssen um das Haus herumlaufen«, schlägt sie vor. »Ich fahre hier erst weg, bevor ich mich davon überzeugt habe, dass Linus nicht allein im Haus ist. Harnisch wird sich so oder so bei unseren Vorgesetzten beschweren.«

Das Haus einzusehen ist nicht so einfach. Es ist in den Hang gebaut, an den Seiten geht das Dach bis fast auf den Boden. Das einzige Garagenfenster ist gekippt, aber vergittert. Schließlich stehen sie wieder vor den Wohnzimmerfenstern.

»Es hat keinen Zweck«, sagt Maline. »Wir verschwenden unsere Zeit und verstoßen gegen einen Haufen Vorschriften.«

»Pst!«

»Was ist?«

»Sei mal still!« Lou drückt ein Ohr gegen eine der Scheiben. »Da weint jemand!«

»Was?«

Lou hält die Luft an. »Da ist ein Wimmern.«

Maline lauscht nun ebenfalls. »Ich höre nichts.«

Lou blickt die Fassade hinauf. Ein Balkon erstreckt sich über die gesamte Fläche, vom Garten aus hinaufzugelangen ist unmöglich. »Siehst du dieses Fenster, es ist gekippt, und ich glaube, das Weinen kommt von da oben.«

Maline horcht und vernimmt tatsächlich ein leises Schluchzen.

Lou sieht sich nach einem Stein um und entdeckt die Ziegel, mit denen die Blumenbeete eingefasst sind. Schon hält sie ein Exemplar in der Hand. »Wir müssen eines der Wohnzimmerfenster einschlagen.«

»Mit dem Stein kommst du da nicht durch«, sagt Maline. »Das ist Verbund-Sicherheitsglas, zwischen den Scheiben steckt eine hochzähe, reißfeste Kunststofffolie.«

Lou ist sichtlich beeindruckt.

»Deine Mutter hat alle Fenster im Erdgeschoss ihres Hauses erneuern lassen und sich beim Kommissariat Vorbeugung informiert«, erklärt Maline. »Ich war dabei, als die Kollegen vergangenen Herbst kamen und sie beraten haben.«

Lou läuft an der Front entlang, betrachtet das lang gezogene Dach. Es ist ziemlich vermoost, und eine Luke kann sie nicht entdecken. »Wir müssen irgendwie ins Haus, aber leider gibt es außer im Wohnzimmer kaum Fenster im Erdgeschoss.«

»Der Kellerzugang«, sagt Maline, läuft an Lou vorbei und springt die wenigen Stufen hinab.

»Die dünne Spanplatte ist kein Hindernis.« Lou, die direkt hinter Maline ist, begutachtet die provisorisch geschlossene Fensteröffnung auf Kopfhöhe. »Sie wurde wahrscheinlich mit wenigen Nägeln an den Rahmen geschlagen.«

»Hilf mir hoch«, sagt Maline.

Lou rüttelt zuerst an der Tür, um sich zu vergewissern, dass sie wirklich verschlossen ist, und stellt sich dann mit dem Rücken gegen den Zugang. Sie verschränkt die Hände ineinander und hilft ihrer Kollegin mit einer Räuberleiter hinauf.

Kraftvoll lässt Maline ihren Ellenbogen mehrfach gegen das dünne Holz krachen und flucht. »Ich brauche den Ziegel«, sagt sie, und Lou lässt sie runter.

Maline läuft in den Garten hinauf, kommt mit einem viereckigen Wackerstein zurück und nimmt sofort wieder ihre Position auf der Räuberleiter ein. Sie schlägt den Stein mehrfach gegen das Brett. Es dauert, bis es an einer Stelle geräuschvoll birst. Geduldig spaltet Maline das dünne Holz und drückt es, so weit es geht, nach innen. Dann steigt sie auf Lous Schultern.

»Sei vorsichtig, an dem Holz kannst du dich böse verletzen.«

Kaum hat Lou den Satz ausgesprochen, heult Maline laut auf. »Ich habe mir den Handballen aufgerissen!« Trotzdem zwängt sie sich durch die enge Öffnung in den Keller. Der Schlüssel steckt, sie öffnet die Tür.

Gemeinsam schleicht sie mit Lou die Kellertreppe hinauf. Das Licht von Malines Mag-Lite leuchtet ihnen den Weg. Im Haus ist es absolut still. Kein Geräusch. Kein Wimmern.

Auf den Stufen hinauf ins erste Stockwerk hört Maline Lou leise hinter sich atmen. Als sie fast oben angekommen sind, schrillt ein Telefon. Der Klingelton ist so laut, dass ihnen ein Riesenschreck in die Glieder fährt. Sie bleiben stehen. Ein Anrufbeantworter springt an. Michael Harnisch macht eine undeutliche Ansage.

»Vater, hier ist Kristof. Ich erreiche Romy nicht, ist sie nicht bei dir? Mein Handy liegt in meinem Wagen im Handschuhfach. Ich brauche es dringend. Sie soll sich melden.«

Es folgt der obligatorische Piepton. Dann ist es wieder still.

Lou und Maline setzen ihren Weg fort. Drei Türen im Obergeschoss sind geschlossen. Die nächstgelegene befindet sich auf zwölf Uhr und steht einen Spalt offen. Geräuschlos nähert sich Maline und postiert sich rechts des Türrahmens. Lou sichert von links.

Maline stößt die Tür mit dem Fuß auf und leuchtet mit der Mag-Lite in den Raum. Augenscheinlich handelt es sich um Harnischs Schlafzimmer. Maline erfasst das Inventar in Sekundenschnelle. Den Raum dominiert ein Doppelbett. Kissen und Plumeau sind ordentlich aufgeschlagen. Der Rollladen des einzigen Fensters ist heruntergelassen, vor dem Fenster steht ein Ohrensessel, an der Wand ein großer Kleiderschrank. Maline schaut hinein. Von Linus keine Spur.

Lou nickt in Richtung der nächsten Tür. Nahezu lautlos geht Maline bis zu dem Zimmer vor, das ihrer Meinung nach zur Gartenseite liegt. Behutsam drückt sie die Klinke hinunter. Die Scharniere quietschen leise.

Maline öffnet die Tür bis zum Anschlag, leuchtet in den Raum und hebt den Daumen. Das Fenster ist gekippt, der Rollladen oben und die Balkontür geschlossen. Ein Computer auf einem riesigen Schreibtisch, ringsum Regale mit unzähligen Ordnern. Davor steht ein stabiler Tischkicker.

Lou ist jetzt direkt neben Maline. »Linus«, flüstert sie. »Bist du da?«

Stille.

Maline drückt auf den Lichtschalter und schaut sich mit Lou um.

»Linus, hier ist die Polizei«, versucht es Maline noch einmal. »Du brauchst keine Angst zu haben.« Auf Anhieb kann sie kein Versteck ausmachen, in das sich der Junge verkrochen haben könnte.

»Er muss hier irgendwo sein«, flüstert Lou.

Gerade als Maline überlegt, das Zimmer völlig auf links zu krempeln, die Bücherregale leer zu fegen, um nach Hohlräumen in der Wand zu suchen, vernimmt sie ein leises Weinen. Sie versucht die Richtung auszumachen, aus der das Schluchzen kommt.

»Linus! Wo bist du?«

Das Weinen wird lauter.

Maline steht vor dem Schreibtisch. Ihr Blick fällt auf einen Rollcontainer mit verschließbarer Schublade. Zweifellos kommt das Geräusch aus der Stahlbox. Sie rüttelt an den Griffen. Die Lade klemmt und lässt sich nicht öffnen. Lou und Maline versuchen es mit vereinten Kräften. Ohne Erfolg.

»Linus, ganz ruhig, wir holen dich da raus!«, ruft Maline, kniet sich vor den Container und entdeckt kleine Löcher an der Front. Sie leuchtet mit der Taschenlampe hinein und erkennt einen roten Pullover.

»Ich verständige die Kollegen und suche Werkzeug«, sagt Lou und läuft aus dem Zimmer.

»Auf dem Regal in der Garage!«, ruft Maline ihr hinterher. Linus schreit jetzt wie am Spieß und lässt sich nicht beruhigen.

Lou kommt endlich mit einem Kuhfuß ins Zimmer gestürmt und versucht, die Schublade aufzuhebeln. Der dritte Versuch gelingt, das Schubfach lässt sich aufziehen. Linus kommt mit angewinkelten Beinen zum Vorschein. Die langen Haare hängen ihm im Gesicht. Er schreit und schlägt um sich. Maline schafft es, ihn trotz erheblicher Gegenwehr aus dem Versteck zu ziehen, und nimmt ihn in den Arm. Lou trocknet ihm mit einem Taschentuch das tränenüberströmte Gesicht.

»Alles wird wieder gut«, murmelt Maline und drückt den bebenden Jungen an sich.

»Wo ist meine Mama?« Linus weint herzerweichend.

Maline weicht seinem Blick aus.

»Sie ist bald wieder da«, sagt Lou. »Wir nehmen dich jetzt mit hinunter, und du trinkst ein großes Glas Milch. Sollen wir mal gucken, ob es vielleicht sogar Kakao gibt?«

Sie streckt Linus die Hand hin, aber der Junge schlägt nach ihr und beginnt zu brüllen. Er schreit und schreit und hört nicht auf. Sein Körper ist gespannt, die Fäuste geballt. Auch als Maline ihn die Treppe hinab in den offenen Wohnbereich trägt, lässt sein Gebrüll keine Sekunde nach. Sie legt ihn aufs Sofa und setzt sich dicht neben ihn. Erst jetzt beruhigt sich der Kleine.

Lou hört Kristofs Nachricht auf dem Anrufbeantworter seines Vaters noch einmal ab und versucht, ihn auf der Nummer zu erreichen, die im Display aufleuchtet. Ohne Erfolg.

Als es an der Haustür klingelt, zucken alle drei zusammen. Linus reißt die Augen weit auf, die Panik steht ihm ins Gesicht geschrieben.

»Das sind nur die Polizisten, die wir angerufen haben«, sagt Maline, legt ihm vorsichtig eine Hand auf den Bauch und sieht, dass sie blutet. Gleichzeitig spürt sie kleine Holzsplitter, die sie sich offenbar beim Sprung durch die Kellertüröffnung in die Handkanten gerammt hat. Sie zieht ein Taschentuch hervor und drückt es gegen die Wunde.

Lou ist zur Tür geeilt. Maline hört sie in der Diele mit den Kollegen sprechen. Linus wischt sich mit dem Ärmel seines Pullovers die Tränen fort und zieht, zu Malines Erstaunen, ein Handy aus seinem Hosenbund.

»Gehört das Handy deiner Mama?«

Linus verzieht keine Miene und streckt Maline das Mobiltelefon entgegen.

»Was soll ich mir anschauen?«, fragt sie den Jungen.

Er presst die Lippen aufeinander.

»Fotos?«

Keine Reaktion.

»Videos?«

Er rührt sich nicht.

»Audioaufnahmen?«

Linus schluckt und lächelt zaghaft.

Romy liegt in Embryohaltung.

Sie kann die Hand vor Augen nicht sehen. Ihre Arme sind vor dem Bauch gekreuzt und fest zusammengeschnürt, ebenso wie die Fußknöchel. Es riecht modrig und nach Erde. Sie zittert. Es ist kalt. Ihr Speichel schmeckt faulig. Romy formt ihre Lippen zu Wörtern. Es gelingt ihr nicht, sie auszusprechen, nicht einmal ein Flüstern bringt sie zustande. Starr vor Angst lauscht sie, versucht ein Geräusch auszumachen. Die Stille ist erdrückend. Sie hört nur ihre Atmung. Romy hechelt mit offenem Mund. Die Luft ist staubig und trocken. Sie hat Magenschmerzen, die diesmal kaum auszuhalten sind.

Sie versucht, sich zu konzentrieren.

Harnisch hat sie aus dem Boot geholt und auf den Garagenboden gelegt, während er unaufhörlich von ihrer Mutter redete. Er unterstrich ihre Schönheit, und gleichzeitig zog er sie in den Schmutz. Beteuerte seine Liebe zu ihr, um sie im nächsten Atemzug als hochnäsig und versnobt zu bezeichnen. Als eine Frau, die ihn immer wieder provozierte und deshalb verantwortlich war für die Scheiße, in die sie sich geritten hatte. Harnisch war das Opfer, der Ehemann, der sich neben ihr minderwertig fühlte. Die Tat sei eine logische Konsequenz gewesen, und er machte keinen Hehl daraus, dass er nicht gewillt sei, dafür ins Gefängnis zu gehen. Nicht einen Tag.

Romy hat er ebenfalls beschimpft. Wie die Mutter, so die Tochter. Sie hat ihm zugehört, ihm manchmal sogar zugestimmt und dabei Linus im Blick gehabt. Harnisch hätte sich nur umdrehen müssen. Aber vielleicht ist es ihm gar nicht um Linus gegangen. Oder liegt er neben ihr? Hier. Jetzt, in der Finsternis.

»Linus?«, flüstert Romy, macht sich so breit sie kann und winkelt tastend Arme und Beine an. Ihre Stimme klingt dumpf. »Linus«, versucht sie es noch einmal und ist erleichtert, dass er nicht antwortet.

Romy bemerkt, dass sie ein Feuerzeug in der Hand hält. Sofort dreht sie mit dem Daumen das Rädchen. Eine Flamme flackert auf. Hell und warm. Sie richtet sich auf, so gut es geht, und sieht sich um.

Sie liegt in einem rechteckigen Loch. Allein. Ihre Wahrnehmung war richtig. Von Linus keine Spur.

An den Seiten und unter ihr fühlt sie lehmige Erde. Über ihr liegen Bretter. Zwei, soweit sie das erkennen kann. Harnisch hat sie in ein Erdloch gesteckt.

Romy fällt die Schaufel ein, die er in der Garage in der Hand hielt. Keine Panik, denkt sie und verliert unverzüglich die Kontrolle.

Romy windet sich und schreit um Hilfe. Sie schwitzt, und gleichzeitig friert sie wie verrückt. Als ihr das Feuerzeug aus der Hand fällt, packt sie Verzweiflung. Der Widerling hat sie vergraben. Kaltgestellt. Wahrscheinlich irgendwo in der Pampa. Sie erinnert sich. Harnisch hat sie ins Auto gehievt.

In ihrer Brust breitet sich ein Beklemmungsgefühl aus, das ihre Atemnot steigert. Die Arme kribbeln. Ihr Herz rast. Romy versucht, trotzdem ihren Verstand zu benutzen. Sie muss sich zwingen, Ruhe zu bewahren. Einatmen. Ausatmen. Ganz beherrscht. Den Kopf einschalten und sich positiv instruieren. Die Polizei fahndet nach ihr. Mit etwas Glück führt die Spur sie zu Harnisch. Vielleicht hat Linus etwas beobachtet und plappert den Beamten einen Knopf ans Ohr. Detektiv spielen und der Polizei helfen. Das liebt er doch. Romy wird tatsächlich ruhiger und klammert sich an den dünnen Strohhalm.

Ihre Beine fühlen sich taub an. Ein Kälteschauer erfasst ihren Körper. Sie beginnt zu weinen. Die erneute Panikwelle ist massiv und verjagt den letzten Hoffnungsschimmer. Ja, vielleicht findet die Polizei sie tatsächlich. Aber wie lange reicht die Luft in diesem Drecksloch? Zwanzig Minuten? Fünf?

Niemand wird kommen und sie ausbuddeln. Linus muss ohne seine Mutter weiterleben. Möglicherweise mit der Ungewissheit, dass ihr Schicksal nie aufgeklärt wird. An dieser Stelle wird sich ein dunkles Kapitel in der Familiengeschichte wiederholen.

Schlimmstenfalls wird Harnisch ihn aufnehmen und sich als Ersatz-Opa aufspielen. Dieser Gedanke steigert Romys Panik ins Unermessliche. Sie mobilisiert all ihre Kräfte und versucht vergeblich, die Hände freizubekommen. Sie wälzt sich auf dem Rücken hin und her, drückt die Knie gegen die Bretter über ihr. Vielleicht sind Menschen in der Nähe. Vielleicht liegt sie nicht in der Pampa, sondern irgendwo, wo man sie hören kann. Romy beginnt zu schreien. Bis ihre Stimme versagt. Die Atmung flach wird. Und die kalte Finsternis, die sie umgibt, ihre Hoffnung gierig schluckt.

Maline gibt das Autokennzeichen und Harnischs Personenbeschreibung an die Leitstelle weiter.

»Wir sind dabei, das Haus zu durchsuchen«, sagt Lou zum Dienstgruppenleiter. »Aber nirgends gibt es einen Hinweis darauf, was Harnisch vorhat.«

»Was ist mit Kristof? Konntest du ihn in der Corkstraße erreichen?«, fragt Maline sie.

»Fehlanzeige. Die Kollegen versuchen, sein Handy im Q5 zu orten. Allerdings müssen wir uns noch etwas gedulden.«

»Uns läuft die Zeit davon«, sagt Maline.

Auf Michael Harnischs Grundstück parken mehrere Streifenwagen. Blaulichter rotieren, und die Nachbarn drücken sich trotz Dunkelheit an den Zäunen herum.

»Der Junge hat sich großartig verhalten«, sagt einer der Beamten mit Blick auf Linus, der einige Meter entfernt in einem Rettungswagen sitzt. Eine Sanitäterin hat eine Decke um ihn gelegt und spricht beruhigend auf ihn ein.

»Seine Audioaufnahmen überführen Harnisch eindeutig«, sagt Maline, deren Hand ebenfalls verarztet wurde. Sie trägt einen dünnen Verband. »Er gibt darauf den Mord an Katharina Pereia zu, und es hört sich so an, als ob er Romy in ein Auto verfrachtet.«

»Ja, er redet und redet und ächzt offenbar unter der Last«, sagt Lou. »Nur, wohin ist er gefahren, als er an uns vorbeijagte?«

»Die Leitstelle hat angerufen!« Ein junger Polizist kommt angelaufen. »Sie haben das Handy geortet. Demnach befindet sich Harnisch im Naafbachtal.«

»Das ist ein riesiges Gebiet«, stöhnt Lou. »Geht es nicht etwas genauer?«

Der Polizist zieht die Schultern hoch.

Eine Beamtin mit roten Locken und Nickelbrille kommt aus dem Haus gerannt. »Kristof Harnisch ist am Telefon. Er sagt, sein Vater besitzt ein kleines Blockhaus in der Nähe von Büchel.«

»Das ist nicht weit von hier entfernt«, sagt Lou.

Maline läuft bereits zum Dienstfahrzeug. Keine dreißig Sekunden später rasen vier Streifenwagen mit Blaulicht durch Jexmühle Richtung B 484.

Sie biegen hinter Wahlscheid in Richtung Höffen ab. Hintereinander fahren sie die kurvenreiche Straße hinauf, an dem kleinen Ort Weeg vorbei und dann rechts hinunter. Die Straße ist schmal, Gegenverkehr nur möglich, wenn beide Fahrzeuge langsam fahren und sich gegenseitig Platz machen.

Endlich kommt Büchel in Sicht. Höfe und ein paar Einfamilienhäuser. Eigentlich ist Schritttempo angesagt, denn Kinder mit Bobby-Cars und Rollerblades toben sich hier zumeist unbehelligt aus. Zum Glück ist niemand auf der Straße unterwegs.

Die Kolonne rast durch Büchel. Am Ortsende geht links ein Weg ab, der für Autos und Motorräder verboten ist. Ausgenommen Nutzfahrzeuge. Die Streifenwagen rollen nach rechts weiter den Berg hinunter. Auf der linken Seite führt eine Zufahrt zu einem abgelegenen Hof. Geradeaus erstreckt sich ein schnurgerader Schotterweg, der auch nur eingeschränkt befahrbar ist. Der vorausfahrende Streifenwagen bremst ab und bleibt mitten auf der Straße stehen. Scheinwerfer nähern sich.

Lou erkennt einen weißen Q5.

Das Auto verlangsamt ebenfalls das Tempo. In dem Moment schießt das Leitfahrzeug vor. Lou drückt das Gaspedal durch. Der Q5 bleibt stehen, die Scheinwerfer gehen aus. Der erste Streifenwagen hat das gesuchte Auto erreicht. Lou geht ebenfalls in die Eisen.

»Wir haben ihn«, ruft Lou, als sie sieht, wie Michael Harnisch aus dem Wagen steigt und die Hände hinter dem Kopf hält.

»Immerhin weiß er, wann er verloren hat«, sagt Maline.

Mit gezogener Waffe springen die Kommissarinnen aus ihrem Fahrzeug.

Die Wehen begannen in regelmäßigen Wellen. Zuerst kamen sie zwei- bis dreimal innerhalb von dreißig Minuten. Dann wurden die Abstände kürzer. Zu diesem Zeitpunkt war Romy bereits mit ihren Kräften am Ende und hatte das Gefühl, dass sie keinesfalls länger durchhalten könne. Dabei waren das nur die Eröffnungswehen. Zum Glück ahnte sie damals nicht, dass sich Linus' Geburt noch über Stunden hinziehen würde. Genauer gesagt, vierzehn lange Stunden. Unzählige Male war Romy kurz davor gewesen, aufzugeben.

Als Linus eine Neunzig-Grad-Drehung vollzog und sein Kopf durch ihr Becken trat, konnte Romy die Schmerzen kaum aushalten. Während der Austreibungsphase stand sie kurz vor einer Ohnmacht und bettelte um schmerzstillende Mittel. Die Hebamme setzte auf Akupunktur und erinnerte an die erlernten Entspannungstechniken. Aber Romy schaffte es nicht, sie anzuwenden. In der Situation halfen ihr die Kenntnisse wenig. All das Gerede von Serotonin, das ihr Schmerzempfinden verringere, wenn sie sich nur entspannte, konnte ihr gestohlen bleiben. Sie hatte Angst und krampfte.

Sie wollte sich zusammenreißen, vermeiden, dass ihr Körper Oxytocin produzierte, den Stoff, der die Intensität der Wehen verstärkte. Stattdessen durchströmte sie Adrenalin. Linus' Geburt artete in eine ungeheuerliche Tortur aus. Die Qualen überstiegen Romys schlimmste Befürchtungen. Entspannen Sie sich, entspannen Sie sich. Die Hebamme hatte gut reden. Am liebsten wäre Romy ihr an die Gurgel gegangen.

Einzig ihre Mutter schaffte es, sie zu beruhigen. Sie kam hereingestürmt, in Fleecepullover, Latzhose und Gummistiefeln. Direkt aus dem Garten. An den Knien ihrer Hose klebten Lehmflecken. Die Hände rochen erdig. Katharina Pereia bedeckte die heiße Stirn und die rissigen Lippen ihrer Tochter mit Küssen, die nach Regen schmeckten.

Sie hielt Romys Hand und summte eine Melodie nach der anderen. Schlaflieder. Kinderlieder. Kleine Weisen. Zwischendurch strich sie Romy die Haare aus dem Gesicht und tupfte ihre Stirn mit einem feuchten Lappen ab. Nicht eine Minute wich sie ihrer Tochter von der Seite. Sie aß nicht, trank kaum etwas und gab den Rhythmus vor. Hecheln. Atmen. Pressen.

Als Linus endlich auf Romys Brüste gelegt wurde, stellte sich kein Gefühl der Glückseligkeit ein. Keine Spur von Euphorie und Mutterglück. Das Kind hatte einen riesigen Kopf, Pickel und auffällige Hautrötungen. Sein milchiger Leib war mit einer schmierigen Käseschicht überzogen. Die Augen völlig verkleistert. Er quengelte und ließ sich kaum beruhigen. Romy wollte schlafen und nichts von dem Würmchen wissen.

Das Stimmungstief hielt an. Von einer Wochenbettdepression sprach niemand. Romys Mutter nannte den Zustand Baby Blues. Fand die richtigen Worte, beruhigte und sprang ein, wo ihre Tochter streikte. Erst nach vier Wochen besserte sich Romys Stimmung. Schlafstörungen, Panikattacken und ihre ablehnende Haltung dem Kind gegenüber verschwanden völlig.

Gemeinsam mit ihrer Mutter pflanzte Romy zwei Monate nach Linus' Geburt einen Olivenbaum im Garten. Abwechselnd haben sie das Pflänzchen gegossen, die Erde festgedrückt und auf Holz geklopft. Das bringt Glück.

Romy liegt still. Sie schreit nicht mehr. Ihre Mutter ist gekommen. Sie duftet nach feuchtem Acker, hält ihre Hand und wischt Romys Stirn trocken. Sie klopft gegen die feuchte Erde, drückt den Boden fest. Unermüdlich. Klopf, klopf. Sie pocht auf Holz, vermutlich auf die Bretter über Romy. Feiner Staub rieselt ihr in die Augen. Sie will ihrer Mutter sagen, dass sie aufhören soll, weil die schon dünne Luft staubiger wird und ihr Puls schwach ist. Ihre Mutter klopft, hämmert weiter und weiter. Vielleicht weil sie weiß, dass Romy jedes Quäntchen Glück gebrauchen kann.

Epilog

Köln-Bonner Flughafen

Maline kann sich nicht erinnern, wann sie das letzte Mal so nervös gewesen ist. Fünf Kaffee hat sie bereits intus, und mit der Servicekraft, die die kleine Kaffeebar betreibt, ist sie schon per Du. Sie hat zwei Donuts probiert, einen Muffin und eine Laugenbrezel. Jetzt ist ihr schlecht.

Als ihr Smartphone vibriert, rutscht sie vom Barhocker und entfernt sich ein paar Schritte von dem kleinen Café. Ihren Trolley zieht sie hinterher. »Sicherheitshinweis. Bitte lassen Sie Ihr Gepäck nicht unbeaufsichtigt«, tönt es aus den Lautsprechern.

»Und? Ist sie gekommen?«, fragt Lou.

»Bisher nicht.«

»Hast du eingecheckt?«

»Ich fliege mit Handgepäck.«

»Sie kommt, ganz sicher.« Lou klingt optimistisch.

»Unser Flug wurde schon aufgerufen.« Maline holt tief Luft. »Was machst du?«

»Ich sitze mit Hanna im Garten, wir köpfen einen hervorragenden Wein, und ich soll dich grüßen, auch von Frieda und Helene.«

»Ich weiß nicht, ob ich Portugal nicht lieber canceln soll, egal, ob Jette nun erscheint oder nicht.«

»Was? Warum denn?«

»Es gibt noch so viel zu erledigen.«

»Falls du von den Fällen sprichst, sage ich Nein. Wir haben alles im Griff. Michael Harnisch ist geständig, er weiß, dass sich das strafmildernd auswirken wird.«

»Allein die Tatsache, dass er uns zu Romy geführt hat und wir sie lebend bergen konnten, wird seine Haftzeit verkürzen.«

»Ich werde nie vergessen, wie wir sie in diesem Schacht gefunden haben«, sagt Lou. »Halb ohnmächtig und nicht in der Lage, auf unsere Klopfzeichen zu reagieren.«

»Eine halbe Stunde später wäre sie vielleicht tot gewesen«, sagt Maline.

»Morgen wird er uns zu der Stelle führen, wo er Katharina Pereia verbuddelt hat.«

»Siehst du, da wäre ich gern dabei.«

»Unsinn, du fliegst ein paar Tage mit deiner Liebsten in den wohlverdienten Urlaub.«

»Linus ist der Held der Stunde.« Maline lächelt.

»Ja, er ist ein cleverer kleiner Kerl«, antwortet Lou.

»Wie verkraftet Kristof Harnisch die Festnahme seines Vaters?«

»Schwer zu sagen. Hast du eigentlich sein Zimmer gesehen?«, fragt Lou.

»Diesen Palmen-Alptraum?«

»Ich spreche von den Gegenständen, die er mitgehen ließ. Mein Kaschmirschal hat sich auch darunter befunden, ich habe ihn schon überall gesucht.«

»Ein schräger Typ«, sagt Maline.

»Ich denke, er hat einiges aufzuarbeiten. Den Tod seiner Frau, ihre schrecklichen Taten und dazu noch die Verbrechen seines Vaters.«

»Ich bin wirklich froh, dass Michael Harnisch gestanden hat«, sagt Maline. »Romys Odyssee ist an Tragik kaum zu überbieten.«

»Er muss große Angst gehabt haben, dass sein Verbrechen an Katharina Pereia ans Licht kommt. Die erneute Tötungsabsicht diente ganz klar dem Zweck der Verdunklung. Klassischer geht's kaum.«

»Was macht Romy?«, fragt Maline.

»Sie muss noch ein paar Tage zur Beobachtung im Krankenhaus bleiben. Anschließend wird sie sich einige unangenehme Fragen gefallen lassen müssen. Frau Schmittbauer hat Anzeige erstattet. Ihre Taten werden noch einige Zeit nachwirken.«

»Was wird aus dem Jungen?«

»Fürs Erste hat Kristof ihn aufgenommen«, sagt Lou.

»Wirklich? Den kann ich mir überhaupt nicht mit einem Kind vorstellen.«

»Ich glaube, der Junge verhilft ihm zu einer Routine, die ihm im Augenblick guttut. Es gibt aber auch noch weitere Verwandte, die sich kümmern wollen und Romy zukünftig unterstützen werden.«

»Ich habe übrigens vergessen, Demirkans Cousine über die Freigabe der Leiche zur Beerdigung zu informieren.«

»Schon erledigt.«

»Ist Dennis' Freundin denn heute erschienen?«, fragt Maline. »Sie wollte doch eine Aussage machen.«

»Angelina Simons hat sich krankgemeldet und wird erst nächste Woche vorbeikommen. Kein Wunder bei dem, was sie verkraften muss.« Lou seufzt schwer. »Heiko Kornblum bleibt jedenfalls in U-Haft.«

»Das war zu erwarten.«

»Aufruf für Flug Eurowings 9603 nach Lissabon …«

»Ich lege jetzt auf«, sagt Maline.

»Versprich mir, dass du auch allein abhebst, wenn Jette entscheidet, nicht zu kommen.«

»Okay.«

Maline beendet das Telefonat und begibt sich zum Check-in. Sie lässt sich durchleuchten und schielt dabei zur Eingangsschleuse.

»Letzter Aufruf für Flug Eurowings 9603 nach Lissabon. Die Passagiere Brass und Dominiak werden gebeten, sich zum Boarding einzufinden.«

Maline bewegt sich auf das Bodenpersonal ihrer Maschine zu. Ohne Eile. Mit bangem Herzen.

Sie reicht der professionell lächelnden Stewardess ihre Bordkarte, schaut sich ein letztes Mal um und geht durch die Fluggastbrücke zur wartenden Maschine.

Danksagung

Ich bedanke mich bei Tanja Au, Anette Gehrke, Dr. Lilly Graß, Maren Leisner, Manuel Schweichler, Christiana Zwicker und den Kommissarinnen der Polizei, die mich fachlich beraten haben. Hilla Czinczoll danke ich für das tolle Lektorat. Mit dem Emons Verlag arbeite ich nun zehn Jahre zusammen. Ich danke dem gesamten Team, allen voran Hejo Emons, Stefanie Rahnfeld und Dr. Christel Steinmetz, für die vertrauensvolle, konstruktive und gute Zusammenarbeit.

Myriane Angelowski
TÖDLICHES IRRLICHT
Broschur, 240 Seiten
ISBN 978-3-89705-632-9

»Ein spannender Thriller, der auch Einblick in aktuelle Entwicklungen der Stadt gibt.« Westdeutsche Zeitung

»Überaus spannend ist nicht nur die Handlung, sondern auch das Rätsel um die historischen Hintergründe der Taten.«
Kölner Stadt-Anzeiger

Myriane Angelowski
FINKENMOOR
Broschur, 256 Seiten
ISBN 978-3-95451-024-5

»Myriane Angelowski zeichnet in ihrem Krimi ›Finkenmoor‹ ihre Figuren so plastisch und realitätsnah, dass man als Leser ständig zwischen Verstehen, Mitleid, Wut und Ekel hin- und hergerissen ist.« Sonntags Post

»Mit ›Finkenmoor‹ hat Myriane Angelowski einen Kriminalroman geschrieben, der herkömmliche Muster durchbricht und auf schonungslose Art und Weise die schwere Zeit nach einem Verbrechen thematisiert. Ein düsteres und nachdenklich machendes Buch, das den Leser lange beschäftigt.« www.media-mania.de

www.emons-verlag.de

MYRIANE ANGELOWSKI
Das Haus am Königsforst
KRIMINALROMAN
emons: